Jan Oldenburg

TOTEN TRICKSER

Roman

PIPER MÜNCHEN ZÜRICH

Entdecke die Welt der Piper-Fantasy:
Piper-Fantasy.de

Von Jan Oldenburg liegen bei Piper vor:
Fantastik AG
Totentrickser

MIX
Papier aus verantwortungsvollen Quellen
FSC® C083411
FSC www.fsc.org

ISBN 978-3-492-70296-6

Kapitelvignetten: Radu Mihai Ionel
Satz: Fotosatz Amann, Aichstetten
Druck und Bindung: CPI – Clausen & Bosse, Leck
Printed in Germany

Totenhands Tochter

Wie sein Name vorsichtig andeutete, hatte der berühmt-berüchtigte Zwergenkrieger Brom »Die Axt« Stahlbart für Subtilitäten nicht viel übrig.

»Okay«, knurrte er. »Ich schlage vor, wir gehen rein und hauen den ganzen Laden kurz und klein.«

»Sehr elegant gereimt«, bemerkte Selphyne, die Gnomenmagierin, sarkastisch. »Wenn dein erster Lyrik-Band erscheint, bekomm ich ein Exemplar mit Widmung? Ein großes ›X‹ reicht.«

»Wir wissen nicht, wie viele von ihnen da drin sind«, flüsterte Falfnin, der Wichtelmeisterdieb. »Ein Frontalangriff wäre ziemlich riskant.«

»Also, ich find Broms Plan gut«, brummte Bolgur, der Barbarenoger, in seiner bedächtigen Art.

Er mochte ein wenig begriffsstutzig sein, aber ihn deswegen für ungefährlich zu halten war ein Fehler, den schon viele bitter bereut hatten, obwohl ihnen – ein kleiner Trost, immerhin – für Reue meistens nicht mehr viel Zeit geblieben war.

»Ja«, entgegnete Falfnin. »Aber du warst auch ein großer Fan seiner Idee, deinen Kopf in der Schlacht um die Festung Greifenstein als Rammbock zu benutzen.«

»Na und?« Brom zog durch die Nase hoch, spuckte aus und wischte sich den Mund mit dem Handrücken ab. »Hat doch auch bestens funktioniert.«

»Wenn du damit sein Schädel-Hirn-Trauma meinst, würde ich dir zustimmen«, sagte Falfnin.

»Seinem Kopf hat es nicht geschadet«, erwiderte Brom lapidar. »Oder, Bolgur?«

Bolgur, versunken in einem jener Momente geistiger Abwesenheit, die sich bei ihm seit der Schlacht um die Festung Greifenstein häuften, starrte mit offenem Mund vor sich hin.

»Oder, Bolgur?«, wiederholte Brom und versetzte ihm mit der Faust einen Schlag gegen den massigen Oberarm, der einen weniger Schwergewichtigen anstandslos aus den Latschen gehauen hätte.

»Was?«, grunzte der Barbarenoger.

»Bolgur, wie viele Finger zeige ich hier?«, fragte Selphyne und winkte mit drei Fingern vor seiner Nase.

Bolgur kniff die Augen zusammen, sein Gesicht zeigte alle Symptome höchster geistiger Anspannung.

»Gelb«, brachte er schließlich hervor.

»Bitte«, grinste Brom »Die Axt« Stahlbart. »Alles in bester Ordnung mit ihm. Ich würde sogar sagen: für einen Oger eine überdurchschnittliche mathematische Begabung. Also, seid ihr jetzt dabei oder wollt ihr weiter hier rumhocken und Däumchen drehen?«

»Selphyne und ich könnten versuchen, uns durch die Hintertür reinzuschleichen«, schlug Falfnin vor. »Sie könnte mit ihrer Illusionsmagie eine Ablenkung erzeugen und währenddessen …«

«›Hintertür‹, ›Illusionsmagie‹, ›Ablenkung‹«, schnaubte Brom. »Wenn ich das schon höre! Die Dinge so simpel wie möglich halten, das ist der Schlüssel zum Erfolg.«

Er klopfte Bolgur, der neben ihm hockte und ihn trotzdem fast um das Doppelte überragte, auf den Rücken.

»Wie geht es deinem Kopf, Bolgur?«

»Was?«, brummte der Oger geistesabwesend.

»Ausgezeichnet«, grinste Brom. »Du wirst ihn auch brauchen – dieses Tor sieht ziemlich massiv aus.«

Die anderen drei sahen vom Saum des Waldes aus zu, wie Brom und Bolgur schnurstracks durch den kniehohen Nebel auf die düster-bedrohliche Burg des Nachtelfen-Totenbeschwörers zumarschierten.

»Das war das letzte Mal, dass ich mich auf so was eingelassen habe«, sagte Selphyne. »Ich habe ein Angebot für eine Dozentenstelle an der Akademie von Drachingen. Geregeltes Einkommen, fester Wohnsitz und vor allem: kein Brom »Die Axt« Stahlbart.«

»Zwei Paare«, sagte Nachtelfenwächter Nr. 1.

»Eiserne Jungfrau«, entgegnete Nr. 2.

»Legion des Schreckens«, grinste Nr. 3. »Zehn, Ghulprinz, Sadistische Fürstin, Dunkler Herrscher, Ass.«

»Ach, hör doch auf!«, riefen Nr. 1. und Nr. 2 wütend und schmissen ihre Karten auf den Tisch.

»Was soll ich machen?« Nr. 3. strich seinen Gewinn ein. »Die vieläugigen Weberinnen des Schicksals meinen es eben heute gut mit mir. Du gibst.«

Nr. 1 sammelte die Karten ein und mischte.

»Wisst ihr«, begann er nachdenklich, »ich will mich ja nicht beschweren, aber eigentlich hab ich mir diesen Job ein bisschen aufregender vorgestellt. Ich meine, die Arbeitsbedingungen sind gut, die Bezahlung und die sozialen Zusatzleistungen auch, aber wir sitzen den ganzen Tag nur rum und spielen Karten. Höchstens kommt mal ein Vertreter vorbei, wie dieser Typ letzte Woche …«

»Oh, das war stark«, lachte Nr. 3. »Wie der zum Boss sagt: ›Guten Tag, ich komme von der Firma Stechli & Kreysch, um mit Ihnen über die Optimierbarkeit Ihrer Personenquälmethoden zu sprechen. Dürfte ich mir kurz Ihren Folterkeller ansehen?‹«

»Und der Boss«, japste Nr. 2, »und der Boss sagt – und dabei hat er dieses fiese Lächeln, wie wenn man plötzlich in ein vergiftetes Eiswasserbecken mit Schlangenaalen fällt: ›Aber gerne doch‹.«

»›Aber gerne doch‹!«, wiederholte Nr. 3 atemlos und wischte sich die Lachtränen von den Wangen.

»Ich schätze, das war das letzte Mal, dass die Firma Stechli & Kreysch einen Vertreter vorbeigeschickt hat, um mit dem Boss über die Optimierbarkeit seiner Personenquälmethoden zu reden.«

»Ja, das war ganz lustig«, gestand Nr. 1 zu und fing an, die Karten auszuteilen. »Aber ansonsten passiert nie was. Ein Cousin von mir hat sich für die Armee des Dämonenfürsten H´kra´kbosch anwerben lassen, und er meint …«

»Schht!« Nr. 2 hob die Hand. »Hört ihr das auch?«

Sie verstummten und lauschten angestrengt.

Draußen unterhielten sich zwei Stimmen.

Nur gedämpft durch das eisenbeschlagene Tor zu vernehmen, entspann sich folgender Dialog.

»… weil man eine Strategie, die einmal funktioniert hat, nicht abändert, okay, Bolgur? Das ist eine der ersten Regeln der Kriegskunst.«

»Wenn du meinst, Brom … aber der Doktor hat gesagt …«

»Ärzte! Bevor man sich an deren Ratschläge hält, kann man sich lieber gleich begraben lassen. Mir hat mal einer erklärt, ich soll mit dem Trinken aufhören, das wär schlecht für die Leber. Na und, hab ich gesagt, besorg ich mir eben eine neue. An Lebern herrscht ja nun wirklich kein Mangel. Aber dir kann überhaupt nichts passieren, schließlich trägst du einen Helm. Oder trägst du etwa keinen Helm?«

»Doch, schon.«

»Siehst du: alles bestens. Ich zähle an. Bereit?«

»Ja.«

»Eins. Zwei. Drei.«

Stille.

Die drei Nachtelfenwächter sahen sich stirnrunzelnd an.

»Drei.«

Stille.

»Entschuldige, ich fang noch mal von vorn an. Ich hatte kurz vergessen, wie das Oger-Einmaleins geht. Bereit?«

»Ja.«

»Eins. Zwei. Gelb.«

Ein mächtiger Schlag donnerte gegen das Tor. Holz zersplitterte, und der Kopf eines Ogers erschien in dem Loch.

»Brom?«, fragte der Oger, ohne Notiz von den Wächtern zu nehmen, die wie erstarrt an ihrem Kartentisch saßen.

»Ja?«, antwortete die andere Stimme von draußen.

»Ich glaub, ich stecke fest. Außerdem hab ich Kopfschmerzen.«

»Warte, ich probier dich rauszuziehen.«

Das Gesicht des Ogers nahm einen gequälten Ausdruck an.

»Au. Aua. Das funktioniert so nicht.«

»Na schön, ich versuch was anderes.«

Kräftige Schläge erschütterten die Tür.

»Was machst du da, Brom?«, fragte der Oger besorgt.

»Ich hab dich gleich raus. Halt einfach still und wart ab.«

Eine Axtklinge durchstieß das Holz in bedenklicher Nähe von Bolgurs linkem Ohr.

»Äh, Brom …«

»Vertrau mir, ich weiß, was ich tue.«

Drei weitere Axthiebe, dann sagte die Stimme vor der Tür:

»So. Jetzt zieh noch mal.«

Schweißperlen bildeten sich auf Bolgurs Stirn, er lief dunkelgrün an und ächzte vor Anstrengung. Schließlich gab das Holz berstend nach, sein Kopf verschwand und hinterließ ein großes Loch in der Tür, die nun sachte aufschwang.

»Siehst du«, bemerkte Brom, »was hab ich dir gesagt: Niemals eine funktionierende Strategie ändern.«

»Aber warum hast du nicht gleich die Axt genommen?«, fragte Bolgur. Er trug einen eher unbequemen Kragen aus Türholz um den Hals.

»*Niemals eine funktionierende Strategie ändern*«, wiederholte Brom, jedes Wort betonend.

Dann registrierte er die drei Nachtelfen, die aufgesprungen waren und sie mit offenem Mund anstarrten.

»Oh, hallo. Ihr hättet nicht zufällig eine Säge für meinen Freund hier?«

»Alarm!«, schrien die Wächter und zogen ihre gezackten Nachtelfensäbel. »Eindringlinge!«

»Na schön«, knurrte Brom. »Ihr wollt es auf die harte Tour. Aber zuvor lasst mich noch anmerken, dass man mich *Brom »Die Axt« Stahlbart* nennt. Und wie ihr euch denken könnt, trage ich diesen Namen nicht wegen meiner hübschen blauen Augen.«

Als die anderen beiden dazustießen, war das kurze aber blutige Gefecht bereits vorüber.

»Wieder mal typisch«, kaute Brom an einer Knoblauchwurst, die er aus seinem Proviantbeutel hervorgeholt hatte. »Ihr kommt genau im richtigen Moment: Wir haben die ganze Arbeit bereits erledigt.«

»Puh«, schauderte Selphyne, nachdem sie einen Blick auf die Überreste der glücklosen Nachtelfen-Wachen geworfen hatte. »Wie kannst du jetzt was essen, Brom, wenn *das da* direkt neben dir liegt?«

»Nach dem Kampf krieg ich eben Hunger«, schmatzte

Brom und biss noch ein großes Stück Wurst ab. »Das kommt von meinem schnellen Metalismus.«

»Du meinst Meta*bo*lismus«, verbesserte Bolgur geistesabwesend. Seit der Aktion mit der Tür schien er in seiner eigenen kleinen Realität fernab vom Rest der Welt zu weilen.

»Hm«, machte Falfnin, während er nachdenklich die Toten betrachtete. »Findet ihr es nicht auch verdächtig, dass es nur so wenige Wachen sind?«, fragte Falfnin. »Wenn ich ein Nachtelfen-Totenbeschwörer-Fürst wäre, würde ich meine Burg jedenfalls besser bewachen lassen.«

»Wenn ich ein Nachtelfen-Totenbeschwörer-Fürst wäre und wüsste, dass Brom »Die Axt« Stahlbart gerade meine Haustür eingetreten hat, würde ich dringend ein neues Paar Nachtelfen-Totenbeschwörer-Hosen brauchen«, knurrte Brom und steckte die Wurst in seinen Proviantbeutel. »Genug geredet, wir haben einen Job zu erledigen. Aber vorher – würdest du dich kurz mal klein machen, Bolgur?«

Der Oger kam der Aufforderung nach und kniete sich folgsam auf den Boden.

»Okay, und jetzt: nicht bewegen. Du bist dieses Ding gleich los.«

Brom kniff die Augen zusammen, visierte den Kragen aus eisenbeschlagenem Holz an, den Bolgur um den Hals trug, und holte mit der Axt aus.

»Brom, das ist doch nicht dein Ernst!«, rief Selphyne schockiert.

»Was denn? Es gibt kein Problem, das ein guter Axthieb nicht lösen könnte. Außerdem trägt er einen Helm, es ist also hundertprozentig sicher.«

»Ich fass es nicht!«

»Dürfte ich vielleicht eine weniger brutale Methode vorschlagen?«, fragte Falfnin, rollte sein ledernes Diebeswerkzeug-Set auf und wählte eine kleine handliche Säge aus.

»Wenn ihr es unbedingt auf die umständliche Art erledigen wollt …«, grummelte Brom.

Nachdem Bolgur auf die zwar umständliche, dafür aber auch nicht ganz so lebensbedrohliche Art von dem hölzernen Joch befreit worden war, machten sie sich daran, die Burg des Totenbeschwörers zu erkunden.

Das düstere Domizil erfüllte sämtliche Erwartungen, die man einem solchen Ort gegenüber hegen konnte.

Es gab labyrinthene Gänge, dämmrig erleuchtet von Pechfackeln, die ihr unstetes Licht auf eine morbide, nachtelfentypische Innenarchitektur warfen, auf steinernes Gebein, Totenschädel und Wandteppiche, deren feines Gewebe Szenen darstellte, die nur darauf angelegt waren, das Blut gefrieren zu lassen.

»Nekromantenkitsch und Nachtelfennippes«, schnaubte Brom verächtlich und versetzte einer Schädelpyramide einen Tritt, der die Totenköpfe klappernd über den Boden rollen ließ.

»Mit dem kultivierten Geschmack gewisser Zwergenkrieger kann so was natürlich nicht mithalten«, versetzte Selphyne schnippisch.

Mehrmals stießen sie auf kleine Gruppen von Nachtelfensoldaten, was zu sehr ungleichen Gefechten führte, die nach Broms Urteil »furzlangweilig wie eine Wichtel-Gedicht-Lesung im Mondschein« waren.

»Ihr versucht es ja nicht mal!«, rief er den entsetzten Elfen zu. »Hier bitte: Ich lege meine Axt auf den Boden! Und ich benutze nur einen Arm, hüpfe auf einem Bein und schließe dabei die Augen! Jetzt kommt schon, ist das wirklich alles, was ihr draufhabt?«

»Du kannst die Augen wieder aufmachen«, sagte Falfnin. »Der Kampf ist vorbei.«

Einige kaum erwähnenswerte Scharmützel dieser Art später gelangten sie in eine Halle, auf deren Boden ein großes rotes Pentagramm gezeichnet worden war, offenbar mit Blut, ergänzt durch diverse unheilige Symbole.

»Hier hat eine Beschwörung stattgefunden«, stellte Selphyne fest. »Und wie es aussieht, erst vor kurzem.«

»Hoffentlich haben sie irgendwas Großes und Böses beschworen«, erwiderte Brom. »Mir ist langweilig.«

Kaum hatte er das gesagt, da erzitterte der Boden, und ein zorniges Brüllen kam aus dem Nebenraum.

»Na, das hört sich doch vielversprechend …«, begann Brom, wurde jedoch unterbrochen, als mehrere Tonnen übelriechender Monstrosität durch die Wand krachten.

»Bei den Göttern!«, rief Selphyne. »Ein Riesenleichendrull!«

»Endlich kommt mal ein bisschen Leben in die Bude«, frohlockte Brom. »Beziehungsweise unheiliges Nicht-Leben.«

Der Riesenleichendrull stampfte mit seinen vier Beinen auf – die Anzahl der Gliedmaßen kann bei Leichendrullen variieren – und stieß ein markerschütterndes Brüllen aus, das einen Schleim- und Geiferschauer auf die Heldengruppe niedergehen ließ.

»Üäh«, machte Falfnin angeekelt und wischte sich den Drull-Sabber aus dem Gesicht. »Das ist ja schlimmer als damals, als wir Seuchenwürmer in der Kanalisation von Burn gejagt haben.«

»Aber nicht so schlimm wie die hygienischen Verhältnisse auf der Toilette von Hermschloks Taverne«, gab Selphyne zu bedenken.

»Da muss ich dir recht geben«, nickte Falfnin und schüttelte sich, von grausigen Erinnerungen heimgesucht.

»Na los, greif an!«, rief Brom, während er vor dem Monster auf und ab spazierte. »Hier bin ich! Worauf wartest du? Jetzt komm schon, du vergammelter Riesenklops von einem …«

Der Drull, der den Bewegungen Broms mit seinen sieben tief liegenden Augen gefolgt war, hatte ihn plötzlich gepackt und quer durch die Halle in ein Bücherregal geworfen, das über dem Zwerg zusammenbrach und ihn unter mehreren hundert Kilo Nekromantenlektüre begrub.

»Das ist alles, was du drauf hast?«, hustete Brom, nachdem er sich aus den staubigen Büchern hervorgewühlt hatte. »Da haut meine Oma ja härter zu!«*

Jetzt wandte sich der Leichendrull Falfnin zu und versuchte ihn mit einem frontalen Sturmangriff zu überrennen, doch der Meisterdieb wich mit einem blitzschnellen Manöver aus und warf dabei einen seiner Wurfdolche, der jedoch ohne größere Wirkung in das bleiche untote Fleisch des Drulls eindrang wie in einen Wackelpudding des Verderbens.

»Zur Seite!«, rief Selphyne. »Ich versuch ihn mit einer Eislanze zu frosten!«

Ein knisternder Eisstrahl schoss aus ihren Händen und traf auf den Leichendrull, der sich unter dem Zauber hin und her wand und gurgelnde Geräusche von sich gab, als kitzle ihn etwas.

»Täusch ich mich, oder lacht er?«, fragte Falfnin, die Augenbrauen hebend.

»Ja, natürlich!« Selphyne brach den Zauber ab und schnippte mit den Fingern. »Ich bin ein Trottel! Leichendrulle sind doch gegen Frostzauber immun!«

Der Drull schüttelte sich und schnaubte. Wie ein Bulle,

* Eine durchaus glaubwürdige Aussage. Traditionelle Zwergen-Großmütter sind dafür bekannt, einen ordentlichen Schlag am Leibe zu haben, was einer der Gründe dafür ist, dass Zwergenkrieger erstens ziemlich harte Burschen sind und zweitens – als Spätfolge traumatischer Kindheitserlebnisse – nach ein paar Bieren scheinbar grundlos in Tränen ausbrechen können.

der Anlauf nimmt, scharrte er mit den Füßen und senkte den Kopf, bereit, sich auf die Magierin zu stürzen.

»Oh, oh.«

Im letzten Moment sprach sie ihren Teleportationszauber, verschwand und tauchte mit einem Lichtblitz einige Meter entfernt wieder auf, während der Drull durch die nächste Mauer preschte.

»Das war knapp«, bemerkte die Gnomenmagierin und fuhr sich durchs Haar. »Ein weiterer Grund, die Theorie der Praxis vorzuziehen. Da wirkt sich so ein kleiner Fehler wenigstens nicht gleich tödlich aus.«

»Ich nehme an, Riesenleichendrulle sind auch gegen Gift resistent?«, fragte Falfnin. Beiläufig warf er einen Dolch in die Luft, von dessen Klinge eine grünliche Flüssigkeit tropfte.

»Den Tod kann man nicht vergiften«, erklärte Selphyne.

»Wenn er tot ist, können wir ihn auch noch mal töten«, behauptete Brom mit der für ihn typischen Geradeaus-Logik, die sich nicht mit unnötigen Kompliziertheiten aufhielt. »Bolgur: Gefechtsformation Nr. 2a.«

»2a?«, wiederholte der Oger, indem er den Finger nachdenklich an die Lippen legte. »Der *Turm des Schreckens?*«

»Genau«, grinste Brom. »Der *Turm des Schreckens.*«

»Gut so, lenk ihn weiter ab, Falfnin! Bolgur, bring mich näher ran!«, kommandierte Brom.

Er hockte auf den Schultern des Ogers und winkte mit seiner Streitaxt.

»Okay, noch ein bisschen näher jetzt!«

Selphyne hielt sich die Hand vor die Augen.

»Ich kann das nicht mitansehen ...«

»Pass auf seinen Schweif auf!«, rief Brom.

»Schweif?«, fragte Falfnin. »Ich sehe keinen Schwei...«

Gerade noch rechtzeitig schalteten sich seine Diebesreflexe ein und ließen ihn den Kopf einziehen, bevor er ihm von dem vorschnellenden Knochenschweif abrasiert werden konnte.

»Wouh!«, keuchte er. »Danke für die Warnung! Das war … Achtung, Säureattacke!«

Blubbernde Geräusche kamen aus dem Innern des Drulls, er verdrehte die Augen und spie einen Schwall fäulnisgrüner Säure aus.

»Ekelhaft!«, rief Falfnin, der sich mit einem flinken Salto in Sicherheit gebracht hatte. »Zum Glück hab ich heute noch nichts gegessen!«

»Trotzdem führen die sanitären Anlagen von Hermschloks Taverne weiter ungeschlagen meine Top Ten des Ekels an«, entgegnete Selphyne, sich die Nase zuhaltend.

»Ich schätze, Hermschlok wäre sehr gerührt, das zu hören!«

»Schluss mit Smalltalk!«, rief Brom. »Ich greife jetzt an!«

Er richtete sich auf Bolgurs Schultern auf und sprang mit einem mächtigen Satz, den man seinen kurzen Zwergenbeinen gar nicht zugetraut hätte, auf den Rücken des Leichendrulls.

Der untote Koloss brüllte auf und versuchte, den blinden Passagier abzuschütteln, doch Brom klammerte sich unerbittlich fest.

»Gib dir keine Mühe, Drullchen!«, rief er. »Du legst dich mit dem vierfachen Gewinner des Lindwurmrodeos von Donnerbruch an!«

Außer sich vor Wut taumelte der Drull durch die Halle, zertrümmerte Möbel und Wände, aber seinen Reiter wurde er nicht los.

Endlich blieb das Monstrum erschöpft stehen und sog pfeifend Luft ein.

»Jetzt!«, rief Selphyne. »Schlag zu!«

Dergleichen musste man Brom nicht zweimal sagen.

Seine Axt sauste herab und drang mit einem schauderhaft-schmatzenden Geräusch tief in den Schädel des Drulls ein.

Merkwürdigerweise schien das den Riesenleichnam nicht sonderlich zu beeindrucken.

Er nahm sein früheres Toben wieder auf, während schwärzliches Blut aus der klaffenden Wunde in seinem Kopf sickerte.

»Das hat nicht besonders gut funktioniert!«, rief Brom, hielt sich mit einer Hand fest und schwang mit der anderen die Axt. »Hat zufällig jemand einen guten Tipp, wie man Drulle tötet?«

»Du musst sein Gehirn zerstören!«, rief Selphyne. »Wie bei allen Untoten!«

»Ich kenn mich nicht besonders gut mit Drull-Anatomie aus«, entgegnete Brom, »aber müsste sich das Gehirn nicht in seinem Kopf befinden?«

»Nicht unbedingt! Es könnte durch den Verwesungsprozess auch tiefer gerutscht sein!«

»Du lieber Himmel!«, bemerkte Falfnin unangenehm berührt.

»Tiefer, hä?«, fragte Brom.

Er krempelte den Ärmel seines Kettenhemds auf.

»Schön stillhalten, Drullchen«, mahnte er. »Das hier ist meine erste Operation am offenen Gehirn.«

Damit stieß er seinen Arm tief in die Schädelwunde hinein.

Die anderen stöhnten entsetzt auf, sogar Bolgur wurde bleich.

»Von steriler Arbeitsumgebung kann zwar keine Rede sein, aber manchmal muss man eben improvisieren!«

Mit angestrengter Miene wühlte Brom im Innern des Drulls herum, der mit der Raserei aufgehört hatte und verwundert dreinschaute.

»Ah«, sagte er, »ich glaube, ich habe was!«

Er förderte ein matschbraunes, schwammartiges Etwas zutage und warf Selphyne einen fragenden Blick zu.

»Nein«, antwortete die Magierin, mit dem Ekel kämpfend, »das ist ein ... keuch ... Lungenflügel!«

»Ich glaube, ich muss mich mal kurz hinsetzen«, ächzte Falfnin.

»Na schön, nächster Versuch!«

Brom schmiss den Lungenflügel nachlässig über die Schulter fort, das halb verweste Organ klatschte gegen die nächste Wand und rutschte langsam daran herab, wobei es eine schleimige Spur hinterließ.

»Ah! Vielleicht diesmal!«

Der Zwergenkrieger hielt einen rötlich-schwarzen Gewebeklumpen in der Hand, der schwach pulsierte und leise *skwisch-skwisch* machte.

Selphyne drückte sich die Hand vor die Augen.

»Nein! Ich hab keine Ahnung, was das ist ... UND ICH WILL ES AUCH NICHT WISSEN! ... Aber es ist nicht das Gehirn!«

»Kein Grund, ungeduldig zu werden! Schließlich mach ich das hier zum ersten Mal!«

Auch das unidentifizierte, schwach pulsierende Etwas, das leise *skwisch-skwisch* machte, flog in hohem Bogen durch die Luft und landete vor Falfnins Füßen.

»So«, sagte der Wichtel-Meisterdieb. »Ab heute belegt Hermschloks Taverne offiziell nur noch Platz Zwei.«

»Donner und Drachen!«, rief Brom, den Arm tief im untoten Innenleben des Riesenleichendrulls.

»Was?«, fragte Falfnin, ohne hinzusehen, »hast du es jetzt endlich?«

»Das kann man wohl sagen!«

Zwischen seinen mit schwarzem Drullblut besudelten Fingern hatte Brom diesmal eine große Goldmünze, die er sorgfältig an seiner Weste abwischte.

»Wie kommt das denn da rein? Eine ganze Wichtelheimer Doppel-Zechine!«

Prüfend biss er in den Rand der Münze, wischte sie noch einmal ab und steckte sie in die Tasche.

»Das hat sich doch schon mal gelohnt!«

»Verspürt irgendjemand das Bedürfnis, einen Witz über das Thema *Zwerge und Gold* zu machen?«, fragte Falfnin. Doch das allgemeine Stimmungsbarometer zeigte nicht auf *Scherz, Spaß, Satire & Leichte Unterhaltung.*

»Vermutlich stammt die Münze von einem früheren Opfer, das der Drull gefressen und verdaut hat«, spekulierte Selphyne.

»Vielen Dank für die Information«, erwiderte Falfnin. »Jetzt, wo ich das weiß, geht es mir schon viel besser.«

»Aller guten Dinge sind vier!«, rief Brom, und in der Tat bekam er nun auch wirklich das Gehirn des Drulls zu fassen und zog es, nicht ohne Mühe, mitsamt der daran hängenden Wirbelsäule aus dem Schädel heraus.

»Und jetzt?«, fragte er.

»Du musst es von der Wirbelsäule und den Arterien trennen!«, rief Selphyne.

»Nichts leichter als das ... He, wartet mal! Das ist ja ein Ding!«

Brom hielt das große gallertige Organ in den Händen und betrachtete es überaus konzentriert, wie ein Naturforscher, der einer wichtigen Erkenntnis auf der Spur ist.

»Wenn ich hier drauf drücke«, sagte er und drückte auf eine bestimmte Stelle des Gehirns, »passiert das.«

Der Drull machte einige Schritte vorwärts und blieb stehen, als Brom die Stelle wieder losließ.

»Und wenn ich *hier* drauf drücke ...«

Der Drull watschelte nach links.

»Und *hier* ...«

Der Drull watschelte nach rechts.

Brom lachte zufrieden.

»Also, das fängt an, mir Spaß zu machen! Ich frage mich, wozu diese Stelle gut ist …«

Der Drull würgte und röchelte und spie seinen ätzenden Säureschwall, vor dem sich Bolgur gerade noch in Sicherheit bringen konnte.

»Ups!«, rief Brom. »Tschuldigung, Bolgur, mein Fehler! Aber ist er nicht klasse? Ich glaube, ich werde ihn behalten. Ich könnte ihn Brunhildo nennen, nach meiner Tante Brunhilda, die immer solchen Mundgeruch hatte.«

»Brom, hör auf rumzualbern und mach Schluss!«, rief Selphyne, die das nicht mehr mit ansehen konnte.

»Ja, ja, schon gut. Ich wollte nur den grauen Abenteueralltag ein bisschen auflockern. Brunhildo – tut mir leid, aber dein Mindesthaltbarkeitsdatum ist eindeutig um ein paar Jahrzehnte überschritten.«

Mit einem entschlossenen Ruck trennte er das Gehirn von der Wirbelsäule und allen daran hängenden Adern und warf es auf den Boden.

Ein lautes Pfeifen kam aus der Brust des Riesendrulls, wie die letzte Luft, die aus einem Ballon entweicht. Dann erschlaffte er, sein Kopf sank nach vorne und er rührte sich nicht mehr.

»Na, das war doch ganz unterhaltsam«. Brom sprang von dem toten untoten Fleischberg herunter. »Was kommt als Nächstes?«

Als Nächstes kam, unvermeidlicherweise, das Verlies, beziehungsweise der Folterkeller.

»Schreckliche Dinge sind hier unten geschehen«, sagte Selphyne mit düsterer Stimme. »Dinge, die das Gleichgewicht des Kosmos zerstört haben.«

»Das will ich meinen«, versetzte Brom. »Bolgur hat nämlich gerade einen fahren gelassen.«

Der Zwerg und der Oger kicherten wie zwei Schuljungen und gaben sich die Fünf.

Selphyne seufzte.

»Und in diesem Augenblick könnte ich in einem Café im Universitätsviertel von Drachingen sitzen«, murmelte sie, »Tee trinken und ein kultiviertes Gespräch mit einem sympathischen, attraktiven Dozentenkollegen von der Akademie führen.«

»Klar«, meinte Brom. »Und wir könnten auch mal vorbeikommen und mit dir und deinem Liebsten in den Kneipen von Drachingen einen drauf machen. Obwohl ich in den meisten immer noch Hausverbot habe, nach der letzten Sauftour«, fügte er hinzu.

»Da würde ich ein Date mit einem Riesenleichendrull eindeutig vorziehen«, entgegnete Selphyne trocken.

»Ich schätze, für Brunhildo kommt dieses Angebot ein bisschen spät …«

»Scht!«

Falfnin hob die Hand.

»Hört ihr das?«

»Hallo?«, rief eine unsichere Stimme. »Hört mich jemand? Ich könnte ein bisschen Hilfe gebrauchen …«

»Das kommt aus einer der Zellen«, sagte Brom.

Nach kurzer Zeit fanden sie die Kerkerzelle mit dem unglücklichen Insassen.

»Keine Sorge«, rief Falfnin und packte seine Dietrichsammlung aus. »Wir haben dich gleich befreit!«

»Dem Himmel sei dank!«, antwortete die Stimme hinter der Tür. »Ich dachte schon, ich komme hier nicht mehr lebend raus!«

Mit flinken Diebsfingern hatte Falfnin das Schloss in Windeseile geknackt.

In der Mitte des schmutzigen, nach Moder und Entsetzen stinkenden Raums befand sich eine Streckbank, auf die ein bis auf die Unterhose nackter Zwerg gespannt war.

»Ihr könnt euch gar nicht vorstellen, wie froh ich bin,

euch zu sehen!«, rief er, vor Erleichterung aufseufzend. »Das war das letzte Mal, dass ich mich mit Nachtelfen eingelassen habe, das könnt ihr mir glauben! Wenn man sie auf dem richtigen Fuß erwischt, stimmt die Bezahlung zwar, aber das Risiko ist es wirklich nicht wert! Halt! Das würde ich nicht tun!«

Falfnin, der eben im Begriff gewesen war, die Fesseln des Zwergs zu lösen, zog die Hand zurück.

»Wieso nicht?«, fragte er.

»Weil das hier«, er machte eine Bewegung mit dem Kopf, dem einzigen Körperteil, dem noch etwas Bewegungsfreiheit geblieben war, »der Streckinator 7000™ ist. Tausendvierhundert Kilo Zugleistung, perfekte Kraft-Schmerz-Umsetzung, intuitive Out-of-the-box-Bedienbarkeit und lebenslängliche Garantie.«

»Aha«, sagte Selphyne. »Und das heißt, wir sollen jetzt … was genau tun?«

»Auf keinen Fall die Fesseln lösen! Seht mal an der Seite rechts von mir nach, da befindet sich eine kleine mechanische Anzeige.«

Falfnin ging neben der Streckbank in die Hocke.

»Und? Hast du sie gefunden? Was zeigt sie an?«

»037«, entgegnete der Wichtelmeisterdieb.

»Gut. Okay.« Der Zwerg atmete tief durch. »Kein Grund, in Panik zu verfallen. Wir haben noch genug Zeit. Siebenunddreißig Minuten sind zwar nicht viel, wirklich nicht viel, aber es müsste reichen.«

»Was passiert in siebenunddreißig Minuten?«, wollte Brom wissen.

»Bei aktivierter Schnapp-und-Ab-Funktion™ entlädt der Streckinator 7000™ nach Ablauf des am Stellrad festgesetzten Countdowns die gespeicherte kinetische Energie«, erklärte der Zwerg, als referiere er aus einem Bedienungshandbuch. »Das Ergebnis kann, je nach Einstellung, variieren.«

»Was?«, blinzelte Brom, der erwartungsgemäß kein Wort verstanden hatte.

»Wenn wir es nicht schaffen, den Mechanismus zu stoppen, bevor die siebenunddreißig Minuten abgelaufen sind, reißt mir dieses Ding beide Arme und Beine ab.«

»Oh«, machte Bolgur.

»Das erinnert mich an eine lustige Geschichte«, meinte Brom heiter, dessen sonniges Naturell auch die finsterste Wolkenfront überstrahlte. »Onkel Gilfo hat mal mit einem Zyklopen gewettet …«

»Dafür haben wir jetzt keine Zeit«, unterbrach ihn Falfnin. »Wie können wir diese Schnapp-und-Ab-Funktion™ deaktivieren?« »Schraubt bitte als Erstes die eiserne Verschalung neben der Zeitanzeige ab«, sagte der Zwerg.

Falfnin tat es.

»Du hast Glück, dass ich immer ein vollständiges Diebes- und Feinmechanikerwerkzeugset dabei habe«, meinte er.

»O ja«, nickte der Zwerg. »Ich liege so gut wie nackt auf einer Streckbank im Verlies eines Nachtelfentotenbeschwörers und stehe ganz knapp davor, gevierteilt zu werden. Ich schätze, ich bin der glücklichste Zwerg der Welt! Und, was siehst du?«

Falfnin schnalzte mit der Zunge.

»Das sieht ziemlich kompliziert aus.«

»Ja, die Mechanik des Streckinators 7000™ ist ein Wunderwerk zwergischer Ingenieurskunst. Innovation und Tradition in perfekter Einheit. Also, wenn du genau hinschaust, müsstest du ein großes silbernes Zentrifugenpendel finden, gleich neben mehreren 32er-Zahnrädern.«

Falfnin suchte angestrengt.

»Da sind eine Menge Pendel und Zahnräder«, meinte er. »Ah, ich glaube ich hab es! Silbern und etwas größer als die übrigen?«

»Genau. Jetzt kommt es darauf an, dieses Pendel irgendwie anzuhalten.«

»Du scheinst eine ganze Menge über Streckbänke zu wissen«, warf Brom ein.

»Ich würde in der falschen Branche arbeiten, wenn das nicht der Fall wäre«, antwortete der Zwerg mit einem Anflug professionellen Stolzes. »Hakon Zwingenschmied, Mitarbeiter der Firma Stechli & Kreysch, dem unangefochtenen Marktführer in Sachen Folterzubehör, Kerkereinrichtung und Liebesspielzeug für den ausgefallenen Geschmack. Ich bin persönlich an der Entwicklung des Streckinators 7000™ beteiligt gewesen.«

Plötzlich war die ohnehin nicht gerade tropisch-warme Gefühlstemperatur in dem Verlies noch um ein paar zusätzliche Grade gefallen.

»Soso«, sagte Selphyne.

»Das nennt man dann wohl Karma«, sagte Falfnin.

»Stechli & Kreysch, was?«, fragte Brom, sich nachdenklich das Kinn reibend.

»Ganz genau«, nickte Hakon Zwingenschmied. »›Stechli & Kreysch – wir liefern das *Stech*, für das *Kreysch* müssen sie selbst sorgen.‹«

»Das ist nicht witzig«, brummte Bolgur.

»Nein, eigentlich nicht.« Zwingenschmied lachte nervös, als er den grimmigen Gesichtsausdruck des Ogers bemerkte. »Aber ich hab mir den Slogan auch nicht ausgedacht, das waren die Jungs in der Marketingabteilung. Na, ich will jedenfalls nicht drängen, aber zum Plaudern bleibt ja nachher noch genug Zeit, erst mal sollten wir uns auf meine Befreiung konzentrieren …«

»Stechli & Kreysch«, grübelte Brom, »stellen die nicht auch diese glühenden Fleischkneifer her?«

»Ja, glühende Fleischkneifer gibt es bei Stechli & Kreysch in mehreren Ausführungen …«

»Und rostige Quälhaken?«, grollte Bolgur.

»Auch Quälhaken, vorgerostet ab Werk, aber …«

»Eiserne Tauchfässer?«, fragte Falfnin.

»Eiserne Tauchfässer bis zu einem Volumen von siebenundzwanzig Kubikmetern. Ihr scheint ja wirklich großes Interesse am Thema Foltern und Verhören zu haben. Wenn ihr mich jetzt schnell befreit, kann ich euch gerne das umfangreiche Sortiment der Firma Stechli & Kreysch vorstellen, inklusive des patentierten Persönlichkeitstests *Welcher Foltertyp sind Sie?* Der ein oder andere Freundschaftspreis ist sicher auch drin.«

»Ich glaube wir haben eine grundsätzlich verschiedene Auffassung des Begriffs *Freundschaft*«, erwiderte Selphyne kühl.

»Und das Sortiment der Firma Stechli & Kreysch haben wir bereits zur Genüge kennengelernt«, stellte Falfnin fest.

»Willst du mal meine Narben sehen?«, fragte Bolgur düster.

»Hätten wir ihm nicht wenigstens eine Chance geben sollen?«, fragte Selphyne, nachdem sie eine Weile gegangen waren.

»He!«, hörten sie Zwingenschmied verzweifelt aus der Entfernung rufen. »Kommt zurück! Ihr könnt mich doch nicht einfach meinem Schicksal überlassen!«

»Wir haben ihm eine Chance gegeben«, knurrte Brom. »Er braucht sich nur aus den Fesseln zu befreien, um an den Dietrich zu kommen, den Falfnin auf dem Boden zurückgelassen hat, und mit dem er sich aus den Fesseln befreien kann. Wenn er erstmal so weit ist, muss er nur noch den Mechanismus abschalten, der ihm die Arme und Beine abreißt, und – Bingo.«

»Bitte!«, schrie Zwingenschmied. »Wie soll ich an den Dietrich gelangen, um mich damit zu befreien, wenn ich mich erst befreien muss, um an den Dietrich zu gelangen?«

»Hört sich nach einer tiefgründigen philosophischen Fragestellung an«, bemerkte Falfnin.

»Schratianischer Zem-Absurdismus«, erklärte Brom. »Was für ein Geräusch erklingt, wenn ein armloser Zwerg in die Hände klatscht?«

»Ein Jahrtausende altes Rätsel steht unmittelbar vor seiner Auflösung«, versetzte Falfnin ernst.

»Ich habe jetzt doch ein bisschen Mitleid mit ihm«, gestand Selphyne.

»Ach was«, meinte Brom. »Man kann auch ohne Arme und Beine ein sehr erfülltes Leben führen.«

»Als Pirat, zum Beispiel«, schlug Bolgur vor.

»Ein guter Hinweis, Bolgur. Viele Piraten haben Holzbeine oder Hakenprothesen. Außerdem scheint er Haken ja zu mögen.«

»Aber zwei Holzbeine und zwei Haken, das ist doch eher selten.«

»Um so besser für ihn. Dann hat er was, um sich aus der Masse hervorzuheben.«

»Er könnte auch auf dem Jahrmarkt arbeiten, im Kabinett der Absonderlichkeiten«, warf Falfnin ein, der die Sache mit dem Karma durchaus ernst nahm. »Der Zwerg ohne Arme und Beine – ich könnte mir vorstellen, dass die Leute dafür zahlen.«

»Ich würde dafür zahlen«, sagte Brom. »Wenn ich wüsste, dass der Zwerg ein Mitarbeiter der Firma Stechli & Kreysch war, als er noch Arme und Beine hatte.«

»Bitte!«, hallte Zwingenschmieds wimmernde Verzweiflung durch den Folterkeller.

»Ich finde, wir sollten ihm doch lieber helfen«, sagte Selphyne.

Brom schnaubte unmutig.

»Also schön. Wenn wir auf dem Rückweg bei ihm vorbeikommen und noch ein bisschen Zeit übrig haben, versuchen wir meinetwegen, ihn zu befreien.«

»Und wenn es dann bereits zu spät ist?«

»Dann können wir ihn wenigstens bei seiner Jobsuche auf dem Jahrmarkt unterstützen.«

»Das ist das Mindeste, was wir für ihn tun können«, nickte Falfnin.

Kurz darauf betraten sie einen Raum, in dessen Mitte sich ein steinernes Podest befand, auf dem ein magisch leuchtender Kriegshelm lag.

»Der Helm des Eralkes!«, frohlockte Brom und eilte auf das Podest zu. »Was habe ich euch gesagt? Er ist hier!«

»Warte, Brom!«, rief ihm Falfnin hinterher. »Wir wissen nicht ob …«

Mit einem gierigen Funkeln in den Augen hob Brom den Helm vom Podest.

Etwas klickte laut.

Schwere Eisentore krachten auf allen Seiten herunter und riegelten den Raum vollständig ab.

»… er nicht durch Fallen gesichert ist«, vollendete Falfnin resigniert seinen Satz.

Lautes Kettenrasseln und Knirschen von Zahnrädern kündigte an, dass sich ein komplizierter verborgener Mechanismus in Gang setzte.

»Können wir nicht einmal – wenigstens *ein einziges Mal* – ein Abenteuer bestehen, ohne in jede Falle und jeden Hinterhalt zu rennen?«, seufzte Selphyne.

»Entschuldigung«, entgegnete Brom, Eralkes' verzauberten Helm in der Hand, »aber ich bin nun mal ein Zwerg. Wertvolle, funkelnde Dinge ziehen mich magisch an, da kann ich nichts gegen tun. Das ist gametisch bedingt.«

»Genetisch, meinst du«, verbesserte Bolgur.

Brom hob eine Augenbraue.

»Was weißt *du* denn über Vererbungslehre?«

»Nun«, begann der Oger in akademischem Vorlesungston, »da sind zunächst einmal die Chromosomen …«

»Würdet ihr euren gelehrten Disput bitte später fortsetzen?«, unterbrach Falfnin. »Wir haben jetzt wirklich andere Sorgen!«

In den Wänden öffneten sich mehrere Luken. Kleine skorpionähnliche Wesen krochen daraus hervor und huschten klackend auf ihren vielen Beinen durch die Halle, wobei sie giftige Zischlaute von sich gaben.

»Knochenskrille!«, fluchte Brom und gab einer der Kreaturen einen Tritt, der sie gegen die nächste Wand schleuderte und in hundert Knochenfragmente zerschellen ließ. »Ich hasse diese Biester!«

»Das ist nicht alles, worüber wir uns Sorgen machen sollten!«, rief Selphyne und zeigte auf eine knisternde, blauschwarze Kugel, die aus einer Versenkung in dem Podest aufstieg und den Platz einnahm, an dem sich zuvor der Helm befunden hatte.

»Was ist das denn für ein Ding?«, fragte Falfnin.

»Eine magische Gravitationsanomalie«, erklärte Selphyne. »Wenn wir den arkanen Atomzerfall im Innern der Sphäre nicht aufhalten, entlädt sich die darin gespeicherte dunkle Energie und frisst ein riesiges Loch ins Raum-Zeit-Gefüge!«

»Und das wäre schlecht für das Raum-Zeit-Gefüge?«

»Das wäre vor allem schlecht für uns! Haltet mir die Skrille vom Leib, ich versuche, die Anomalie zu entschärfen!«

»Kein Problem!«, rief Brom, einen aufdringlichen Knochenskrill mit der Streitaxt zerschmetternd. »Ich hab sowieso grad angefangen, mich zu langweilen!«

Ein unheilverheißendes Knirschen ließ sie gleichzeitig den Blick zur Decke heben.

»Oh, jetzt hör aber auf!«, rief Falfnin entrüstet.

Die Decke hatte begonnen, sich langsam aber sicher auf sie herabzusenken.

»Also gut, klare Arbeitsteilung«, bestimmte Selphyne.

»Brom kümmert sich um die Skrille, Bolgur stützt provisorisch die Decke ab, während Falfnin den Fallen-Mechanismus entschärft. Und ich versuche, das mit dem Raum-Zeit-Gefüge in den Griff zu kriegen.

»In Ordnung!«

»Geht klar!«

»Ich geb mein Bestes!«

»Könnt ihr euch ein bisschen beeilen?«, brummte Bolgur. »Ich werde langsam müde.«

Wie der Titan Xerkolon, der der Sage nach die Sonne auf seinen Schultern trägt*, stand Bolgur mit erhobenen Armen da und stemmte sich gegen die tonnenschwer herabdrückende Hallendecke.

»Wie sieht es aus, Falfnin?«, rief Brom und zerschmetterte mit seiner Streitaxt einen Knochenskrill, der versucht hatte, ihm mit der Absicht ins Gesicht zu springen, sein Gehirn durch die Augenhöhlen herauszusaugen (was Knochenskrille üblicherweise so machen). »Bolgur wird langsam müde!«

»Ich schraube gerade das Gitter auf der anderen Seite raus«, kam Falfnins Stimme aus einem Lüftungsschacht.

Es gab immer einen Lüftungsschacht, der sich gelenkigen Wichtelmeisterdieben als idealer Fluchtweg anbot, das war glücklicherweise eine der unumstößlichen Regeln des Abenteurerlebens.

»So, jetzt bin ich durch, und … oh, hallo!«

»Was?«, rief Brom und schwang seine Axt. »Sind Wachen auf der anderen Seite?«

Wenn es weniger tumultuarisch zugegangen wäre, hätte man kurz das Durch-die-Luft-Pfeifen mehrerer Wurfdolche hören können.

* Ungefähr alle zwölf Stunden legt Xerkolon eine gesetzlich vorgeschriebene Pause ein, was den Tag/Nacht-Zyklus erklärt.

»Jetzt nicht mehr«, antwortete Falfnin aus der Entfernung.

»Ich hab die Sphäre fast unter Kontrolle«, rief Selphyne. Sie hielt ihre magisch leuchtenden Hände über die Gravitationsanomalie, arkane Runensymbole und verschnörkelte Zauberformeln flackerten um sie herum auf und verschwanden wieder.

»Nur noch eine letzte Sequenz, und ich kann … ah!«

Sie schrie auf, als ihr ein Skrill von hinten auf den Kopf sprang.

»Er ist in meinen Haaren! Nehmt ihn weg!«

»Geht sofort los!«

Brom nahm kurz Augenmaß, holte aus und warf seine Axt.

Die aus zwergischem Diamantstahl geschmiedete Waffe wirbelte wie ein Bumerang durch die Halle, zischte haarscharf an Bolgurs Kopf vorbei und trennte den Skrill sauber in zwei Hälften, die zuckend zu Boden fielen. Dann trat sie ihren Rückweg an und landete sicher wieder in der Hand des Zwergenkriegers.

»Ich bin *gut*«, grinste er zufrieden.

Davon war Selphyne weniger überzeugt.

»Bist du jetzt völlig durchgeknallt?«, rief sie. »Wenn ich mich nur ein bisschen bewegt hätte, wär mein Kopf jetzt halbiert!«

»Nur die Ruhe«, beschwichtigte Brom. »Ich bin ein geübter Axtwerfer. Vier von fünf Malen treffe ich genau ins Schwarze.«

»Und wenn das hier das fünfte Mal gewesen wäre?«

»Für so was hat Falfnin ja sein chirurgisches Notfallset dabei. Wisst ihr noch, wie ich Bolgur mal im Eifer des Gefechts den großen Zeh abgehauen habe? Der ist doch auch 1a wieder angewachsen.«

»Wir reden hier von meinem Kopf, nicht von Bolgurs großem Zeh!«

»Kopf, großer Zeh, für einen begabten Chirurgen ist das einerlei.«

»Falfnin *hat* doch sein Notfallset mit, oder?«, ließ sich Bolgur vernehmen.

»Ja, warum? Bist du verletzt?«

»Ich glaub schon.«

Der Oger drehte den Kopf zur Seite.

Von seinem linken Ohr, dort, wo Broms Streitaxt vorbeigesaust war, fehlte ein beträchtlicher Teil.

»Ups«, sagte Brom. »Tschuldigung, Bolgur. Aber keine Sorge, Falfnin wird das schon richten. Und wenn wir wieder mal bei Hermschlok sind, gebe ich dir einen aus!«

»Hallo?«, rief Falfnin durch den Lüftungsschacht. »Dieser Fallenmechanismus ist ziemlich kompliziert! Ich probier mal was aus, und ihr sagt mir, ob es besser wird, in Ordnung?«

»Okay!«, riefen die anderen.

Ein paar Sekunden verstrichen.

»Mal sehen«, sagte Falfnin nachdenklich auf der anderen Seite. »Besser oder schlechter?«

Plötzlich kamen kurze eiserne Rohre aus den Wänden gefahren, und ein bedenkliches Zischen war zu hören.

Dann fauchten infernalische Feuerstöße durch die Halle.

»Schlechter!«, schrien die anderen.

»Schon gut!«

Die Feuerstöße hörten auf.

»Das war also nichts«, schlussfolgerte Falfnin.

»Kann man wohl sagen!«, beschwerte sich Brom, hektisch die Flammen ausblasend, die in seinen Bart geraten waren.

Wieder verging eine kurze Zeit, bis Falfnin aufs Neue fragte:

»Besser oder schlechter?«

Ein lautes Summen wie von einem Schwarm wütender

Riesenwespen ertönte unter ihren Füßen, dann fuhren plötzlich große rotierende Sägeblätter aus dem Boden.

»Schlechter!«, schrien sie. »Viel schlechter!«

»Ich glaub, ich hab schon wieder eine Zehe verloren«, grollte Bolgur.

»Okay, okay, schon kapiert! Tut mir wirklich leid!«, rief Falfnin. »Aber ich denke, jetzt hab ich den Bogen langsam raus!«

»Das will ich auch verdammt noch mal hoffen«, knurrte Brom.

Die Sägeblätter verschwanden im Boden, und etwa eine halbe Minute verstrich, bevor Falfnin fragte:

»So, wie ist das? Besser oder schlechter?«

In den Wänden öffneten sich mehrere Luken, aus denen ätzend brodelnde Säure hervorströmte.

»Aua«, sagte Bolgur. »Au.«

»Sei tapfer, Bolgur«, munterte Falfnin ihn auf, mit Nadel und Zwirn beschäftigt. »Mit dem Ohr bin ich fast fertig. Und dann kümmere ich mich um deine Zehe. Hast du nicht noch etwas Zwergenschnaps für ihn, Brom?«

Brom griff in seinen Rucksack und holte eine zur Hälfte gefüllte Flasche hervor, entkorkte sie und reichte sie Bolgur.

»Aber trink nicht gleich alles aus«, mahnte er. »Das ist meine letzte Reserve, 128%iger Finsterklammer Zwitscherer. Vierfach gebrannt in der Höllenhitze der Schmieden von Aklak-kla´baz, über Jahrhunderte gelagert in Fässern aus versteinerter Eisen-Eibe, ein Hochgenuss für jeden Kenner hochprozentiger …«

»Hier, bitte«, rülpste Bolgur und gab ihm die leere Flasche zurück.

»Oger«, grummelte Brom. »Kein Sinn für Kultur.«

Beim neunten Versuch war es Falfnin tatsächlich gelungen, den Fallenmechanismus zu entschärfen, und auch

Selphyne hatte die Gravitationsanomalie neutralisieren können.

Demnach waren sie nicht von der Decke zerquetscht oder in ein magisches Schwarzes Loch gesaugt worden, und ebenso wenig hatten die Knochenskrille sie erwischt.

Alles in allem war es ein ganz normaler Tag im Leben einer Abenteurergruppe.

»Das ist also der Helm des Eralkes«, sagte Falfnin, das legendäre Rüstungsstück in der Hand haltend, um dessentwillen sie überhaupt hergekommen waren. »Komisch, auf den Abbildungen hat er irgendwie anders ausgesehen.«

»Die Zeichnungen in diesen Rüstungskatalogen sind meistens ziemlich ungenau«, entgegnete Brom. »Aber auf dem Markt dürfte er wenigstens seine dreihunderttausend Goldstücke bringen.«

»Ich weiß nicht«, zweifelte der Wichteldieb. Prüfend drehte er den Helm in den Händen. »Oh, Mist!«, fluchte er plötzlich.

»Was?«, fragten die anderen und traten näher.

»*Made in Workubosch. All rights owned by Fantastik AG*«, sagte Falfnin und zeigte auf einen eingestanzten Schriftzug im Innern des Helms.

»Verdammt!«, knurrte Brom. »Dieser elende Ghulknutscher von einem Totenbeschwörer hat uns gelinkt!«

Die Fantastik AG, ein milliardenschwerer Großkonzern, war bekannt dafür, billige Plagiate magischer Artefakte in Niedriglohnländern wie Workubosch herzustellen und den Markt damit zu überschwemmen.

Auf die Arbeitsbedingungen in ihren Betrieben angesprochen, in denen kaum volljährige Orks und Trolle bis zu achtzehn Stunden am Tag für einen Hungerlohn schuften mussten, zuckten die Unternehmenschefs bloß mit den Schultern und entgegneten:

»Das Gesetz der globalisierten Märkte! Da kann man

nichts bei machen! Uns blutet ja das Herz, aber es lässt sich nicht ändern, leider! Wir sind selbst Opfer des Systems!«

Dann ließen sie sich in ihren Luxuskarossen ins nächste Acht-Sterne-Hotel chauffieren, wo sie sich in Kaviar suhlten, in Champagner badeten und mit Elfenedelprostituierten so richtig einen drauf machten.

Das Gesetz des Marktes.

Aber zurück zur Geschichte.

»Wenn ich diesen Mistkerl vor meine Axt kriege, kann er was erleben!«, fluchte Brom. »Den schick ich postwendend zu seinen vergammelten Leichen-Kollegen in die nächste Gruft!«

»Hallo?«, hallte Hakon Zwingenschmieds verzweifelte Stimme durch das Verlies. »Seid ihr noch da? Darf ich euch daran erinnern, dass ich nach wie vor auf dem Streckinator 7000™ liege? Ich würde mich wirklich riesig freuen, wenn ihr euch doch noch dazu durchringen könntet, mir zu helfen! Und es wäre ganz toll, wenn das in den nächsten siebeneinhalb Minuten geschehen würde! Weil ich euch nämlich gerne aus überschwänglicher Dankbarkeit die Hand schütteln würde, was mir andernfalls aus Gründen, die ich nicht näher erläutern muss, unmöglich sein wird!«

Sie befreiten ihn in der sprichwörtlichen letzten Minute, und Falfnin kam diesmal glücklicherweise mit nur einem Versuch aus, um die Schnapp-und-Ab-Funktion™ zu deaktivieren.

Wie angekündigt schüttelte ihnen Zwingenschmied, noch immer in Unterhose, überschwänglich die Hände und gelobte feierlich, Zwergenehrenwort, aus dem Folterwerkzeug-Geschäft auszusteigen.

Ein Versprechen, an das er sich auch hielt, wie sich später noch zeigen wird.

Nachdem sie Hakon Zwingenschmied befreit hatten, machten sich die Helden daran, die Burg des Totenbeschwörers weiter zu erkunden, wobei sie nur noch auf geringe Gegenwehr stießen. Anscheinend hatte sich unter den Nekromantenschergen herumgesprochen, dass eine Heldengruppe innerhalb der Burgmauern Amok lief und erbarmungslos jeden brutalisierte, der auch nur entfernt nach Bösewicht aussah.

Gerade stiegen sie eine gewundene Treppe hinauf, die in ein Turmgemach führte, als sie einen blauen Schein bemerkten und das Brummen und Knistern magischer Energie hörten.

»Leise jetzt!«, flüsterte Falfnin und schlich voraus, um die Lage auszuspähen, aber Brom war wie immer nicht für Heimlichtuereien zu begeistern.

Mit einem zwergischen Kampfschrei stürmte er voraus und machte damit jede Hoffnung auf einen Überraschungsangriff zunichte.

Nach wenigen Schritten blieb er jedoch auf der Türschwelle des Turmgemachs wie angewurzelt stehen.

»Was in aller Götter Namen ist das denn?«, fragte er stirnrunzelnd.

Die anderen tauchten hinter ihm auf und machten ebenfalls erstaunte Gesichter.

Eine hochkompliziert wirkende Apparatur nahm den Großteil des Raumes ein. Durchscheinende Röhren aus magisch leitendem Arkanium liefen über den Boden und verbanden diamantene Dimensionsfokusse mit oszillierenden Flux-Aggregatoren, Spährenwellen-Modulatoren mit Realitäts-Wandlern und anderem zauberischen High-End-Gerät.

»Ihr schon wieder!«

Ihr Erzfeind, der Nachtelfen-Nekromant Thanatos Totenhand, trat hinter der Apparatur hervor.

»Könnt ihr mir nicht einmal einen Gefallen tun und in

meinen sorgfältig vorbereiteten Fallen sterben? Ich hab mir wirklich Mühe gegeben, wisst ihr!«

»Das hättest du wohl gern, Grabschänder!«, knurrte Brom. »Aber den Tag, an dem wir dir zuliebe ins Gras beißen, wirst du nicht erleben! Dafür kannst du dich jetzt auf dein eigenes Ende gefasst machen. Und vorher lässt du das Gold rüberwachsen, das du uns noch schuldest.«

»Was für Gold?«, fragte der Totenbeschwörer und klopfte mit seinem knochigen Zeigefinger prüfend gegen einen Dimensionsfokus.

»Dreihunderttausend Goldstücke«, erwiderte Brom. »Für Eralkes' Gar Nicht Mal So Echten Helm. Leg noch eine Million obendrauf, weil du versucht hast, uns um die Ecke zu bringen. Mehrfach.«

»Und noch eine, damit ich ihn nicht mit meiner Keule haue«, brummte Bolgur.

»Und noch eine, damit Bolgur dich nicht mit seiner Keule haut!«

»Ich habe jetzt keine Zeit für solche Albernheiten. Da drüben steht eine Truhe, bedient euch.«

Der Totenbeschwörer zeigte auf eine eisenbeschlagene Truhe und wandte sich wieder den magischen Geräten zu.

»Aha!«

Ein zwergentypisches gieriges Funkeln in den Augen, eilte Brom zu der Truhe und klappte ihren Deckel auf.

»Ich weiß nicht, ob ich da was falsch verstanden habe«, bemerkte Selphyne, »aber sind wir nicht in erster Linie hier, um gegen das Böse zu kämpfen?«

»Moral ist gut, ein paar Millionen auf der Bank sind besser«, bemühte Brom das Motto des Heldengruppenmanagers Midas »Generalmajor« Gemmenschneider. »Außerdem«, fügte er flüsternd hinzu, »können wir ihn nachher immer noch abservieren. Falls die Kohle nicht stimmen sollte, aber auch sonst.«

Mit seiner genetisch bedingten Zwergenfähigkeit, größere Mengen Goldes durch einen flüchtigen Blick bis auf die Kopeke genau schätzen zu können, erfasste Brom den Truheninhalt.

»Soll das ein Scherz sein?«, schnaubte er. »Das sind nicht mal fünfzig Goldstücke!«

»Das ist alles, was ich habe«, sagte Thanatos. »Nehmt es, oder lasst es bleiben.«

Er schraubte an einigen arkanen Reglern, und ein waberndes pechschwarzes Oval erschien in den Mitte des Raums.

»Was ist das überhaupt für ein Apparillo?«, fragte Brom und versetzte einem hochenergetisch summenden Realitätswandler einen Tritt.

»Das ist ein sehr empfindliches, sehr, sehr kompliziertes Mehrkomponenten-Magiesystem, in das ich sehr, sehr, *sehr* viel Geld investiert habe, und ich wäre euch dankbar, wenn ihr die Finger davon lassen könntet!«

Thanatos eilte herbei und rückte den Realtitätswandler wieder an seinen Platz.

»Würdet ihr mir bitte den Gefallen tun, und später noch mal wieder vorbeikommen? Ich weiß, ihr hängt sehr an dieser »Heldengruppe kämpft gegen bösen Totenbeschwörer«-Nummer, aber im Augenblick ist das wirklich sehr ungünstig. Später stehe ich wieder ganz zu eurer Verfügung.«

Falfnin kniff die Augen zusammen.

»Du verhältst dich irgendwie merkwürdig«, fand er.

»Ich bin einfach ein bisschen angespannt. Das hier erfordert höchste Konzentration und eine ruhige Hand. Also lasst mich bitte in Ruhe und sucht euch ein anderes Abenteuer. Ich bin ja nicht der einzige Totenbeschwörer, den ihr terrorisieren könnt.«

»Das Zeug hier ist viel Geld wert, was?«, meinte Brom, seinen Bart zupfend.

Er packte einen astralen Raumkrümmer aus kostbarem Elfenplatin und löste ihn aus der Verkabelung.

»Nein! Stell das sofort wieder an seinen Platz!«, rief Thanatos.

»Oh«, sagte Falfnin und zeigte auf das schwarze Oval, das plötzlich viel stärker zu wabern begonnen hatte und sich rasch ausdehnte. »Soll das so sein?«

»Ihr macht mir alles kaputt!«, schrie der Totenbeschwörer und stampfte mit dem Fuß auf.

Magische Energie strömte mit knisternder Intensität durch den geheimnisvollen Apparat, ein hohes, durchdringendes Schrillen erklang. Der Boden bebte unter ihren Füßen.

Plötzlich stießen schattenhafte Fangarme aus dem Oval hervor und peitschten wild zuckend durch den Raum.

»Die Götter mögen uns beistehen! Er hat ein Portal zur Ebene der Reinen Negativität geöffnet!«, rief Selphyne, einem der schwarzen Tentakel ausweichend.

»Und ich hätte es auch unter Kontrolle gehabt, wenn ihr Vollidioten nicht dazwischen gekommen wärt!«, fluchte Thanatos.

»Es gibt kein Problem, das ein guter Axthieb nicht lösen könnte!«, zitierte Brom sein Lebensmotto und schlug einen der krakengleich tastenden Fangarme durch.

Aus dem Stumpf wuchsen zwei neue Tentakel hervor.

»Na gut, manchmal sind es eben *zwei* Axthiebe!«, berichtigte sich Brom und schwang seine Streitaxt.

Das Resultat waren vier neue Tentakel.

»Im Zweifelsfall auch drei!«

Acht Tentakel.

Brom kniff die Augen zusammen.

»*Vier* Axthiebe?«, fragte er, von nur ganz leisen Verdachtsmomenten beschlichen, die bewährte Methode *Streitaxt* könnte in diesem Fall eventuell nicht das optimale Mittel der Wahl sein.

»Hör auf damit!«, rief Selphyne. »Diese Dinger bestehen aus dem absoluten Nichts! Je mehr du davon zerstörst, desto mehr werden es!«

»Wir müssen das Portal schließen!«, rief Thanatos. »Sonst wird es die Welt mit Negativität überschwemmen!«

»Ach, jetzt heißt es plötzlich *wir«*, knurrte Brom. »Und vor fünf Minuten hast du noch versucht, mit deinen Fallen Gulasch aus uns zu machen!«

»Thanatos hat recht!«, rief Selphyne, die sich aus einem ganzen Knäuel zuckender Tentakel herausteleportierte. »Wir müssen zusammenarbeiten, nur so haben wir eine Chance!«

»Wer von euch weiß, wie man einen Schwarze-Materie-Transformator bedient?«, fragte der Totenbeschwörer.

Bolgur hob die Hand.

Die anderen sahen ihn ungläubig an.

»Er sagte *Schwarze-Materie-Transformator,* Bolgur«, erklärte Selphyne. »Nicht *Keule.*«

»Und?« Der Barbarenoger verschränkte die Arme. »Ich weiß sehr wohl, wie man einen Schwarze-Materie-Transformator bedient«, sagte er beleidigt. »Mein Cousin Borgul, der Professor für Multidimensionale Magie ist, hat mir alles erklärt. Wenn der untere Polaritätswert größer/gleich 1 ist, muss man auf den roten Knopf drücken.«

»Ihr seid eine ziemlich intellektuelle Familie, was?«, fragte Falfnin.

»Acht Professoren und fünfzehn Oberstudienräte. Mama hat immer gesagt, ich bin eher handwerklich begabt.« Bolgur tätschelte seine Keule.

»Da wir das geklärt haben: Einer müsste sich um die Flux-Aggregation kümmern«, rief Thanatos.

»Das bekomme ich zur Not hin«, entgegnete Selphyne. »Und es wäre gut, wenn jemand diese Biester ablenken könnte.«

»Das mache ich«, meldete sich Falfnin.

»Und wenn ich *jetzt* sage, muss jemand diesen großen Kristall da drüben mit einem kräftigen Hieb zerschlagen!«

Brom drehte den Stiel seiner Axt zwischen den Fingern hin und her.

»Was seht ihr denn alle *mich* an?«

»Nur noch ein wenig!«, rief Thanatos. »Wartet auf mein Zeichen!«

Er kroch unter den wabernden Schattenarmen hindurch und nahm einige Einstellungen an einem Dimensions-Fokus vor.

»Jetzt!«

Broms diamantstählerne Streitaxt sauste herab und zerschlug den Kristall in tausend Fragmente.

Die schwarzen Tentakel erschauerten und verschwanden in dem Portal, das zusammenschrumpfte, bis es schließlich ganz verschwand.

»Wir haben es geschafft!«, jubelte der Totenbeschwörer. »Der Apparat ist hinüber, aber wenigstens …«

»Vorsicht«, rief Selphyne, doch ihr Warnruf kam zu spät.

Das Portal hatte sich noch einmal geöffnet, ein langer Tentakel aus kondensierter Negativität zuckte hervor und bohrte sich in Thanatos' Rücken.

»Oh …«

Der Nachtelf erbleichte und sah verwundert auf das schlangengleiche schwarze Etwas, das aus seiner Brust hervorstieß und sich dann endgültig in die Dimension der Anti-Existenz zurückzog.

Thanatos sank in die Knie.

An seinem Körper zeigte sich zwar keine Wunde, aber der leere Ausdruck in seinen Augen ließ wenig Zweifel daran, dass es mit ihm zu Ende ging.

Mit einigen Schritten war Brom bei ihm und stützte ihn ab, bevor er ganz zu Boden sank.

»Es hat mich erwischt«, keuchte der Totenbeschwörer.

»Mach keine Sachen! Du schuldest uns noch eins Komma drei Millionen Goldstücke, also denk nicht mal daran, jetzt den Löffel abzugeben!«, knurrte Brom mit einer Mischung aus raubeiniger Sentimentalität und betriebswirtschaftlichem Kalkül.

Er verfügte zwar über eine ganze Sammlung von blutrünstigen Kalendersprüchen, die sämtlich davon handelten, was er mit dem »Ghulknutscher« anstellen würde, wenn der ihm »vor seine Axt käme«, aber das hier schmeckte seltsamerweise überhaupt nicht nach Sieg oder gelungener Rache.

Die anderen traten näher.

In der Vergangenheit waren sie stets erbitterte Feinde gewesen, doch jetzt erst wurde ihnen klar, wie sehr sie sich an ihn gewöhnt, wie sie ihn als Gegenspieler schätzen gelernt hatten.

Sie waren die Helden, er der Schurke: So bekam die Welt einen Sinn.

»Vielleicht kann Falfnin mit seinem chirurgischen Notfallset …«, begann Selphyne.

»Nein«, stöhnte Thanatos leise. »Wenn es etwas gibt, worauf ich mich wirklich verstehe, dann ist es der Tod. Und ich erkenne seinen knöchernen Schritt, wenn er sich nähert.«

Er lachte gequält.

»Wenn ich daran denke, wie oft ich ihm ins Handwerk gepfuscht habe … er wird sicher höchst erfreut sein, mich endlich in seine dürren Finger zu bekommen.«

»Papa!«

Sie drehten sich um.

Ein kleines Mädchen stand in der Tür.

Sie trug ein Nachthemd, das mit Schädel- und Knochenmotiven bestickt war und hatte eine Stoffpuppe in der Hand, die einen Leichendrull darstellte.

»O nein …«, murmelte Bolgur mit einem Kloß im Hals. »Nenia, meine kleine Prinzessin.«

Mühsam richtete sich Thanatos auf, als die Nachtelfe schluchzend heraneilte und sich an seine Brust warf.

»Du musst jetzt tapfer sein«, flüsterte er und strich tröstend durch ihr rabenschwarzes Haar. »Erinnere dich an das, was ich dir immer gesagt habe: Das Leben ist ein natürlicher Bestandteil des Todes.«

»Ich will nicht, dass du gehst!«, weinte sie und ballte ihre kleinen Fäuste.

»Meine Zeit ist gekommen, Nenia, aber du hast noch dein ganzes Leben vor dir.«

»Ich werde dich zurückholen!«

»Nein, Prinzessin.«

Der Totenbeschwörer schüttelte den Kopf.

»Weißt du noch, wie es war, als wir Onkel Balthasar zurückgeholt haben? Danach war er nicht mehr derselbe. Dauernd hat er nach den Dienstboten geschnappt, und dann hat er auch immer seinen Arm irgendwo verlegt.«

Thanatos verzog das Gesicht zu einer Grimasse und verstellte die Stimme:

»Wo ifft denn jetft fon wieder diewer verdammte Arm! Und mein Kiefer müffte auch neu juftiert werden, fum Donnerwetter noch mal!«

Nenia lachte aufschluchzend.

»Und dann ist ihm der Kopf abgefallen«, schniefte sie.

»Und dann ist ihm der Kopf abgefallen«, wiederholte ihr Vater.

»Die bösen Leute, die dir das getan haben, sollen dafür bezahlen!«

Die Tochter des Totenbeschwörers wandte sich um und fixierte die bösen Leute mit einem vernichtenden Blick.

Die vier Helden sahen niedergeschlagen zu Boden.

»Es ist nicht ihre Schuld«, sagte Thanatos. »Ich habe mit Mächten gespielt, die ich nicht kontrollieren konnte. Wer weiß, wenn diese vier tapferen Helden nicht aufgetaucht wären, vielleicht wäre sogar ein noch größeres Unglück geschehen.«

Er hustete.

»Es ist seltsam: Ich hatte eigentlich nie richtige Freunde – die meisten Leute, die auf meinem Gebiet arbeiten, sind eher weniger kontaktfreudig. Aber wenn ich jetzt zurückblicke und an all die Erinnerungen denke, die wir miteinander teilen, stelle ich fest, dass diejenigen, die ich jahrelang für meine schlimmsten Feinde gehalten habe, zu denen gehören, die mir stets am nächsten standen. Meine Freunde – ich darf euch doch so nennen?«

»Natürlich«, murmelten Brom, Selphyne, Falfnin und Bolgur.

»Würdet ihr mir einen letzten Gefallen tun, meine Freunde?«

»Sicher«, murmelten sie.

»Nenia, Prinzessin, sei so gut und hol Papa Feder und Pergament von dem Schreibtisch da drüben.«

Nachdem er beides erhalten hatte, begann er zu schreiben.

»Das sind die Namen meiner nächsten Verwandten. Bitte sorgt dafür, dass meine kleine Nenia bei einem von ihnen ein gutes Zuhause findet, einen Ort, wo sie behütet heranwachsen und sich entfalten kann.«

»Versprochen«, erwiderte Brom mit dumpfer Stimme und nahm das Papier entgegen.

Thanatos ließ sich zurücksinken.

»Jetzt, da ich weiß, dass meine kleine Prinzessin in guten Händen ist, kann ich diese Welt ruhigen Herzens verlassen. Adieu, meine liebe Nenia, adieu, meine Freunde.«

Der Totenbeschwörer seufzte tief, ein matter Glanz legte sich auf seine Augen, und dann starb er.

»Papa!«

Nenia warf sich schluchzend über ihn.

Die vier Helden schwiegen tief betroffen.

Plötzlich drehte sich die kleine Nachtelfe zu ihnen um, ihr tränenüberströmtes Gesicht war eine Maske des Zorns.

»Ich werde euch alle töten!«, sagte sie, jede Silbe betonend.

Der Tag, an dem die Beerdigung stattfand, war trübe und regnerisch.

Die Helden und Thanatos' Tochter waren die einzigen Trauergäste. Sie standen mit großen schwarzen Regenschirmen, von denen das Wasser in Strömen hinablief, vor der offenen Grube und sahen zu, wie ihr einstiger Widersacher in der Erde versenkt wurde.

Weil es sich bei dem Verstorbenen um einen Totenbeschwörer handelte, fügten die Bestatter in seinem Fall eine sogenannte *Reanimationssperre* hinzu, eine etwa anderthalb Meter dicke Schicht aus Beton, der mit antimagischem Stupidium versetzt und mit mächtigen Schutzrunen gezeichnet war.

Personen, die lange in der Zombie-Erzeugungsbranche tätig waren und dabei mit nekromantischer Energie kontaminiert wurden, besaßen die unangenehme Angewohnheit, nach ihrem Tod gerne mal in die Welt der Lebenden rüberzuschlurfen, um ein wenig frische Luft zu schnuppern und sich ein paar leckere Gehirne zu genehmigen, so wie andere Leute etwa nachts im Halbschlaf an den Kühlschrank gehen und ihren Diätplan schlafwandlerisch über den Haufen werfen.

Bolgur, eine große Brille auf der Nase, hielt eine sehr bewegende Grabrede, in der es irgendwie darum ging, dass der Totenbeschwörer einerseits ein erbarmungsloser Feind, andererseits jedoch ein wunderbarer und treuer Freund gewesen sei. Der genaue Sinn ging in zahllosen

Schluchzern unter, Schwierigkeiten seitens Bolgur, seine eigenen Notizen zu entziffern, kamen auch noch hinzu.

Die kürzeste Grabrede hielt Nenia.

Als sie die Schaufel Erde auf den Sarg warf, sagte sie, die vier Helden fixierend:

»Ich werde dich grausam rächen, Papa.«

Bolgur putzte sich trötend die Nase.

Nach dem traditionellen Leichenschmaus in Hermschloks bereits vielfach erwähnter Taverne, und bevor sie sich auf die Reise machten, um Nenias Verwandte zu besuchen, bestand Brom noch darauf, bei Ulgameschs Kaufhaus für Abenteurer vorbeizuschauen.

Etwas, das es in Ulgameschs »Kaufhaus für Abenteurer« nicht zu kaufen gab, existierte nicht (behauptete jedenfalls der offizielle Werbeslogan).

Ob Ork-Krieger, Kobold-Schamane, Nachtelfen-Nekromant oder Voodoo-Wichtel-Priesterin – hier wurde jeder fündig.

Ulgameschs Sortiment umfasste Hexerei-Artikel, Diebeswerkzeug, Priester-Roben, Druiden-Stäbe, Alchemistenzubehör, magische Schriftrollen und natürlich Waffen und Rüstungen aller Art, vom einfachen, aber zuverlässigen Anfänger-Kurzschwert bis zum Nuklearen-Erstschlag-Götterhammer.

Die besonders kostbaren Stücke bewahrte Ulgamesch in einem abgesonderten Bereich des Ladens auf, stets bewacht von zwei grimmigen Ogern, deren Aufgabe es war, all die Möchtegernhelden zu vergraulen, die um die einbruchssicheren Vitrinen herumscharwenzelten und von dem Tag träumten, an dem sie das legendäre Dämonenschwert *Köpfer* oder den sagenumwobenen Streitkolben *Knochentod* ihr Eigen nennen dürften.

Ein nüchterner Blick auf das Preisschild und eine realistische Selbsteinschätzung hätte sie unweigerlich davon überzeugen müssen, dass dieser Tag für die meisten von ihnen niemals kommen würde.

Aber man weiß schließlich, wie Helden so sind, besonders solche, die gerade erst von zu Hause losgezogen sind, statt einer richtigen Waffe ein morsches Stuhlbein in der Hand und den Kopf voll wirrer Träume von gewaltigen Drachenschätzen und liebreizenden Prinzessinnen, die nur darauf warten, von ihnen gerettet zu werden.

Denn ist es nicht allzu nahe liegend, sich für den Titelhelden des Stückes *Weltgeschichte* zu halten, den Rest hingegen für Statisten oder dekorative Hintergrundkulisse?

»Fünfundsechzig Kupfer-Kopeken«, sagte Ulgamesch. »Mein letztes Angebot.«

»Fünfundsechzig Kopeken?«, rief Brom. »Hast du eine Ahnung, was es uns gekostet hat, diesen Helm aufzutreiben?«

»Nein, habe ich nicht«, entgegnete der Kobold-Händler. »Aber wenn es mehr als fünfundsechzig Kopeken waren, habt ihr definitiv ein Verlustgeschäft gemacht.«

»Gut, gib ihn mir zurück. Du bist ja nicht der einzige Händler in der Stadt. Gerade eben hat uns Karn in seiner Boutique zwei Komma fünf Millionen geboten, und dabei macht er noch einen kriminell guten Schnitt.«

»Wenn Karn meint, dass es ein kriminell guter Schnitt ist, zwei Komma fünf Millionen Goldstücke für ein bisschen Blech auszugeben, wird er schon wissen, was er tut«, sagte Ulgamesch und gab Brom den Helm zurück.

»Du wirst dich noch gelb ärgern, wenn er ihn auf der nächsten Auktion für das Zehnfache wieder verkauft!«

»Daran habe ich so meine Zweifel.«

»Werden wir ja sehen.«

Den vermeintlichen Helm des Eralkes in der Hand, blieb Brom unschlüssig vor der Ladentheke stehen.

»Kann ich sonst noch was für euch tun?«, fragte Ulgamesch. »Ich dachte, Karn hat schon den roten Teppich ausgerollt und wartet mit seinen zweieinhalb Millionen Goldstücken sehnsüchtig auf euch.«

Brom trommelte mit den Fingern auf dem Helm herum, aber nicht zu fest, um keine Dellen in dem Blech zu hinterlassen.

»Eigentlich«, sagte er, »würde ich lieber an dich verkaufen als an Karn. Um der alten Zeiten willen.«

»Schön«, antwortete Ulgamesch. »Du kennst mein Angebot. Fünfundsechzig Kopeken.«

»Fünfundsechzig Kopeken!«, wiederholte Brom entrüstet. »Das ist der Helm des Eralkes! Legendäre Zwergenschmiedekunst, nicht diese billige Massenware, die du hier verschacherst!«

»Meinst du *diese* billige Massenware?«, fragte Ulgamesch und zeigte auf eines der Regale.

Wahnsinn!, stand dort auf einem Schild. *Der Legendäre Helm des Eralkes! Nur 2-Silber-Schilling!*[*] *Kaufe drei, bekomme einen gratis dazu! Hält nachweislich dem Schlag einer Zyklopenkeule stand!*

Wer blöd genug war, auf dieses Werbeversprechen hereinzufallen, hatte ohnehin nicht viel zu verlieren, wenn ihm ein zyklopischer Keulenhieb das Dachgeschoss demolierte.

Brom winkte ab.

»Dieser grottige Fantastik-AG-Schund! Aber das hier ist das Originial. Der wahre Helm des Eralkes. Oder siehst du, dass da irgendwo *Made in Workubosch* steht?«

»Nein«, sagte Ulgamesch ruhig. »Weil du es rausgefeilt hast.«

Brom schwieg.

»Na gut«, sagte er nach einer Weile. »Zwei Silberschillinge.«

* 100 Kupferkopeken = 1 Silberschilling. 10 Silberschillinge = 1 Goldstück.

»Fünfundsechzig Kopeken«

»Ein Schilling fünfundneunzig Kopeken.«

»Fünfundsechzig Kopeken.«

»Ein Schilling fünfundsiebzig Kopeken.«

»Fünfundsechzig Kopeken.«

»Ein Schilling fünfzig Kopeken!«

»Das ist so peinlich«, seufzte Selphyne, die dem Verhandlungsgespräch zusammen mit den anderen schweigend beigewohnt hatte.

»Er kann nichts dafür«, sagte Falfnin. »Zwerge haben nun mal alle einen Gold-Fetisch.«

»Das ist genetisch bedingt«, nickte Bolgur bestätigend.

Am Ende einigten sie sich auf siebenundsechzig Kopeken.

»Wie seid ihr überhaupt zu dem Ding gekommen?«, fragte Ulgamesch, als er Brom die Kupfermünzen aushändigte. »Sonst liefert ihr doch eher hochwertige Artefakte ab.«

Brom winkte ab.

»Dieser Ghulknutscher Totenhand hat uns damit beschi…« Er unterbrach sich und warf einen Blick auf Nenia, die in der Armbrustabteilung herumspazierte und sich besonders für die vergifteten Bolzen zu interessieren schien. »Ich meine… der gute Thanatos hat uns einen kleinen Streich gespielt. Immer einen Scherz auf Lager, der alte Spaßmacher!«

»Und wer ist die kleine Nachtelfe da drüben? Gehört die zu euch?«

Brom senkte die Stimme.

»Das ist Thanatos' Tochter. Ihr Vater ist gerade erst verstorben. Eine traurige Geschichte.«

»Mit der ihr wahrscheinlich nichts zu tun habt, wie ich annehme?«

»Es war ein tragischer Unfall«, erklärte Brom.

»Ich will die hier haben!«

Nenia hatte eine Armbrust aus einem Regal genommen und spannte das mörderische Wunderwerk der Technik geschickt mit der daran montierten Winde.

»Die Kleine hat ein Auge für Qualität«, sagte Ulgamesch anerkennend. »Das ist der Penetrator 9000. Bogen aus gut abgelagertem Holz der Eisenesche, 200 Kilo Zugkraft, kompakte Bauweise und vollkommen in seine Einzelteile zerlegbar.«

Nenia hob den Penetrator 9000, ihr Finger krümmte sich um den Abzug, und der Bolzen prallte mit einem *Pinng!* von Broms Helm ab, der zum Glück nicht *Made in Workubosch* war, sondern ein Erzeugnis guter alter Zwergenschmiedekunst.

»Und zielen kann sie offenbar auch«, meinte Ulgamesch und zog beiläufig das Geschoss aus der Theke, das sich als Querschläger präzise zwischen seinen Mittel- und Zeigefinger gebohrt hatte.

»Mist«, fluchte die Nachtelfe, stand vom Boden auf – der Rückstoß hatte sie auf den Rücken geworfen – und lud die Armbrust mit einem neuen Bolzen.

»Das ist nun wirklich nichts für dich«, sagte Selphyne und nahm ihr die Waffe aus der Hand. »Außerdem ist das Ding viel zu teuer«, fügte sie hinzu, nachdem sie einen Blick auf das Preisschild geworfen hatte.

»Gib sie mir wieder!«, forderte Nenia mit einem bitterbösen Blick. »Oder ich schrei so laut ich kann!«

»Tu das ruhig«, meinte Selphyne unbeeindruckt und legte die Armbrust ins Regal zurück. »Aber das ändert nichts daran, dass …«

Weiter kam sie nicht, denn im nächsten Moment machte Nenia ihre Drohung wahr und beschwor eine akustische Katastrophe von apokalyptischen Dimensionen herauf.

Jeder in Hörweite warf sich entsetzt auf den Boden und presste die Hände auf die Ohren – eine lächerlich wirkungslose Schutzmaßnahme, die das grauenhafte Kreischen nicht davon abhalten konnte, sich ohne Gnade in Gehörgänge und Gehirnwindungen hineinzubohren.

Es begann weit jenseits der Schmerzgrenze und schraubte sich dann langsam höher hinauf, um allen Anwesenden die eindrucksvolle Lektion zu erteilen, dass mit ihrer bisherigen Definition von *Unerträglich* nicht einmal annähernd das Ende der Fahnenstange erreicht war.

Brillengläser zersplitterten und Zahnfüllungen zerbröselten zu Staub. Ein Taubenschwarm, der in hundert Metern Höhe über Ulgameschs Kaufhaus hinwegflog, erlitt einen kollektiven Herzinfarkt und stürzte leblos zur Erde.

Zum Schluss zerbarst das Panzerglas der Vitrinen, in denen sich die High-Tech-Klopper befanden, mit der Wucht einer koboldianischen Schrapnellgranate. Ein tödlicher Splitterregen erfüllte den Raum.

Als sich das Inferno gelegt hatte und der letzte Nachhall endlich verklungen war, erhob sich Ulgamesch hinter der Theke.

»Ja«, sagte er bedächtig. »Eine kräftige Stimme hat die Kleine, das muss man ihr lassen.«

Auch die anderen standen benommen auf und schüttelten sich Glassplitter aus Kleidung und Haaren.

»Was schreibst du da?«, erkundigte sich Brom und setzte seinen Helm auf.

Ulgamesch antwortete nicht sofort, sondern fuhr damit fort, vor sich hinzumurmeln und Zahlen auf einem Kassenzettel zu notieren.

Dann schob er Brom den Zettel hin.

»Die Rechnung. Ich schätze, ihr habt nicht genug Bares dabei, also bräuchte ich hier und hier eine Unterschrift. Für den Schuldschein. Die siebenundsechzig Kopeken könnt ihr ruhig erst mal behalten.«

Brom nahm den Zettel.

»Vierhundert Dublonen!«, rief er fassungslos. »Ich

glaub, ich spinne! Das Gerümpel hier ist doch niemals so viel wert!«

»Jetzt jedenfalls nicht mehr, da geb ich dir recht.«

»Außerdem können wir doch gar nichts dafür«, wandte Falfnin ein.

»Eltern haften für ihre Kinder«, erklärte Ulgamesch mit steinerner Miene.

»Aber wir sind nicht ihre Eltern.«

»Dann eben Erziehungsberechtigte, was auch immer. Ihr könnt das gerne auch mit der Stadtwache ausdiskutieren, aber mir wäre es ganz ehrlich lieber, wenn ihr euch möglichst schnell überlegt, wo ihr das Geld auftreibt. Wenn ihr stattdessen die nächsten vierzig Jahre im Schuldturm vergammelt, hab ich da nämlich nicht so viel von, rein geschäftlich gesehen.«

»Na schön«, meinte Brom. »Aus alter Freundschaft geben wir dir zwanzig Dublonen. Und 10% Anteil an unserem nächsten Beutezug. Oder sagen wir lieber 8%.«

»Vierhundert Dublonen«, beharrte Ulgamesch unerbittlich.

»Dreiundzwanzig Dublonen und 12% Anteil. Und den Helm des Eralkes gratis oben drauf. Hier sind die siebenundsechzig Kopeken zurück.«

»Vierhundert Dublonen.«

Brom biss sich auf die Lippen. Schließlich, nach zähen Verhandlungen, unterzeichnete er den Schuldschein mit drei großen X – einem für *Brom*, das zweite für *Axt* und das dritte für *Stahlbart*.

»Ich hoffe, du hattest wenigstens deinen Spaß«, knurrte er, an Nenia gewandt. »Das geht nämlich ganz schön ins Geld.«

Die kleine Nachtelfe stand boshaft lächelnd inmitten der von ihr angerichteten Verwüstung.

»Ich hab euch gewarnt, dass ich schrei«, sagte sie, höchst zufrieden mit sich und der Welt.

Kurz darauf machten sie sich auf den Weg nach Irgendwind, wo sich der erste Verwandte auf Thanatos' Liste aufhalten sollte, ein gewisser Arsenio Trockenborn.

Irgendwind

Das kleine Fürstentum Irgendwind ist vor allem für seine bemerkenswerten klimatischen Verhältnisse bekannt, namentlich für den dort herrschenden Wind.

Im Vergleich mit anderen Welten sind die Fernen Länder eher klein geraten, weshalb in einigen Regionen die verschiedensten Klimazonen direkt aufeinander stoßen und sich überlagern, was ganz besonders auf Irgendwind zutrifft.

Nördlich grenzt das Fürstentum an das Meer des Frostigen Dunstes, südlich dagegen an die Wüste der Geronnenen Zeit. Im Westen erhebt sich das majestätische Kvaarst-Gebirge und im Osten die Leere Steppe. Diese geographisch interessante Konstellation hat bedeutsame Auswirkungen auf die Wetterlage, die nur als im höchsten Maße launisch bezeichnet werden kann. Heftigste Gewitterstürme wechseln sich mit heiterem Sonnenschein, Blizzards mit wallenden Nebelfeldern ab.

Am unberechenbarsten jedoch ist der Wind, dem das Füstentum auch seinen Namen verdankt.

Er weht praktisch ununterbrochen und aus allen Richtungen zugleich, zerfetzt die Wolken am Himmel, krümmt und verbiegt auch die stärksten Bäume und lässt Getreidefelder aussehen wie die kauzige Frisur eines verrückten Wissenschaftlers, der hin und wieder mal sein unterirdisches Labor verlassen und mehr auf sein Äußeres achten sollte.

An verrückten Wissenschaftlern und unterirdischen Labors herrscht in Irgendwind übrigens kein Mangel, denn das gewissermaßen irrwitzige Klima wirkt sich zwangsläufig auch auf das Gemüt der Bewohner aus.

Was geistige Verwirrung betrifft, ist Irgendwind einsame Weltspitze.

Vom einfachen Zählzwang über chronische Melancholie bis hin zu Allmachtsphantasien – Studien zufolge liegt die Wahrscheinlichkeit, in Irgendwind mehrfach dem Wahnsinn anheimzufallen, bei 85,7% – 97,5% bei besonders wetterfühligen Personen.

»He, ist das der Weg in die Hauptstadt?«, rief Brom einen Bauern an, der ihnen auf der Landstraße mit einem Ochsenkarren entgegenkam.

Statt des Bauern antwortete das alte Mütterchen, das hinten auf dem Karren saß, mit einem hysterischen Gelächter.

»Ich nehme das mal für ein *Ja*«, stellte Brom nüchtern fest.

»Ich habe meine Zweifel, dass dies der richtige Ort ist, um ein Kind großzuziehen«, meinte Selphyne.

»Jedenfalls sind die Leute sehr freundlich«, entgegnete Brom und winkte der glucksenden und wild gestikulierenden Alten zu.

»Ich werde euch die Haut abziehen und Lederpeitschen daraus machen, um euch damit auszupeitschen«, verkündete Nenia. »Außerdem bin ich müde und hab Hunger«, fügte sie in quengelndem Tonfall hinzu.

Sie saß auf einem Turm aus Koffern und Truhen, den

sich Bolgur mit mehreren Seilen auf dem Rücken festgebunden hatte.

Das Gepäck enthielt die umfangreiche, nacht- bis rabenschwarz dominierte Garderobe der kleinen Nachtelfe, nebst einigen anderen unverzichtbaren Besitztümern wie die Untoten-Puppenstube oder das Kinder-Porzellanservice mit den blutigen Horrormotiven.

»Wir könnten wirklich mal eine Pause einlegen«, sagte Falfnin. »Wie wäre es in dem kleinen Wäldchen da drüben?«

»So, jetzt kocht uns Onkel Bolgur ein leckeres Süppchen«, brummte der Ogerbarbar gutmütig, während er mit seinen riesigen Pranken Kartoffeln schälte.

»Du bist nicht mein Onkel Bolgur und ich hasse dich«, erwiderte Nenia giftig. Sie zeigte auf seinen Arm. »Was ist das für eine Narbe.«

»Oh, die ist schon ganz alt. Die habe ich gekriegt, als wir gegen die wilden Eberkrieger von Nebelwald gekämpft haben. Einer von ihnen hat mich mit seinen Hauern erwischt.«

»Hast du ihn getötet?«

»Ja, weil er böse war, denn man darf nur böse Leute …«

»Ich wünschte, er hätte dich getötet. Und wo ist die her?«

»Die?«

Bolgur strich über die lange Narbe an seinem Oberschenkel.

»Die ist von deinem Papa. Da war er sehr wütend auf uns, weil wir seinen Plan …«

»Hat das sehr wehgetan?«

»Schon, ziemlich.«

»Ich wünschte, es hätte noch mehr wehgetan. Mir ist langweilig.«

Brom und Falfnin waren auf die Suche nach Brennholz

gegangen und Selphyne wollte vor dem Essen einen kleinen Spaziergang machen, also waren Bolgur und Nenia allein bei dem Lager zurückgeblieben, das sie in dem Wäldchen aufgeschlagen hatten.

»Du kannst mir beim Kochen helfen, wenn du willst. Ich gebe dir das fertige Gemüse, und du wirfst es in den Topf.«

»Das ist doof. Ich will auch mit dem Messer schneiden.«

Sie zeigte auf das große Messer in Bolgurs Hand.

»Oh, ich weiß nicht, ob das nicht zu gefährlich für dich ist...«

»Bei Papa durfte ich immer mit Messern spielen.«

»Habt ihr auch zusammen gekocht?«

»Nein, du dummer Klops. Ich hab Marie-Luisa gequält.«

»Marie-Luisa gequält?« Bolgur schluckte. »Mit ... Messern?«

»Wenn ich mit ihr fertig war, hat Papa sie wieder zusammengenäht. Papa konnte gut nähen.«

»Und ... nachher habt ihr sie ... freigelassen?«, fragte Bolgur heiser.

»Nein, doofer Idiot, wir haben sie *nicht* freigelassen. Wo sollte sie denn wohl hingehn, ohne Augen und Gehirn?«

»Dann ist sie ...«

»Sie ist in einem von den Koffern«, sagte Nenia. »Wenn du willst, zeig ich sie dir später.«

Bolgur schwindelte.

Tropfte da nicht Blut aus einem der Koffer?

Grausige Bilder zogen vor dem inneren Auge des Ogerbarbaren vorüber.

Er legte das Messer zur Seite und ging mit weichen Knien auf den Gepäckhaufen zu.

»Vielleicht ist sie auch in verschiedenen Koffern«, sagte Nenia hinter ihm.

Bolgur biss sich auf die Lippen und näherte seine Hände langsam den Verschlüssen des Koffers, aus dem, wie ihm jetzt schien, ein leises Wimmern kam.

»Marie-Luisa hatte auch mal eine Schwester«, plauderte Nenia, »aber die ist verbrannt. Ich hab sie mit Pech übergossen und angezündet.«

»Großer Nôk*«, murmelte Bolgur und ließ die Verschlüsse aufschnappen.

Schreckliches erwartend öffnete er den Deckel.

»Ja, das ist Marie-Luisa«, flüsterte Nenia dicht hinter ihm. »Früher hatte sie richtige Gedärme, aber die sind beim Ausweiden verloren gegangen.«

»Eine Puppe!«

Bolgur lachte vor Erleichterung und hob die bejammernswert zugerichtete Folter-Übungspuppe aus dem Koffer.

»Marie-Luisa ist eine Puppe!« Er drehte sich um. »Und ich dachte schon … Oh, Vorsicht mit dem Messer, Kleines, bevor …«

Als die anderen zurückkehrten, erwartete sie eine recht idyllisch wirkende Szene.

Nenia saß auf einem Baumstumpf und kämmte Marie-Luisas spärliche Haare, wobei sie ein kleines Liedchen vor sich hinsummte, dessen Text hier aus Gründen des Jugendschutzes nicht wiedergegeben werden soll.

Bolgur hockte neben dem Kessel und schnitt Gemüse mit Broms Streitaxt zu.

»Seid ihr gut miteinander ausgekommen?«, fragte Selphyne.

»Ja«, grollte Bolgur, »sie ist ganz brav gewesen.«

* Ogergott, zuständig für Barbareninvasionen, Brandschatzung und Rücksichtslose Plünderugen. Für Beschwerden über unnötige Grausamkeiten sicher die falsche Adresse.

»Bin ich überhaupt nicht!«, protestierte Nenia, ihr Lied unterbrechend. »Du lügst!«

Brom lud seine Armvoll Brennholz beim Kessel ab.

»Meine gute Axt – um Gemüse zu schneiden!«, beschwerte er sich. »Wenn Hjalko Klingenschmitt erleben müsste, dass sein Meisterwerk so entweiht wird, würde er sich im Grab umdrehen! Außerdem ist das unhygienisch.«

»Seit wann legst *du* denn Wert auf Hygiene?«, versetzte Selphyne.

»Hygiene genießt höchste Priorität im Leben eines jeden Zwergenkriegers!«, zitierte Brom unwissentlich das nicht sonderlich populäre Werk *Mit Seife und Streitaxt: Wie man einen sauberen Krieg führt* des ebenso exzentrischen wie erfolglosen Strategen Durias Wohlgemuth.

»Hahaha!«

Die Gnomenmagierin lachte sarkastisch.

»Das ist nicht komisch! Wenn ich jetzt jemanden mit der Axt verwunde, kann er sich eine schlimme Infektion wegholen. Eine … eine … Gemüseinfektion!«

»Wieso nimmst du eigentlich nicht das Messer«, wandte sich Falfnin an Bolgur. »Ist doch viel praktischer.«

»Das geht nicht«, brummte der Oger verlegen.

»Und wieso nicht?«

»Deswegen.«

Bolgur drehte sich zur Seite und ließ das Messer sehen, das tief in seinem Oberschenkel steckte.

»Um Himmels willen!«, rief Selphyne. »Wie ist das denn passiert?«

»Es war ein Unfall«, grummelte Bolgur. »Ich bin hingefallen, und dabei hab ich mir das Messer ins Bein gehauen.«

»Du lügst schon wieder!«, rief Nenia zornig und stampfte mit dem Fuß auf. »Ich hab das gemacht, und ich bin überhaupt nicht brav gewesen!«

»Warum hast du es nicht rausgezogen?«, fragte Brom.

»Ich glaub, es steckt in einer Hauptschlagader«, antwortete der Oger. »Mein Cousin Lugbor sagt, man darf ein Messer nicht rausziehen, wenn eine Hauptschlagader verletzt ist.«

»Irgendwann musst du uns mal deiner Familie vorstellen«, meinte Selphyne.

»Ich hole mein Notfallset«, sagte Falfnin.

Kurz darauf war Bolgurs Bein sachgemäß verarztet, eine appetitanregend duftende Suppe kochte in dem Kessel vor sich hin und Nenia war von Selphyne eine kurze Strafpredigt gehalten worden, auf die die Totenbeschwörertochter Folgendes entgegnet hatte: »................................!«*

Die Hauptstadt Irgendwind des gleichnamigen Fürstentums ist die wahnsinnigste Metropole der Welt, und das schlägt sich auch in der Architektur nieder.

Für die Baumeister von Irgendwind spielen Statik und ein solides Fundament nur eine untergeordnete Rolle.

Wichtiger sind ihnen möglichst skurrile und absonderliche Einfälle, mit denen sie ihre genialische Individualität zum Ausdruck bringen und ihre avantgardistische Radikalität demonstrieren.

Windschiefe Spiraltürmchen, papierdünne Mauern, einsturzoptimierte Säulen mit Sollbruchstellen: Der Immobilienmarkt von Irgendwind ist (so widersprüchlich das klingen mag) ständig in Bewegung.

Nicht weniger verrückt als die Bauwerke sind die Bewohner der Stadt.

Aus Kellern klingt irres Gelächter, verwahrloste Propheten streunen sinnloses Zeug brabbelnd durch die Straßen, und Größenwahnsinnige, die sich für Halbgötter im Exil halten, stolzieren herrisch auf und ab.

* Um sensibleren Gemütern eine Ohnmacht zu ersparen, musste an dieser Stelle die Zensur tätig werden.

Naturgemäß leben in Irgendwind auch zahllose Künstler, die ja bekanntermaßen stets auf einem schmalen Grad zwischen Normalität und Irrsinn wandeln.

Verkrachte Komponisten, die seit mehr als fünfzig Jahren an ihrer ersten Posaunensonate komponieren und bei ihrem Tod schließlich ein Gesamtwerk von siebeneinhalb fraglos perfekten Takten hinterlassen, die jeden Posaunisten in Entzückung versetzen können, Maler, die sich in den finanziellen Ruin treiben, indem sie sich weigern, die Welt so zu malen, wie die normalen Leute sie sehen und Dichter, die sich auf der Suche nach der perfekten Formulierung die Haare ausraufen, gefangen in dem Irrglauben, dass da draußen auch nur Drei von Zehntausend in der Lage wären, einen guten Stil von einem Pfund Hafergrütze zu unterscheiden.

Manchem an Kunst und Welt Verzweifelten bleibt zuletzt noch die schwache Hoffnung des totalen Ausverkaufs, denn findige Geschäftsleute haben es längst verstanden, den Reiz des Überspannten entsprechend zu vermarkten und bieten neugierigen Touristen ein vielfältiges Unterhaltungsprogramm leicht verdaulichen, wohlkalkulierten Schwachsinns.

»Nein danke, wir haben wirklich kein Interesse«, erklärte Selphyne dem Wichtel, der sie jetzt schon seit einiger Zeit verfolgte.

Über seiner Brust und seinem Rücken hing ein Schild mit der Aufschrift: *Total durchgeknallt! Die große Verrücktenparade! Der Schräge Alfons und seine Gorillas! Die Sieben Irrwichtel! Special Guest: Die Bescheuerte Lili! Das Garantiert Dämlichste Was Sie Jemals Gesehen Haben!*

»Aber wir wüssten gerne, wo wir das *Sanatorium Hirnfrieden* finden«, sagte die Gnomenmagierin.

Der Wichtel erbleichte und hob einen zitternden Zeigefinger.

Auf einem Hügel am Stadtrand erhob sich ein unheimliches Gebäude, dessen Anblick unwillkürlich einen düsteren Orgelakkord heraufzubeschwören schien.

Wie es sich gehörte: Ein rostiges Gittertor, über dem in großen gusseisernen Buchstaben der Anstaltsname geschrieben stand: *Sanatorium Hirnfrieden.*

Der Wind fegte – und zwar aus allen Richtungen – über den Abendhimmel und pfiff obskure Melodien in dem dürren Geäst der Bäume im Anstaltspark.

Aus einem der Fenster des verfallen wirkenden Gebäudes kamen die wimmernden Klänge einer singenden Säge.

Selphyne betätigte die Türklingel, kurz darauf rauschte es in der magischen Gegensprechanlage, und eine heisere Stimme sagte:

»Ja?«

»Ähm, guten Abend«, antwortete Selphyne und beugte sich vor. »Wir kommen wegen einer … familiären Angelegenheit.«

Auf der anderen Seite wurde es still, dann sagte die Stimme:

»Warten Sie einen Moment, ich schicke jemanden zum Eingang.«

Nach einer Weile erschien ein Troll und öffnete das Tor, dessen Angeln angemessen kreischten.

»Netter Helm«, kommentierte Brom. »Maximal zwei Schillinge bei Ulgamesch, oder er hat dich über den Tisch gezogen.«

Der Troll bedachte ihn mit einem hochmütigen Blick.

»Ich weiß nicht, wovon du redest. Diesen Helm habe ich selbst aus dem Horte des Drachen Wilfgryn geborgen, nachdem ich den Lindwurm mit dieser meiner Hand erschlagen hatte.«

Er ballte seine Hand zur Faust, um ihre angeblich drachentötende Kraft zu veranschaulichen. Diese Geste kontrastierte merkwürdig mit seinem eher wenig titanischen Outfit, das aus einem frottierten Morgenmantel und einem Paar Filzpantoffeln bestand, ergänzt durch einen gehörnten Kriegshelm, *designed by Fantastik AG, made in Workubosch*.

»Was, dann bist du …«, begann Bolgur ungläubig.

»Genau«, nickte der Troll würdevoll. »Ich bin Eralkes, der größte Held der Fernen Länder.«

Er steckte eine Hand unter den Morgenmantel und schob sein Doppelkinn vor.

»O-kay«, sagte Selphyne langsam. »Wie wäre es, wenn du uns zum Haus führst, großmächtiger Eralkes?«

Zufällig kannte sie den Größten Helden der Fernen Länder persönlich und wusste, dass er kein kurzatmiger, in Filzpantoffeln herumschlurfender Troll war, jedenfalls nicht, solange er sein seelisches Gleichgewicht einigermaßen beibehielt.

Sie hatte sogar mal eine Affäre mit ihm gehabt, die Beziehung aber nach kurzer Zeit wieder beendet. Es war einfach zu anstrengend, mit jemandem zusammenzusein, dessen heroisches Ego ununterbrochen nach Bewunderung lechzte.

»Ja Schatz, ich hab's gesehen: Du hast das Königreich Untendrunter vor den Schreckensfeen gerettet! Das hast du ganz, ganz toll gemacht, ich bin so stolz auf dich!«

Die Gnomenmagierin seufzte.

Die meisten Männer schienen größte Probleme mit dem Erwachsenwerden zu haben.

»Aua!«, beschwerte sich Bolgur. »Brom hat mich schon wieder gekniffen!«

»Du hast doch angefangen!«

»Hab ich nicht!«

»Hast du wohl!«

Nenia grinste zufrieden und kniff noch einmal zu.

»Au! Hör auf damit, Brom!«

»Schluss jetzt!«, beendete Selphyne den Kneifkrieg. »Eralkes, sei so gut und geh vor.«

Auf der Veranda der Sanatoriumsvilla erwartete sie ein uralt aussehender Nachtelf, der den Eindruck machte, sich jederzeit in eine Staubwolke auflösen zu können.

Er trug einen weißen Arztkittel und rieb sich manisch die Hände.

»Vielen Dank, Eralkes«, sagte er, »du kannst dich nunmehr wieder anderen Aventüren widmen.«

Der behelmte Troll murmelte etwas Unverständliches und schlurfte ins Haus.

»Arsenio Trockenborn«, stellte sich der Nachtelf den Helden vor. »Sie erwähnten eine familiäre Angelegenheit – nichts Unangenehmes, hoffe ich?«

»Es geht um Ihren Großneffen Thanatos Totenhand«, sagte Selphyne.

»Also doch etwas Unangenehmes.« Arsenios Gesichtszüge verhärteten sich. »Von diesem Leichenschuster ist noch nie was Gutes gekommen.«

»Nun, er ist … wie soll ich sagen …«, begann Selphyne.

»Ihr Großneffe ist verstorben«, sagte Falfnin.

»Ha, na das ist doch mal eine frohe …«

Der Nachtelf unterbrach sich.

»Kommen Sie wegen der Erbschaft?«, fragte er lauernd. »Hat er mir was hinterlassen?«

»In gewisser Weise schon … Das ist seine Tochter Nenia. Wir suchen ein Zuhause für sie.«

»Das ist ja reizend! Und wenn ich Sie richtig verstehe, glauben Sie jetzt, ich würde mir so ein Gör auf den Hals …«

Zum zweiten Mal biss er sich auf die Lippen, als wäre ihm plötzlich etwas eingefallen.

Ein verkrampftes Lächeln erschien auf seinem Gesicht.

»Aber ich mach ja nur Spaß!«, rief er bemüht fröhlich. »Das ist eben der schrullige Humor meiner Familie, der auf Außenstehende manchmal so befremdlich wirkt! Der gute Thanatos ist also tot, Friede seiner Leiche! Und du bist seine Tochter!«

Er ging in die Hocke – deutlich war das Knirschen seiner Knie zu vernehmen – und legte Nenia seine Arme auf die Schultern.

»Lass dich mal ansehen, du armes Ding, was für ein schwerer Schlag das für dich gewesen sein muss!«

»Lass mich in Ruhe!«, zischte Nenia und machte sich von ihm los. »Papa hat immer gesagt, du bist hundert Mal bekloppter als deine Bekloppten!«

»Sie steht noch unter Schock …«, sagte Selphyne.

»Gewiss, die arme Kleine! Aber wollen Sie nicht hereinkommen? Ich werde gleich ein Abendessen für Sie bereiten lassen, bei Tisch können wir dann alles Nähere besprechen.«

»Danke«, entgegnete Selphyne, »aber wir wollen Ihre Gastfreundschaft nicht strapazieren. Wir wissen ja nun, dass Sie beruflich viel zu beansprucht sind, um sich nebenher noch um ein Kind kümmern zu können.«

»Aber nein!«, rief der Nachtelf. »Das war doch nur ein Scherz, wie gesagt! Natürlich ist Onkel Arsenio jederzeit für seine kleine Nichte Nenia da!«

Er tätschelte Nenia mit seiner skelettartigen Hand die Haare und erhielt dafür einen wuchtigen Tritt gegen das Schienbein.

»So ein lebhafter, liebenswert schelmischer Wildfang!«, ächzte Onkel Arsenio mit schmerzverzerrtem Gesicht und rieb sich das Bein. »Aber kommen Sie, nur herein in die gute Stube! Fühlen Sie sich ganz wie zu Hause!«

»Und Sie behandeln in ihrem Sanatorium also Patienten, bei denen, nun ja … gewissermaßen …«, begann Selphyne.

»… ein paar Stützbalken eingekracht sind«, ergänzte

Brom. »Was denn?«, rechtfertigte er sich, als ihn Selphynes vorwurfsvoller Blick traf. »Das ist ein ganz gebräuchlicher Ausdruck aus dem zwergischen Bergbau.«

Sie saßen im Salon am Tisch und warteten darauf, dass das Essen serviert wurde.

»Die Leiden unserer Patienten sind mehr seelischer als körperlicher Art, ja«, entgegnete Arsenio. »Wir helfen ihnen, so gut wir können. Leider herrscht in der Welt noch große Unwissenheit, was das Gebiet der Seele angeht, dabei gibt es dort so vieles zu entdecken! Mich zum Beispiel hat schon immer fasziniert, wie nahe doch Genie und Wahnsinn oft beieinander liegen!«

»Wir hatten auch so ein Genie in der Familie«, berichtete Brom. »Er hat immer davon erzählt, wie er eines Tages die Ballonfahrt revolutionieren wird, und dann ist er auf Tante Brunhildas hunderachtundsiebzigstem Geburtstag nackt in die Torte gesprungen. Ein anderes Mal ...«

»Haben Sie auch gefährliche Patienten hier?«, unterbrach Selphyne, bevor Broms Anekdotensammlung ausufern konnte.

»Kommt ganz darauf an, was Sie mit *gefährlich* meinen«, antwortete Arsenio.

»Naja, wahnsinnige Killer, Serienmörder, so was«, sagte Selphyne.

»O ja«, nickte der Sanatoriumsleiter. »Botho hier zum Beispiel«, er zeigte auf einen nicht sehr bedrohlich wirkenden Wichtel, der gerade mit einer Suppenterrine hereinkam, »hat siebzehn Trolle getötet, einzig bewaffnet mit einem Buttermesser.«

»Neunzehn«, verbesserte Botho und stellte die Suppenterrine auf den Tisch.

»Neunzehn? Bist du sicher?«

»Ich hab die Zeitungsausschnitte aufbewahrt. Sie haben mich den *Neunzehnfachen-Buttermesserschlitzer* genannt. Nicht besonders einfallsreich, muss ich sagen.«

»Das ist ja entsetzlich!«, rief Selphyne. »Und Sie lassen ihn einfach so frei rumlaufen?«

»Er ist jetzt völlig harmlos«, beruhigte Arsenio. »Dank meiner bewährten Hirndrainage. Dreh dich doch mal bitte um, Botho.«

Der Wichtel wandte sich um, und sie sahen, dass eine Seite seines Hinterkopfes kahlrasiert war. Darin steckte ein metallener Stutzen, der mit einem Korken verschlossen war.

»Was ist das denn für ein Ding?«, fragte Brom.

»Das ist meine, Arsenio Trockenborns, großartigste Erfindung. Durch langwierige Forschungen habe ich entdeckt, dass das Gehirn verschiedene Säfte produziert, die unsere Gedanken- und Gefühlswelt bestimmen.* Ob wir gut gelaunt sind, zornig, depressiv, musisch begabt, Langschläfer, Sauerkrautfans oder Massenmörder ist eine direkte Folge der Saftmischung, die in unseren Köpfen herumschwappt.«

»Dolle Geschichte!«, bemerkte Brom staunend.

»Das kann man wohl sagen! Ich habe bereits eine Vielzahl der unterschiedlichen Hirnsäfte samt ihrer Funktionen dokumentiert. Fröhlichkeit wird durch eine dünne, zartorangefarbene Substanz verursacht, Depression durch einen dickflüssigen grauen Brei, Verliebtheit ist je nach Intensität blassrosa bis knallrot. Der Saft, der Bösartigkeit erzeugt, ist zähflüssig wie Teer und ebenso schwarz. Um die Säfte zu extrahieren, verwende ich Filter unterschiedlicher Dichte. Ich brauche nur regelmäßig ein bisschen schwarzen Boshaftigkeitssaft abzuzapfen, und aus einem buttermesserschwingendem Psychokiller wie Botho wird ein verlässlicher Mitwichtel, der problemlos kleinere Arbeiten in Haus und Garten übernehmen kann.«

* Diese Theorie des Gehirns stimmt so zumindest für die Fernen Länder – in sonstigen Welten mögen die Sachverhalte sich anders darstellen.

»Seit der Behandlung bin ich auch viel entspannter«, nickte Botho.

»Das ist ja alles furchtbar interessant«, sagte Selphyne und stand hastig vom Tisch auf, »aber wir haben Ihre Gastfreundschaft jetzt wirklich lange genug beansprucht.«

»Sie wollen schon gehen?«, fragte Arsenio enttäuscht. »Sie haben ja noch nicht einmal die Vorsuppe probiert! Unser Koch ist vorzüglich! Ein ehemaliger Kannibale, aber mit der richtigen Saftmischung zaubert er Ihnen ein Fünf-Gänge-Menü, für das Sie morden würden!«

»Wir haben leider schon zu Abend gegessen«, log Selphyne.

»Ich noch nicht!«, grollte Bolgur.

»Ich auch nicht!«, brummte Brom.

»Ich will sehen, wie der Gehirnsaft abgezapft wird!«, verlangte Nenia.

»Na schön«, gab sich Selphyne geschlagen. »Wir essen schnell noch eine Kleinigkeit, aber dann müssen wir auch zurück ins Gasthaus.«

»Sie übernachten nicht hier?«, fragte Arsenio. »Ich habe bereits Zimmer für Sie herrichten lassen. Ich dachte, morgen führe ich Sie dann in aller Ruhe durch das Sanatorium, damit Sie sich einen Eindruck verschaffen können, in welchem Umfeld Nenia aufwachsen wird.«

»Über das Umfeld müssen wir uns vorher noch beraten ... Wir kommen dann auf Sie zurück ...«

»Na schön. Aber sind Sie sicher, dass Sie uns noch heute Abend verlassen wollen, bei dem Gewitter?«

»Gewitter?«, fragte Selphyne. »Man sieht doch keine Wolke am Himmel.«

»Oh, das Wetter ist sehr wechselhaft in dieser Gegend.« Draußen zuckte ein Blitz, Sturm kam auf und trieb prasselnde Regentropfen gegen die Scheiben.

Arsenio lächelte.

»Sehen Sie?«

»Ich will jetzt meine Schlimme-Nacht-Geschichte!«, sagte Nenia trotzig.

»Geh schon mal ins Bett, ich komme dann gleich«, entgegnete Selphyne.

Das über Irgendwind tobende Unwetter hatte sie bewogen, das Angebot Arsenios Trockenborns anzunehmen und die Nacht in seinem Haus zu verbringen.

Wie alles im Sanatorium, schienen auch die Gästezimmer einmal auf die Befriedigung durchaus gehobener Ansprüche ausgerichtet gewesen zu sein, hatten jedoch offenkundig schon bessere Zeiten gesehen.

Die Tapeten waren vergilbt, die Möbel wurmstichig, die Gemälde an den Wänden verblasst und die schweren Teppiche gaben bei jedem Schritt dichte Staubwolken von sich.

Brom, Bolgur und Falfnin teilten sich ein Zimmer, Nenia und Selphyne bewohnten jeweils eines für sich allein.

Die Gnomenmagierin hatte darauf bestanden, dass die Räume so aufgeteilt wurden, dass ein eventuell nachts durchs Sanatorium wandernder Buttermesserschlitzer zuerst durch die Zimmer der Helden gehen musste, bevor er zu Nenia gelangen konnte.

»Was hat dir dein Vater denn für Geschichten erzählt?«, fragte Selphyne und rückte einen Stuhl neben das Bett der Totenbeschwörertochter.

»Er hat mir was vorgelesen«, erwiderte Nenia. »Die Bücher sind in dem Koffer da.«

Selphyne öffnete den Koffer und nahm einige in Leder eingebundene Bücher heraus.

Nachdenklich las sie die Titel:

Komm quäl mit mir: Spielerisch foltern lernen mit Kindern … Wo der kleine Ghul sein Nachtmahl hält … Geschichte für die Kleinen, Band 45: Die Dritte Zombokalypse von Sûûûl.

»Das hier hört sich doch gut an«, sagte sie. »*10 001 Nacht. Märchen für junge Nachtelfen.*«

Sie setzte sich neben das Bett und schlug das Buch auf. (Es war in Gnomenleder gebunden, aber das wusste sie nicht).

»*Die drei gutherzigen Jünglinge auf der Suche nach dem Glück*«, begann sie.

»Es waren einmal drei gutherzige Jünglinge, die beschlossen eines Tages, in die Welt hinauszuziehen, um das Glück zu suchen. Sie schüttelten sich noch einmal die Hände und wünschten sich herzlich alles Gute, dann brachen sie jeder in eine unterschiedliche Himmelsrichtung auf.

Der Älteste war nicht weit gegangen, da geriet er in einen tiefen Wald, in dem er sich bald verlaufen hatte. Den ganzen Tag irrte er so umher, und als die Nacht anbrach, wollte er sich schon aus Müdigkeit und Verzweiflung auf den Boden werfen und heiße Tränen vergießen, da trat ihm aus den finsteren Tannen ein Werwolf entgegen.

›Dem Himmel sei Dank, dass ich endlich jemandem begegne, der mir einen Weg aus diesem verteufelten Wald weisen kann!‹, rief der Jüngling. ›Ich bin nämlich auf der Suche nach dem Glück und habe mich schrecklich verlaufen.‹

›Das kannst du wohl laut sagen‹, grinste der Werwolf und entblößte sein Raubtiergebiss. ›Vom Glück bist du hier ziemlich weit entfernt. Aber du kommst gerade rechtzeitig zum Abendessen.‹

›Abendessen?‹, wiederholte der Jüngling. ›Das ist ja super! Ich hab nämlich einen Mordshung… AAAAAAAHHHHHHHH!‹

Weiter kam er nicht, denn schon hatte sich der Werwolf auf ihn gestürzt und ihm mit seinen scharfen Zähnen den Kehlkopf …«

Selphyne verstummte.

»Ähm«, sagte sie, und überflog die nächsten Sätze.

»Wir schauen lieber mal, wie es dem zweiten Jüngling ergangen ist. Ah, hier geht es weiter:

Doch wie war es in der Zwischenzeit dem zweiten Jüngling ergangen? Ihn hatte sein Weg nicht in einen Wald, sondern in ein kleines Dorf geführt.

Ganz still war es auf der Dorfstraße, kein Rauch stieg aus den Schornsteinen, der Ort schien leer und verlassen.

Schon wollte sich der Jüngling abwenden, um das Glück anderswo zu suchen, da trat ihm aus einem der Häuser ein uraltes Mütterchen entgegen.

›Guten Tag, lieber Junge‹, sagte sie mit krächzender Stimme. ›Was tust du denn hier?‹

›Ich suche das Glück, Mütterchen‹, entgegnete der Jüngling. ›Aber ich glaube, ich habe mich ein wenig verlaufen, denn hier scheint es doch nicht zu wohnen.‹

›Aber nein!‹, sagte das Mütterchen, ›ganz und gar nicht hast du dich verlaufen! Das Schicksal hat dich schon auf den rechten Weg geführt! Denn wisse, dass in diesem Dorf wirklich das Glück seine Wohnstätte hat!‹

›Das ist ja großartig!‹, strahlte der Jüngling. ›Dann seid Ihr wohl eines von jenen alten Mütterchen, von denen man in den Märchen liest, dass sie gutherzigen Jünglingen mit gutem Rat zur Seite stehen!‹

›Ja, das hast du ganz recht erraten‹, nickte das Mütterchen. ›Aber jetzt komm nur mit in dieses Haus dort, damit ich dir das Glück zeigen kann.‹

›Na, das ist ja sogar viel besser gelaufen, als ich jemals zu träumen gewagt hätte!‹, freute sich der Jüngling.

Doch kaum war er über die Schwelle des Hauses getreten, gefror ihm das Blut in den Adern.

Welch grausiger Anblick bot sich ihm dar!

Abgehackte Arme und Beine hingen von der Decke wie anderswo getrocknete Schinken, auf einem Tisch lag ein ganzer Wichtelkopf in Aspik und zwei wüste Kerle mit blutigen Schürzen waren gerade damit beschäftigt, Gnomenwurst herzustellen.

Denn in dem Haus lebte eine Kannibalenfamilie, die nach und nach das ganze Dorf aufgefressen oder für den späteren Verzehr eingepökelt hatte und nun arglosen Durchreisenden auflauerte, wobei das alte Mütterchen den Lockvogel spielte.

Der Jüngling schrie auf und wandte sich zur Flucht, doch es war zu spät, denn schon sauste ein großes Fleischerbeil herab und ...«

Selphyne räusperte sich und las still weiter.

Dabei murmelte sie Wörter wie: *Blutschwall, Eingeweide, Massaker ...*

»Nun ...«, sagte sie langsam. »Bestimmt hatte der dritte Jüngling mehr Glück. Das ist schließlich ein Märchen, und im Märchen meint es das Schicksal immer besonders gut mit dem jüngsten von drei Brüdern, nicht wahr?«

Sie blätterte um.

»Ah ja, da geht es weiter.

›Am schrecklichsten aber erging es dem jüngsten Bruder ...‹«

Sie klappte das Buch zu und erklärte hastig:

»Und wenn sie nicht gestorben sind, dann leben sie noch heute.«

»Du hast das ganz falsch erzählt!«, rief Nenia empört. »Sie sterben alle, und dann holt sie ein Totenbeschwörer aus dem Grab und näht sie zusammen und lässt sie in seiner Arena kämpfen und dann sterben sie noch mal und ...«

»Hat dein Vater dir denn nie freundliche Geschichten erzählt?«, fragte Selphyne.

»Freundliche Geschichten?«

Nenia runzelte die Stirn und machte ein Gesicht, als hätte soeben jemand behauptet, es gäbe hellstrahlende Dunkelheit oder glühendheißen Schnee.

»Naja, *Rudolf, der Glücklichste Gnom der Welt,* zum Beispiel.«

Nenia setzte sich im Bett auf.

»Das *Verbotene Buch*?«, flüsterte sie. »Papa hat immer gesagt, das darf ich erst lesen, wenn ich erwachsen bin …«

Draußen tobte das Unwetter.

»Ich erhöhe um Zehntausend«, sagte Falfnin.

»Gehe mit«, meinte Brom. »Und lege noch mal Fünfzehntausend drauf.«

»Ich gehe auch mit«, brummte Bolgur.

»Dann lasst mal sehen!«

»Drei Zauberer«, sagte Bolgur, seine Karten auf den Tisch legend.

»Vier Drachen«, verkündete Brom triumphierend. »Die Runde geht wohl an mich.«

»Moment!«

Falfnin drehte seine Karten eine nach der anderen um.

»Fünf Weltdiamanten!«

Brom und Bolgur stöhnten.

»Das war das letzte Mal, dass ich mit einem Meisterdieb Karten spiele!«, knurrte Brom.

»Wie viel schulden wir dir jetzt?«, erkundigte sich Bolgur.

»Mal sehen.«

Falfnin fügte der Ewigen Liste, in der sie die Ergebnisse ihrer Kartenrunden festhielten, einen neuen Eintrag hinzu.

»Du schuldest mir neunundzwanzig Millionen achthunderteinundneunzig Tausend hundertzweiundfünfzig Goldstücke. Und Brom dreiundvierzig Millionen siebenhunderteinunddreißig Tausend sechshundertvierunddreißig Goldstücke, außerdem übernimmt er die nächsten vier Wochen für mich den Küchendienst.«

»Du musst mir wenigstens die Möglichkeit einer Revanche einräumen«, sagte Brom, gegen seinen eben formulierten Vorsatz verstoßend, sich nie wieder mit einem Meisterdieb auf eine Kartenpartie einzulassen.

»Kommt drauf an«, erwiderte Falfnin. »Da musst du schon was setzen, das mich reizen könnte.«

»Noch mal ein Monat Küchendienst?«

»Das ist mir zu langweilig.«

»Eine Million Goldstücke?«

»Die du mir nie bezahlen wirst?«

Brom sah sich um.

Seine Axt konnte er unmöglich setzen, auch wenn er ganz sicher war, diese Runde zu gewinnen.

»Wie wäre es mit …« Er überlegte. »Mit … meiner Hose?«.

»Deine Hose? Was soll ich denn mit deiner Hose?«

»Es ist eine *gute* Hose«, sagte Brom. »Zwergische Top-Qualität. Und so gut wie frisch gewaschen.«

»Ach ja? Wann das denn?«

Brom überlegte.

»Damals, in der Kanalisation in Burn, als wir durch diese Brühe gewatet sind.«

»Das war ja wohl alles andere als hygienisch. Außerdem ist das ungefähr drei Jahre her.«

»Sag ich doch: *So gut wie frisch gewaschen.* Also spielen wir jetzt noch eine Runde oder …«

Sie verstummten.

Ein hysterisches Gelächter hallte durch die Nacht, gefolgt von einem irren Kreischen.

»Irgendwie habe ich nicht den Eindruck, dass das hier das richtige Umfeld für ein Kind ist«, meinte Falfnin.

»Ach was.« Brom winkte ab. »Kinder sind viel widerstandsfähiger als immer behauptet wird. Als ich noch nicht laufen konnte, hat mich meine Mutter auf ihren Rücken geschnallt und ist so in die Schlacht gezogen. Ich hatte eine extra Kinderstreitaxt dabei und hab ordentlich damit ausgeteilt.«

Er klatschte in die Hände.

»So. Neue Runde. Du gibst, Bolgur.«

Am nächsten Morgen erschien Brom in voller Zwergenkriegermontur im Salon, komplett mit Helm, Axt und Kettenhemd.

Nur ein winziges Detail fehlte.

»Brom!«, rief Selphyne, die schon seit einiger Zeit mit Nenia und den anderen beim Frühstück saß. »Würdest du dir *bitte* eine Hose anziehen!«

»Ich würde schon«, erwiderte Brom und setzte sich an den Tisch. »Wenn ich eine hätte. Falfnin hat sie mir gestern abgeknöpft, der alte Trickbetrüger.«

»Ich bin sicher, er leiht sie dir so lange, bis du einen Ersatz auftreibst«, sagte Selphyne mit einem strengen Seitenblick auf Falfnin.

»Kein Problem«, versetzte Falfnin. »Damit schuldest du mir dreiundvierzig Millionen siebenhunderteinunddreißig Tausend sechshundertvierunddreißig Goldstücke, vier Wochen Küchendienst und eine Hose, Brom.«

»Der Verlust der Hose schmerzt mich eindeutig am wenigsten«, erklärte Brom, rutschte auf seinem Stuhl hin und her und ließ seine unbehosten Beine baumeln. »Ich könnte mich durchaus an dieses neue Gefühl von Freiheit und Unbeschwertheit gewöhnen.«

Nach dem Frühstück besichtigten sie mit Arsenio das Sanatorium.

»Das ist die Galerie ehemaliger Patienten«, sagte der Nachtelf und wies auf eine Reihe von Gemälden, die Portraits von Personen zeigten, die augenscheinlich aus den höheren Gesellschaftsschichten stammten.

»Wir durften bereits zahlreiche hochrangige und prominente Persönlichkeiten in unserer Einrichtung beherbergen und haben, wie ich in aller Bescheidenheit hinzufüge, den meisten von ihnen auch bei der Wiederherstellung ihres seelischen Gleichgewichts helfen können. Dies etwa«, er deutete auf das Portrait einer jungen Zwergin, »ist die Gräfin von Erzschacht. Ihre Eltern schickten sie zu uns, weil sie an nervösen Zwangsvorstellungen litt. Sie hielt es für eine furchtbare Ungerechtigkeit, dass ihre Familie in Gold schwimmt, während den armen Minenarbeitern, denen sie den ganzen Reichtum verdankt, kaum genug bleibt, um nicht zu verhungern. Wir konnten sie von diesem Wahn kurieren, und mittlerweile ist sie eine der angesehendsten Ausbeuterinnen des Landes. Und das dort ist der Baron von Hutzelfingen. Er hielt sich jahrelang für ein Meerschweinchen, was sich negativ auf seine staatsmännischen Fähigkeiten auszuwirken begann. Um genau zu sein, hält er sich immer noch für ein Meerschweinchen, aber wir konnten ihn davon überzeugen, dass er ein *gewinnend lächelndes, fröhlich winkendes* Meerschweinchen ist. Seitdem wird er seinen Aufgaben als Politiker wieder voll und ganz gerecht.«

»Der da kommt mir bekannt vor«, meinte Brom.

»Das ist der junge Fürst von Holdernich. Er hatte… ein gewisses Problem mit Frauen.«

»War er schüchtern?«, fragte Selphyne.

»Das kann man so nicht sagen. Er hatte die Angewohnheit, morgens neben Frauen aufzuwachen, die in der Nacht zuvor grausam ermordet worden waren.«

»Das ist ja furchtbar!«

»Ja, der arme Fürst war auch überaus verzweifelt. Bei Bekanntwerden hätte ein solcher Skandal verheerende Folgen für seine Karriere am Hof des Königs haben können. Wir konnten sein Frauenproblem zwar nicht gänzlich beseitigen, ihn aber dazu bringen, sich mehr auf, ähem, Partnerinnen zu beschränken, deren Verschwinden gesellschaftlich für keinen ganz so großen Wirbel sorgt.«

»Ihr müsst ja ganz schön Geld gescheffelt haben, mit all den reichen Psychopathen, die sich hier ins Gästebuch eingetragen haben«, meinte Brom. »Trotzdem sieht der Kasten ziemlich vergammelt aus.«

Arsenio zog ein missmutiges Gesicht.

»In der letzten Zeit haben die wohlhabenden Kreise unsere Einrichtung ein wenig gemieden«, sagte er.

»Wieso das?«, fragte Falfnin.

»Es hat da einen gewissen Vorfall gegeben…«

»Vorfall?«

»Wir reden nicht gerne darüber. Kommen Sie, ich zeige Ihnen jetzt den Park.«

Das Unwetter von gestern war vorübergezogen, die Strahlen der Morgensonne ließen die an den Zweigen hängenden Tropfen golden funkeln.

»Im Sanatoriumspark können sich die Patienten an der frischen Luft ergehen und am Anblick sorgfältig gepflegter Natur erbauen.«

Tatsächlich machte der Park keinen besonders gepflegten Eindruck, sondern wirkte wie auch das Sanatoriumsgebäude eher verwahrlost und verwildert.

»Und sie können von ihren bestialischen Schandtaten entspannen«, murmelte Selphyne.

»Oh, wir beherbergen hier nicht nur Mörder und Sadisten«, versetzte Arsenio. »Auch viele schöngeistige Naturen finden ihren Weg zu uns, sensible Künstler, die an der Unerbittlichkeit der Welt verzweifeln. Kommen Sie, ich stelle Ihnen jemanden aus dieser Gruppe vor.«

Arsenio schritt auf einen Wichtel zu, der einen Verband um den Kopf trug und mit Pinsel und Farbpalette vor einer Leinwand saß.

»Guten Morgen, Winzenz! Was macht das Ohr?«

Der Wichtel drehte sich um. Er hatte eine blaue Mütze mit Fellbesatz auf dem Kopf und einen roten Stoppelbart.

»Ach«, sagte er gequält. »Es geht.«

»Was ist mit deinem Ohr passiert?«, erkundigte sich Falfnin.

»Ein … Unfall beim Rasieren«, murmelte Winzenz, zu Boden blickend.

»Er hat es sich selbst abgeschnitten«, flüsterte Arsenio. »In einem Anfall von künstlerischer Verzweiflung und aus unerwiderter Liebe.«

»Wie schrecklich!«, hauchte Selphyne.

»Wenn du das Ohr aufgehoben hast, kann Falfnin vielleicht mit seinem chirurgischen Notfallset helfen«, sagte Bolgur. »Meins hat er schon ganz oft wieder angenäht.«

»Ich habe es nicht mehr«, murmelte Winzenz. »Ich habe es meiner Geliebten geschickt.«

»Und was hat sie damit gemacht?«

»Sie hat es weggeworfen.«

»Wie kann man nur so herzlos sein!«, rief Selphyne.

»Es gibt genau zwei Arten von Leuten, hat Tante Brunhilda immer gesagt«, bemerkte Brom. »Die Herzlosen und die Ohrlosen.«

»Reden wir doch lieber von etwas anderem. Wie geht es mit dem Gemälde voran?«, wechselte Arsenio das Thema.

Winzenz seufzte.

»Die Wirbel! Ich bekomme die Wirbel einfach nicht richtig hin!«

Brom stellte sich mit Kennermiene vor das Gemälde und rieb sich das Kinn.

»Ja«, urteilte er, »schon ganz nett. Aber ein *richtiger* Himmel sieht natürlich ganz anders aus. Wie heißt das Bild denn?«

»Ich weiß noch nicht«, sagte Winzenz unsicher. »Bisher nenne ich es *Verwirbelte Sternennacht in Irgendwind mit Dorf und Zypresse.*«

»Ich glaub nicht, dass sich so was verkauft«, schätzte Brom. »Die Leute wollen mehr … Dings, na sach schon …« Er gestikulierte, nach dem richtigen Wort suchend.

»Kubismus?«, mutmaßte Bolgur.

»Nein, das andere. Wenn alles wie in echt aussieht.«

»Realismus?«

»Genau. Realismus. Und es muss fetzen!«

»Fetzen?«, fragte Winzenz eingeschüchtert.

»Ja! Weißt du, was stark wäre? Ein Drache! Drachen gehen immer. Und auf dem Drachen reitet eine Zwergenkriegerin mit enormen … enormen …«

»Hupen?«, warf Bolgur ein.

»Genau: Hupen. Eine streitaxtschwingende Zwergenkriegerin mit enormen Hupen. Und der Drache speit Feuer. Und im Hintergrund sieht man einen riesigen Vollmond. *Das* wäre ein Gemälde!«

»Und die Wirbel?«, fragte Winzenz kleinlaut.

»Vergiss die Wirbel!«, rief Brom. »Das Zeitalter der Wirbelmalerei ist *passeh*! Streitaxtschwingenden, auf Drachen reitenden Zwergenkriegerinnen mit enormen Hupen gehört die Zukunft!«

»So ein Schwachsinn!«, empörte sich Selphyne. »Hör nicht auf ihn! Er hat keine Ahnung von Kunst. Ich finde deinen Stil großartig. Die zugleich kraftvolle, fast ungestüme und doch so feinsinnige Pinselführung, die tiefgründige, zwischen Impressionismus und Expressionismus ambivalent oszillierende Psychologie: Man ahnt eine große, von Widersprüchen heroisch zerrissene wahre Künstlerseele.«

»Hm …«

Unsicher betrachtete Winzenz sein Gemälde. Er sah Selphyne an, er sah Brom an.

»Bleib dir selbst treu«, sagte Selphyne.

»Streitaxtschwingende, auf Drachen reitende Zwergenkriegerinnen mit enormen Hupen«, sagte Brom prophetisch. »Vertrau mir.«

[Kleiner Sprung, hundertfünfzig Jahre in die Zukunft.]

Eine Auktion.

»Kommen wir nunmehr zu Posten 115a: *Streitaxtschwingende, auf einem Drachen reitende Zwergenkriegerin mit enormen Hupen* des Künstlers Winzenz von Och. Dieses Gemälde ist eines der ersten aus der neuen Schaffensphase, in der von Och endlich zu seinem eigenen Stil fand. Wir versteigern es zusammen mit Nr. 115b: *Selbstportrait des Künstlers nach seinem internationalen Durchbuch, in der Liebesgrotte seines fürstlichen Anwesens, umgeben von Groupies mit phänomenalen Möpsen.* Das Mindestgebot liegt bei zehn Millionen. Sehe ich elf Millionen? Zwölf? Fünfzehn. Achtzehn! Höre ich zwanzig? Dreiundzwanzig. Siebenundzwanzig! Siebenundzwanzig zum Ersten ... Dreißig Millionen! Fünfunddreißig!...«

Sie wandten die Köpfe, als Nenias helles, ausnahmsweise einmal nicht boshaftes Lachen erklang.

Die kleine Nachtelfe saß auf dem Rücken eines Anstaltsinsassen, der in eine schwarze Kutte gekleidet war und auf allen vieren über den Boden kroch.

Sie lachte ausgelassen und schwenkte ihren schwarzen Schirm, mit dem sie ihre blasse Nachtelfenhaut vor den schädlichen Sonnenstrahlen schützte.

»Es scheint, dass sich meine Nichte bestens mit Bruder Medardus versteht«, sagte Arsenio.

»Bruder Medardus?«, fragte Selphyne besorgt. »Er ist doch keiner von den Gefährlichen, oder?«

»Nein, ich denke nicht«, erwiderte Arsenio. »Er ist erst seit Kurzem bei uns und macht eigentlich keinen gefährlichen Eindruck.«

»Und warum ist er hier?«

»Das habe ich noch nicht ganz ergründen können. Er ist vor einigen Tagen von seinen Ordensbrüdern bei uns abgeliefert worden. Bisweilen soll er an gewissen *Zuständen* leiden, wie seine Brüder es nannten.«

»Zustände?«

Selphyne ging eilig auf Nenia und den Mönch zu.

»Nenia!«, rief sie. »Du hast jetzt fürs Erste genug geritten! Der arme Bruder Medardus muss sich auch mal ausruhen.«

»Ich will aber weiter reiten!«, fauchte die Nachtelfe. »Du hast mir gar nichts zu sagen!«

Der Mönch erhob sich, indem er Nenia huckepack auf dem Rücken hielt und kam so auf Selphyne zu.

Bei ihr angekommen, setzte er die Nachtelfe sacht auf dem Boden ab und strich ihr durchs Haar.

Unter seiner dunklen Kapuze waren ein bleiches Gesicht und ein Paar unheimlicher, aber nicht unfreundlich blickender Augen zu erkennen.

Selphyne nahm Nenias Hand und zog die trotzig schmollende Nachtelfe zu sich heran.

»Vielen Dank«, wandte sie sich an Bruder Medardus. »Sie scheinen gut mit Kindern umgehen zu können.«

Der Mönch schwieg.

»Er spricht nicht«, erklärte Arsenio. »Er hat ein Schweigegelübde abgelegt. Seit mehr als zwölf Jahren ist kein einziges Wort über seine Lippen gekommen, haben uns seine Ordensbrüder versichert.«

»Wirklich? Kein Wort?«, fragte Brom erstaunt. »Dolle Geschichte! Nicht mal *hundsmiserables Mistluder, verfluch-*

tes!, wenn du dir du weißt schon wen im Reißverschluss einklemmst?«

»Er trägt eine Kutte, Brom«, sagte Selphyne. »Und als Mönch würde er bestimmt nicht *hundsmiserables Mistluder, verfluchtes!* sagen.«

»Sei dir da nicht so sicher! Ich war mal in einer Abenteurergruppe, da hatten wir so einen wandernden Kampfmönch dabei, der hatte ein paar Sprüche auf Lager, damit hätte er ein ganzes Nonnenkloster ins Exil treiben können. Und saufen konnte der, sagenhaft!«

»Das Böse hebt sein abscheuliches Haupt!«

Sie wandten sich Bruder Medardus zu.

Der Mönch stand mit emporgereckten Armen da und sprach mit dumpfer Stimme:

»Blut wird fließen! In finsteren Winkeln lauern die Dämonen des Irrsinns und blecken grinsend ihre Zähne! Ihr höhnisches Gelächter hallt durch steinerne Gewölbe!«

»So viel zum Thema zwölf Jahre Schweigegelübde«, bemerkte Brom.

»Kalter Stahl wird sündiges Fleisch zerreißen! Noch heute Nacht wird Blut in Strömen fließen! Das Böse wohnt hinter diesen Mauern!«

Er zeigte auf das Sanatoriumsgebäude.

»DAS BÖSE!«

Seine Stimme überschlug sich, und er sank stöhnend, schwer atmend in die Knie.

Zwei breitschultrige Troll-Pfleger eilten herbei und führten Medardus nach drinnen.

Falfnin räusperte sich.

»Das kam … unerwartet«, sagte er.

»Nun, man weiß ja, wie das mit diesen Klosterbrüdern so ist«, antwortete Arsenio, um einen fröhlich-lockeren Tonfall bemüht. »Jederzeit können sie eine ihrer Visionen haben. Aber lassen Sie uns die Besichtigung fortsetzen. Vor dem Mittagessen muss ich Ihnen unbedingt noch den Irrgarten und mein privates Forschungslabor im Keller zeigen.«

»Ein Irrgarten in einer Irrenanstalt«, sagte Selphyne. »Ein Irrengarten, sozusagen. Wie sinnig.«

Nachdenklich fuhr Brom mit den Fingern durch seinen Bart.

»Eine Kutte«, murmelte er. »Gar keine so schlechte Idee. Jetzt, da ich die Vorzüge eines hosenlosen Daseins schätzen gelernt habe ... Das Ende der fatalen Reißverschlussproblematik ... Nie wieder schmerzhafte Zipfelmalträtierungen, überhaupt mehr Zipfelfreiheit ...«

Bolgur gähnte.

»Ich bin müde«, sagte er. »Ich glaube, ich lege mich noch eine Runde ins Bett.«

»Wirst du jetzt plötzlich alt?«, fragte Brom. »Sonst hat dir eine durchzockte Nacht doch nie was ausgemacht.«

»Immerhin hatte er gerade ein Messer in seinem Oberschenkel stecken«, sagte Selphyne. »So was kann schon zu einer gesteigerten Ruhebedürftigkeit führen. Schlaf dich nur aus, Bolgur. Wir wecken dich rechtzeitig zum Mittagessen.«

Vom Irrgarten besichtigten sie nur die äußersten Bezirke, da, wie Arsenio anmerkte, weiter innen wirkliche Verirrungsgefahr bestand.

»Aber nun zeige ich Ihnen mein ganz eigenes Reich«, sagte der Anstaltsleiter. »Kommen Sie.«

Sie folgten ihm in den Keller, in dem es nach Moder und Alchemie roch.

Arsenio führte sie in ein großes Gewölbe, zwischen langen Regalen hindurch, auf denen mit Spiritus gefüllte Einmachgläser standen.

»Das ist meine kleine Privatsammlung«, erklärte er. »Andere Leute besitzen einen Weinkeller, ich dagegen habe ...«

»Einen Gehirnkeller?«, fragte Selphyne angeekelt.

Bleiche, schwammige Gehirne schwebten in den Gläsern.

»Es sind nicht irgendwelche Gehirne, sondern nur solche von ausgewählten Bösewichten. Es hat Jahrzehnte gedauert, sie alle zusammenzutragen. Gute Kontakte zu Henkern und Totengräbern sind unerlässlich, wenn man eine derartige Sammlung anzulegen beabsichtigt.«

»Und ein gehöriger Sprung in der Schüssel«, murmelte Selphyne schaudernd.

»Schon als junger Nervenarzt hat das Böse eine außerordentliche Faszination auf mich ausgeübt«, fuhr Arsenio fort. »Alles ist sorgfältig beschriftet und nach Art und Intensität der Boshaftigkeit sortiert. Hier ist die Abteilung der Serienmörder. Je mehr Morde, desto höher die Position im Regal. Dort stehen die Kannibalen. Sagen Sie nichts, ich weiß genau, was Sie jetzt einwenden möchten: Ist Kannibalismus nicht einfach nur ein Subgenre des Serienmords?«

»Exakt diese Frage lag mir auf der Zunge …«, bemerkte Falfnin.

»Und es ist eine berechtigte Frage. Denn man stößt nur allzu bald auf Probleme der Systematisierung. Wo zum Beispiel verläuft genau die Grenze zwischen Serien- und Massenmord? Gibt es einen wirklich eindeutigen Unterschied zwischen einem privaten Auftragskiller und einem staatlich angestellten Henker? Aber es hört nicht bei der Systematisierung auf, schnell gelangt man ins Moralische: Ist ein religiöser Ritualmord böse, wenn derjenige, der ihn ausführt, fest daran glaubt, im Dienste des Guten zu handeln? Ist ein Richter, der in der Meinung, das Richtige zu tun, tausend Todesurteile unterschreibt, ein Mörder? Oder der Henker, der sie vollstreckt? Oder Beide? Keiner von Beiden? Einer mehr als der andere? Hat die Gesellschaft Schuld? Ist sie der eigentliche Mörder? Hat überhaupt jemand Schuld? Gibt es das Böse vielleicht gar nicht? Fragen über Fragen.«

»Auf die niemand eine Antwort weiß«, sagte Brom unbestimmt.

»O doch, ich kenne die Antwort!«, versetzte Arsenio triumphierend. »Ich weiß, dass es das Böse gibt. Denn ich habe es gesehen, mit eigenen Augen. Es ist schwarz wie die Nacht und zähflüssig wie heißer Teer.«

»Ihre Gehirnsäftetheorie«, warf Selphyne ein.

»Meine Gehirnsäftetheorie. Und jetzt kommt's: Ob wir jemanden böse nennen oder nicht, muss nicht das Geringste mit der Saftmischung in seinem Gehirn zu tun haben. Oft liegen wir intuitiv richtig, wie etwa bei Botho, dem Buttermesserschlitzer. Sein Gehirn produziert wirklich überdurchschnittliche Mengen der schwarzen Bosheitssubstanz. Das macht die Behandlung leicht: regelmäßig abzapfen, und er bleibt ein netter, verträglicher Kerl. Aber es gibt andere Fälle. Hier zum Beispiel. Das ist das Gehirn von Zyrwa, der Näherin. Sie hat Hunderte nur aus Spaß grausam zu Tode gefoltert. Doch kann man sie deswegen als *böse* bezeichnen?«

»Ähm ... *ja*?«, sagte Selphyne finster.

»Sollte man meinen, nicht wahr? Halten Sie sich fest: Ich habe ihr Gehirn sorgfältig untersucht. Verschwindend geringe Mengen des schwarzen Bosheitssaftes. Dafür abnorm viel Gute-Laune-Orange. Sie war einfache eine echte Frohnatur – und Foltern ihr schönstes Hobby.«

»Das ist ja abstoßend.«

»Das ist Wissenschaft! Leider bedeutet es aber auch, dass meine Gehirnsäftetheorie sich nicht ganz so leicht für praktische Zwecke auswerten lässt, wie anfangs gedacht. Was ich vor allem brauche, ist Geld, um meine Forschungen weiterhin betreiben zu können. Kommen Sie, ich zeige Ihnen jetzt etwas, das Sie ebenfalls begeistern wird.«

»Was, noch mehr als die Sammlung erlesener Psychopathenhirne?«, murmelte Selphyne. »Unmöglich.«

Im nächsten Raum stank es nach Tieren, Kot und Blut.

In Dutzenden von Käfigen vegetierten Ratten, Katzen, Äffchen und andere Tiere, den meisten von ihnen steckten eiserne Röhrchen und Schläuche in den Schädeln.

»Komm mit, Nenia«, sagte Selphyne »Wir gehen lieber wieder nach oben, das hier ist nichts für dich.«

»Oh, aber ganz im Gegenteil!«, rief Arsenio. »Man kann die Erhabenheit des Strebens nach Erkenntnis gar nicht früh genug erfahren! Wenn du bei Onkel Arsenio bleibst, wird mal eine große Wissenschaftlerin aus dir, Kleines!«

»Nenn mich nicht Kleines, ich hasse dich!«, fauchte Nenia und versetzte Onkel Arsenio einen kräftigen Schienbeintritt.

»Sie steckt so voller Energie!«, ächzte der Nachtelf. »Das muss nur in die richtigen Bahnen geleitet werden.«

»Ich will so einen!«, forderte Nenia in einem Ton, der keinen Widerspruch duldete, und zeigte auf eines der Versuchsäffchen.

»Ja, ist das nicht ein süßes Äffchen?«, säuselte Arsenio mit Honigstimme. »Und wir können ihn sogar noch süßer machen, pass auf!«

Er drehte an einem Ventil, und eine orangefarbene Flüssigkeit strömte durch einen der Schläuche, die in dem Schädel des Affen mündeten.

Sofort änderte sich das Verhalten des Tieres, das bis eben noch apathisch in seinem Käfig gesessen hatte.

Jetzt patschte es munter mit seinen Händen und gab Laute jauchzenden Frohsinns von sich.

»So ein vergnügter kleiner Racker, was?«, lächelte Onkel Arsenio.

»Ich glaub, ich muss mich übergeben«, sagte Selphyne.

»Und wenn ich hier drehe …«

Rosafarbener Saft floss in den Kopf des Affen, der jetzt die Augen verdrehte, leise vor sich hingurrte und seine Arme nach Nenia ausstreckte.

»Sieh mal, er ist ganz verliebt in dich, der Kleine!«, rief Arsenio.

»Kannst du ihn auch böse machen?«, fragte Nenia, erwartungsvoll ihre Fäuste ballend.

Arsenio lachte.

»Es scheint, wir haben die gleichen Interessen. Ja, böse kann ich ihn auch machen.«

Schwarze Substanz sickerte träge durch den Schlauch.

Der Affe fletschte die Zähne, kreischte zornig und rüttelte an seinem Käfig.

»Toll!« Nenia klatschte begeistert in die Hände.

»Aus dir wird mal eine begabte Forscherin, das sieht man schon jetzt«, lobte Arsenio.

»Nicht, wenn wir es verhindern können«, murmelte Selphyne.

Ein tiefes, dreistimmiges Grollen erklang.

»He, dieses Geräusch kenne ich!«, rief Brom. »Das ist doch …«

»Ein Höllenhund, ganz recht«, entgegnete Arsenio. »Cerberus Major.«

Er ging zu einer schweren Eisentür und schob das Sichtfenster darin auf.

In dem Raum dahinter lag auf einem Haufen schmutzigen Strohs eine riesige dreiköpfige Bestie. Ab und zu fletschte sie im Schlaf die Zähne oder stieß ein wütendes Knurren aus, als kämpfe sie mit erträumten Gegnern.

»Mit seinen drei Köpfen und demzufolge auch drei Gehirnen ist der Höllenhund geradezu das ideale Experimentierobjekt für die Hirnsaftforschung. Wussten Sie, dass Cerberus Major über drei getrennte Persönlichkeiten verfügt, die aber in bestimmten Fällen zu einer einzigen verschmelzen können?«

»Ich wusste bisher nur, dass diese Biester ein verdammtes Blutbad anrichten können, wenn sie schlecht drauf sind«, entgegnete Brom. »Und sie sind eigentlich immer schlecht drauf.«

»Der hier ist lammfromm – wenn ich es will«, sagte Arsenio. »Ein paar Tropfen rosa Hirnsaft, und er frisst Ihnen aus der Hand.«

»Und ein bisschen was von dem schwarzen Zeug, und er frisst stattdessen die Hand, mitsamt dem Arm und dem ganzen Rest«, bemerkte Selphyne.

»So ist es. Sie haben das Prinzip der Hirnsaftmischung begriffen. Bei geistig höher entwickelten Lebewesen, Zwergen, Trollen, Wichteln und so weiter, ist es wie gesagt häufig komplizierter.«

»Und wozu soll das alles gut sein?«, fragte Falfnin.

»Nun, zunächst einmal betreibe ich hier Grundlagenforschung. Aber natürlich sind vielfältige Anwendungsmöglichkeiten denkbar. Etwa die Gehirnsaft-Regulierungs-Therapie, die ich in diesem Sanatorium bereits mit guten Ergebnissen verwende, obwohl die Methode noch in den Kinderschuhen steckt. Politische und wirtschaftliche Nutzungen sind ebenso gut vorstellbar, drängen sich regelrecht auf. Manipulation direkt durch Hirnsaftabzapfung oder -injektion. Keine langatmigen Reden mehr, keine aufwändigen Imagekampagnen, ein bisschen Saft sagt mehr als tausend Worte. Die totale Kontrolle. Mit der richtigen Mischung bekommen Sie Untertanen, die sich schreiend vor Lust im Krieg aufspießen lassen, Sie bekommen Arbeiter, die Ihnen dankbar die Füße küssen, weil sie sich für Sie unbezahlt kaputt schuften dürfen.

Oder als Gefühlsverstärker für ein intensiveres Freizeiterlebnis: Mehr Spaß durch Gute-Laune-Hirnsaft.

Zurzeit gibt es noch zwei große Probleme.

Erstens die Verabreichung. Am effektivsten ist die Injektion unmittelbar ins Gehirn, aber das ist umständlich und nicht immer praktikabel. Daher arbeiten wir an Alternativen. An anderer Stelle ins Blut gespritzt, ist die Wirkung schwächer und braucht wesentlich länger, um sich zu entfalten, zudem ist eine höhere Dosierung vonnöten. Eine orale Aufnahme in Pillen- oder Pulverform ist vorstellbar, derzeit aber noch Zukunftsmusik.

Zweitens die Gewinnung. Die einzige Möglichkeit, Hirnsaft zu gewinnen, ist gegenwärtig noch die Abzapfung aus dem lebenden Gehirn. Eine aufwändige und nicht besonders kostengünstige Methode.

Ideal wären große Hirnsaftfarmen in unterentwickelten Regionen wie Workubosch. Das würde Arbeitsplätze vor Ort schaffen und die Herstellung verbilligen. Man muss das im ganz großen Stil aufziehen, industriell. In der Abzapfhalle für Gute-Laune-Saft müsste stets für eine heitere Atmosphäre gesorgt sein, mit Musik und Showeinlagen etwa. In der Angstabteilung dagegen sollte das nackte Grauen regieren.

Kinder sind übrigens besonders gut für die Erzeugung geeignet, weil sie leichter zu beeindrucken sind und infolgedessen schneller den entsprechenden Saft produzieren.«

»Jetzt wird mir aber wirklich übel«, bemerkte Selphyne.

»Ja, ich habe auch erstmal genug«, sagte Falfnin.

»Wie Sie meinen. Es ist ohnehin Zeit fürs Mittagessen«, erwiderte Arsenio.

»Mittagessen!«, freute sich Brom. »Feine Sache. Ich hab einen Riesenkohldampf. Was ist?« Selphyne und Falfnin sahen ihn kopfschüttelnd an.

»Nichts«, antwortete die Gnomenmagierin. »Überhaupt nichts.«

»Deine Gute-Laune-Saftproduktion möchte ich haben«, sagte Falfnin.

»Wenn Sie an Gemüts-Verstimmungen leiden, kann

ich Ihnen eine kostenlose Heiterkeitsauffrischung empfehlen«, bot Arsenio an.

»Nein danke«, erwiderte Falfnin. »Manchmal ziehe ich es vor, verstimmt zu sein.«

Für das Mittagessen hatte sich der ehemalige Kannibalenkoch des Sanatoriums mächtig ins Zeug gelegt und ein opulentes Menü auf den Tisch gezaubert.

»Geht es dir wieder besser, Bolgur?«, fragte Selphyne.

»n' bisschen müde«, mampfte der Barbarenoger. »Aber sonst gut.«

»Das kommt nur von diesem untätigen Rumhocken«, meinte Brom. »Macht einen ganz rammdösig. Wir brauchen mal wieder einen richtigen Kampf.«

»Ja«, sagte Selphyne. »Ich würde auch sagen, nach dem Essen ziehen wir weiter. Vielen Dank für die freundliche Aufnahme und Bewirtung.«

»Nichts zu danken«, antwortete Arsenio. »Sie sind jederzeit bei uns willkommen, wenn Sie Nenia einmal wieder besuchen möchten.«

»Ach so ...«, begann Selphyne. »Ich denke, Nenia wird fürs Erste mit uns kommen. Sie muss ja auch Gelegenheit haben, ihre anderen Verwandten kennen zu lernen.«

»Sicher.«

Arsenios Gesicht war eine Maske erstarrter Höflichkeit.

»Aber wollen Sie wirklich jetzt schon aufbrechen, bei diesem Wetter?«

»Wieso Wetter?«, fragte Falfnin. »Draußen scheint doch die Sonne.«

In der Ferne ertönte dumpfes Donnergrollen.

»Sie können auch gerne noch eine Nacht hierbleiben«, erbot sich Arsenio lächelnd. »Ganz unverbindlich.«

Es blieb Ihnen nichts anderes übrig: Bald brach ein tobender Gewittersturm über Irgendwind herein, Blitze zuckten, Hagelschauer prasselten gegen die Scheiben.

»Was für ein Mistwetter«, meinte Falfnin. Er saß in ihrem Zimmer auf der Fensterbank und sah den Naturgewalten bei ihrem cholerischen Treiben zu. »Kein Wunder, dass die Leute in dieser Gegend alle ein bisschen schräg drauf sind. Das Klima muss einem ja aufs Gemüt schlagen.«

Während anderswo auch die heftigsten Gewitter nach einmaliger Entladung vorüberziehen, erlebt man in Irgendwind aufgrund der konfusen Windverhältnisse ein und dasselbe Unwetter nicht selten mehrfach.

Wenn sich plötzlich der Wind dreht, kann es geschehen, dass die soeben überstanden geglaubte Schlechtwetterfront plötzlich kehrtmacht und sich für eine zweite Runde zurückmeldet.

»Mir ist langweilig«, brummte Brom.

Er lag auf dem Bett und warf seine diamantstählerne Streitaxt in die Höhe, ließ sie mehrmals um die eigene Achse kreisen und fing sie am Stiel wieder auf.

»Findet ihr es nicht auch merkwürdig?«, fragte Selphyne. »Anfangs hat Arsenio kein gutes Haar an Thanatos gelassen, und jetzt will er Nenia unbedingt hier behalten.«

»Er hat eben seine Meinung geändert«, sagte Brom, seine Axt jonglierend. »Scheint ja auch ein ganz netter Kerl zu sein.«

»Netter Kerl?«, schnaubte Falfnin. »Er ist vollkommen irre!«

»Aber seine Küche ist ausgezeichnet.«

»Der Typ hat eine Gehirnsammlung in seinem Keller!«

»Wir haben alle unsere kleinen Marotten.«

»Mehrere Hundert Psychopathengehirne, fein säuberlich beschriftet und nach Anzahl der Morde sortiert, kann man wohl kaum als *kleine Marotte* bezeichnen.«

»Ich kannte mal einen, der hat Flaschenkorken gesammelt«, meinte Brom. »Das fand *ich* merkwürdig. Aber ich urteile nicht über die Freizeitbeschäftigungen anderer Leute.«

Auf dem Flur erklang Nenias helles Lachen.

»Was macht sie eigentlich da draußen?«

Selphyne ging zur Tür.

In einiger Entfernung stand Nenia auf dem Gang, zusammen mit einer finsteren Gestalt, in der Selphyne den Mönch Medardus erkannte.

»Nenia!«, rief die Gnomin. »Komm her!«

Der Mönch zog sich in eine dunkle Ecke zurück und verschwand.

Nenia stampfte mit dem Fuß auf.

»Lass mich in Ruhe!«, schrie sie. »Ich werde dich zwingen, deine eigenen Nieren zu essen!«

»Wenn du brav bist, lese ich dir noch ein Märchen vor.«

»Und wenn ich nicht brav bin?«

»Dann gehst du eben ohne Märchen ins Bett.«

»Dann gehst *du* eben ohne Nieren ins Bett!«

»Dann ...«

Selphyne überlegte.

»Dann sage *ich* dem Sandmann bescheid, dass er deine Augen mitnehmen kann, um sie an seine kleinen Geierkinder zu verfüttern.«

Nenia kniff die Augen zusammen.

»Dann hacke ich dich in kleine Stücke und fange bei den Füßen an, damit du dabei zusehen kannst!«

»Dann hänge ich dich an deiner Zunge über einem Becken mit kochendem Öl auf.«

»Dann lass ich dich vierteilen!«

»Dann nähe ich dich in einen Sack mit tollwütigen Wieseln ein und werfe dich in eine Schlucht!«

Nenia lachte.

»Sieh an!«, lächelte Selphyne. »Du kannst also doch richtig fröhlich lachen!«

Sie legte ihre Hand auf die Schulter der kleinen Nachelfe.

Sofort zog Nenia wieder ihre übliche Schmollschnute und schubste Selphyne von sich weg.

»Lass mich in Ruhe!«, rief sie. »Ich hasse dich!«

Dann stapfte sie wütend davon.

»Mir ist so was von langweilig«, sagte Brom gerade und warf seine Axt zum wiederholten Mal in die Höhe, als Nenia an ihm vorbeifegte und ihm einen zornigen Boxhieb verpasste.

»He!«, brummte der Zwergenkrieger. »Was sind das denn für Manier...«

»Vorsicht, Brom!«, rief Falfnin. »Die Axt!«

Gerade noch rechtzeitig riss Brom den Arm hoch, bevor ihm die herabwirbelnde Waffe den Schädel spalten konnte.

Allerdings fing er sie nicht besonders glücklich auf.

»Au! Himmelarsch und Wolkenbruch, verdammt noch mal!«, brüllte er, sich die Hand haltend.

»Ha!«, rief Bolgur. »Jetzt siehst du mal, wie das ist! Nämlich überhaupt nicht witzig!«

Nenia strahlte.

»Mein Daumen!«, stöhnte Brom. »Mein kostbarer Daumen! Ausgerechnet an der Axthand!«

»Jetzt heul nicht rum wie ein kleines Mädchen«, sagte Selphyne. »Falfnin näht ihn dir schon wieder an.«

»Ich glaube, mir geht so langsam das Nähgarn aus«, bemerkte Falfnin.

»Und ich sag zu der Hohepriesterin: Ich bin nicht durch hundert Kilometer Sumpf und Morast gelatscht, um bei so einer Lack- und Lederkiste mitzumachen. Rück endlich den verdammten Smaragd raus und such dir ein anderes Sexspielzeug!«, erzählte Brom. Sein Daumen war provisorisch wieder angenäht worden, und nun saß er in der Rolle des Gute-Nacht-Geschichten-Onkels an Nenias Bett. Nachtragend zu sein gehörte schließlich nicht zu seinen Charaktereigenschaften.

»Darauf die Hohepriesterin: Gut, wenn du mir nicht in meinem Bett zu Diensten sein willst, wird eben dein qualvoller Tod mir zur Belustigung dienen!

Und damit lässt sie ihre Haustiere auf mich los, ein ganzes Heer von Sumpf-Mochlurks.«

»Und was ist dann passiert?«, fragte Nenia gespannt.

»Dazu komm ich gleich«, antwortete Brom. »Vorher muss ich noch ein paar Sachen über Sumpf-Mochlurks erklären. Erstens muss man dazu sagen, dass Sumpf-Mochlurks absolut abartig stinken. Wie die Pest. Aber das ist noch nicht das Schlimmste. Das wirklich Miese an der Sache ist: Wenn du einen Mochlurk tötest, explodiert er und saut alles mit seinen Eingeweiden zu. Aber das ist immer noch nicht das Allerschlimmste. Dabei verschießt er nämlich massenhaft von solchen fiesen kleinen Knochensplittern, und wenn die dich erwischen, bist du dran. Erst denkst du vielleicht: Kein großes Drama, bloß eine Fleischwunde, haut doch einen Helden nicht um. Aber nach ein, zwei Tagen entzünden sich die Wunden und fangen an zu eitern, und dann bilden sich riesige Furunkel, und wenn die anfangen aufzuplatzen, ist sowieso alles zu spät.«

Selphyne öffnete die Tür.

»So«, sagte sie, »jetzt ist aber wirklich Schlafenszeit.«

Sie bedachte Brom mit einem strengen Blick, der ein ernstes Gespräch über die Bedeutung des Begriffs *pädagogisch wertvoll* in Aussicht stellte.

Nenia räkelte sich.

»Ich hasse dich«, gähnte sie. »Aber du erzählst gut. Vielleicht werde ich dir später den Kopf abschlagen lassen und ihn auf eine Wuhduh-Lanze spießen, damit du mir noch mehr Geschichten erzählen kannst, wenn ich auf meinem Thron aus Schädeln sitze.«

»Das ist lieb von dir«, sagte Brom und drehte das magische Licht aus. »Träum was Schönes.«

»Was Fieses«, korrigierte Nenia, schon halb im Reich der Träume (beziehungsweise Albträume).

»Oder auch das.«

In der Nacht wurden sie von Glockenläuten geweckt.

Aufgeregte Stimmen schrien durcheinander, immer wieder ertönte der Ruf: »Feuer!«

Sie sprangen aus ihren Betten, Selphyne weckte Nenia auf, dann eilten sie nach draußen.

Nachdem das Unwetter einige Runden über der Gegend gedreht hatte, stand nun der Mond hell und strahlend an einem wolkenlosen Himmel.

Vor dem Sanatorium hatten sich Patienten und Pfleger versammelt und blickten ratlos zu dem dunklen Gebäude auf.

»Was ist denn los?«, wandte sich Selphyne an Arsenio, der ihnen im Pyjama entgegenkam.

»Wissen wir auch noch nicht«, entgegnete der Nachtelf. »Jemand hat Feueralarm ausgelöst, aber von einem Brand ist nichts zu sehen. Wahrscheinlich war es falscher Alarm.«

»Passiert so was öfter?«, fragte Falfnin.

»Eigentlich nicht. Wir haben einige Brandstifter hier, aber die sind gehirnsaftmäßig gut eingestellt.«

»Da ist wirklich nichts von einem Feuer zu erkennen«, sagte Brom.

»Ja, ich denke auch, wir können alle wieder schlafen gehen.«

»Wo ist Nenia?«, fragte Selphyne plötzlich.

»Eben war sie doch noch bei dir«, sagte Falfnin.

»Sie kann ja nicht weit weg sein«, meinte Arsenio.

»Nenia!«, rief Selphyne und blickte sich um. »Nenia!«

»Bestimmt versteckt sie sich irgendwo, um uns zu ärgern«, vermutete Brom.

»Oder sie hat etwas entdeckt, das ihre Aufmerksamkeit fesselt«, sagte Arsenio. »Sie ist ja so eine neugierige kleine Forschernatur!«

»Bringen Sie die Patienten in ihre Zimmer«, sagte Selphyne. »Solange wir Nenia nicht gefunden haben, dürfen hier keine Psychopathen frei rumlaufen.«

»Meine Patienten sind vollkommen ungefährlich«, behauptete Arsenio. »Und es gibt wirklich keinen Grund, panisch zu werden. Die Kleine taucht sicher gleich wieder auf.«

»Ich bin nicht panisch. Tun Sie, was ich sage!«

Der Nachtelf zuckte mit den Schultern.

»Wenn Sie darauf bestehen. Also, alles zurück nach drinnen«, rief er und klatschte in die Hände. »Es war ein Fehlalarm. Zeit, wieder ins Bett zu gehen.«

Langsam kehrten die Patienten und Pfleger ins Gebäude zurück.

»Findest du nicht, dass du ein bisschen überreagierst?«, meinte Brom.

»Nein, finde ich nicht«, entgegnete Selphyne. »Wir haben hier eine ganze Anstalt voller potentieller beziehungsweise gestandener Mörder. Nicht gerade der ideale Ort für ein Kind, um Versteck zu spielen.«

Mit ihren Händen formte sie einen Trichter vor dem Mund und rief:

»Nenia!«

»Wir sollten uns aufteilen und nach ihr suchen«, schlug Falfnin vor.

»Ja. Du und Bolgur, ihr übernehmt das Haus, Brom und ich durchsuchen den Park.«

»In Ordnung.«

Sie eilten in verschiedene Richtungen davon.

»Ich kümmere mich um das Erdgeschoss und den Keller«, sagte Falfnin. »Such du oben.«

»Gut«, entgegnete Bolgur und stieg die Treppe in den ersten Stock hinauf.

Er fühlte sich noch immer etwas seltsam, müde und aufgekratzt zugleich.

Es fiel ihm schwer, einen klaren Gedanken zu fassen.

Auf jeden Fall, so viel war sicher, bestand jetzt unbedingt die Notwendigkeit, jemanden mit der Keule zu hauen.

Seine Streitaxt über der Schulter, marschierte Brom durch den durchnässten Park, ab und zu blieb er stehen und rief: »Nenia! Komm zu Onkel Brom! Ich bin auch nicht mehr sauer wegen dem Daumen!«

Das war zwar gelogen, aber bei Kindern, wusste Brom, musste man diplomatisch vorgehen.

»Nenia, wenn du jetzt nicht sofort kommst, gibt es acht Monate Stubenarrest!«, rief er gerade, als er die zwei Trolle bemerkte, die aus der Dunkelheit auf ihn zukamen.

»n' Abend«, grüßte er. »Ihr habt hier nicht zufällig ein kleines Nachtelfenmädchen gesehen? So groß, schwarze Haare, hat einen Stoff-Leichendrull dabei.«

Die beiden Oger sagten nichts, sondern näherten sich stumm weiter, ein erstarrtes Grinsen auf ihren Gesichtern. Sie hatten die durchschnittliche Troll-Statur, Typ *Schwerer Brocken,* und trugen gestreifte Schlafanzüge mit eingesticktem *Sanatorium-Hirnfrieden*-Emblem.

»Ihr seid nicht sonderlich gesprächig, was? Na, ich werd mal wieder weiterziehen.«

»Du hast sehr schöne Augen«, grunzte einer der beiden Trolle.

»Sehr, sehr schöne Augen«, nickte der andere.

»Danke«, erwiderte Brom. »Das hat man mir schon oft gesagt. Aber falls das ein Anmachversuch sein soll: Ich fühle mich zwar geschmeichelt, bin aber mehr für Zwergenkriegerinnen mit enormen Hupen, wenn ihr versteht, was ich meine.«

»Wir mögen Augen«, sagte der eine Troll.

»Sehr, sehr gern«, der andere.

»Aha, was ihr nicht sagt. Wusstet ihr eigentlich, dass es in dem Keller von dem Kasten hier einen ganzen Raum voller Gehirne gibt? Schaut doch mal nach, ich bin sicher, da sind auch zwei für euch Spaßvögel dabei.«

»Gibst du uns deine Augen freiwillig, oder müssen wir sie uns holen?«

»Bitte, bitte holen«, rief der zweite Troll und patschte in die Hände. »Selbsternten macht viel mehr Spaß!«

Es waren die Burunski-Zwillinge, die eine Weile als die *Perversen Augapfeldiebe* blutige Schlagzeilen gemacht hatten.

Einige Leute sammelten Flaschenkorken, andere Gehirne. Die Burunski-Zwillinge sammelten Augäpfel.

Ihre Sammlung umfasste dreiundfünfzig getrocknete und ein Glas-Auge. Vor allen anderen lieb und teuer waren ihnen zwei besonders verschrumpelte und eingeschnurrte Paare, die von ihren ersten Opfern stammten: ihren eigenen Eltern.

»Hört mal«, sagte Brom. »Abgesehen von der Tatsache, dass ihr einen Riesendachschaden habt, halte ich euch für zwei nette Kerle, die bestimmt keinen Ärger wollen. Also würde ich vorschlagen, dass ihr euch schnellstens verpieselt und jemand anderen sucht, dem ihr schöne Augen machen könnt.«

»Glaubst du, dass er laut schreien wird?«, fragte Burunski 1 voller Vorfreude. »Ich mag es, wenn sie laut schreien!«

»Man muss es nur richtig machen«, grinste Burunski 2. »Dann schreien sie alle.«

Er kam einen Schritt auf Brom zu und griff mit seinen langen Armen nach ihm.

Brom entwischte mit einem flinken Ausweichmanöver.

»Okay«, sagte er. »Jetzt wird's gleich unangenehm für euch.«

»Du entkommst uns nicht!«, grunzten die Burunskis.

Sie nahmen ihn von zwei Seiten in die Zange, einer näherte sich von vorn, der andere von hinten.

»Deine Augen werden die neuen Glanzstücke unserer Sammlung sein«, flüsterten sie.

»Wisst ihr«, meinte Brom beiläufig, »ich war immer schon ein bisschen neidisch auf euch Trolle und eure unglaublichen Selbstheilungskräfte. Ein abgehauener Finger, ein abgerissenes Ohr: Keine große Sache, wenn man weiß, dass das in ein paar Wochen ganz von selbst wieder nachwächst.« Er nahm seine Streitaxt von der Schulter. Mondlicht glänzte auf der rasiermesserscharfen Klinge aus Diamantstahl.

»Ich hoffe, ihr habt in nächster Zeit keine längeren Wandertouren geplant? Ohne Beine dürfte das nämlich problematisch werden.«

Als sie die Schmerzensschreie hörte, blieb Selphyne stehen.

Es kam aus der Richtung, in die Brom gegangen war.

Sollte sie umkehren und ihm helfen?

Jedenfalls war es nicht seine Stimme, die da schrie.

Und eigentlich war es auch ein ganz natürliches Phänomen: Wenn Brom »Die Axt« Stahlbart irgendwohin ging, blieben Panik und Entsetzensschreie nie lange aus.

Die Gnomenzauberin entschied sich dafür, Brom und wer immer dumm genug gewesen war, ihn zu provozieren, sich selbst zu überlassen.

Als sie sich umwandte, sah sie zwei Gestalten, eine kleine und eine größere, die gemeinsam auf den Eingang des Irrgartens zustrebten.

Selphyne beschleunigte ihre Schritte und folgte ihnen.

Ohne eine Spur von Nenia zu finden, hatte Falfnin inzwischen das Erdgeschoss durchsucht und stieg nun in den Keller hinab.

Unten angekommen, drückte er auf den Schalter am Fuß der Treppe, und die magischen Leuchtröhren an der Decke sprangen summend an.

»Hallo? Ist jemand hier unten?«

Falfnins Stimme hallte durch das Kellergewölbe.

Wie große aufgequollene Pilze schwammen die Psychopathenhirne in ihren Gläsern.

Flüsterten sie vielleicht stimmlos miteinander, erzählten sich telepathisch ihre Schandtaten, drangen mit ihren Psychostrahlen auch in sein eigenes Gehirn ein und trieben ihn in den Wahnsinn?

Falfnin schüttelte den Gedanken schaudernd von sich ab und betrat den nächsten Raum.

Als er das Licht einschaltete, wachte einer der Versuchsaffen auf und sprang mit wildem Gekreisch gegen das Gitter seines Käfigs.

»Schhh!«, machte Falfnin und dachte einen Moment daran, das Ventil für den Entspannungs-Gehirnsaft aufzudrehen.

Aber das Tier beruhigte sich auch so wieder, bevor es die anderen aufwecken konnte und kauerte sich in eine Ecke seines Gefängnisses.

»Hallo?«, flüsterte Falfnin. »Ist jemand hier?«

Natürlich hielt sich um diese Zeit niemand im Keller auf. Es war Unsinn gewesen zu glauben, er würde Nenia hier unten finden.

Er wollte sich schon abwenden, als er bemerkte, dass die schwere Eisentür zu der Zelle mit dem Höllenhund offen stand.

Schmutziges Stroh lag auf dem Boden, dazwischen große Fleischbrocken, in einer Ecke standen drei Wassernäpfe.

Nur eine winzige Kleinigkeit fehlte.

Der Höllenhund selbst.

»Oh, oh.«

Am Ende der Kellertreppe fiel eine Tür zu.

Und hinter Falfnin erklang ein tiefes, dreistimmiges Grollen.

Bolgur wanderte durch dunkle Korridore, ganz wörtlich, aber auch symbolisch.

Er fühlte sich irgendwie verloren, orientierungslos.

Das Einzige, was mit einer gewissen Klarheit festzustehen schien, war, dass er jetzt unbedingt bald jemanden mit seiner Keule hauen musste, egal wen.

Moment.

Egal wen?

Bolgur blinzelte.

Was hatte seine Mutter noch gesagt, als er an seinem siebten Geburtstag seine erste Keule bekommen hatte?

»Alles, alles Gute zu deinem Geburtstag, mein süßer Gurli!«

Nein, nicht das, das andere.

Bolgur mobilisierte sein gesamtes Ogerbarbaren-Konzentrationsvermögen, um die Szene plastisch vor seinem inneren Auge heraufzubeschwören.

Schweiß trat auf seine Stirn.

Vor sich sah er die Torte mit den sieben Kerzen und der Zuckerguss-Schrift: »Heut wird unser Gurli Sieben!«

Er sah auch seine zahlreichen Cousins und seine Mutter, die ihm ein keulenförmiges, in Geschenkpapier eingewickeltes Paket überreichte.

Und sie sagte …

Sie sagte …

Schallend fiel eine Tür zu und holte Bolgur ins Hier und Jetzt zurück.

Er stapfte weiter in die Finsternis.

Auch Selphyne war sich ungewiss, wohin ihr Weg sie führen würde.

Hohe, dunkle Hecken ragten um sie herum auf, schienen sich näher ans sie heranzudrängen, je weiter sie ins das Labyrinth vorstieß.

Längst war ihr jeder Sinn für Orientierung abhanden gekommen. Weder wusste sie, wie tief drinnen sie sich wirklich in dem Irrgarten befand, noch, wie sie wieder hinausgelangen sollte.

Einmal hatte sie geglaubt, Nenias Stimme zu hören, aber das war bereits eine Weile her, und seitdem war ihr die Suche immer hoffnungsloser erschienen.

Plötzlich kamen Schritte heran.

Selphyne verbarg sich in den Schatten, die die Hecke im Licht des Mondes warf, und hob die Hände, bereit, ihren möglichen Feind mit einem Blitzschlag zu pulverisieren.

Die Schritte waren jetzt ganz nah.

Selphyne glühte ihren Zauber vor, Blitze knisterten über ihre Finger.

Jemand bog um die nächste Ecke.

Erleichtert atmete die Gnomin auf.

»Brom!«, seufzte sie. »Du bist es!«

»In Person«, antwortete der Zwergenkrieger. »Und ganz in der Stimmung für eine romantische Begegnung im Mondenschein.«

»Hör auf rumzualbern. Hast du irgendeine Spur von Nenia gefunden?«

»Nö. Nur zwei Typen, die mir Komplimente wegen meiner schönen blauen Augen gemacht haben.«

»Aber ich glaube, ich habe sie gesehen. Zusammen mit diesem Mönch. Sie sind in das Labyrinth gegangen. Komm mit.«

Zu zweit durchstreiften sie weiter den Irrgarten.

»Kannst du dich nicht einfach ein paar Mal quer durch das Labyrinth teleportieren?«, fragte Brom.

»Ich muss wenigstens eine ungefähre Vorstellung davon haben, wohin ich mich teleportiere. Und ich kann es auch nicht *einfach ein paar Mal* machen. Zaubern kostet Energie, von der ich nur einen begrenzten Vorrat zur Verfügung habe.«

»Hätte ja sein können. He, was ist das denn?«

Brom zeigte auf ein Paar Beine, das unter der Hecke hervorragte.

Sie zogen den Körper unter den Büschen hervor und legten ihn auf den Rücken.

Es war Botho, der Buttermesserschlitzer.

Ein Buttermesser steckte in seinem Hals.

»Ich schätze, wer nach dem Gesetz des Buttermessers lebt, wird auch nach dem Gesetz des Buttermessers sterben«, philosophierte Brom.

»Er ist erst vor Kurzem ermordet worden«, sagte Selphyne. »Und sieh dir das an.«

Sie drehte seinen Kopf zur Seite.

Schwarze Flüssigkeit troff aus dem Stutzen in seinem Schädel.

»Jemand hat sein Gehirn mit Bosheitssaft vollgepumpt. Ich frage mich …«

Heiseres Kampfgebrüll unterbrach sie.

Ein Troll brach durch die Hecke und rannte schreiend auf sie zu. Er trug einen gestreiften Sanatoriums-Pyjama, eine Kochmütze und schwang zwei Küchenbeile.

Brom trat ihm unbeeindruckt entgegen, duckte sich unter dem ersten Schlag des Angreifers weg und rammte ihm die Spitze seines stahlverstärkten Schuhs gegen das Bein.

Der Troll ging aufheulend in die Knie, was Brom Gelegenheit gab, ihn mit einem schwungvollen Kinnhaken ins Reich der Träume zu schicken.

»Das ist der Koch, oder?«, fragte Selphyne. »Nebenbei nehme ich überrascht zur Kenntnis, dass du diesen Konflikt zwar nicht gänzlich gewaltfrei, aber doch weitestgehend unblutig gelöst hast.«

»Jemandem, der so ein erstklassiges Steak zubereitet, kann ich einfach nichts antun«, erklärte Brom. »Selbst, wenn er ein ehemaliger Kannibale ist.«

»Er hat ebenfalls eine gehörige Saftinjektion bekommen«, sagte Selphyne, auf den schwarz verschmierten Hinterkopf des Trolls deutend. »Irgendjemand produziert hier ganz planvoll Psychopathen.«

»Das war bei den zwei Augenfetischisten auch so. Aber der Auftritt eben hat mich auf eine Idee gebracht.«

Brom schwang seine Axt.

»Hjalko Klingenschmitt würde sich zwar im Grab umdrehen, wenn er wüsste, dass sein Meisterwerk für schnöde Gartenarbeit missbraucht wird, aber manchmal muss man eben pragmatisch sein.« Er wies auf den neu entstandenen Durchgang in der Hecke. »Nach Ihnen, meine Dame.«

»Hin und wieder kann ich deinem Geradeaus-Denkstil durchaus etwas abgewinnen«, lächelte Selphyne.

»Braves Hündchen«, sagte Falfnin, während er langsam zurückwich. »Ganz ruhig.«

Diese Art von Rhetorik war ebenso aussichtsreich wie der Versuch, ein Erdbeben zu verhindern, indem man den Boden beruhigend tätschelte, aber der Wichtelmeisterdieb war nicht in der Verfassung, solch nüchterne Erwägungen anzustellen.

Der riesige Höllenhund kam angriffsbereit, zähnefletschend näher, Geifer tropfte aus seinen drei Mäulern.

Bei aggressiven Hunden, sagen führende Hundeexperten, ist Ignorieren die beste Methode. Signalisieren Sie Desinteresse am Konflikt. Ziehen Sie sich langsam zurück und sehen Sie dem Tier auf keinen Fall direkt in die Augen, besonders, wenn sie sechsfach vorhanden sind und dämonisch rot glühen.

Falfnin gab sich größte Mühe, mangelnde Konfliktbereitschaft zu signalisieren und ging langsam rückwärts.

Der Höllenhund sprang.

Mit einer akrobatischen Seitenrolle wich Falfnin dem Angriff aus, die Bestie landete in einer Wand von Käfigen und warf sie scheppernd über den Haufen.

Affengekreisch, Hundegebell und Hühnergackern ertönten.

Falfnin nutzte die Gelegenheit, um in den nächsten Raum zu flüchten und die Tür hinter sich zuzuschlagen.

Das war gerade noch mal gut gegangen, dachte er aufatmend.

Im nächsten Augenblick warf ein mächtiger Stoß die Tür aus den Angeln.

Benommen von dem Aufprall, schüttelte der Cerberus seine drei Köpfe und machte sich für die nächste Attacke bereit.

Keine Zeit verlierend, erklomm Falfnin mit der Geschicklichkeit des langjährigen Fassadenkletterers eines der Gehirn-Regale und rannte knapp unterhalb der Gewölbedecke in Richtung Treppe.

Unten hatte sich der Höllenhund wieder berappelt und nahm die Verfolgung am Boden auf, Falnin hörte ihn dreistimmig heulen, knurren und geifern.

Schnell hatte der Meisterdieb das Ende des Regals erreicht.

Und nun?

Bis zur Treppe waren es noch etwa fünf Meter, und die Kellertür war vorhin bestimmt nicht von ungefähr zugefallen: Jemand hatte ihn hier unten eingeschlossen und den Cerberus absichtlich freigelassen.

Wo war eigentlich Brom mit seiner Axt, wenn man ihn mal brauchte?

Das Regal geriet ins Wanken, als der Cerberus unten dagegen anrannte.

Einen Augenblick lang stand Falfnin, um Gleichgewicht ringend, auf einem Bein, dann sprang er gerade noch rechtzeitig ab, bevor das Regal umstürzte und die nächsten Reihen in einem verheerenden Dominoeffekt mit sich riss.

Glas splitterte und ein beißender Spiritusgestank breitete sich aus.

Gehirne schlitterten über den Boden, Massenmörder-Frontallappen klatschte gegen Folterjunkie-Kleinhirn, Kannibalen-Cortex knutschte mit Serienkiller-Hypophyse.

Ein Alptraum für jeden sammelfreudigen Systematiker.

Falfnin landete auf dem obersten Bord einer gegenüberliegenden Regalreihe, die von dem Sturz verschont geblieben war.

Na schön, dachte er. Kein Grund, die Nerven zu verlieren. Trotz allem könnte es noch bedeutend schlimmer sein.

Einige Meter tiefer stieß der Höllenhund ein dröhnendes Gebell aus.

Und wenn Höllenhunde bellen, kann es aufgrund ihrer halbdämonischen Natur passieren, dass dabei Flammen aus ihren Nüstern schlagen.

Es machte »*Whmp!*«, und plötzlich stand der Fußboden in Flammen.

Und jetzt begann Falfnin wirklich zu schwitzen.

Ziellos wanderte Bolgur im Park umher, ab und zu schwang er seine Keule versuchsweise durch die Luft.

Was hatte seine Mutter gesagt, als er zum siebten Geburtstag seine erste Kinderkeule bekommen hatte?

»Hier, Gurli, zum jemanden damit hauen, ganz egal wen.«

Hatte sie das wirklich so gesagt?

Er erinnerte sich daran, wie er die Kerzen auf der Torte ausgepustet und sich dabei etwas gewünscht hatte.

Was hatte er sich gewünscht?

Jemanden mit seiner Keule zu hauen?

Egal wen?

Im Moment schien es ihm das mit Abstand Sinnvollste zu sein, was man sich zu seinem siebten Geburtstag wünschen konnte.

Er blieb vor einer von Flechten überwachsenen Marmorstatue stehen, die einen nachdenklich blickenden Nachtelfenjüngling darstellte, der wie Brom wenig von Hosen zu halten schien.

Bolgur holte mehrmals mit der Keule aus, wie ein Golfspieler, der den Ball anpeilt, und schlug zu.

Es machte *Tock!,* und der marmorne Nachtelfenjüngling war nachhaltig von der Last des Denkens befreit.

Ja, dachte Bolgur, das war ein Schritt in die richtige Richtung.

Aber er brauchte jemand *Echten* zum Hauen.

Egal wen, nur lebendig musste er sein.

»Hast du das gehört?«, fragte Selphyne.

»Was?«, entgegnete Brom.

»*Tock!* Als ob …«

Etwas durchschlug die Hecke und zischte über ihre Köpfe hinweg. Flüchtig glaubten sie zu erkennen, dass das Objekt eine feurige Spur hinter sich herzog.

»Was war das denn?«, fragte Selphyne.

»Keine Ahnung. Ein Komet vielleicht?«

»Lass mich in Ruhe!«, hörten sie in diesem Moment Nenia klar und deutlich schreien. »Ich hasse dich!«

»Das kam von dort!«, rief Selphyne. »Los, schnell!«

Brom machte sich mit der Axt an die Arbeit.

Schließlich gelangten sie auf einen freien Platz im Herzen des Labyrinths.

Marmorstatuen standen schweigend im Mondlicht, gruppiert um einen kleinen Pavillon, in dem sich die Silhouetten zweier Gestalten zeigten.

Als Selphyne und Brom sich näherten, löste sich der größere der beiden Schatten und rannte schwankend auf den gegenüberliegenden Durchgang in der Hecke zu.

Aus dem Pavillon kam ihnen Nenia entgegen.

»Nenia!«, rief Selphyne. »Geht es dir gut?«

»Nein!«, schluchzte die Nachtelfe. »Der böse Mann wollte mir wehtun!«

Sie zeigte auf die davoneilende Gestalt.

»Bleib du bei ihr, ich kümmere mich um den da«, sagte Brom zu Selphyne und sprintete los.

Für einen Angehörigen des genetisch bedingt eher kurzbeinigen Zwergenvolks war er ein überdurchschnittlich guter Läufer, was schon manche Fluchtkarriere überraschend frühzeitig beendet hatte.

Auch diesmal hatte er seinen Gegner bald eingeholt. Im Halbdunkel erkannte er, dass der andere eine Mönchskutte trug.

Brom war nur noch wenige Meter von ihm entfernt, als hinter der nächsten Ecke plötzlich eine Keule hervorsauste und den Fliehenden niederstreckte.

Brom blieb stehen.

»Das war ja mal ein Überraschungsauftritt«, sagte er, als ihm Bolgur aus dem Seitengang entgegenkam. »Aber ich hätte ihn auch so erwischt. Alles klar bei dir? Du machst einen verwirrten Eindruck.«

»Alles klar«, grollte der Ogerbarbar monoton. »Es geht mir sehr gut.«

»Na bestens. Was man von unserem Klosterbruder wahrscheinlich nicht sagen kann. Ich hoffe, du hast nicht zu fest zugeschlagen, sonst wird das mit seinem Schweigegelübde diesmal bedeutend besser hinhauen als beim ersten Versuch.«

Brom ging auf die am Boden liegende Gestalt zu.

»Man muss nicht jeden Konflikt mit roher Gewalt lösen«, erklärte er. »Manchmal lässt sich unnötige Brutalität durchaus vermeiden. Hin und wieder reicht es, den Leuten die Beine abzuhauen, um sie zum Nachdenken zu bringen und erkennen zu lassen, dass sie sich auf dem falschen Weg befinden.«

Er bückte sich und streckte die Hand nach der Kapuze des Kuttenträgers aus.

Ein in zahllosen Gefechten erlernter Reflex ließ ihn den Kopf einziehen, wodurch er um Haaresbreite einem Keulenhieb entging, der einen jungen Baum entwurzelt hätte.

»Spinnst du?«, drehte er sich wütend zu Bolgur um. »Willst du mir die Rübe zermatschen?«

»Ja«, sagte der Ogerbarbar dumpf und holte noch einmal aus.

Brom sprang zur Seite, und der Angriff ging ins Leere.

»Sag mal, rappelt es plötzlich bei dir im Oberstübchen? Bist du jetzt auch reif für eine Runde Hirnsaftabzapfen?«

»Halt still«, grollte Bolgur. »Ich muss dich mit meiner Keule hauen.«

»Ich warne dich!«, rief Brom, dem nächsten Schlag ausweichend. »Wenn du nicht damit aufhörst, handelst du dir eine Menge Ärger ein!«

Bolgur schwang seine Keule.

»So, das reicht jetzt! Du bist zwar mein Freund, aber ab und zu müssen Freunde Freunden anscheinend eins auf die Nuss geben, um sie zur Vernunft zu bringen!«

Brom duckte sich unter dem nächsten Hieb weg und versetzte Bolgur einen Faustschlag in diejenige Körperregion, die sich aus zweierlei Gründen anbot: Erstens war sie für den Zwergenkrieger gut zu erreichen, und zweitens konnte er sicher sein, dass seine schmerzhafte Botschaft auch wirklich beim Empfänger ankäme.

Bolgur heulte auf und ging stöhnend in die Knie.

»Tut mir aufrichtig leid«, sagte Brom, »aber du wolltest ja nicht hören. Und keine Sorge, später kannst du trotzdem noch jede Menge kleine Bolgurs und Bolgurinas in die Welt setzen. Tief durchatmen, dann hört der Schmerz auch bald auf. Einatmen. Ausatmen. Einatmen. Ausat…«

Bolgur hatte ihn gepackt und einige Meter weit fortgeschleudert.

Als Brom sich auf dem Boden umdrehte, stand der Oger vor ihm, die Keule schlagbereit über den Kopf erhoben.

»Was ist denn hier los?«

Selphyne war mit Nenia dazugekommen und betrachtete die Szene mit kopfschüttelndem Staunen.

»Frag das Bolgur!«, rief Brom und rettete sich mit einer Seitwärtsrolle vor dem niedersausenden barbarischen Hieb. »Anscheinend hat er sich in den Kopf gesetzt, mich heute Nacht zu massakrieren!«

»Bolgur!«, sagte die Magierin streng. »Was ist denn in dich gefahren? Hör sofort auf mit dem Unsinn!«

»Das geht nicht«, brummte der Ogerbarbar. »Erst haue ich ihn mit meiner Keule, dann dich und dann alle anderen.«

»Völlig meschugge!«, meinte Brom, auf die Beine springend.

»Jemand muss ihm was von diesem schwarzen Hirnsaft injiziert haben«, vermutete Selphyne. »Natürlich!« Sie schnippte mit den Fingern. »Als er heute Mittag plötzlich so müde war! Die Wirkung braucht länger, um sich zu entfalten, hat Arsenio gemeint.«

»Ich bin jetzt nicht mehr müde«, brummte Bolgur. »Es geht mir sehr gut.«

Wieder sauste seine Keule knapp an Brom vorbei.

»Jetzt hau ich aber gleich zurück! Und das ist dann kein Spaß mehr!«

»Es ist nicht seine Schuld!«, rief Selphyne. »Er ist ein Opfer seiner Gehirnsaftmischung!«

»Und ich bin gleich ein Opfer seiner Keulenmanie!«

»Es muss eine Möglichkeit geben, seine guten Gehirnsaftdrüsen zu aktivieren. Bolgur, sagt nicht Cousin Orgbul, dass man andere Leute nicht einfach mit seiner Keule hauen darf?«

»Nein«, grollte der Oger. »Cousin Orgbul sagt: Wenn man die Gesellschaft ändern will, ist Gewalt ein legitimes Mittel.«

»Na toll«, bemerkte Brom. »Jetzt ist seine Keulerei auch noch politisch gerechtfertigt!«

Wusch!, durchmaß Bolgurs Keule die Nachtluft und zertrümmerte eine ornamentale Steinsäule.

»Ja, hau ihn!«, jubelte Nenia, deren Tränen offenbar ziemlich schnell getrocknet waren. »Hau ihn mit deiner Keule!«

»Kinder!«, knurrte Brom. »Hoffnungsträger einer schöneren Zukunft!«

Er schlüpfte zwischen Bolgurs Beinen hindurch und sprang auf seinen Rücken. Die Vorsprünge an der Barbarenrüstung ausnutzend wie ein Freikletterer, der eine Felswand ersteigt, schwang er sich auf die Schultern des Ogers hinauf.

»So«, sagte er. »Was jetzt kommt, hast du dir selbst zuzuschreiben!«

Brom klammerte sich mit den Beinen an Bolgurs Hals fest und deckte seinen Kopf mit einem Trommelfeuer von Faustschlägen ein.

»Au«, brummte Bolgur unbeeindruckt, »au. Hör auf damit.«

Sein Kopf war schon bei zu vielen Belagerungen als Rammbock zum Einsatz gekommen, als dass ihn so etwas noch aus der Fassung bringen konnte.

Nach mehreren erfolglosen Versuchen, bei denen er sich stampfend um die eigene Achse drehte, gelang es ihm, Brom zu packen und mit beiden Armen in die Höhe zu stemmen.

Gleich würde er ihn zu Boden schleudern und die Mission Keule endlich zu einem erfolgreichen Abschluss bringen.

»Bolgur!«, rief Selphyne. »Was … ähm … würde deine Mama sagen, wenn sie dich jetzt sehen könnte!«

Das war kein sonderlich raffiniertes Argument, aber etwas Besseres fiel ihr im Augenblick nicht ein.

Trotzdem entfaltete es eine überraschende Wirkung.

Bolgur erstarrte. Wie das Werk eines sportbegeisterten Bildhauers stand er da, *Barbarenoger beim Zwergenweitwurf,* und schien in tiefes Nachgrübeln versunken zu sein.

Und er grübelte tatsächlich.

Plötzlich war wieder alles da, die Geburtstagstorte, seine Cousins, seine Mutter, die ihm das keulenförmige, in Geschenkpapier eingewickelte Paket überreichte.

»Alles, alles Gute zu deinem Geburtstag, mein süßer Gurli!«

Und jetzt fiel ihm auch der Rest ein, das fehlende Mosaiksteinchen, nach dem er in den Tiefen seiner Erinnerung gesucht hatte.

Er hörte Geschenkpapier rascheln und sah seine nagelneue Barbarenkinderkeule vor sich, so wie sie im Schaufenster von *Roknoz Waffen- und Spielwarengeschäft* gelegen hatte, an dem er sich schon wochenlang vorher regelmäßig die Nase platt gedrückt hatte, bis Roknoz ihn schließlich verjagte, weil er keine Lust hatte, drei Mal täglich die Scheibe putzen zu müssen.

»Aber denk daran«, hörte er die Stimme seiner Mutter sagen, »als vernunftbegabtes Wesen hast du die Pflicht, mit deiner Keule verantwortungsvoll umzugehen. Denn unsere Handlungen dürfen nicht nur eine Folge der Saftmischung in unseren Köpfen sein, sondern müssen als freiheitliche Willensentscheidungen aus reiflicher Überlegung entspringen. Manchmal wirst du vielleicht das Verlangen spüren, einfach jemanden, ganz egal wen, mit deiner Keule zu hauen. Aber in solchen Situationen musst du dich fragen: Tue ich auch das Richtige? Lässt sich aus meinem Verhalten eine allgemeingültige, moralisch vertretbare Maxime ableiten, oder bin ich einfach nur ein Sklave meiner Gehirnsäfte? Vergiss das nicht, Gurli: Gut und Böse sind ganz reale Gegensätze, die aus unserer Wahlfreiheit entstehen. Und jetzt: Wer hat Hunger auf Torte?«

»Hallo, Bolgur, jemand zu Hause?«

Brom winkte von oben vor Bolgurs Augen hin und her.

Der Oger blinzelte.

Langsam verblassten die Erinnerungen, und er kehrte in die Gegenwart zurück.

Ein Schluchzen ging durch seinen Körper.

Er ließ Brom herunter und drückte ihn an seine mächtige Brust.

»Entschuldige, dass ich dich mit meiner Keule hauen wollte!«, schniefte er. »Ich war ein Sklave meiner Hirnsäfte!«

»Ja, ja, schon gut«, ächzte Brom. »Kein Grund, mir alle Rippen zu brechen.«

»Schön, dass ihr wieder Freunde seid«, sagte Selphyne. »Dann können wir uns ja endlich dem Fall des mysteriösen Klosterbruders zuwenden.«

Sie näherten sich dem Mönch, der noch immer reglos mit dem Gesicht nach unten im Gras lag.

»Ich war ein Sklave meiner Gehirnsäfte«, murmelte Bolgur schuldbewusst.

»Mach dir keinen Kopf«, sagte Brom. »Ganz unverdient hat er bestimmt nicht Bekanntschaft mit deiner Keule geschlossen.«

Er drehte den Mönch auf den Rücken und schlug seine Kapuze zurück.

»Na so was …«

»Das ist ja …«

Es war Arsenio.

Jemand hatte ihn geknebelt und ihm die Arme unter der Kutte auf den Rücken gefesselt.

»Er ist tot«, sagte Brom.

»Irgendetwas sehr Merkwürdiges geht hier vor sich«, meinte Selphyne.

Vom Gebäude tönte stürmisches Glockenläuten herüber.

»Schon wieder Feueralarm?«

Die Situation war ausgesprochen brenzlig.

Unten hörte Falfnin den Cerberus knurrend umherjagen: Feuer macht Höllenhunden nicht allzu viel aus, im Gegenteil, sie fangen sogar erst bei ordentlich höllenmäßigen Temperaturen an, so richtig aufzublühen.

Wichtelmeisterdiebe hingegen blühen in großer Hitze weniger auf, als dass sie knusprig werden, was für sie selbst keine besonders erstrebenswerte Entwicklung darstellt.

Das Regal, auf dem Falfnin festsaß, hatte Feuer gefangen, Flammen züngelten gierig zu ihm empor.

Er holte tief Luft und rannte los.

Am Ende des Regals ließ er sich hinabgleiten und lief weiter.

Hinter ihm nahm der Höllenhund die Verfolgung auf.

Sein Ziel klar vor Augen, rannte Falfnin weiter geradeaus.

Keine Zehntelsekunde zu früh – er spürte bereits den heißen Atem der Bestie in seinem Nacken – warf er sich auf den Boden.

Der Cerberus sprang mit einem mächtigen Satz über ihn hinweg und landete in seiner Kerkerzelle.

Falfnin schwang die massive Eisentür hinter ihm zu und schob den Riegel vor.

Wütende Stöße erschütterten die Tür von innen, aber sie hielt.

Falfnin gönnte sich eine winzige Verschnaufpause.

Problem Eins gelöst.

Jetzt kam Problem Zwei an die Reihe: Wie konnte er aus diesem Inferno entfliehen?

Schwarzer Rauch durchzog den Keller, in dem anderen Raum explodierten spiritusgefüllte Hirnbehälter.

Unter den Versuchstieren war Panik ausgebrochen, ein ohrenbetäubendes Kreischen, Kläffen, Brüllen und Quieken erschallte.

Falfnin sah sich nach einer Fluchtmöglichkeit um.

Sein Blick fiel auf ein Fenster, das sich einige Meter über ihm befand.

Es war mit einem Gitter gesichert, aber für solche Fälle hatte er immer eine Feile in seiner Tasche.

Und wie lautete nicht das alte Meisterdiebsprichwort: Die Aussicht, lebendig gebraten zu werden ist ein guter Anlass, verdammt schnell zu feilen.

Das Feuer hatte bereits das erste Stockwerk erreicht.

Patienten und Pfleger standen schon zum zweiten Mal in ihren Schlafanzügen vor dem Sanatorium und sahen zu, wie eine dunkle Rauchwolke in den dämmernden Morgenhimmel aufstieg.

Brom, Nenia, Selphyne und Bolgur, der Arsenios Leichnam über der Schulter trug, gesellten sich zu ihnen.

»Meine Güte«, sagte Selphyne. »Hoffentlich ist Falfnin nicht mehr da drinnen.«

»Nein, ist er nicht«, sagte die Stimme des Meisterdiebs hinter ihnen.

Sie drehten sich um.

Falfnins Gesicht war rußverschmiert, seine Haare und Kleidung angesengt, aber er lächelte.

»Es hat da unten im Keller einen kleinen Brandunfall gegeben«, sagte er. »Ein Höllenhund und ein paar hundert Liter Spiritus sind eine hochexplosive Mischung.«

»Und die vielen Tiere im Versuchslabor?«

Falfnins Miene verdüsterte sich, er schüttelte den Kopf.

»Es gab keine Möglichkeit, sie zu retten.«

Schweigend wandten sie sich dem Sanatorium zu.

Flammen schlugen aus den Fenstern und leckten an der Fassade empor.

»Das wird wohl vorerst das Ende der Hirnsaftforschung gewesen sein«, murmelte Selphyne.

Bolgur lud den toten Arsenio von seiner Schulter und legte ihn auf den Boden.

»Was ist mit ihm passiert?«, fragte Falfnin.

»Er ist gegen Bolgurs Keule gerannt«, antwortete Brom.

»Wie das denn?«

»Ist eine ziemlich seltsame Geschichte.«

Bei Sonnenaufgang stand das Sanatorium *Hirnfrieden* lichterloh in Brand.

Intermezzo: In höchsten Kreisen

»Es ist empörend«, sagte die Gräfin von Hohenross und wedelte sich indigniert mit ihrem Fächer Luft zu.

»Ganz Ihrer Meinung, Gnädigste«, pflichtete ihr die Baronin von Edelheim bei. »Ein Skandal. Eigentlich müsste man sein Geld zurückverlangen.«

»In der Tat«, bemerkte ihr Gatte, der Baron von Edelheim, »man darf doch ein gewisses Niveau voraussetzen. Derartiges habe ich nicht einmal auf den Abendgesellschaften des Fürsten von Holdernich erlebt, und ich brauche wohl nicht daran zu erinnern, wie es dort zugegangen ist.«

»O nein, durchaus nicht!«, fächelte die Gräfin wissend.

»Ich muss gestehen«, erklärte der Graf von Hohenross in vornehm gelangweiltem Tonfall, »dergleichen nicht einmal in den *Pferdeställen* des Fürsten von Holdernich erlebt zu haben.«

»Ahaha.«

Die Tischgesellschaft stimmte ein aristokratisches Gelächter an.

»Sieh nicht dort hinüber, Antoinette«, flüsterte die Baronin und gab ihrer Tochter einen leichten Klaps mit dem Fächer.

Die junge Wichtelbaroness hatte ihre großen blauen Augen träumerisch auf den Nebentisch gerichtet gehabt und blickte nun schuldbewusst errötend auf ihren Teller, auf dem ein künstlerisch veranlagter Koch eine minimalistische Komposition von Speisepartikeln angerichtet hatte, deren einziger Zweck darin bestand, auf keinen Fall satt zu machen.

»Diese Leute existieren für unseresgleichen nicht«, stellte ihre Mutter fest.

»Bolgur, bitte!«, sagte Selphyne. »Benutz dein Besteck!«

»Wieso?«, schmatzte Brom. »Hühnchen isst man am besten mit der Hand.«

»Aber nicht Hühnchen in Weinsoße! Und auch nicht zwei auf einmal!«

»'ab eben 'unger«, grunzte der Ogerbarbar mit vollem Mund.

Sie saßen im Speisesaal der *Königin Albereth II*, eines luxuriösen Kreuzfahrt-Luftschiffs, das sich bei gutem Flugwetter auf dem Weg in Richtung Gnolmenbrück am Fuß des Himmelsgebirges befand.

Dort nämlich, in einer neu gegründeten Siedlung namens *Yrth*, hoch in den Bergen, hielt sich Nenias Großtante Benevolentia Leberecht auf, die zweite Verwandte auf Thanatos' Liste.

Brom blickte sich um.

»Piekfeiner Laden«, sagte er und nahm einen großen Schluck aus der Flasche. »Nicht ganz mein Geschmack, aber wir hatten ja keine Wahl.«

»Wenn du und Bolgur nicht in dieser Kaschemme in Irgendwind versumpft wärt«, sagte Falfnin, »hätten wir schon zwei Tage früher aufbrechen können, mit der *Stern des Nordens*. Das wäre wesentlich billiger und auch schneller gewesen. Soviel zum Thema ›Keine Wahl‹.«

»Der Wirt hatte gerade eine neue Lieferung Finsterklammer Zwitscherer reinbekommen und Bolgur hatte einen unheimlichen Lauf beim Fingerhakeln. Das läuft bei mir unter der Bezeichnung ›Keine Wahl‹. Irgendwie mussten wir schließlich die vierhundert Dublonen wieder reinkriegen, die wir Ulgamesch noch schulden.«

»Soweit ich das mitbekommen hab«, sagte der Meisterdieb, »habt ihr den Trauergestalten beim Fingerhakeln insgesamt fünf Schillinge und neunundzwanzig Kopeken abgeknöpft und selbst für vier Dublonen Zwitscherer gesoffen. Und ich musste sieben Finger wieder annähen.«

»Wo gehakelt wird, reißen eben Finger ab. Bolgur war einfach in Topform.«

Nur durch puren Zufall waren in letzter Minute noch drei Kabinen auf der *Königin Albereth II* frei geworden.

Dieser pure Zufall hatte am Morgen vor der Abfahrt in Gestalt eines Zwergs und eines Ogers vor der Hotelsuite der gräflichen Familie von Sonnenburg gestanden und den empörten Grafen davon in Kenntnis gesetzt, dass seine Reservierung storniert worden sei.

»Storniert?«, hatte der Graf entgegnet. »Eine Unverschämtheit! Das lasse ich mir nicht biet…«

»Nenia, man spielt nicht mit seinem Essen«, sagte Selphyne und meinte es wörtlich.

Die kleine Nachtelfe hatte offensichtlich einiges von ihrem Vater gelernt und erprobte ihr nekromantisches Wissen jetzt an dem Hummer, der vor ihr auf dem Teller lag. Das Krustentier erhob sich aus seinem Soßenteich und stakste mit zuckenden Gliedern blubbernd und zischend über den Tisch. Nachvollziehbarerweise stand es um seine Laune nicht gerade zum Besten, nachdem es eben erst in einen Topf kochenden Wassers geworfen worden war, wovon es angeblich so gut wie nichts gespürt hatte.

»Töte ihn!«, befahl Nenia ihrem untoten Geschöpf und zeigte auf Falfnin. »Und ich werde dich reich belohnen!«

Beiläufig nagelte Falfnin den Hummer mit einem Dolch an die Tischplatte, während er die Namen auf der Liste des Totenbeschwörers las.

»Benevolentia Leberecht. Irenicus Dunkelblut. Die Schwarze Viper. Plutonio Trauersaat. Sag mal, Kleine«, wandte er sich an Nenia und gab seiner Stimme einen möglichst weichen Klang, »kennst du …«

»Nenn mich nicht Kleine!«, fauchte die Nachtelfe. »Sonst sollen die Dämonen der Hölle das Fleisch von deinen Knochen nagen!«

»Ach, ist sie nicht ganz der Papa?«, meinte Brom gerührt.

»Es ist so traurig«, seufzte Bolgur und putzte sich lautstark die Nase mit seiner Serviette.

An den Nebentischen wurden Köpfe geschüttelt.

»Kennst du irgendeinen der Verwandten auf der Liste, Nenia?«, fragte Selphyne.

»Nein. Aber Papa hat immer gesagt, die meisten Verwandten sind wie Knochenfäule: Das Leben ist schöner ohne sie.«

»Da ist was dran«, nickte Brom, Reminiszenzen an Tante Brunhilda Revue passieren lassend.

»Aber was ist eigentlich mit Deiner Mutter, Kl… ich meine, Nenia«, fragte Falfnin

»Mama ist in der Hölle«, entgegnete die kleine Nachtelfe.

Selphyne schnappte erschrocken nach Luft.

»Was?«, fragte sie.

»Mama war ein Dämon«, erklärte Nenia. »Ein Priester hat sie exorziert, und dann hat Papa den Priester exorziert. Das hat sehr lange gedauert, und der Priester hat sehr viel dabei geschrien.«

Selphyne schauderte. Von glücklicher Kindheit konnte bei der Tochter des Totenbeschwörers wirklich nicht die Rede sein.

Brom winkte mit einer leeren Flasche. »Garßong!« rief er. »Garßong! Noch eine hiervon! Siehst du«, wandte er sich an Selphyne, »ich hab ihn nicht *Milchbubi*, genannt und auch nicht *Schmalzlocke*, sondern *Garßong*, ganz *komm ill foh*. Ich kann also auch kultiviert sein, wenn ich will.«

Die Gnomenmagierin verbarg ihr Gesicht hinter den Händen, ihre ganze Körpersprache besagte: Ich kenne diese Leute überhaupt nicht!

Der als *Garßong* angesprochene Kellner kam an den Tisch und nahm Brom die Flasche ab.

»Sehr wohl«, sagte er mit einer Verbeugung. »Und ... es ist mir ein wenig peinlich, die Damen und Herren darauf hinzuweisen, aber an den anderen Tischen hat es Beschwerden wegen des Lärms gegeben...«

»Lärm?« Brom runzelte die Stirn. »Jetzt, wo du es sagst, fällt es mir auch auf.«

Er drehte den Kopf und rief laut durch den Saal, in dem plötzlich sämtliche Gespräche verstummten:

»He! Könnt ihr Jungs nicht mal eine Pause einlegen?«

Die vier Musiker, die soeben mit dem »Schwalben-Quartett« begonnen hatten, hielten erschrocken inne.

»Schon viel besser«, grinste Brom. »Man muss eben nur höflich fragen. Und jetzt: Eine neue Flasche, wiet wiet!« Er klatschte in die Hände und fügte erklärend hinzu: »Das ist vornehm für *leg einen Zacken zu.*«

An den anderen Tischen wurden die Gespräche wieder aufgenommen.

Selphyne, den starken Drang verspürend, sich unter dem Tisch zu verstecken, schnappte Wendungen auf wie: »Barbarenmanieren!«, »Gossenpöbel!« oder »Nicht einmal in den *Schweineställen* des Fürsten von Holdernich!«

Nach dem Essen beschloss Nenia, dass es Zeit für eine Partie des beliebten Brettspiels *Die Grausigen Verliese von Gornugol* war.

»Meine Verwesungs-Hydra setzt die Fähigkeit *Abartiger Atem* ein«, erklärte die kleine Nachtelfe professionell und würfelte.

»Hundertfünfunddreißig Schadenspunkte«, meinte Brom anerkennend. »Das war's dann wohl für deine Zauberin, Selphyne.«

Die Gnomenmagierin nahm ihre Figur vom Spielfeld, verschränkte die Arme und lehnte sich zurück.

»Ich kapier dieses Spiel nicht«, sagte sie und gab sich Mühe, so zu tun, als nähme sie die Sache überhaupt nicht ernst.

Sie saßen in ihrer Kabine um den Tisch herum, auf dem das hochkomplizierte Spielfeld der *Verliese von Gornogul* aufgebaut war. Nenia hatte die Rolle der Verliesmeisterin übernommen, während Selphyne, Brom und Bolgur die drei Helden spielten, deren Aufgabe es war, die mit Fallen und Monstern gespickten Verliese von Gornogul zu durchqueren und am Ende die finstere Hexenkaiserin Ranarsasa zu besiegen.

Im Moment sah es allerdings eher nach einem uneingeschränkten Triumph der Mächte des Bösen aus.

»Du bist dran, Bolgur«, sagte Brom. »Konzentration. Jetzt hängt alles von uns beiden ab.«

Bolgur nahm den Würfelbecher.

»Du brauchst eine Sieben«, erklärte Nenia. »Sonst musst du aussetzen.«

»Ich hab doch schon die letzten drei Runden ausgesetzt!«, beschwerte sich Bolgur.

»Aus der Folterkammer kommt man nur mit einer Sieben raus, Klops«, sagte die kleine Nachtelfe.

Bolgur würfelte.

»Eine Drei!«, grollte er, den Tränen nahe.

»Dann musst du jetzt noch mal würfeln. Bei weniger als Fünf wirst du wahnsinnig und verlierst acht Intelligenzpunkte.«

»Das ist doch unfair!«, klagte Bolgur.

»So sind die Regeln«, stellte Nenia unerbittlich fest.

Unterdessen war Falfnin, ebenfalls dem Spiel keineswegs abhold, sofern er selbst die Regeln bestimmen konnte, zum Mittelpunkt des Kasinos aufgestiegen.

Von fressgierigen Höllenhunden und explodierenden Gehirnkellern hatte er vorerst genug, stattdessen stand ihm der Sinn jetzt mehr nach einer entspannenden Kartenpartie in angenehmer – das heißt vor allem: wohlbetuchter – Gesellschaft.

»So, wer hat noch nicht, wer will noch mal?«, rief er, die drei Karten vor sich auf dem Tisch hin und her wirbelnd. »Die Regeln sind ganz einfach! Wie im richtigen Leben gilt auch im Spiel: Die Dame gewinnt! Ganz einfach, keine geheimen Tricks, wenigstens Eins zu Drei garantierte Gewinnchance! Mindesteinsatz zehn Goldstücke!«

»Die linke Karte«, sagte einer der anwesenden Adeligen, der den blitzschnellen Handbewegungen des Wichtelmeisterdiebs konzentriert mit den Augen gefolgt war, und schob einen Haufen Goldstücke über den Tisch.

»Die linke Karte, sagt der Gentleman mit der beeindruckenden Perücke! Sehen wir nach, ob er recht hat!«

Falfnin drehte die Karte um.

Ein Raunen ging durch die Menge: Es war die Pik Neun.

»Leider nein! Aber wie heißt es so schön: Pech im Spiel, Glück in der Liebe!«

Der glücklose Spieler – es war der Fürst von Holdernich – murmelte eine nicht sehr vornehme Verwünschung und zog sich zurück.

Die nächsten drei, die es versuchten, waren dem Ergebnis nach ebenfalls von der Liebe begünstigt, dafür jedoch vernachlässigt von Zink, dem Gott des Kartenspiels.

Infolgedessen war der Berg aus Goldstücken, der sich vor Falfnin erhob, bereits zu einer respektablen Größe herangewachsen.

»Wie es scheint, haben die Herren derzeit eine kleine Pechsträhne!«, bemerkte der Meisterdieb. »Vielleicht wollen es an ihrer Statt einmal die Damen versuchen? Wer weiß: Schönheit und Glück sind ein liebreizendes Zwillingspaar, so heißt es! Wie wäre es mit Ihnen, junges Fräulein? Sie erscheinen mir wie jemand, den das Schicksal mit seinen reichsten Gaben verschwenderisch zu beschenken liebt!«

Das Fräulein war Antoinette von Edelheim, die junge Wichtelbaroness, die schon bei ihrer ersten flüchtigen Begegnung im Speisesaal den schüchtern-schmachtenden Blick ihrer großen blauen Augen nicht von dem Meisterdieb hatte losreißen können.

Der verwegen und geheimnisvoll wirkende Abenteurer schien einem der sentimentalen Romane entsprungen zu sein, die sie so gern las, wenn sie nicht gerade Klavier- oder Benimm-dich-Unterricht nahm oder sich anderweitig auf ihre Ehe mit einem standesgemäßen Gatten vorbereitete, den ihre Eltern für sie aussuchen würden.

»Ich weiß nicht«, hauchte sie errötend, »außerdem habe ich auch kein Geld bei mir ...«

»Oh, ich bin sicher, dass sich die anwesenden Herren um den Vorzug reißen werden, Ihnen aus dieser Verlegenheit zu helfen«, lächelte Falfnin.

Die anwesenden Herren rissen sich tatsächlich um diesen Vorzug, und so stand der Baroness bereits nach kurzer Zeit eine beträchtliche Summe zur Verfügung.

»Die Dame gewinnt!«, erklärte Falfnin, drehte die Karten um und schob sie diesmal merklich langsamer über den Tisch. »Machen Sie ihr Spiel, schönes Fräulein.«

Nachdenklich legte Antoinette einen Finger an den Mund.

»Die ist es!«, rief sie endlich, auf die mittlere Karte tippend.

»Die mittlere, sagen Sie!«

Falfnin legte seine Hand auf die von ihr bezeichnete Karte, und nur ein Falschspieler von Weltrang hätte erkennen können, wie er sie blitzschnell mit der rechts daneben liegenden vertauschte.

Er deckte die Karten auf. In der Mitte lag die Herzdame.

»Und damit haben Sie recht! Die Dame gewinnt!«

Antoinette stieß ein freudiges Jauchzen aus, erinnerte sich jedoch rechtzeitig ihres Standes und verbarg ihr strahlendes Lächeln hinter ihrem Fächer.

Das Publikum applaudierte.

»Ein wahrer Sieg der Schönheit!«, schmeichelte Falfnin und schob der Baroness ihren Gewinn über den Tisch zu. »Wie Sie sich soeben überzeugen konnten, meine Damen und Herren, bestehen ganz reelle Gewinnchancen. Treten Sie also näher und versuchen Sie Ihr Glück! Wer will es als Nächster probieren? Der Herr mit der bemerkenswerten Nase vielleicht?«

Wahrscheinlich muss nicht eigens darauf hingewiesen werden, dass weder der Herr mit der bemerkenswerten Nase noch einer der folgenden Kandidaten einen weiteren Sieg der Schönheit zu erringen vermochte.

Zink, der Gott des nicht ganz regulären Kartenspiels, hatte dagegen einen echten Lauf.

Der allerdings abrupt beendet zu werden drohte, als plötzlich zwei massige Oger neben Falfnin aufragten.

»Schiffssicherheit«, sagte der eine. »Wir würden uns gerne ein wenig mit dir unterhalten«.

»An einem ruhigen Ort«, grunzte der andere.

»Das, ähm, kommt mir grad ein bisschen ungelegen«, erwiderte Falfnin, heimlich die in seinem Ärmel verborgenen Dolche in Position bringend. »Ich stecke mitten in einem Spiel …«

»Deswegen wollen wir uns ja mit dir unterhalten.«

»Deine Gewinnquote ist verdächtig hoch.«

»Ich hab heut eben einfach Glück.«

»Ein bisschen mehr Glück, als gesund ist.«

»Also, kommst du jetzt freiwillig mit, oder müssen wir nachhelfen?«

»Wenn das so ist …« Falfnin fingerte an seinen Ärmeln. »Ich bin untröstlich, meine Damen und Herren, aber diese beiden freundlichen Gentlemen hier bestehen darauf, mich Ihnen zu entführen, um einige zweifellos äußerst wichtige Dinge mit mir zu besprechen. Gehen Sie nicht fort, holen Sie sich noch einen Drink an der Bar, ich werde in Kürze wieder am Spieltisch zu Ihrer Verfügung stehen.«

»Darauf würde ich nicht wetten«, knurrte einer der beiden Oger.

»Bitte, nach Ihnen«, sagte Falfnin und erhob sich.

»Von wegen! Du gehst voran.«

»Wie Sie wünschen. Ich wollte nur höflich sein. Aber Höflichkeit …«

Bevor die beiden Sicherheitsoger auch nur Zeit bekamen, überrascht aus der Wäsche zu blicken, sprang der Meisterdieb mit einem plötzlichen Rückwärtssalto auf den Tisch.

»… Höflichkeit scheint ja hier nicht besonders geschätzt zu werden«, beendete er den Satz.

Den Kopf des Fürsten von Holdernich als Trittstufe zweckentfremdend – dabei verrutschte die Perücke des alten Aristokraten ein wenig – schwang sich Falfnin zu einem der großen Leuchter auf, die von der Decke herabhingen, und kletterte daran empor.

Die Baroness Antoinette von Edelheim richtete ihre großen blauen Augen bewundernd zu ihm auf. Hätte ihre Mutter nicht neben ihr gestanden, sie hätte vermutlich laut geseufzt: *Was für ein Mann!*

»So leicht fängt man einen Wichtelmeisterdieb nicht!«, spottete Falfnin, sich mit einer Hand an der Kette des Leuchters festhaltend. »Dafür muss man schon früher …«

In diesem Moment gab es einen schweren Stoß, der ihn fast in die aristokratische Menge hinabstürzen ließ, und auf Deck wurden Schreie laut.

»… mein Skelettfürst schlägt mit seinem Zweihänder zu.« Nenia würfelte. »Kritischer Treffer! Dein Zwerg verliert seinen rechten Arm. Und er muss eine Widerstandsprobe ablegen, sonst verblutet er in den nächsten drei Runden.«

»So ein Mist«, brummte Brom und knallte frustriert den Würfelbecher auf den Tisch.

»Ich weiß nicht, ob das wirklich das richtige Spiel für ein kleines Mädchen ist«, bemerkte Selphyne. »Auf der Verpackung steht zwar *Spiel und Spaß für die ganze Familie,* aber …«

»Ha!«, rief Bolgur triumphierend. Sein Ogerkrieger hatte bereits vor einigen Runden den Geist aufgegeben – nach mehreren gescheiterten Versuchen, eine Sieben zu würfeln, war er restlos dem Wahnsinn verfallen und hatte sich selbst den Schädel an der Wand der Folterkammer eingeschlagen (sofortiger Verlust von zweihundertvierzig Lebens- und einhundertfünfundzwanzig Intelligenzpunkten). Die letzte Viertelstunde hatte Bolgur, seine Lesebrille auf der Nase, damit verbracht, in der umfangreichen Spielanleitung nach einer Möglichkeit zu suchen, seine Niederlage zu revidieren. »Ha!«, rief er und wedelte mit der Anleitung. »Seht ihr? Ich bin gar nicht tot! Hier steht: *Sollte sich ein Spieler länger als drei Runden in der Folterkammer aufhalten, rückt er automatisch auf das nächste Feld (Ghulgrube) vor. Eine weitere Befreiungs- oder Wahnsinnsprobe ist nicht erforderlich.* Also alles noch mal zurück!«

In diesem Augenblick gab es einen schweren Aufschlag,

der das ganze Schiff erschütterte und das Spielbrett vom Tisch fegte.

»Was war das denn?«, fragte Selphyne.

»Hört sich nach Kanonenbeschuss an«, vermutete Brom. »Lasst uns mal nachsehen.«

»Ich will mit!«, rief Nenia.

»Nein«, schüttelte Selphyne den Kopf. »Du bleibst besser hier unten. Schließ die Tür gut ab und lass niemanden außer uns rein.«

»Nachher spielen wir weiter«, sagte Bolgur. »Und ich bin nicht tot!«

»Arr, jetzt geht's gleich los!«, krächzte Lufträuberkapitän Rongar Zweibein, der seinen Beinamen nicht etwa der wenig außergewöhnlichen Eigenschaft verdankte, zwei Beine zu besitzen, sondern der Tatsache, einmal deren zwei *besessen* zu *haben*.

An ihrer Stelle hatte er nun zwei vom Schiffszimmermann stets glatt polierte Holzbeine, mit denen er nachts über die Planken zu wandern pflegte, was ein sehr stimmungsvolles *Tock-Tock-Tock*-Geräusch erzeugte.

»Der Käpt'n ist wieder auf Wache«, sagten dann unter Deck seine Leute, wenn sie in ihren Hängematten den Schritten lauschten.

»Aye, er ringt mit seinen Dämonen«.

Rongar Zweibein war ein sehr ausgeglichener Charakter und rang daher selten bis nie mit seinen Dämonen, sondern mochte es einfach, in der Abendluft unter dem Sternenhimmel auf Deck spazieren zu gehen. Aber er wusste auch, wie wichtig ein gutes Image sein konnte, vor allem als Luftpiratenkapitän.

Außer seinen beiden Holzbeinen hatte er noch eine Hakenhand und eine Augenklappe und war damit so etwas wie der lebende Beweis für Broms Behauptung, dass man auch mit einem Minimum an verfügbaren

Körperteilen ein erfülltes und glückliches Dasein führen kann.

Denn Rongar Zweibein mochte seinen Beruf.

Er schätzte die Selbstständigkeit, die Arbeit an der frischen Luft, und die Möglichkeit, immer wieder aufs Neue nette und interessante Leute kennen zu lernen.

Ganz besonders mochte er den Teil, bei dem die netten und interessanten Leute um Gnade flehten, wenn er sie über die Planke in den sicheren Tod gehen ließ.

»Da wartet fette Beute auf uns!«, sagte er und reichte seinem Ersten Maat das Fernrohr, durch das er eben das andere Schiff in Augenschein genommen hatte. »Alles bereit machen zum Entern!«

»Aye, Käpt'n«, antwortete der Maat.

Kanonenkugeln pfiffen über das Deck, zerfetzten das Großsegel und schlugen krachend, holzsplitternd auf dem Schiff ein.

Unter den adligen Passagieren war heillose Panik ausgebrochen, Fürstinnen, Grafen und Baronessen rannten totenbleich umher und kreischten: »Wir werden alle sterben!«, oder »Versteckt die Juwelen!«, wobei Ersteres Letzteres natürlich überflüssig erscheinen ließ.

»Endlich ist mal wieder was los«, freute sich Brom, der mit Selphyne und Bolgur an der Reling stand und zusah, wie das Piratenluftschiff rasch näherkam.

Ein Schiffsgefecht in den Lüften unterscheidet sich im Prinzip nicht wesentlich von einem auf hoher See.

Es beginnt damit, dass die Gegner aus der Distanz mit ihren Geschützen aufeinander feuern, wobei es bekannterweise darauf ankommt, selbst so viel Schaden als möglich auszuteilen und so wenig wie es geht einzustecken.

Ein Volltreffer hat hier unmittelbar schwerwiegendere Folgen als auf dem Meer, denn während einerseits viele

Seeleute nicht des Schwimmens mächtig sind, verfügen andererseits nur die wenigsten Luftschiffer über die Fähigkeit, aus eigener Kraft fliegen zu können.

Wenn sich die Kontrahenten gegenseitig genug beschossen haben, folgt die Phase des Enterns.

Trollpiraten mit Oberarmen so dick wie Baumstämme schleudern die schweren Enterhaken über Entfernungen von bis zu sechzig Metern auf das fremde Schiff, um es dann unter den Anfeuerungen ihres Käpt'ns in Reichweite heranzuziehen.

»Zieht, ihr räudigen Söhne des verfluchten Höllenwinds«, schrie Rongar Zweibein, seine Hakenhand in die Höhe reckend, »zieht für Gold und Juwelen, zieht für blutigen Kampf und eine Extraportion Rum aus den Schädeln der Besiegten!«

Flink wie die Lemuren klettern narbengesichtige Lufträuberwichtel in die Wanten, den Dolch zwischen den Zähnen, nur darauf wartend, sich von oben auf die gegnerische Besatzung zu stürzen.

(Typischer Anfängerfehler: Beim Sprung den Dolch im Mund zu behalten. Wer diesen Fauxpas einmal begangen hat, weiß, warum es empfehlenswert ist, etwaige Schneidewerkzeuge bei akrobatischen Übungen nicht in Zungennähe aufzubewahren – alte Luftpiratenhaudegen wie »Der Geschwätzige Jean« oder »Errol, das Sprachgenie« könnten ein Liedchen davon singen, wenn sie des Singens noch mächtig wären.)

Ein guter Zeitpunkt, die eigene Strategie noch einmal zu überdenken, ist es, wenn man bemerkt, dass an der Reling des anderen Schiffes ein Zwergenkrieger namens Brom »Die Axt« Stahlbart steht und mordlüstern in die Rufe des Käpt'ns einstimmt: »Na los, jetzt zieht schon, ihr faulen Luftpiratenmaden! Zieht für eine Extraportion Rum und für den Blutdurst meiner Streitaxt!«

Aber das wusste Kapitän Rongar Zweibein noch nicht.

Im Kasino war es still geworden, allein der Kampfeslärm, der gedämpft von oben hereindrang, war zu hören.

Spielkarten und Würfel lagen auf den Tischen herum, Champagnergläser waren umgekippt, Stühle umgeworfen worden, als die Passagiere bei der ersten Kanonensalve hastig zu ihren Kabinen gelaufen waren, um ihre Wertsachen in Sicherheit zu bringen.

Nur eine junge Frau war einsam zurückgeblieben – eine junge Frau und ein junger Mann, der ihr nun aus einer dunklen Ecke des Raumes entgegentrat.

»Ihr seid noch immer hier«, sagte er lächelnd.

»Ja«, antwortete sie unsicher. »Aber vielleicht sollte ich besser … Wenn meine Mutter wüsste, dass ich …«

»Es gibt Dinge, die brauchen Eltern nicht zu wissen«, sagte er und nahm ihre Hand, um einen Kuss darauf zu hauchen. »Gestattet, dass ich mich vorstelle: Ich heiße Falfnin, und mein ehrbares Gewerbe ist es, meinen Besitz zu mehren, indem ich den anderer Leute verringere.«

»Dann seid Ihr ein Spekulant? Mein Oheim, Graf Goldsee, hat große Summen verdient, indem er auf den Bankrott ganzer Staaten setzte.«

Falfnin lachte.

»Eigentlich wollte ich damit auf poetische Weise zum Ausdruck bringen, dass ich ein Meisterdieb bin.«

»Oh«, sagte Antoinette von Edelheim. »Natürlich.«

»Es gibt kein Schloss, das ich nicht öffnen, keine Mauer, die ich nicht erklettern und keinen noch so gut behüteten Schatz, den ich nicht rauben könnte. Mein Meisterstück war es, den Tausendäugigen Wächtern von Forkun die Schnürsenkel zu stehlen, im hellen Sonnenlicht und mit auf den Rücken gefesselten Händen.«

»Und … Herzen stehlt Ihr auch, nehme ich an?«, fragte sie leise.

Er schnippte mit den Fingern und hatte plötzlich die Herz-Dame in der Hand.

»Eher wird das meinige mir selbst entführt. Gerade jetzt ist es in eine Gefangenschaft geraten, aus der es womöglich nie wieder befreit werden wird.«

»Und wer sollte Euer armes Herz in so feste Bande legen?«

»Zwei Augen, so tief und blau wie das Meer der Ewigkeit.«

»Ihr seid überaus galant«, flüsterte sie.

Sie waren sich so nahe gekommen, dass ihre Lippen sich fast berührten.

»Aber wir haben die Piraten ganz vergessen!«, rief sie plötzlich erschrocken. »Werden sie uns nicht alle töten oder in die Sklaverei verkaufen?«

»Och«, sagte Falfnin, »in der Hinsicht würde ich mir keine Gedanken machen. Um die kümmern sich schon meine Freunde. Einstweilen – wollt Ihr mir nicht Eure Kabine zeigen?«

Johnny »Wieselvisage« Raffbald war ein Luftpirat der ganz schlauen Sorte.

Von der hinteren Reihe aus hatte er jetzt eine Weile dabei zugesehen, wie seine Kameraden sich gemäß der üblichen Vorgehenswiese auf das Deck des anderen Schiffes schwangen – todesverachtend, das Entermesser zwischen den Zähnen und ohne Rücksicht auf Verluste.

Dadurch kam man zwar unheimlich verwegen und dynamisch rüber, aber Wieselvisage vertrat die Meinung, dass es die Nachteile dieser Methode keineswegs aufwog.

Die Nachteile waren seiner Rechnung zufolge dreierlei: erstens der axtbewehrte Zwergenkrieger, zweitens der keulenschwingende Barbarenoger und drittens die blitzeschleudernde Gnomenmagierin auf der anderen Seite, die das Unternehmen »Sturmangriff« in etwa so vernünftig erscheinen ließen, wie mit dem Kopf voran in einen riesigen Schredder zu springen.

Deswegen hatte sich Johnny »Wieselvisage« Raffbald, der seine körperliche Unversehrtheit jederzeit höher bewertete als Fragen des Stils, für eine andere Vorgehensweise entschieden.

Wieselflink war er an einem herabhängenden Tau hinuntergeklettert, um durch ein Kabinenfenster in das andere Schiff einzusteigen und die Verteidiger durch einen Überraschungsangriff in Verlegenheit zu bringen.

Tatsächlich hatte er auch schnell ein offen stehendes Fenster gefunden und zog sich nun gerade, glücklich über das Gelingen seines Plans, an dem Fensterbrett hoch.

Überaus zufrieden mit sich selbst, begann Johnny, kaum dass er in die Kabine eingedrungen war, nach Wertsachen Ausschau zu halten, die er seinem ganz persönlichen Beuteanteil einzuverleiben gedachte – unnötig, seine Mitpiraten oder gar den Käpt'n davon in Kenntnis zu setzen.

Erbost musste er jedoch feststellen, dass die Kabine offensichtlich von armen Schluckern bewohnt wurde, denn seine bisherige Ausbeute konnte nur als äußerst dürftig bezeichnet werden.

Wie solch plebejisches Gesindel überhaupt auf so ein exklusives Kreuzfahrtschiff geraten sein konnte, war schleierhaft – wahrscheinlich hatten sie ihre Fahrkarten in der Lotterie gewonnen. Anders war es kaum zu erklären.

Der erste Koffer war mit schmutziger Wäsche vollgestopft gewesen, die Johnny aufdringlich und übelriechend in seine wieselige Visage gequollen war, nachdem er den Deckel aufgeklappt hatte. Ganz zuunterst, begraben unter zerknitterten und fleckigen Unterhosen, lagen eine halb gegessene Knoblauchwurst, zusammengepappte Spielkarten und die letztjährige, ziemlich zerlesene Ausgabe von *Hammer und Kettenhose,* dem Sortimentskatalog für den geschmackvollen und qualitätsbewussten Zwergenkrieger von heute: Dralle Zwerginnen in knappen Lederrüstungen posierten mit Streitäxten und hantierten suggestiv mit kompensatorisch überdimensionierten Drachentöterlanzen* herum.

Wieselvisage riss ein paar der herzerwärmenderen Motive heraus und steckte sie für den späteren Gebrauch in seine Tasche – die Nächte auf einem Luftpiratenschiff konnten recht einsam sein – dann machte er sich daran, den nächsten Koffer aufzustemmen.

»Was tust du da?«

Johnny zuckte zusammen und wandte sich um.

Als er sah, dass es nur ein kleines Nachtelfenmädchen war, entspannte er sich.

Mit Schwächeren konnte er umgehen. Stärkere – das war eine ganz andere Sache, aber mit Schwächeren hatte er nie ein Problem gehabt.

Ein fieses Lächeln trat auf sein Gesicht.

»Ich raube und plündere«, sagte er, obwohl sich sein Erfolg auf diesem Gebiet bislang eher in Grenzen hielt. »Und wenn ich damit fertig bin, verkauf ich dich an den nächstbesten Sklavenhändler. Aber vorher lass ich dich noch dabei zusehen, wie deine Mama und dein Papa über die Planke gehen.«

Die Kleine schmiegte sich an ihre Leichendrullpuppe.

»Mein Papa ist tot«, erwiderte sie, nicht eben eingeschüchtert. »Und meine Mama ist in der Hölle.«

Das war nicht ganz die Antwort, mit der Wieselvisage gerechnet hatte.

»So?«, sagte er etwas verunsichert. »Na … umso besser. Und jetzt sei still und lass mich in Ruhe plündern. Du kommst schon noch an die Reihe.«

Damit wandte er sich wieder den Koffern zu.

* Es klingt albern, aber *ja*: Auch Zwerge neigen auf diesem Gebiet zu Größenkomplexen.

Das Mädchen setzte sich in eine Koje, ließ seine Beinchen baumeln und sah ihm zu.

Wieso er jetzt plötzlich zu schwitzen anfing, wusste Wieselvisage selbst nicht, schließlich *war* es nur ein kleines Mädchen, oder?

Ihre Blicke schienen sich in seinen Hinterkopf zu bohren.

Wieselvisage wandte sich ruckartig um.

»Was willst du eigentlich von mir?«, schnappte er gereizt.

Das Mädchen musterte ihn mit einem unheilvollen Lächeln.

»Bist du schon mal geflogen?«, fragte es.

»Ob ich ... *was*?«

»Willst du es mal probieren?«

Ein düsteres Feuer erschien in den Augen des kleinen Nachtelfenmädchens.

»Hast du eigentlich schon wieder mein Handtuch benutzt, um deine Streitaxt zu reinigen?«, fragte Selphyne, während sie nebenher drei mit gezückten Säbeln heranstürmende Luftpiraten in ebensoviele rauchende Aschehäufchen verwandelte.

»Nein«, entgegnete Brom und schaltete zwei Gegner mit einem einzigen Axthieb aus.

Die Planken des Decks waren mittlerweile glitschig von Blut, und die Piraten mussten beim Entern über die Leichen ihrer gefallenen Kameraden klettern.

»Komm schon, Brom«, beharrte Selphyne. »Das Tuch war ganz verschmiert von diesem Waffenfett, das du immer verwendest.«

»Das war Bolgur«, behauptete Brom.

»Stimmt ja gar nicht!«, protestierte der Ogerbarbar und fegte mit einem Keulenschwung einen Trupp Lufträuber über die Reling. »Brom lügt.«

»Na gut.« Brom parierte einen Degenstoß mit dem Axtblatt. »Vielleicht hab ich es benutzt, kann sein. Aber nur aus Versehen.«

»Darf ich dich an die Liste erinnern, die wir zusammen ausgearbeitet haben?«, rief Selphyne, die mit tödlichen Zaubersprüchen um sich warf. »Die Liste mit den Vereinbarungen, um das Miteinander in der Gruppe so zu gestalten, dass die Zufriedenheit aller Beteiligten gewährleistet ist?«

»Ja …«, antwortete Brom. »Ich erinner mich undeutlich …«

Selphyne holte einen Zettel aus der Tasche ihrer Zauberrobe, entfaltete ihn und las:

»Punkt 43: Soweit nicht ausdrücklich anders vereinbart, sind die Handtücher der anderen Gruppenmitglieder tabu. Das gilt insbesondere für das ungenehmigte Reinigen von blutigen Waffen.«

»Du tust ja so, als würde das dauernd vorkommen …«, grummelte Brom.

»Entschuldigung, wenn ich euch unterbreche«, mischte sich einer der Piraten ein, die das Streitgespräch irritiert mit angehört hatten. »Aber ich hab irgendwie den Eindruck, dass ihr uns nicht so ganz ernst nehmt …«

»Ruhe!«, entgegnete Brom. »Wir führen gerade eine Grundsatzdiskussion darüber, wie wir das Miteinander in der Gruppe so gestalten können, dass die Zufriedenheit aller Beteiligten gewährleistet ist.«

Zwar konnte die strittige Handtuchfrage nicht restlos zufriedenstellend geklärt werden, dafür endete der Kampf jedoch mit einem um so eindeutigeren Ergebnis, nämlich mit der bedingungslosen Kapitulation der Luftpiraten, das heißt, der wenigen Überlebenden, die noch die Kraft aufbrachten, die weiße Fahne zu schwenken.

Zu ihnen gehörte auch Käpt'n Zweibein, der angesichts

dieser herben Niederlage das ein oder andere frustrierte »Arrr!« ausstieß und mit seinen Holzbeinen aufstampfte.

»Siehst du«, sagte Brom, »ich hatte damals im Verlies recht: Man kann sehr wohl ein glückliches und erfülltes Leben führen, auch ohne Arme und Beine.«

»Er hat zumindest einen Arm«, gab Selphyne zu bedenken. »Und er sieht nicht besonders glücklich aus.«

»Zurzeit macht er eben eine schwere Phase durch, aber er wird schon wieder auf die Beine kommen. Im übertragenen Sinn.«

Die Türen des Festsaals öffneten sich, und Brom, Selphyne, Bolgur und Nenia traten herein, begrüßt von dem begeisterten Applaus der versammelten High Society.

Nach der Vereitelung des Luftpiraten-Überfalls war es unter den noblen Gästen der *Königin Albereth II* zu einem bemerkenswerten Stimmungsumschwung gekommen, was ihre Haltung den Helden gegenüber betraf.

Die Musiker spielten eine für Streichquartett arrangierte Version des auch in den Fernen Ländern bei solchen Anlässen gebräuchlichen Klassikers »For he's a jolly good fellow«.

»Danke«, lächelte Brom, rechts und links Hände schüttelnd, »danke sehr. Kein Problem. Ha'm wir doch gern gemacht.«

Er hatte sich sogar zur Feier des Tages den Bart gekämmt, was allerdings keinen allzu großen Unterschied bedeutete.

Und er hatte sein Kettenhemd sorgfältig von Blut und getrockneter Gehirnmasse gereinigt, und zwar mit Selphynes Handtuch.

Aber diesmal hatte er sie vorher um Erlaubnis gebeten.

Naja, nicht *richtig* um Erlaubnis gebeten, und auch nicht *vorher,* aber er würde es ihr schon noch sagen.

Später, zu einem günstigen Zeitpunkt.

Vielleicht fände sich auch vorher noch die Gelegenheit, das Handtuch irgendwie in die Reinigung zu geben.

»Meine Damen und Herren!«, begann der Graf von Hohenross seine Dankesrede, als sich die Helden auf der Bühne eingefunden hatten. »Verehrte Retter!« Lächelnd verneigte er sich in ihre Richtung.

»Schon mein seliger Großvater, Graf Leopold von Hohenross – einige der Anwesenden mögen ihn noch persönlich gekannt haben – pflegte zu sagen: ›Wenn ich mal wieder eine Schlacht gewonnen habe, tragen die Gelehrten später bloß meinen Namen in die Geschichtsbücher ein. Aber hin und wieder kann ich mir nicht helfen, auch an die tapferen Kerls aus dem einfachen Volk zu denken, die für diesen Sieg zu Tausenden an vorderster Front geblutet haben. Bin ich deswegen ein sentimentaler alter Narr?‹

Lassen Sie mich an dieser Stelle, meine Damen und Herren, an seiner Statt mit einem klaren *Nein* antworten.

Denn hat nicht der heutige Tag wieder einmal gezeigt, dass auch die niederen Stände ihre ganz eigene Daseinsberechtigung haben, was mancher von uns in seinem Stolz so gern vergisst?«

Wohlwollender Applaus gestand auch den niederen Ständen ihre ganz eigene Daseinsberechtigung zu.

»Bolgur, hör auf in der Nase zu bohren!«, zischte Selphyne.

»Tschuldigung«, brummte Bolgur und katapultierte seinen Naseninhalt mit einem kräftigen Schnipser durch den Raum.

Der Barbarenogerpopel zog eine ballistisch reizvolle Flugbahn und landete in der Perücke des Grafen von Hohenross, der davon aber nichts merkte, sondern fortfuhr:

»Verehrte Retter! Nehmt nun dies bescheidene Angebinde aus den Händen der kleinen Fürstin von Reichenschloss entgegen, die unser aller Dankbarkeit mit ihrer zarten Stimme zum Ausdruck bringen wird.«

Geschoben von ihrer Mutter betrat die kleine Fürstin von Reichenschloss die Bühne. Der große Blumenstrauß, den sie vor sich hertrug, ließ sie als ein Paar Beine mit einem Haufen Botanik als Oberkörper erscheinen.

»Dies bescheidene … ähm … ähm …«, kam ihr zartes Stimmchen hinter dem Strauß hervor.

»Angebinde!«, flüsterte ihre Mutter.

»Dies bescheidene Angebinde überreiche ich euch, zum Zeichen meiner … ähm … ähm …«

»Tiefen Dankbarkeit!«

»… meiner tiefen Dankbarkeit, weil … weil ihr mich davor gerettet habt, dass … ähm … dass mich die Piraten entführen und zwingen, auch Piratin zu werden. Dann hätte ich bei ihnen Fechten und Fluchen gelernt und Rum trinken und hätte diesen doofen Hauslehrer mit dem Degen aufgespießt und wär auf Kaperfahrt gegangen und hätte die doofen Freunde von meinen Eltern überfallen und ausgeraubt und über die Planke gehen lassen, und das wäre wirklich cool gewesen.«

»Ahaha!«, machte ihre Mutter, das Gesicht verziehend. »Den letzten Teil hat sie sich selbst ausgedacht.«

Die kleine Fürstin überreichte Bolgur den Strauß mit einem Knicks und verließ die Bühne.

»Vielleicht möchten unsere verehrten Retter auch einige Worte sagen?«, lächelte der Graf von Hohenross.

Brom stieß Bolgur mit dem Ellenbogen an.

»Na los, sag schon was«, flüsterte er.

»Ich?«, flüsterte Bolgur zurück. »Wieso denn ich?«

»Weil du der gewählte Gruppensprecher bist, darum«, erklärte Brom.

Widerwillig trat Bolgur vor.

»Ich … ähm …«, begann er und drehte den Blumenstrauß verlegen in seinen riesigen Ogerpranken hin und her.

Schüchtern und eher handwerklich begabt, wie er war,

zählte das Halten von Reden nicht unbedingt zu seinen Stärken.

»Ähm …«, brachte er schließlich hervor, »Cousin Olgbur sagt, erst, wenn wir die Schlösser stürmen und diese elende Aristokratenbande in ihrem eigenen Blut ersäufen, werden wir dauerhaften Frieden haben.«

Betroffenes Schweigen breitete sich aus. Die Zuhörer, soeben als *elende Aristokratenbande* tituliert, schnappten nach Luft.

Dann lachte die Fürstin von Holdernich plötzlich auf.

»Nein, was für ein amüsanter Einfall!«, rief sie, und die übrige Gesellschaft stimmte erleichtert in ihr Lachen ein. »Wirklich ganz exquisit.«

»Das ist der trockene Humor des einfachen Volkes«, erklärte der Baron von Edelheim belustigt.

»Man sollte doch öfter auch unterhalb des eigenen Standes verkehren«, meinte die Gräfin von Hohenross.

»Man sollte es aber auch nicht übertreiben«, stellte ihr Gemahl sachlich fest.

»Eine tolle Rede«, flüsterte Selphyne Bolgur zu. »Hat mich fast zu Tränen gerührt.« Sie blickte sich im Saal um. »Wo ist eigentlich Falfnin?«

»Wo ist eigentlich Antoinette?«, fragte die Baronin von Edelheim und drehte sich auf ihrem Stuhl um.

Die Antworten auf diese beiden Fragen lagen sehr dicht beieinander.

In den frühen Morgenstunden des nächsten Tags näherte sich die *Königin Albereth II* dem Lufthafen von Gnolmenbrück.

Falfnin strich der schlafenden Baroness die Haare aus der Stirn und hauchte einen Kuss auf ihre halbgeöffneten Lippen. Sie seufzte leise im Traum.

Seine Hand spielte zärtlich mit ihren Fingern, während er sie lächelnd betrachtete.

Plötzlich hielt er inne.

Er hatte den Ring ertastet, den sie an ihrer linken Hand trug.

Es war ein kostbarer goldener Ring mit einem großen Diamanten, und Falfnin schätzte aus alter Meisterdieb-Gewohnheit sofort den Wert, den das Schmuckstück im Hinterzimmer von Ulgameschs Kaufhaus für Abenteurer einbringen würde, dort, wo der Koboldhändler die etwas heikleren Geschäfte tätigte.

Nein, entschied er schließlich nach einem längeren inneren Kampf.

Sie hatte ihm, dem verwegenen Abenteurer und galanten Liebhaber, ihr Vertrauen geschenkt, und er würde sich dieses Vertrauens würdig erweisen.

Er gab ihr noch einen flüchtigen Kuss und stahl sich leise aus der Kabine.

Ich habe doch ein gutes Herz, dachte er, gerührt von seiner eigenen seelischen Größe, als er die Tür hinter sich schloss.

Außerdem war der Ring sowieso nur einen Bruchteil des Geldes wert, das er mit dem Schmuck machen würde, den er aus der Schatulle in ihrem Schreibtisch hatte mitgehen lassen.

Wenig später gesellte er sich zu Nenia und den anderen Helden, die am Bug des Schiffes standen und die majestätisch aufragenden Gipfel des Himmelsgebirges betrachteten, die gerade von den Strahlen der aufgehenden Sonne vergoldet wurden.

»Wie heißt der Ort noch mal, in dem die Tante der Kleinen wohnen soll?«, fragte Brom.

»Yrth«, antwortete Selphyne.

»Nie gehört.«

»Scheint eine neu gegründete Siedlung zu sein. Es heißt, die Tugend sei dort zu Hause.«

Yrth

Yrth hing wie ein riesiges Insektennest, ein ungeheures marmornes Ei, an der Flanke des Berges.

Wolkenschleier trieben unter der Stadt – oder was immer es sein mochte. Und als die Helden, aus dem Dunst heraustretend, sie plötzlich vor sich aufragen sahen, tauchte das Licht der untergehenden Sonne die weißen Wälle in einen rötlichen Schein.

»Was in aller Welt ist das?«, fragte Selphyne, der es vor Staunen den Atem verschlagen hatte.

»Sieht aus, als wäre es vom Himmel gefallen«, meinte Falfnin.

Noch bevor sie das Tor erreicht hatten, tat sich eine kreisrunde Öffnung in der weißen Mauer auf, und etwas, das wie ein großes rotes Auge aussah, richtete seinen Blick auf sie.

»Wyllkommen!«, sprach eine Stimme. »Yrth hat Eure Ankunft bereyts erwartet!«

Falfnin drehte sich überrascht um. »Wer spricht da?«

»Ych byn Akolyth Severyn«, antwortete die Stimme. »Doch meyn Name tuet nychts zur Sache, denn ych byn yn Yrth und Yrth yst yn myr und meyn Mund verkündet Yrths Wort.«

»A…ha«, sagte Selphyne bedächtig. Eine gewisse inflationäre Verwendung des Buchstabens *y* war kaum zu überhören. »Und … du sagtest, wir werden bereits erwartet?«

»Yn der Tat. Sehet, sprach Yrth«, verkündete die Stimme. »Es werden kommen Helden vier an der Zahl und eyn kleynes Mädchen, und sie werden Eynlass begehren nach Yrth. Und es soll yhnen Eynlass gewähret werden.«

»Eigentlich suchen wir eine gewisse Benevolentia Leberecht, die sich hier aufhalten soll …« In Ermangelung eines sichtbaren Gesprächspartners richtete Selphyne ihre Worte an das rote Auge neben der Tür.

»Suchet nicht länger, denn yhr seid am rechten Ort angelanget!«, verkündete die Stimme in ihrem monotonen Singsang. Es wirkte, als läse sie einen Text vor, ohne sich recht über dessen Bedeutung im Klaren zu sein.

»Bytte, tretet eyn. Yrth erwartet euch.«

Fauchend glitt das Tor nach oben auf, um sich kurz darauf wie von Geisterhand hinter ihnen wieder zu schließen.

Sie befanden sich nun in einem kleinen Raum mit zwei gegenüberliegenden Türen, von denen die eine nach draußen, die andere tiefer in die Stadt hinein führte.

»Wartet, bys der Rytus der Reynygung vollzogen wurde«, sagte die Stimme.

Ein leises Zischen erklang, und Dampf stieg auf, bis sie ganz in weiße Nebelschwaden eingehüllt waren.

»Das erinnert mich daran, wie ich mal einen Vetter dritten Grades oben in Schneefeld besucht hab«, erzählte Brom. »Die haben da so was, das nennen sie Sau-na. Erst sitzt man um ein Kohlebecken in einer Bretterbude und schwitzt, bis man sich den Bart wie ein nasses Handtuch auswringen kann, und dann rennt man nackt durch den Schnee und verkloppt sich dabei mit frischen Tannenzweigen.«

»Vielen Dank für die Bilder im Kopf«, bemerkte Selphyne und schnupperte. »Es riecht seltsam hier drin.«

»Natriumhypochlorit, wenn ich mich nicht täusche«, meinte Bolgur. (Cousine Burgola besaß einen Doktor in Chemie). »Und einige andere Chemikalien, die ich nicht kenne.«

»Der Rytus der Reynigung dienet der Befreyung der Seele von allem weltlychen Schmutze«, erklärte die Stimme. »Nur wer reynen Herzens yst, darf das heylyge Yrth betreten.«

Als sich der Dampf endlich verzogen hatte, öffnete sich die Tür auf der gegenüberliegenden Seite, und ein junger Elf, der eine weiße Kutte trug, schritt ihnen entgegen.

»Wyllkommen«, begrüßte er sie. »Ych byn Severyn. Folgt myr bytte.«

Im Innern der weißen Stadt herrschte ein fahles Dämmerlicht, das von magischen Lichtkugeln erzeugt wurde, die auf kleinen balkonartigen Ausbuchtungen an den Wänden schwebten.

Ihnen fiel auf, dass die Räume, die sie auf ihrem Weg passierten, alle sechseckig geformt waren, wie überhaupt Sechsecke in Yrth eine große Rolle zu spielen schienen, einschließlich des immer wiederkehrenden Symbols eines Sechsecks mit einem Auge in der Mitte, so wie es auch auf dem Gewand ihres Führers prangte.

Insgesamt zeichnete sich die Architektur Yrths durch äußerste Schlichtheit und formale Strenge aus.

»Wer hat diesen bemerkenswerten Ort erbaut?«, fragte Selphyne. »Zwerge? Oder Elfen?«

»Nach Zwergenarbeit sieht das nicht aus«, meinte Brom kritisch. »Und für Elfen gibt es hier viel zu wenig Grünzeug.«

»Yrth schuf Yrth«, sagte Severin. »Und er sah, dass es gut war.«

»Wer ist denn eigentlich dieser Yrth?«, fragte Falfnin.

»Ich dachte, das wäre der Name der Stadt. Oder ist es auch eine Gottheit?«

»Yrth yst Yrth. Er yst eyns und alles, alles und eyns. Nychts entgehet seynem sehenden Auge.«

»Dolle Geschichte«, kommentierte Brom beeindruckt.

Hin und wieder begegneten sie anderen Bewohnern der Stadt, die die Neuankömmlinge ohne großes Interesse mit flüchtigen Blicken musterten. Wie Severin trugen sie Kutten, die mit dem Symbol des Auges gezeichnet waren und sich in ihren Weißtönen subtil voneinander unterschieden.

Darauf angesprochen, erläuterte Severin: »Die Farbe der Kutte legt Zeugnys ab über die Stufe der Erleuchtung yhres Trägers. Der Stufen synd sechs, vom Novyzen bys zur Matryarchyn. Erst, wer den Großen Rytus der Läuterung vollzogen hat und das Weyß der Ynneren Reynheyt trägt, darf den Geweyhten Zyrkel betreten.«

»Was sind das für Klappen, die einige vorne vor der Brust haben?«, fragte Selphyne.

»Die Kutte mit dem Fenster der Offenbarung dürfen nur jene tragen, die den Rytus des Sehenden Auges vollzogen haben«, antwortete Severin.

»Seltsam«, bemerkte Selphyne kopfschüttelnd.

Nachdem sie das Gepäck in ihrem Gästequartier abgelegt hatten, führte sie Severin in einen Speisesaal, in dem etwa fünfzig Kuttenträger schweigend ihr Abendessen verzehrten.

»Sycher seyd yhr von der Reyse hungryg und müde«, sagte Severin. »So genießet denn, was Yrth euch bescheret hat.«

Was Yrth ihnen beschert hatte, war ein eher freudloses Mahl.

»Das ist kotzeklig!« Nenia patschte mit dem Löffel in der breiigen Masse in ihrer Schüssel herum.

»Nenia, was habe ich dir über Nein-Nein-Wörter gesagt?«, mahnte Selphyne. »Und es gibt viele arme Kinder, zum Beispiel in Workubosch, die froh wären, wenn sie deine Portion essen dürften.«

Sie nahm einen Löffel und verzog das Gesicht.

»Obwohl wahrscheinlich selbst die nicht *so* verzweifelt sind«, hustete sie.

»Ich hab auch schon besser getafelt«, sagte Falfnin und schob die Schüssel von sich weg.

Sogar Bolgur, der sonst nicht wählerisch war, musste passen.

»Leyblycher Genuss verwyrret die Synne und verderbet die Seele«, bemerkte Severin. »Keuschheyt, Enthaltsamkeyt und Mäßygung synd die Tugenden der Heylygen.«

»Was habt ihr denn?«, meinte Brom. »Ist doch gar nicht so übel. Und Tante Brunhilda hat auch immer gesagt: Es wird gegessen, was auf den Tisch kommt, oder es gibt was an die Backen! Aber was einen nicht umbringt, macht einen härter, und wer Tantchens berüchtigten Hackbraten überlebt hat, den schockt so schnell nichts mehr.« Er spachtelte seine Schüssel leer. »Gibt's Nachschlag?«

Außer ihnen saßen noch zwei weitere Neuankömmlinge am Tisch, *Novizen*, wie sie in der Hierarchie Yrths bezeichnet wurden, erkennbar an der dunkleren, ins Graue spielenden Tönung ihres Gewands.

Es waren ein Troll-Kaufmann aus Hinterstein, der genug vom seelenlosen Geschäftsleben hatte und sich nun dem *Spirituellen* zugeneigt fühlte, und eine junge hübsche Wichtelin namens Prudentia.

Sie war nach Yrth geschickt worden, um ihre zarte Seele vor den schädlichen Einflüssen weltlicher Gelüste zu bewahren, nachdem sie sich neugierig bei ihrer Mutter danach erkundigt hatte, *woher die kleinen Wichtel kämen.*

Ihre Mutter war der Frage mittels einer routiniert inszenierten Ohnmacht ausgewichen und hatte sich so aus der Verlegenheit gerettet, eingestehen zu müssen, die Antwort selbst nicht ganz genau zu kennen.

Besorgt um die sittliche Reinheit ihrer Tochter, hatten ihre Eltern Prudentia nach Yrth gebracht, in die Stadt, in der, so hatte es sich neuerdings herumgesprochen, die Tugend zu Hause war.

»Apropos Keuschheit: Kennt ihr eigentlich schon den von dem Zwergenkrieger, der bei den Kobolden in Kriegsgefangenschaft gerät?«, fragte Brom, der beim Essen stets in Plauderlaune geriet.

Bevor die anderen Gelegenheit bekamen, darauf hinzuweisen, dass sie den Witz von dem Zwergenkrieger in koboldianischer Gefangenschaft nicht bloß ein, sondern mindestens hundert Mal zu hören bekommen hatten, begann Brom:

»Ein Zwergenkrieger ist bei einer Schlacht gegen die Kobolde dem Feind in die Hände gefallen. Er wird vor den Koboldherrscher geführt, und der sagt: Du wirst als Sklave an meinem Hof bleiben und meinen Haremsfrauen zu Diensten sein. Das geht natürlich nicht ohne präventive Vorsichtsmaßnahmen. Weil du ehrenhaft gekämpft hast, überlasse ich dir die Wahl: Entweder, wir schneiden dir unten was ab und machen dich zu einem Eunuchen, oder wir blenden dich und nehmen dir das Augenlicht, damit du gar nicht erst in Versuchung gerätst. Und der Zwergenkrieger sieht sich die Haremsfrauen an und reibt sich nachdenklich das Kinn. Und dann sagt er: Kann ich auch beides wählen?*«

Brom schlug sich auf die Knie und stieß ein dröhnendes Gelächter aus, das die Yrth-Anhänger an den anderen Tischen erschrocken innehalten ließ.

* Zwergenhumor ist im Allgemeinen weder dafür bekannt, politisch korrekt zu sein, noch ungeahnte Höhen des guten Geschmacks zu erklimmen.

»Ych muss sehr darum bytten, vor Schwester Prudentya nycht von dergleychen verfänglychen Dyngen zu sprechen«, sagte Severin ernst. »Nycht aus Jux hat Yrth die Geschlechter als Mann und Männyn geschaffen, sondern auf dass sie sych vermehren nach seynem Wyllen.«

»*Kann ich auch beides wählen!*«, wiederholte Brom, und wischte sich die Lachtränen von den Wangen.

Schwester Prudentia hatte fasziniert zugehört.

Die Pointe von Broms Scherz war ihr einigermaßen schleierhaft geblieben, und sie wusste auch keineswegs, worum es sich bei *Eunuchen* oder *Haremsfrauen* handelte, aber insgeheim ahnte sie, dass es um Themen ging, die ihrer Mutter reichlich Gelegenheit für die ein oder andere Ohnmacht beschert hätten.

Und dann war da der junge Mann, der ihr gegenübersaß.

Seine ganze Ausstrahlung, die Art und Weise, wie er sie anlächelte, schien ihr darauf hinzudeuten, dass er zu der Sorte Männer gehörte, vor der sie immer gewarnt worden war, der Sorte, die nur *das Eine* wollte, was immer *das Eine* auch sein mochte.

Schon daheim hatte ihr der alte Pater Hyppolyt von den dämonischen Heerscharen erzählt, die mit ihren hoch aufgerichteten Belagerungstürmen der Wollust anrückten, um die Festung der Keuschheit zu erobern. Dabei hatte er seine fleischige, schwitzende Hand auf ihr Knie gelegt und ihr seinen nicht eben wohlriechenden Atem ins Gesicht gepustet, so dass es jedes Mal eine echte Geduldsprobe für sie gewesen war, sitzen zu bleiben und sich seine kurzatmigen Ausführungen bis zu Ende anzuhören.

Mit diesem abenteuerlichen Wichtel jedoch, der sie gerade mit solch geheimnisvollen Blicken bedachte, wäre ein vertrauliches Gespräch über die dämonischen Belagerungstürme der Wollust sicher eine ganz andere, höchst erquickliche Angelegenheit.

Außerdem – diese Erkenntnis dämmerte ihr ganz plötzlich – war er bestimmt die richtige Adresse, wenn es um die Frage ging, *woher die kleinen Wichtel kämen.*

Vielleicht würde sie ihn danach fragen.

Später.

Lächelnd fuhr Falfnin mit dem Zeigefinger über seinen schmalen Schnurrbart (Modell: *Galanter Abenteurer*).

»Könnten Sie uns nach dem Essen zu Nenias Großtante Benevolentia führen?«, erkundigte sich Selphyne, um das Gespräch wieder in sachlichere Bahnen zu lenken.

»Alles hat seyne Zeyt«, versetzte der Akolyth. »Die Matryarchyn yst viel beschäftygt und wyrd euch rufen lassen, wenn sych die Gelegenheyt fyndet. Auch sie kann es kaum erwarten, yhre Nychte kennenzulernen.«

»Benevolentia Leberecht ist die Matriarchin? Dann ist sie hier wohl ein recht hohes Tier, oder?«, fragte Falfnin.

»Eyn Tier yst sie mytnychten«, entgegnete Severin. »Auch wenn die jüngst aufgekommene Yrrlehre von der Evolutyon dergleychen behaupten mag.* Doch yst sie sehr nahe bey Yrth und Yrth yst sehr nah bey yhr, falls du das meyntest.«

»Dieser Yrth scheint es euch ja mächtig angetan zu haben«, bemerkte Brom.

»Yrth yst die Liebe«, erklärte Severyn würdevoll. »Und die Liebe yst Yrth.«

»Liebe ist ein rein physiologisches Phänomen, sagt Cousin Lugbor.«

Sie wandten sich Bolgur zu.

»Das männliche und weibliche Erbgut verschmelzen miteinander«, erläuterte der Barbarenoger mit erhobe-

* Professor C. Wardin und sein Team suchten damals gerade fieberhaft nach dem *missing link* zwischen Waldschrat und Urwichtel.

nem Zeigefinger, »und neun Monate später bringt der Storch den Eltern die kleinen Kinder.«

»Ähm ... ja«, kommentierte Falfnin vorsichtig diesen etwas unvermittelten Gesprächsbeitrag. »Vielleicht solltest du doch noch ein paar Detailfragen klären, wenn du dich das nächste Mal mit Cousin Lugbor über Genetik austauschst ...«

»Ych muss daran erynnern, yn Gegenwart Schwester Prudentyas nycht von dergleychen zu sprechen«, mahnte Akolyth Severin.

Schwester Prudentia errötete pflichtschuldig und schlug die Augen nieder.

Wissbegierig hatte sie alle Informationen aufgesaugt, die sie in Betreff der Frage nach den kleinen Wichteln und ihrem Ursprung bekommen konnte: *Eunuchen, Haremsfrauen, männliches und weibliches Erbgut, neun Monate, Storch.*

Die Wichtelproduktion schien doch ein aufwändiges und recht kompliziertes Geschäft zu sein, aber sie würde der Sache schon noch auf den Grund gehen.

»Und nun wollt yhr sycher von den Mühen der Reyse ausruhen«, sagte Severin. »Kommt, ych werde euch zu eurem Quartier begleyten.«*

Ruhelos wälzte sich Selphyne auf der kargen Pritsche in ihrem Zimmer.

Nicht nur was Kochkultur anging schien man sich in Yrth eher asketisch zu geben, auch Wohn- geschweige denn Liegekomfort wurden hier keineswegs groß geschrieben.

Die Zimmer waren sechseckige Zellen (Selphyne hatte

* Der besseren Lesbarkeit halber wird von hier an – bis auf einige Ausnahmen – die eigenwillige in Yrth gebräuchliche Orthographie aktuelleren Gepflogenheiten angepasst. Wann immer ein überzeugter Yrth-Anhänger spricht, denke man sich einfach sämtliche »i« durch »y« und alle »ei« durch »ey« ersetzt.

sich beim Betreten an Bienenwaben erinnert gefühlt), kaum ausgestattet mit dem Allernötigsten: eine ausgesprochen unbequeme Pritsche für die Nacht, ein Stuhl, ein Tisch, das war es.

Auf dem Tisch lag eine Ausgabe des *Buches Yrth,* offenbar die heilige Schrift der Anhänger dieser Gottheit (oder was auch immer Yrth sonst sein mochte).

Die Gnomenmagierin hatte ein wenig darin zu lesen versucht, aber bereits nach der ersten Seite waren ihr der pathetische Stil und das ewig wiederholte »Yrth, seyn Name sey gepriesen!« gehörig auf die Nerven gegangen.

Seufzend drehte sie sich wieder auf die andere Seite.

Die unkomfortable Pritsche war nicht das Einzige, was sie am Einschlafen hinderte.

Da war noch etwas anderes, ein Wispern und Raunen, kaum laut genug, dass sie es gerade noch hören konnte, und doch so leise, dass sie nicht wusste, ob es nicht doch nur in ihrer Einbildung erklang.

Nur ein einziges Wort schienen die Stimmen zu flüstern: *Yrth. Yrth, Yrth, Yrth …*

Selphyne schreckte hoch, als die Tür plötzlich aufglitt.

(Akolyth Severin hatte ihnen gezeigt, wie die meisten Türen in Yrth funktionierten: Man drückte einfach auf einen Knopf neben dem Türrahmen, und die Tür öffnete sich wie durch Magie – obwohl es sich nicht um Magie handelte, da war die Gnomenzauberin ziemlich sicher.)

»Ich kann nicht schlafen.«

Selphyne entspannte sich wieder.

Nenia stand in der Tür, ihre Drullpuppe Gorgontua auf dem Arm, und rieb sich verschlafen die Augen.

»Ich ebenfalls nicht«, antwortete Selphyne und setzte sich auf die Pritsche. »Hörst du etwa auch diese Stimmen?«

»Stimmen?« Die kleine Nachtelfe schüttelte den Kopf. »Nein. Aber da ist ein Monster in meinem Zimmer.«

Selphyne schmunzelte: die altbekannte Monster-unter-dem-Bett-Geschichte.

»Na, das wollen wir uns doch mal ansehen«, lächelte sie und zog sich ihre Robe an. »Mit Monstern kennt sich Tante Selphyne nämlich bestens aus, musst du wissen.«

»Siehst du?«, fragte sie, nachdem sie theatralisch alle sechs Ecken von Nenias Zimmer inspiziert hatte. »Keine Monster. Die haben sich alle aus dem Staub gemacht, als ich ihnen erzählt hab, was wir mit Monstern so anstellen.«

Sie drehte sich um.

»Nenia?«

Hinter ihr schloss sich die Tür.

Dann ging das Licht aus.

»Nenia? Ich weiß nicht, wieso du das gemacht hast, aber würdest du bitte ...«

Ein bösartiges Fauchen erklang in der Dunkelheit.

Zwei feurig glühende Augen starrten Selphyne an.

Kurz darauf verließ sie das Zimmer wieder, aus dem jetzt dichte Rauchschwaden kamen.

Ihr Haar war angesengt, und ihre Robe wies zahlreiche Brandflecke auf.

»Was ist denn passiert?«, fragte Brom. Er und Bolgur waren von dem Lärm geweckt worden und auf den Gang hinausgeeilt.

»Sie hat einen Flammendämon beschworen«, sagte Selphyne und wischte sich den Ruß aus dem Gesicht. »Sehr witzig, wirklich«, wandte sie sich an Nenia. »Glaub ja nicht, dass ich dir so bald wieder eine Fiese-Nacht-Geschichte erzähle.«

Die kleine Nachtelfe kicherte.

»Das war viel besser als jede Fiese-Nacht-Geschichte«, grinste sie.

»Ha, ha«, knurrte Selphyne. »Dann können wir ja alle wieder schlafen gehen.«

Falfnin seinerseits vertrat die Meinung, dass die Nacht nicht zum Schlafen da war.

»Wow!«, sagte Schwester Prudentia (obwohl dieser Name seit einigen Minuten nicht mehr ganz zu ihr passte), »wow!«

Sie lag neben Falfnin auf der Pritsche und blickte mit einem verzückten Lächeln an die Zimmerdecke.

»Das also hat es mit diesen Belagerungstürmen auf sich!«

»Belagerungstürme?«, lachte Falfnin. »Ich kann dir nicht ganz folgen ...«

Prudentia setzte sich auf und entblößte dabei ihre wohlgeformten kleinen Brüste.

»Lass es uns gleich noch mal machen!«, sagte sie mit einem Funkeln in den Augen.

»Gemach, gemach«, entgegnete Falfnin. »Man sagt mir zwar rekordverdächtige Liebhaberqualitäten nach, aber selbst ich brauch zwischendurch mal eine kleine Verschnaufpause.«

»Um deinen Belagerungsturm wieder aufzurichten?«, fragte Prudentia.

»Ähm ...«, sagte der Wichtelmeisterdieb, »so könnte man es ausdrücken ...«

Prudentia sprang aus dem Bett und spazierte, vor Aufregung vibrierend, nackt im Zimmer umher. Noch vor einigen Stunden wäre sie aus Scham im Boden versunken, wenn auch nur ein Quadratmillimeter zu viel Haut unter ihrem Novizinnengewand hervorgeschaut hätte.

»Kaum zu glauben, was ich alles verpasst habe!«, rief sie. »Ich hatte ja keine Vorstellung, was es für phantastische Sachen gibt! Hast du Drogen dabei?«

»Was?«, blinzelte Falfnin.

»Pater Hippolyt hat immer gesagt, Drogen zu nehmen ist Sünde. Also muss ich das unbedingt ausprobieren!«

»Hör mal«, begann Falfnin vorsichtig. »Bisweilen ist Mäßigung auch eine gute Sache, weißt du ...«

Normalerweise war es eher nicht sein Stil, hübschen nackten Frauen derartige Spruchweisheiten aufzutischen.

»Für Mäßigung habe ich keine Zeit!«, rief Prudentia. »Ich muss noch so viel nachholen! Wollüstige Belagerungen! Drogen! Rockenrohl!«

»Was ist *Rockenrohl*?«, fragte Falfnin.

»Ich hab keine Ahnung«, gestand Prudentia. »Vielleicht eine zwergische Gebäckmischung. Aber ich werde es herausfinden! Leben heißt lernen! Was zum Beispiel bedeutet *Sardo Marso*?«

»Ähm …«, räusperte sich Falfnin. »Vielleicht sollten wir es erst mal langsam angehen lassen …«

»Ich hab es lange genug langsam angehen lassen! Jetzt will ich Rockenrohl, was immer das ist!«

Die junge Ex-Novizin sprang auf die Pritsche.

»Ende der Verschnaufpause! Ich hoffe, dein Belagerungsturm ist wieder einsatzbereit, sonst werde ich sehr, sehr böse!«

Und der Wichtelmeisterdieb begann zu ahnen, dass er Geister gerufen hatte, die er so schnell nicht wieder loswerden würde.

Am nächsten Morgen saß Selphyne bereits mit Nenia und Bolgur im Speisesaal, als Falfnin hereingehumpelt kam.

»Meine Güte, du siehst ja schrecklich aus«, begrüßte ihn die Gnomenzauberin, erbarmungslos ehrlich. »Eine harte Nacht gehabt?«

Falfnin winkte gequält ab. »Kannst du mir nachher noch mal mit deinem Frostspruch ein paar Eiswürfel machen?«, entgegnete er heiser.

»Hast du Kopfschmerzen?«, fragte Bolgur schmatzend.

»Ich glaub nicht, dass er das Eis für seinen Kopf braucht«, vermutete Selphyne. »Könnte es sein, dass ein Zusammenhang zwischen deiner morgendlichen Konditionsschwäche und der hübschen jungen Novizin von gestern Abend besteht?«

»Wenn sie nach mir fragt, sagt ihr bloß nicht, wo ich bin!«, flehte Falfnin mit einem Aufblitzen von Panik in den Augen. »Oder sagt ihr, ich bin tot. Noch so eine Nacht überlebe ich nicht!«

»Einen gesegneten Morgen miteinander!«

Sie wandten sich der Tür zu.

»Brom?«, fragte Selphyne, die Augenbrauen hebend. »Bist du das? Du siehst so … anders aus.«

»Ich habe meinen Bart gestutzt und mir das Haupthaar gekämmt«, entgegnete der Zwergenkrieger. »Und ja: Auch ich trage nun eine Kutte.«

Er setzte sich an den Tisch und füllte sich eine Schüssel mit dem unidentifizierbaren Nahrungsbrei, der ihnen schon gestern Abend serviert worden war.

»Alles in Ordnung mit dir?«, fragte Selphyne zweifelnd.

»Hab mich nie besser gefühlt! Oh, das hätt ich fast vergessen.«

Brom faltete die Hände und murmelte andächtig in seinen penibel gepflegten Bart.

»Was … machst du da?«

»Ich habe Yrth für die Gaben gedankt, die er uns bescheret hat«, erklärte Brom, nachdem er sein Gebet beendet hatte. »Gestern Nacht hatte ich beim Lesen des *Buches Yrth* ein Epiphänomen.«

»Du meinst eine *Epiphanie*«, verbesserte Bolgur. »Als *Epiphänomen* bezeichnet man eine aus bestimmten Kausalzusammenhängen resultierende Randerscheinung, der selbst innerhalb dieser Zusammenhänge keinerlei kausale Relevanz zukommt.«

»Verstehst du eigentlich selbst, was du gerade gesagt hast?«, fragte Falfnin, während er angeekelt den zähen Brei von seinem Löffel in die Schüssel zurücktropfen ließ.

»Jedenfalls habe ich erkannt«, fuhr Brom fort, »dass

mein Leben bisher eines tieferen Sinnes ermangelt hat. Und das ewige Licht Yrths ist über mich gekommen, und plötzlich sah ich den Weg klar und deutlich vor mir.«

»Und der führt nicht wie sonst zur nächsten billigen Fuselkaschemme?«, fragte Selphyne.

»Die Zeit der billigen Fuselkaschemmen ist vorbei«, behauptete Brom. »Von nun an werde ich ein yrthgefälliges Leben der Demut und Enthaltsamkeit führen.«

»Ich hoffe, du nimmst es mir nicht übel, wenn ich diesbezüglich ernste Zweifel anmelde.«

Akolyth Severin betrat den Speisesaal.

»Yrth sei gepriesen!«, begrüßte er sie.

»Gepriesen sei Yrth«, erwiderte Brom.

»Wie ich sehe, hast du bereits eine passende Kutte erhalten, Bruder Brom. Das ist gut.«

»Ja, die sind recht fix bei der Kuttenausgabestelle«, sagte der Zwergenkrieger. »Und im direkten Vergleich Kutte gegen Hose hat erstere in punkto Tragekomfort ganz klar die Nase vorn, allein schon was die großzügige Bewegungsfreiheit an den Problemzonen angeht.«

»Wir freuen uns über jedes neue Mitglied, das wir in unserer Gemeinde begrüßen dürfen«, lächelte Severin. »Vielleicht lassen sich deine Freunde auch noch dazu bewegen, Yrth in ihre Herzen aufzunehmen.«

»Danke«, entgegnete Selpyhne, »wir werden darüber nachdenken. Besteht denn die Möglichkeit, dass uns die Matriarchin im Lauf des Tages empfängt?«

»Alles hat seine Zeit«, wiederholte der Akolyth. »Einstweilen hat sie mir aufgetragen, euch durch die Stadt zu führen, auf dass ihr sehet, wo die kleine Nenia künftig leben wird.«

»Dies ist die Bibliothek«, erklärte Severin.

Sie befanden sich in einem großen sechseckigen Raum mit Bücherregalen, die bis unter die Decke reichten.

Selphyne trat näher an eines der Regale heran und zog ein Buch heraus – es war das *Buch Yrth.*

So wie der nächste Band auch und der übernächste und der daneben: Es war alles ein und dasselbe Buch, in tausendfacher Ausführung.

»Ist das etwa das einzige Buch, das Sie hier haben?«, fragte sie und blickte an der Bücherwand empor, in der sich gleichförmig ein Band an den nächsten reihte.

»O nein«, antwortete Severin. »Wir haben auch noch einige apokryphe Schriften und Kommentare zweitrangiger Propheten, aber die werden in einem gesonderten Raum aufbewahrt, den wir stets verschlossen halten. Man benötigt die Erlaubnis der Matriarchin, um sie lesen zu dürfen.«

»Mit Themenvielfalt haben sie es hier anscheinend nicht so«, kommentierte Falfnin.

»Zwischen diesen Buchdeckeln ist alle Weisheit der Welt versammelt«, behauptete Brom und blätterte andächtig in einem der Bände.

»Ach ja?«, fragte Bolgur interessiert. »Auch Wardins Evolutionslehre?«

Brom klappte das Buch zu.

»Du bist mein Freund, Bolgur«, sagte er kopfschüttelnd. »Und darum tut es mir von Herzen leid, dass du nach deinem Tod in den Flammen der Unterwelt für deine lästerlichen Reden wirst büßen müssen.«

Selphyne war gerade im Begriff, ihr Buch ins Regal zurückzustellen, als sie stutzte.

»Ach«, sagte sie, unbekümmert lächelnd, »vielleicht nehme ich es doch gleich mit. Wer weiß, womöglich ist Yrth ja so gnädig, auch meine unwissende Seele zu erleuchten.«

»Das ist löblich«, nickte Brom weise. »Denn es ist nie zu spät, der ewigen Verdammnis zu entrinnen. Außer für dich, Bolgur«, fügte er mit ernster Miene hinzu. »Bei dir ist aller Voraussicht nach wohl wirklich nichts mehr zu retten.«

»Cousin Orgbul sagt, Religion ist eine Kette aus Falschgold, um die unteren Klassen unentrinnbar an ihr Elend zu fesseln«, grummelte der Ogerbarbar beleidigt.

»Kommt, lasst uns weitergehen«, bedeutete ihnen Severin. »Ich zeige euch nun, wo Nenia zur Schule gehen wird.«

Yrth, Yrth Yrth, Yrth,

sang der Mädchenchor.

Yrth, Yrth Yrth, Yrth,
Yrth, Yrth Yrth, Yrth,
Yrth, Yrth, Yrth ist gut.

»Yrth ist gut!«, lächelte die Lehrerin, eine dicke Troll-Akolythin namens Schwester Pomeranzia. »Und nun möchte ich euch jemand ganz besonderen vorstellen! Nenia, sei so lieb und komm zu mir nach vorn.«

Die kleine Nachtelfe trat vor die Klasse, neugierig beäugt von zwanzig Augenpaaren.

»Das ist Nenia. Sie wird von nächster Woche an mit uns lernen, wie man ein yrthgefälliges Leben führt!«

»Das werden wir noch sehen«, murmelte Selphyne, die mit den anderen im hinteren Bereich des Klassenzimmers stand.

»Gibt es vielleicht etwas, das du deinen künftigen Mitschülerinnen sagen möchtest, Nenia?«, fragte Schwester Pomeranzia freundlich.

»Ja.«

Die Tochter des Totenbeschwörers ließ ihren diabolischen Blick über die künftigen Mitschülerinnen schweifen.

»Das ist Gorgontua«, sagte sie und hielt ihre Drullpuppe hoch. »Er kann die Zukunft sehen.«

»Oh, das ist aber natürlich nur ein heidnischer Aberglaube«, beeilte sich Schwester Pomeranzia einzuwenden. »Wenn du fleißig mit uns lernst, wirst du bald einsehen, dass ...«

»Was sagst du?« Nenia hielt sich Gorgontua ans Ohr und tat, als höre sie ihm zu. Dann wandte sie sich scheinbar äußerst beunruhigt an die Klasse.

»Gorgontua meint, er hat den Tod gesehen.«

Zwanzig Mädchen schnappten erschrocken nach Luft.

»Viele werden grausam sterben, sagt er. Blut wird in Strömen fließen, Gebeine werden krachend zerbrechen, Augäpfel herausgerissen werden.«

»So«, sagte Schwester Pomeranzia mit erstarrtem Lächeln. »Nun reicht es aber.«

»Und die Neunzehn Höllen werden ihre Pforten auftun«, prophezeite Nenia. Ein bedrohliches Grollen mischte sich in ihre Stimme, und ein unterweltlicher Chor schien jedes ihrer Worte wispernd zu wiederholen. »Und die dämonischen Horden werden einfallen in die Welt der Sterblichen, um zu verderben und Leid und Qual zu säen, wo immer sie sich hinwenden.«

Plötzlich schien alles Licht aus dem Raum gesaugt worden zu sein.

Einige der Mädchen schluchzten.

»Und die Sonne wird ausgelöscht werden und der Himmel verdunkelt und die Seelen der Toten, namenloser Folter ausgesetzt, werden vergeblich um Erlösung flehen.«

»Sei still!«, rief Schwester Pomeranzia entsetzt. »In Yrths Namen, sei endlich still!«

Sie unternahm einen vergeblichen Versuch, Nenia ihre Drullpuppe fortzunehmen.

»Wirklich?« Die kleine Nachtelfe starrte die Akolythin

an, während Gorgontua ihr scheinbar Unaussprechliches ins Ohr flüsterte. »Wird ihr Schicksal wirklich *so* schrecklich sein?«

Pomeranzia erbleichte.

»Was sagt er?«, krächzte sie atemlos. »Was sagt er über mein Schicksal?«

Nenia kicherte boshaft.

»Gorgontua sagt, du wirst …«

»Die Kleine hatte eine schwere Kindheit«, erklärte Selphyne, während drei Novizen mit einer Trage anrückten, um die ohnmächtig gewordene Schwester Pomeranzia abzutransportieren.

»Ihre Seele von den dunklen Einflüssen zu reinigen wird nicht leicht werden«, bemerkte Severin ernst. »Doch mit dem Segen Yrths ist alles möglich. Kommt, wir wollen den Unterricht nicht weiter stören.«

»Von gemischten Klassen halten Sie wohl nichts?«, fragte Selphyne, als sie den Schulbereich verlassen hatten und durch lange, elfenbeinweiße Gänge schritten. »Ich meine, Mädchen und Jungen zusammen.«

»Die Gemeinschaft der Geschlechter ist Yrth wohlgefällig, doch kann sie auch leicht zur Verwirrung der Seelen führen«, erklärte Severin. »Sie erinnern sich wohl an die junge Schwester Prudentia?«

Falfnin horchte auf.

»Die Novizin von gestern Abend?«, fragte er möglichst unschuldig.

»Eben jene«, nickte der Akolyth. »Sie hat heute Morgen versucht, Yrth zu verlassen. Glücklicherweise waren Akolyth Seraphion und einige Novizen zur Stelle, um sie daran zu hindern.«

»Sollte sie nicht selbst darüber entscheiden können, ob sie hierbleiben möchte oder nicht?«, wandte Selphyne ein.

»Die arme Schwester Prudentia ist zu eigenen Entscheidungen nicht in der Lage«, versetzte Severin. »Ihre Seele ist wirklich äußerst … verwirrt. Hier, diesen Brief hat sie in ihrer Zelle hinterlassen.«

Der Akolyth nahm einen Zettel aus der Tasche und reichte ihn Selphyne.

Hallo Leute,

las die Gnomenzauberin.

sorry, wenn euch das irgendwie schockt, aber ich hab beschlossen, dass diese Yrth-Sache doch nix für mich ist. Die Welt hat so viel mehr zu bieten: Rockenrohl, Drogen, Flotte Vierer, Sardo Marso und, und, und! Dabei weiß ich noch nicht mal, was sich hinter all diesen Wörtern eigentlich verbirgt! (Ist Flotte Vierer ein Kartenspiel? Tut mir leid, Akolyth Severin, spielen ist bestimmt Sünde, aber ich muss meinen eigenen Weg gehen!)
Macht euch keine Sorgen um mich, ich weiß schon, was ich tue! (Naja, nicht wirklich, aber das ist ja das Tolle daran!)

Küsschen, Eure Babylonia (Ehemals Schwester Prudentia)

PS.: Entschuldige, wenn ich dein Herz gebrochen hab, Falfninschatz, aber ich will mich noch nicht fest binden! Du warst ganz okay gestern Nacht, mit ein bisschen Übung wird bestimmt noch ein richtig guter Liebhaber aus dir! Ich hoffe auch, es geht deinem Belagerungsturm bald wieder besser!

PPS.: Rockenrohl, Bitsches!

PPPS.: (Was immer das heißen mag!)

»Möge sich Yrth ihrer armen Seele erbarmen!«, bemerkte Brom salbungsvoll.

»*Ganz okay!*«, schnaubte der Wichtelmeisterdieb, in seiner galanten Abenteurerehre getroffen. »Das hat noch keine von mir gesagt! Au!«

Er zuckte zusammen, als sich gewisse Überbeanspruchungen der letzten Nacht schmerzhaft bemerkbar machten.

»Und was geschieht nun mit ihr?«, fragte Selphyne.

»Die Matriarchin hat entschieden, dass sich Schwester Prudentia noch heute dem Ritus des Sehenden Auges unterziehen wird. Eine große Ehre und ein entscheidender Schritt auf den Stufen, die zur Erleuchtung führen. Bruder Brom«, wandte er sich an den Zwergenkrieger, »auch du hast Grund zum Frohlocken: Du bist ebenfalls für den Ritus des Sehenden Auges erwählt worden.«

»Dann bekomme ich ja die Kutte mit dem Fenster der Offenbarung! Dolle Geschichte«, frohlockte Brom. »Beziehungsweise: Gepriesen sei Yrth!«

»Yrth sei gepriesen«, nickte Severin.

Mittags gab es wieder geschmacksneutralen Nährstoffbrei.

»Hast du meinen Bartkamm gesehen?«, fragte Brom aufgeregt, als sie später in ihren Zellen waren. »Ich hab schon überall gesucht!«

»Nein, habe ich nicht«, entgegnete Selphyne. »Warum machst du überhaupt so eine Hektik? Du hast doch sonst nie besonderen Wert auf Körperpflege gelegt.«

»Ich bin für den Ritus des Sehenden Auges erwählt worden!«, rief Brom. »Von einer verstockten Heidin wie dir kann ich natürlich nicht erwarten, dass du begreifst, was das für einen Rechtgläubigen bedeutet!«

»Jetzt mach mal halblang. Du bist gerade erst vierundzwanzig Stunden bei diesem Yrth-Quatsch dabei, und schon führst du dich auf, als wärst du mit einem Heiligenschein geboren worden und nennst uns *verstockte Heiden.*«

Brom legte ihr die Hände auf die Schultern.

»Verzeih mir«, entschuldigte er sich sanft. »Ich wollte deine religiösen Gefühle nicht verletzen. Alles, was ich sage, ist, dass ihr nach dem Tod in den Flammen der Unterwelt für eure Sünden büßen werdet, während ich Hand in Hand mit meinen Glaubensbrüdern und -schwestern im Paradies Hosianna und Halleluja zum Lobpreise Yrths singen werde. Und jetzt …« Er wandte sich ab. »Wo ist dieser elende, verfluchte … ich meine: O, großer Yrth, erhöre die Gebete deines treuen Dieners und hilf ihm, seinen Kamm zu finden, auf dass er dir würdig und mit gepflegtem Barthaar entgegentreten kann!«

Bolgur trat ein, Broms Kamm in der Hand.

»Suchst du den hier?«, fragte er vorwurfsvoll. »Der war in meiner Pflegeartikeltasche*. Jetzt ist da alles voll mit deinen Haaren.«

»Ein Wunder!«, rief Brom, den Kamm in die Höhe haltend. »Ein Wunder ist geschehen!«

Und mit einem überschwänglichen *Yrth sei gepriesen!* eilte er in seine Zelle.

Selphyne schüttelte den Kopf.

»Ich hätte nie gedacht, dass ich das mal sagen würde, aber im Finsterklammer Dauer-Delirium hat er mir irgendwie besser gefallen.«

Sie wandte sich Falfnin zu, der träge am Tisch saß und einen Dolch auf seiner Fingerspitze balancierte.

»Und du solltest dich mal um deine Freundin kümmern. Ich glaube, du hast sie da in eine unschöne Situation gebracht.«

»Sie ist nicht meine Freundin«, entgegnete der Meis-

* Auch Barbarenoger legen Wert auf ein gepflegtes Äußeres.

terdieb mürrisch. »Und ein bisschen Disziplinierung wird ihr bestimmt nicht schaden. Sie scheint mir der Typ zu sein, der gerne über die Stränge schlägt.«

»Höre ich da etwa gekränkte männliche Eitelkeit?«, lachte Selphyne. »Aber ernsthaft, du solltest wirklich mal nach ihr sehen. Diese ganze Ritualnummer kommt mir einigermaßen unheimlich vor. Und als galanter Abenteurer ist es doch deine erste Pflicht, bedrängte Jungfrauen in Not zu retten. Oder etwa nicht?«

Widerwillig stand Falfnin auf.

»Na gut«, knurrte er. »Wenn du meinst. Aber *Jungfrau* ist definitiv die falsche Bezeichnung für sie, da geb ich dir mein Wort drauf!«

Nachdem der Meisterdieb aus der Zelle gehumpelt war, setzte sich Selphyne an den Tisch und schlug das Buch auf, das sie aus der Bibliothek mitgenommen hatte.

Sie interessierte sich jedoch weniger für die gesammelten Offenbarungen Yrths, als vielmehr für etwas, das sie beim Blättern zwischen den Seiten gefunden hatte, etwas, das eigentlich nicht dorthin zu gehören schien …

Da war es.

Sie nahm den Gegenstand zwischen die Finger und betrachtete ihn rätselnd.

Es war ein flaches, etwa spielkartengroßes Ding, scheinbar aus durchsichtigem Glas gefertigt. Selphyne hatte dergleichen nie zuvor gesehen.

»Was hast du da?«, fragte Nenia neugierig, die bis eben still und – relativ gesprochen – friedlich mit Gorgontua und der Folterpuppe Marie-Luisa gespielt hatte.

»Wenn ich das wüsste«, murmelte Selphyne.

»Gib her.«

Die kleine Nachtelfe nahm ihr das gläserne Ding aus der Hand.

»Sieht aus wie ein *Smart-Mirror*«, stellte sie fest.

»Ein *was*?«

»Ein Wunderspiegel zum Mitnehmen«, erklärte die kleine Nachtelfe. »Papa hat mir einen zum Geburtstag geschenkt. Man kann damit Spiele spielen und ins weltweite Zaubernetz gehen und mit Mama in der Hölle sprechen.«

»A … ha«, sagte Selphyne langsam.

Offenbar war sie in Sachen technologischer Fortschritt nicht ganz auf dem Laufenden.

»Irgendwo müsste man es einschalten können«, bemerkte Nenia und drehte das Ding hin und her.

Plötzlich erschienen bunte Bilder auf der gläsernen Oberfläche, seltsame Schriftzeichen tanzten darauf herum und fremdartige Laute ertönten.

Dann sagte eine gut verständliche Stimme:

»Übersetzungs-Applikation erfolgreich geladen. Hirnstromanalyse abgeschlossen, Lokalitäts-Einstellungen auf *Ferne Länder* gesetzt. Übertrage gespeicherte Botschaft Nummer Eins.«

»Sag ich doch!«, meinte Nenia. »Genau wie meins, nur mit besserer Auflösung.«

Selphyne beugte sich vor.

»Was in aller Welt ist das?«, hauchte sie.

Ein Gesicht erschien in dem Glas.

Es hatte sechs Augen, eine lange spitze Nase und riesige, fledermausartige Ohren.

Außerdem wirkte es sehr besorgt, das konnte die Gnomenmagierin trotz der eher fremdartigen Physiognomie deutlich erkennen.

»Logbucheintrag 234. Oktember 632 902. 77 Uhr 8 Minuten 92 Sekunden standardisierte Raumzeit«, sagte das seltsame Wesen. »Erster Biotechnik-Offizier Zol an Bord der Confidentia 9X. Wer immer diese Botschaft findet …«

»Prudentia?«, flüsterte Falfnin und klopfte gegen die Zellentür der jungen Novizin. »Ich bin es, Falfnin.«

»Schwester Prudentia ist tot«, antwortete eine trotzige Stimme von innen. »Ich bin Lady Babylonia.«

»Ähm«, sagte Falfnin, »okay … ich wollte mich nur erkundigen, ob es dir gut geht.«

»Nein, es geht mir *nicht* gut!«, rief Lady Babylonia. »Diese frömmelnden Schwachmaten haben mich hier drin eingesperrt und ich hab eine solche Stinkwut, dass ich jetzt unbedingt irgendwas kaputtschlagen muss!«

Es polterte drinnen und etwas krachte gegen die Tür.

»Ich könnte dich befreien«, bot Falfnin an.

»Das wär supernett von dir, Schätzchen«, sagte Lady Babylonia. »Aber ich will dir keine falschen Hoffnungen machen von wegen gerettete Jungfrau in Bedrängnis und ewige Dankbarkeit und so. Wir können gern beste Freunde bleiben, aber mehr ist nicht drin. Ich will mich noch nicht fest binden.«

»Ist schon klar«, erwiderte Falfnin zähneknirschend. Das war eigentlich *sein* Spruch. Und obwohl er nach der letzten Nacht nichts weniger vorgehabt hatte als eine Fortsetzung der Beziehung, war es doch ziemlich kränkend, dergleichen einmal selbst zu hören zu kriegen. Vielleicht sollte er zukünftig bei seinen Liebesabenteuern doch mehr Einfühlungsvermögen walten lassen.

»Da wär aber noch eine Bedingung«, sagte er.

»Schieß los.«

»Bevor ich dich befreie, musst du mir versprechen, dass du … dass du niemandem davon erzählst.«

»Wovon soll ich niemandem erzählen?«

»Naja …«, wand sich Falfnin verlegen. Es ging hier um seinen Ruf als galanter Abenteurer. »Davon, dass … dass ich … sozusagen … äh …«

»Ach so«, lachte Babylonia. »Jetzt weiß ich, was du meinst. Dass dein Belagerungsturm nicht mehr ganz die Mauer erreicht hat. Beziehungsweise, dass dein Rammbock am Festungstor nicht einsatzbereit war.«

Falfnin wurde rot.

»Mach dir deswegen keine Gedanken«, fuhr Babylonia fröhlich fort. »So was kann jedem passieren, besonders nach dem elften Mal. Das ist ganz natürlich.«

»Neunzehn Mal, nach meiner Rechnung«, murmelte Falfnin zähneknirschend.

Er holte seine Dietrichsammlung aus der Tasche und betrachtete nachdenklich die Tür.

»Hm«, sagte er. »Ich sehe hier kein Schloss. Keine Ahnung, wie man diese Art von Tür knackt.«

»Scheint doch öfter bei dir vorzukommen, Falfninschatz«, kicherte Lady Babylonia.

»Was?«

»Dass du vor verschlossenen Türen stehst und nicht über die passenden Instrumente verfügst, um reinzukommen.«

»Sehr lustig!«, antwortete Falfnin wütend. »Weißt du, ich kann das mit der ganzen Befreiungsaktion auch sein lassen!«

»Das wäre in der Tat eine gute Idee«, ließ sich eine Stimme hinter ihm vernehmen.

Falfnin drehte sich um.

»Oh, ähm, hallo«, sagte er, als er sich plötzlich einer Gruppe von Kuttenträgern gegenübersah. »Preiset Yrth, oder so.«

»Yrth sei gepriesen«, entgegnete der vorderste der Yrth-Anhänger, ungut lächelnd. »Welch glückliche Fügung, dass wir dich hier antreffen. Die Matriarchin würde sich gerne mit dir ... unterhalten.«

Die Yrthianer lachten mechanisch und rückten näher.

»Ja, toll, ähm«, antwortete Falfnin und brachte seine verborgenen Dolche in Position. »Welch große Ehre. Mein Terminkalender ist zurzeit nur recht voll ... wie wäre es denn bei ihr am ... Dienstag in zwei Wochen?«

»Wie wäre es denn genau *jetzt?*«, fragte der erste Yrthianer. »Begegne dem Blick des Sehenden Auges!«

Gleichzeitig griffen die Kultisten nach den Klappen, die sich in Brusthöhe an ihren Kutten befanden, und öffneten sie.

Falfnin erstarrte.

Selphyne schwirrte der Kopf.

»... handelt es sich nach meinen Erkenntnissen um einen parasitären Organismus mit hoher evolutionärer Adaptivität«, berichtete Biotechnik-Offizier Zol in dem gläsernen Ding und blinzelte dabei mit seinen sechs Augen. »Sobald er in den Wirtskörper gelangt ist, bildet er Verbindungen zu allen wichtigen Nervenzentren aus und übernimmt so nach und nach die völlige Kontrolle. Doch damit nicht genug, verfügt er auch über telepathische Fähigkeiten, die sich als äußerst effektiv bei der Beschaffung neuer Opfer erwiesen haben. Innerhalb kürzester Zeit war auf diese Weise nahezu unsere gesamte Mannschaft befallen ...«

Die Keule auf der Schulter, spazierte Bolgur durch die verzweigten Gänge von Yrth.

Er brauchte etwas Zeit für sich allein, um über bestimmte Fragen theologischer und evolutionsbiologischer Art nachzudenken. Gerade erwog er, ob sich Naturwissenschaft und Religion längerfristig miteinander vereinbaren ließen, als ihm plötzlich eine Gruppe Yrthianer entgegentrat.

»Hallo«, grollte der Ogerbarbar und blieb stehen. »Gepriesen sei ... Dings.«

»Yrth sei gepriesen«, entgegneten die Yrthianer. »Begegne dem Blick des Sehenden Auges!«

»Und«, fragte Brom, »aufgeregt?«

»Kann man wohl sagen!«, erwiderte sein Sitznachbar. Es war der Trollkaufmann aus Hinterstein, der sich nach eigener Aussage vom *seelenlosen Geschäftsleben* abgewandt hatte, um sich nunmehr ganz dem *Spirituellen* zu widmen.

»Gerade seit einer Woche bin ich hier, und schon darf ich am Ritus des Sehenden Auges teilnehmen! Welch große Ehre!«

»Und ich bin erst gestern von Yrths Weisheit erleuchtet worden«, sagte Brom. »Wenn ich daran denke, wie viel kostbare Zeit ich schon verloren habe, auf krummen Wegen irrend, ein blinder Wanderer in finsterer Nacht …«

»Ja«, nickte der Kaufmann aus Hinterstein ernst. »Wir sind allesamt Sünder! Doch bei Yrth ist Gnade und Vergebung.«

»Sein Name sei gepriesen«, antwortete Brom.

»Bruder Ugdal?«

Die Tür, vor der sie warteten, hatte sich geöffnet, und Akolyth Severin war herausgetreten.

»Wir können dann!«, sagte er.

Der Troll rieb sich aufgeregt die Knie und stand auf.

»Yrth mit dir, Bruder«, nickte ihm Brom aufmunternd zu.

»Danke«, schnaufte Bruder Ugdal und folgte Severin in den Raum.

Fauchend schloss sich hinter ihnen die Tür.

»Alles Heyl yst bey Yrth«, erklärte Falfnin tonlos.

»Den haben wir unter Kontrolle«, sagte der Anführer der Yrth-Kultisten und winkte mit der Hand vor den Augen des hypnotisierten Meisterdiebs. »Jetzt kümmern wir uns um das Mädchen.«

Er tippte auf den Knöpfen neben der Tür herum, bis sie sich mit einem Zischen öffnete.

»Schwester Prudentia! Bereite dich auf das Ritual des Sehenden Auges vor!«

Verwundert blickte sich der Kultist in der leeren Zelle um.

»Wo ist sie denn?«

»Mein Name«, entgegnete eine Stimme über ihm, »ist Babylonia.«

Der Akolyth hob den Kopf genau in dem Moment, als sich Babylonia von oben auf ihn fallen ließ und ihn mit einem kräftigen Fausthieb außer Gefecht setzte.

Die nächsten beiden Kultisten lagen bewusstlos und um einige Vorderzähne ärmer auf dem Boden, bevor sie überhaupt merkten, was los war.

Nummer vier hatte immerhin genug Zeit, den Plan zu entwickeln, »Alarm« zu rufen, obwohl es dann bei der Umsetzung haperte. Er kam gerade bis »A...«, als ihn ein Fußtritt gegen die Wand und ins Reich der Träume schleuderte.

Nummer fünf fiel einem akrobatischen Wirbelkick zum Opfer.

Babylonia landete elegant in Kampfstellung auf dem Boden und begutachtete zufrieden ihr Werk.

Sie lächelte. »Wusste gar nicht, dass ich so was kann.«

Sie wandte sich Falfnin zu, der starr vor sich hinblickte und dabei leicht vor- und zurückwippte.

»Okay, Baby«, sagte sie. »Ich schätze, den Part der geretteten Jungfrau übernimmst heute mal du. Jetzt lass uns von hier verschwinden.«

Falfnin rührte sich nicht.

Ein dünner Speichelfaden rann aus seinem Mund und tropfte auf den Boden.

»Ich sagte: Lass uns verschwinden.«

Babylonia nahm seine Hand und versuchte ihn mit sich zu ziehen.

»Yrth yst das Lycht«, murmelte er abwesend und schlurfte in die entgegengesetzte Richtung.

»Na gut. Dann müssen wir das wohl anders regeln. Halt still. Ich geb mir Mühe, dein hübsches Näschen nicht allzu sehr zu ramponieren.«

Sie holte aus und schlug ihn mit einem gezielten Aufwärtsschwinger K.O.

Dann hob sie ihn vom Boden auf und warf ihn sich über die Schulter.

»Geht doch«, lächelte sie grimmig.

»... konnte ich mich bislang unentdeckt in Labor C verbergen, obwohl es sicher nur eine Frage der Zeit ist, bis sie mich finden. Diese Nachricht habe ich unter größten Gefahren in die Bibliothek geschmuggelt. Sie wird nur abgespielt werden, wenn die Umgebungssensoren keine Yrth-Aktivität in unmittelbarer Nähe messen. Wer auch immer dies jetzt gerade anhört: Es ist von größter Wichtigkeit, dass die Yrth aufgehalten werden. Sollten sie Gelegenheit bekommen, zu evolvieren und sich anzupassen, könnten sie zu einer Bedrohung für ganze Planeten werden. Ich habe die Peilfrequenz dieser Handkonsole auf einen Sender eingestellt, den ich bei mir trage. Bei aktiviertem Navigationsmodus sollte es damit ein Leichtes sein, mich zu finden. Technikoffizier Zol, Ende der Nachricht.«

Die Bilder verschwanden, und das seltsame Artefakt wurde wieder durchsichtig wie Glas.

Selphyne räusperte sich.

»Ähm«, sagte sie langsam. »Was bei allen Göttern und Dämonen *haben wir da gerade gesehen?*«

»Ich glaub, das ist so was Ähnliches wie diese Sachen, die manchmal im Wunderspiegel laufen«, schätzte Nenia. »Zeins-Fiktschn, oder so.«

Da öffnete sich die Tür, und vier Kultisten traten ein.

»Frohlocket«, verkündete einer von ihnen. »Die Matriarchin wünscht euch zu sehen!«

»Von Anklopfen habt ihr wohl noch nichts gehört, was?«, erwiderte Selphyne und ließ das Artefakt in der Tasche ihrer Robe verschwinden. »Sagt der Matriarchin, wir kommen, sobald es sich einrichten lässt.«

»Die Matriarchin wünscht euch jetzt sofort zu sehen.«

»Dann wird sie sich eben gedulden müssen.«

»Ihr widersetzt euch also ihren Befehlen?«

»Seit wann ist denn von *Befehlen* die Rede?«, fragte Selphyne und stellte sich vor Nenia. »Ich habe euch gesagt, wir kommen, wenn wir es einrichten können.«

»Wie ihr wollt. So begegnet denn dem Blick des Sehenden Auges!«

Die Kultisten öffneten die Brustklappen ihrer Kutten.

Brom saß auf der Bank vor der Ritualkammer und trommelte einen zwergischen Marsch auf seinen Oberschenkeln.

Endlich öffnete sich die Tür, und Bruder Ugdal wankte heraus, gestützt von zwei Kultisten.

»Und«, fragte Brom. »Wie war's?«

»Yrth yst yn myr und ych byn yn Yrth«, rezitierte der ehemalige Kaufmann dumpf, während ihn seine beiden Begleiter von dannen führten.

»So, Bruder Brom«, sagte Akolyth Severin, der seine Hände mit einem Handtuch abtrocknete. »Nun ist deine Zeit gekommen.«

Brom sprang auf.

»Ich kann's kaum erwarten!«, freute er sich.

Fahle Dämmerung herrschte in der Ritualkammer, nur in der Mitte des Raums fiel hartes Licht von einer Deckenlampe auf einen Liegestuhl herab, um den fünf Kultisten in ihren weißen Kutten standen.

Ein sechster wischte gerade mit einem Feudel den Boden.

»Zieh bitte deine Kutte aus und nimm Platz, Bruder Brom.«

Severin deutete auf den Stuhl in der Mitte.

»Sehr gemütlich«, lobte Brom und machte es sich in dem Polster bequem, das mit einem merkwürdig raschselnden, durchsichtigen Stoff bezogen war. »Und was passiert jetzt?«

Die Kultisten drängten sich näher heran.

»Das wirst du gleich erfahren«, lächelte Akolyth Severin. »Doch zunächst: Begegne dem Blick des Sehenden Auges!«

»Es hat keine Wirkung auf sie!«

Zwölf Augen richteten ihre Blicke auf Nenia und Selphyne, und wer auch nur über die rudimentärsten Kenntnisse in Mathematik und Anatomie verfügte, musste unweigerlich zu dem Schluss gelangen, dass das genau vier Augen zu viel waren.

Vier Kultisten × Zwei Augen = Acht Augen, so sollte die Rechnung eigentlich lauten.*

»Was *seid* ihr?«, fragte Selphyne zurückweichend.

Jeder der Kultisten hatte zusätzlich zu seinem gewöhnlichen Augenpaar ein etwa faustgroßes, schleimig glotzendes Auge auf der Brust, genau dort, wo sich die Klappe im Stoff ihrer Kutten befand.

»Der Blick des Sehenden Auges hat keine Wirkung auf sie!«, rief einer der Kultisten. »Erhöht die Hypnodosis!«

»Bleib hinter mir, Nenia. Und sieh nicht hin!«

Selphyne griff sich an die Stirn, hinter der ein stechender Schmerz pulsierte.

Yrth, Yrth, Yrth, wisperte ein Chor von dünnen Stimmen in ihrem Kopf.

Die Gnomenmagierin biss die Zähne zusammen und kämpfte den Schmerz nieder.

»Ist das schon alles, was ihr draufhabt?«

* Vereinfacht gesprochen, denn natürlich kann man Kultisten und Augen normalerweise eben so wenig miteinander multiplizieren wie die berühmten Äpfel und Birnen, selbst wenn es sich um Yrthianer handelt.

Dann hob sie die Hände, Blitze sprühten aus ihren Fingern hervor.

Vier Kultisten zappelten wie Marionetten, deren Puppenspieler einen schweren Anfall von Schüttelfrost erlitt, und sackten in sich zusammen.

Elektrizität knisterte über ihre leblosen Körper, Rauch stieg von ihren versengten Kutten auf.

»Du bist gar nicht so schlecht«, kommentierte Nenia. »Vielleicht lasse ich dich später in meiner Arena gegen wilde Bestien und Unholde kämpfen.«

Selphyne sah nachdenklich auf die erledigten Kultisten hinab. Die Augen in ihren Brustkörben hatten sich geschlossen und wirkten jetzt wie große, ekelhaft aufgequollene Geschwüre.

»Ich wüsste wirklich gern, womit wir es hier zu tun haben«, murmelte die Gnomenmagierin.

Plötzlich öffnete eines der Augen seine Lider.

Unruhig ließ es seinen glotzenden Blick umherschweifen, dann löste es sich, eine klaffende Wunde hinterlassend, mit einem schmatzenden Geräusch aus dem Torso des Kultisten.

Mit winzigen Tentakelbeinchen kroch es über den Boden auf Nenia zu und zog dabei eine Spur aus Blut und Schleim hinter sich her. An seiner Rückseite hatte das Wesen ein kreisrundes, zahnbewehrtes Maul, aus dem es zischende, geifernde Laute ausstieß.

»Vorsicht, Nenia!«, warnte Selphyne, doch die kleine Nachtelfe war schneller.

Sie machte einen beherzten Schritt auf das Ding zu und zertrat es mit dem Absatz ihres Schuhs.

Das Augen-Wesen zerplatzte wie eine überreife Frucht und verwandelte sich in eine unschöne Pfütze aus roter, mit Gewebeklumpen durchsetzter Soße.

»Das war ganz lustig«, kommentierte Nenia. »Was machen wir jetzt?«

»Jetzt versuchen wir rauszufinden, was hier verdammt noch mal vor sich geht.«

Selphyne nahm das gläserne Artefakt aus ihrer Tasche. »Dieses Ding hat irgendwas von ... Narvigaltionsmordus oder so gesagt ...«

»Navigationsmodus«, korrigierte die Tochter des Totenbeschwörers. »Hab ich auch in meinem *Smart-Mirror.* Das ist so eine magische Stimme, die sagt: *Beim nächsten Friedhof links abbiegen, herzlichen Glückwunsch, Sie haben Ihr Ziel erreicht.*«

»Meinst du, du kannst diesen Na-vi-ga-tions-Modus einstellen?«

»Ich kann's probieren.«

Nenia nahm das Artefakt und tippte konzentriert mit dem Zeigefinger darauf herum.

»Navigationsmodus aktiviert«, meldete sich eine monotone Frauenstimme. »Entfernung zum Ziel: Zweihundertdreißig Meter. Biegen Sie beim nächsten Gang rechts ab. Gute Reise.«

»Ja«, nickte die kleine Nachtelfe. »Genau wie bei meinem.«

»Gepriesen sey Yrth«, grollte Bolgur benommen, während er hinter den Kultisten herwankte.

»Yrth sey gepriesen«, antworteten die Kultisten.

»Yrth, Yrth, Yrth, Yrth, Yrth, Yrth, Yrth«, murmelte Falfnin traumselig.

»Baby, ich will ehrlich mit dir sein«, bemerkte Babylonia, die den Meisterdieb noch immer über der Schulter trug. »Ich mag dich nicht darum, weil du so ein geistreicher Konversationspartner bist.«

Als sich Schritte näherten, blieb sie stehen und sah sich nach einer Möglichkeit um, einer weiteren Begegnung mit den Kultisten aus dem Weg zu gehen.

Ihr Blick fiel auf ein Gitter, das einen Lüftungsschacht in der Wand verdeckte.

Babylonia legte Falfnin auf den Boden und durchsuchte seine Taschen.

»Du hast doch nichts dagegen, wenn ich mir mal dein Diebeswerkzeug ausleihe, oder?«

»Yrth, Yrth, Yrth«, erwiderte Falfnin.

»Ja, das hab ich mir gedacht.«

Sie kniete sich neben das Gitter und drehte flink die Schrauben heraus, mit denen es an der Wand befestigt war.

»Okay«, sagte Brom, »jetzt fängt diese Geschichte irgendwie an, merkwürdig zu werden.«

»Sein Wille lehnt sich noch auf! Erhöht die Hypnodosis!«, rief Akolyth Severin.

In seiner Hand hielt er eines der Augenwesen und näherte es langsam dem entblößten Brustkorb des Zwergenkriegers.

Die anderen Kultisten hatten ihre Kutten geöffnet und richteten die starren Blicke ihrer Brustaugen auf Brom.

»Wisst ihr was?« Der Zwergenkrieger sah zweifelnd in das gierig geifernde Maul der Augenkreatur in Severins Hand. »Ich hab es mir gerade anders überlegt. Agonostizismus – oder wie Cousin Lugbor das nennt – hat doch seine Vorteile.«

Er stieß den Akolythen zurück und erhob sich aus dem Stuhl.

»Der Blick des Sehenden Auges hat keine Macht über ihn!«, rief einer der Kultisten.

»Wie ist das möglich?«, fragte ein anderer.

»Ergreift ihn!«, befahl Severin.

»Na schön«, knurrte Brom. »Dann muss ich euch wohl ein paar Lektionen über den Umgang mit Zwergenkriegern erteilen.

Lektion Eins: Wenn ihr einen Zwergenkrieger aufs Kreuz legen wollt – dann solltet ihr ihm vorher besser seine Streitaxt wegnehmen.«

»Entfernung vom Ziel: Einhundertachtzig Meter. Biegen Sie bei der nächsten Gelegenheit rechts ab.«

»Ziemlich praktisch, dieses Ding«, fand Selphyne. »So was könnte man gut bei der Erforschung von Kerkern und Labyrinthen gebrauchen.«

»Pssst!«

Die Gnomenzauberin blieb stehen und versuchte überrascht festzustellen, woher die Stimme gekommen war.

»Achtung, was Schweres von oben!«

Selphynes Reflexe handelten, bevor ihr Verstand dazu in der Lage war, und ließen sie die Arme ausstrecken.

Erst zwei Sekunden später begriff sie, was sie da gefangen hatte.

»Yrth sey gepriesen«, murmelte Falfnin mit einem entrückten Lächeln im Gesicht.

Im nächsten Moment landete Babylonia vor ihnen.

»Gut reagiert«, meinte die Ex-Novizin. »Willst du ihn übernehmen, oder soll ich ihn weiter tragen?«

Selphyne blickte zu dem Loch in der Decke auf, aus dem die beiden gekommen waren, dann sah sie Falfnin an.

»Was ist denn mit ihm passiert?«

»Nur eine vorübergehende Konditionsschwäche«, erklärte Babylonia. »Aber das ist ganz natürlich. Kann jedem mal passieren.«

Kurz darauf stieß auch Brom zu ihnen.

Seine weiße Kutte war mit roten Blutspritzern gesprenkelt, in der Hand hielt er seine Streitaxt aus Diamantstahl.

»Und?«, fragte Selphyne. »Wie war das Ritual?«

»Kurz, aber schmerzvoll«, entgegnete der Zwergenkrieger. »Allerdings nicht für mich. Die haben hier ganz schön einen an der Waffel.«

»Ja«, nickte Selphyne, »das haben wir auch schon bemerkt. Weißt du, wo Bolgur ist?«

»Keine Ahnung. Vorhin hat er gesagt, er will eine Runde spazieren gehen, um nachzudenken.«

»Na, er wird schon allein zurechtkommen.«

»Entfernung zum Ziel: Einhundert Meter. Folgen Sie dem Gang und nehmen Sie die nächste Treppe nach unten.«

»Was ist das denn?« Interessiert betrachtete Brom das gläserne Artefakt.

»Ein *Smart-Mirror* mit integrierter Navigations-Äpp«, erläuterte Nenia.

»Dolle Geschichte«, bemerkte Brom. »Und was machen wir jetzt?«

»Ganz einfach«, antwortete Selphyne. »Wir tun, was die Navigations-Äpp sagt.«

Ventile fauchten, Riegel klapperten.

Ein warmes Licht fiel auf Bolgurs Gesicht, als die großen Torflügel langsam aufschwangen.

»Tritt ein«, sagten die Yrthianer und postierten sich zu beiden Seiten des Tors. »Die Matriarchin erwartet dich.«

Staunend betrat Bolgur die Halle.

Ihm war, als schreite er leichtfüßig über Wolken dahin. Ein strahlend blauer Himmel wölbte sich über ihm, und eine Treppe aus weißem Marmor führte in die Höhe zu einem goldenen Thron, der von einem Strahlenkranz gleißenden Lichts umgeben war.

Aus dem Licht stieg eine Gestalt die Treppe hinab, deren Füße kaum den Boden zu berühren schienen.

»Willkommen, Bolgur«, sagte sie. »Ich habe dich schon erwartet.«

»Entfernung zum Ziel: Fünfzehn Meter.«

»Wir sind fast da«, sagte Selphyne. »Hoffentlich ist das keine Falle.«

Plötzlich erschien das sechsäugige Gesicht des Biotechnik-Offiziers Zol in dem Artefakt.

»Wer seid ihr?«, fragte er. »Die Sensoren melden, dass ihr meine Handkonsole bei euch habt.«

»Ähm«, sagte Selpyhne. »Spricht das Ding gerade mit uns?«

»Ich glaub schon«, meinte Brom und nahm Nenia das Artefakt aus der Hand. »Keine Sorge, Fremdling«, verkündete er. »Wir kommen in Frieden!«

Es schienen für den Anlass genau die passenden Worte zu sein.

»Ja, tolle Ansprache«, fand Selphyne. »Vielleicht würdest du noch glaubwürdiger rüberkommen, wenn du in deiner Kutte nicht wie ein wahnsinniger Axtmörder aussehen würdest.«

»Ich bin Biotechnik-Offizier Zol. Habt ihr meine Nachricht angehört?«

»Du meinst die, in der es um … Organismen ging und um Mutation und Sterne und um die Geschwindigkeit von Licht und was weiß ich noch alles?«, sagte Selphyne. »Ja, die haben wir angehört. Aber um ehrlich zu sein, hab ich kein Wort verstanden.«

Offizier Zol blinzelte mit seinen sechs Augen – vielleicht war es ein Anzeichen von Nervosität, obwohl das bei seiner anatomisch bedingt höheren Blinzelfrequenz schwer festzustellen war.

»Sind Yrth in der Nähe?«, fragte er. »Bei einem von euch messe ich Anzeichen von Yrth-Aktivität in den Hirnströmen.«

»Da meinst du wohl Falfnin.« Selphyne warf einen Blick auf den Meisterdieb, der schlaff über Babylonias Schulter hing und vor sich hinbrabbelte. »Keine Angst, wir haben ihn unter Kontrolle.«

»Absolut«, bestätigte Babylonia.

»Gut«, zwinkerte Zol. »Ich werde euch die Tür öffnen.

Um die Yrth zu täuschen, habe ich sie mit einem Tarnfeld verborgen. Jetzt müsstet ihr sie sehen.«

Eine Tür erschien in der Wand vor ihnen und öffnete sich.

Heraus trat Zol, der Erste Biotechnik-Offizier der Confidenita 9X. Er war etwa einen Meter groß, und es schien ein Wunder, dass er mit dem vergleichsweise riesigen Kopf auf seinem schmächtigen Körper das Gleichgewicht zu wahren imstande war.

»Kommt«, sagte er. »Ich werde euch die Situation erklären.«

»... nach einer genaueren Struktur-Analyse des Yrth-Genoms«, erläuterte Zol und gestikulierte mit seinen dreifingrigen Händen, wodurch sich die bunten, mitten im Raum schwebenden Bilder veränderten, »konnte ich einige höchst bemerkenswerte Sequenzen innerhalb der Tripel-Helix isolieren ...«

Selphyne hörte mit einem Ohr zu, während sie sich verwundert in dem Labor umsah.

Nie zuvor hatte sie so viele Knöpfe, Hebel und blinkende Lämpchen gesehen. In großen Flüssigkeitsbehältern schwammen seltsam anmutende Lebewesen, darunter auch die abstoßenden Yrth-Augenkreaturen.

»Wie bitte?«, fragte Selphyne, als sie bemerkte, dass der Biotechnik-Offizier sie erwartungsvoll ansah.

»Ich sagte: Habe ich mich verständlich ausgedrückt?«

Die Gnomenzauberin wechselte einen Blick mit Brom und Babylonia, die ratlos mit den Schultern zuckten.

»Ähm«, sagte sie, »ich fürchte, wir konnten nicht ganz folgen ... Könntest du das vielleicht noch ein *bisschen* einfacher formulieren?«

Seufzend drückte Zol auf einen Knopf, und die bunten dreidimensionalen Bilder verschwanden.

»Das *war* bereits die einfache Fassung«, erklärte er.

»Jeder Vorschüler auf Ekon VII würde sich unterfordert fühlen. Könnt ihr mich nicht eventuell mit jemandem in Kontakt bringen, der, nun ja … über etwas mehr Intelligenz verfügt?«

»Eigentlich gelte ich als recht intelligent«, antwortete Selphyne beleidigt.

»Bei den Quasaren!«, entsetzte sich Zol. »Und was bezeichnet ihr in eurer Welt als *dumm*?«

Brom meldete sich fingerschnipsend.

»Hier, ich hab eine Frage«, sagte er. »Du behauptest, du kommst von einem Stern. Aber wie kann das sein, wenn doch jeder weiß, dass die Sterne nur die Köpfe der Nägel sind, die der besoffene Schmiedegott Azaknul aus Langeweile mit seinem Hammer in den Himmel gekloppt hat?«

Triumphierend lehnte er sich zurück – Zwergenmythos gegen Weltraumwissenschaft: 1 zu 0, verkündete seine Miene.

Selphyne zwinkerte dem Biotechnik-Offizier zu.

»Beantwortet das deine Frage nach der hiesigen Definition von Dummheit?«

Zol richtete sich auf.

»Also gut«, sagte er. »Dann muss ich wohl eine andere didaktische Methode wählen.«

Er drückte auf ein paar Knöpfe, und wieder erschienen die schwebenden Bilder, aber diesmal waren sie noch bunter und wirkten grobschlächtiger, als wären sie von einem Kind gezeichnet worden.

Fröhliche Musik ertönte.

»Es war ein wunderschöner Morgen auf Ekon VII«, begann Zol im Märchenonkelton. »Die acht Sonnen schienen, die Zurkanolpüren sangen vergnügt in den Bäumen, und Zol und seine Ekonenfreunde beschlossen, dass es ein großartiger Tag war, um einen Ausflug mit ihrem Sti-Sta-Sternenschiff zu machen.«

Die bunten Bilder zeigten Zol und seine Ekonenfreunde, die vergnügt in ihr Sternenschiff kletterten und ins Weltall starteten.

»Sie besuchten gar viele fremdartige Welten und erlebten aufregende und lustige Abenteuer. Doch als sie sich auf den Heimweg machten, da ahnten sie nicht, dass sie einen blinden Passagier an Bord hatten!«

Die Musik wurde dramatisch, und die Bilder zeigten ein Yrth-Auge, das sich lauernd in einer dunklen Ecke verbarg.

»He, das ist toll!«, meinte Brom. »Schade, dass ich meinen Proviant nicht da hab, ich könnte jetzt gut was zum Knabbern vertragen. Schade auch, dass Bolgur nicht dabei ist, das wär was für ihn gewesen!«

»Byn ych ym Hymmel?«, fragte Bolgur verträumt.

»Ja, Bolgur«, antwortete die Matriarchin. »Du bist im Himmel.«

Ihr Gewand leuchtete weiß wie die Unschuld der Engel, und ihre Stimme klang rein und klar wie himmlische Chöre.

»Toll«, murmelte der Ogerbarbar.

»Lass mich dir berichten, wie Yrth den Weg in mein Herz fand ...«

»... und die bösen Yrth nisteten sich in den Körpern von Zols Freunden ein und kontrollierten ihre Gedanken. Und das Sternenschiff trieb führungslos durch das Weltall, und Zols Freunde mutierten und wurden wahnsinnig und fingen an, schreckliche Dinge zu tun, zum Beispiel sich gegenseitig aufzufressen. Und Zol, der sich noch immer im Labor versteckt hielt, wurde ganz traurig. Doch dann kam eines Tages ein neuer Planet in Sicht ...«

»… ich irrte umher in dunkler Nacht, als ich das Licht vom Himmel fallen sah«, erzählte die Matriarchin. »Und ich vernahm die Stimme Yrths, und Yrth sprach: Siehe, ich habe dir eine Stadt geschaffen für die Rechtgläubigen darin zu wohnen. Nimm sie in Besitz und fülle sie mit Leben. Und wenn die Zeit gekommen ist, sollen sich die Tore der Stadt öffnen, und das Wort Yrhts soll verbreitet werden in allen Gegenden der Welt, und das Allsehende Auge wird herrschen und nirgends wird ein Schatten sein für die Sünde, sich darin zu verbergen …«

»… aber die bösen Yrth hatten ein Riesenproblem: Sie konnten das Sternenschiff nicht verlassen. Weil sie nämlich nicht angepasst waren an die Atmosphäre des neuen Planeten. Eine Atmosphäre ist … ach egal. Jedenfalls konnten sich die Yrth nicht im Freien aufhalten. Sie waren auch gegen die meisten Nahrungsmittel allergisch, deshalb mussten sich ihre Wirtskörper den ganzen Tag von einem faden Brei ernähren. Um das Sternenschiff verlassen und den Planeten erobern zu können, mussten sich die Yrth weiterentwickeln und sich an die neue Umgebung anpassen. Aber das war leichter gesagt als getan. Denn die Ekonier, in denen sie sich zuerst eingenistet hatten, vermehrten sich ungeschlechtlich, was eher unvorteilhaft ist, wenn man beabsichtigt, den eigenen Genpool durch zyklische Reproduktion innerhalb möglichst kurzer Zeit zu evolvieren. Danke, du kannst aufhören zu schnipsen, und nein, ich kann dir nicht mit einfachen Worten erläutern, was *Genpool, zyklische Reproduktion* und *evolvieren* bedeutet.«

»Och, schade.« Brom senkte enttäuscht den Arm.

»Aber die Bewohner des neuen Planeten vermehrten sich zweigeschlechtlich, und die böse mutierte Yrth-Königin im Herzen des Sternenschiffs … Oh, bitte! Ich muss jetzt aber nicht auch noch erklären, wie zweigeschlechtliche Vermehrung funktioniert, oder?«

»Ich möchte nur kein Detail von der spannenden Geschichte verpassen«, sagte Brom.

»… und wieder sprach Yrth zu mir, und er sagte: Suche dir einen König, edel und stark, um mit ihm ein Kind zu zeugen, das meinen Namen tragen soll. Und dies Kind wird ein Kriegsfürst und Erlöser der Rechtgläubigen sein und ihre Heerscharen anführen, und die heidnischen Herrscher werden zittern vor seinem Kommen und ihre Reiche werden vergehen wie Spreu, die vom Sturmwind verweht wird.«

»Wow«, sagte Bolgur entrückt. Hypnotisiert lauschte er den Offenbarungen der Matriarchin.

»Ich habe meine Wahl getroffen«, verkündete sie. »Der König, mit dem ich den Erlöser unseres Volkes zeugen werde, ist bereits in der Stadt. In dieser Halle.«

»Wirklich?«*

Bolgur blickte sich um.

»Wo denn?«

Die Matriarchin trat ganz nahe an ihn heran.

»Hier. Dieser König, Bolgur – bist du.«

Der Ogerbarbar glotzte sie staunend an.

»Wow«, wiederholte er.

»Wie auch bei einigen Insektenvölkern, so war bei den Yrth ausschließlich die Königin fortpflanzungsfähig. Das Exemplar in Zols Sternenschiff hatte inzwischen wahrscheinlich die Geschlechtsreife erlangt und suchte nun einen passenden männlichen Geschlechtspartner, um mit ihm eine Brut von bestens angepassten Nachkommen zu züchten. Die Zukunft sah also alles andere als rosig aus. Doch es gab auch Anlass zur Hoffnung. Denn trotz ihrer Überzahl besaßen die Yrth eine entscheidende Schwäche:

* Bzw. siehe oben: *Wyrklych*

Auf ihrer jetzigen Entwicklungsstufe stellte das Luftgemisch in der Atmosphäre des neuen Planeten ein tödliches Gift für ihren Organismus dar. Um sie zu besiegen, würde es daher genügen, sämtliche Luftschleusen des Schiffes zu öffnen. Leider war dies nur von der Kommandozentrale aus möglich, und ausgerechnet dort hatte die Königin ihre Brutkammer eingerichtet. Dorthin zu gelangen, das würde also zu einem äußerst waghalsigen Unternehmen werden, und Zol war kein Kämpfer. Doch wie es der Zufall so wollte, liefen ihm just in diesem Moment einige Leute über den Weg, mit denen sich sein Plan vielleicht umsetzen ließe. Ende der Geschichte.«

Die bunten Bilder verschwanden, die Musik verstummte.

»Bravo!« Brom war aufgesprungen. »Die Handlung hab ich zwar nicht wirklich begriffen, aber die Äffekte waren große Klasse! Wenn du mit der Nummer über die Jahrmärkte tingelst, könntest du richtig Geld machen!«

»Danke«, sagte der Ekonier. »Was ist *Geld?*«

Ein leises Kassenklingeln ertönte, und Broms Pupillen nahmen die Gestalt von frisch geprägten Gold-Dublonen an.

»Als Künstler brauchst du das eigentlich gar nicht zu wissen«, behauptete er. »Das würde dich nur bei deiner Kreativarbeit behindern. Es ist besser, wenn sich jemand anders um das Geschäftliche kümmert. Ich geb dir mal meine Karte …«

»Genug herumgealbert«, entschied Selphyne. »Erklär uns, wie dein Plan aussieht, Zol.«

»Mein Plan gestaltet sich in der Theorie einigermaßen simpel«, sagte der Ekonier. »Ihr müsst in die Kommandozentrale eindringen und von dort aus die manuelle Steuerung der Luftschleusen aktivieren.«

»Ähm …«, machte Selphyne.

Zol seufzte.

»Ihr nehmen das hier mit«, sagte er und gab der Magierin das gläserne Artefakt. »Ich euch dann erklären, was ihr tun müssen.«

»Wir sind nicht vollkommen stumpfsinnig«, entgegnete Selphyne gekränkt. »Unsere Welt kann auf eine Jahrtausende umfassende reichhaltige Kulturgeschichte zurückblicken.«

»Jahrtausende, sagst du? Ach ja, die Jugend! Aber zurück zum Plan. Um an die Lüftungssteuerung zu gelangen, werdet ihr euch vorher mit der Königin und ihren Wachen auseinandersetzen müssen, was aufgrund ihrer Hypnosefähigkeiten zu einem echten Selbstmordkommando geraten könnte.«

»Falls du damit ihren *Blick des Sehenden Auges* meinst: Anscheinend sind wir dagegen immun«, sagte Selphyne. »Zumindest einige von uns.«

»Tatsächlich?«, fragte Zol erstaunt. »Nun, das würde die Angelegenheit bedeutend erleichtern. Aber nach dem Stand meiner Forschungen sollte es eigentlich unmöglich sein, den Einflüsterungen der Yrth zu widerstehen ...«

»Bei Nenia könnte es daran liegen, dass sie zur Hälfte ein Dämon ist, und mich schützen vielleicht meine magischen Fähigkeiten.«

»Dämon? Magie?«, wiederholte Zol. »Ich fürchte, ich kann dir nicht ganz folgen ...«

»Es würde zu lange dauern, das jetzt zu erklären. Und du würdest es wohl auch nicht verstehen«, antwortete Selphyne, froh, ein Thema gefunden zu haben, bei dem sie auch mal intellektuelles Oberwasser hatte. »Was die anderen betrifft: Babylonia ist wahrscheinlich einfach zu rebellisch, um sich unterwerfen zu lassen. Und Brom ... tja, das ist mir allerdings auch ein Rätsel ...«

»Hm«, machte Zol nachdenklich. »Die Yrth senden ihre Strahlen direkt ins Fanatikerzentrum der Region des Nervensystems, die für religiöse Gefühle zuständig ist. Es wäre denkbar, dass besonders oberflächliche Individuen nur *scheinbar* konvertiert werden und so der tieferen Einflussnahme entgehen. Das sogenannte *Heuchler-Syndrom.*«

»Yrth ist Myst«, erklärte Brom gerade Babylona. »Ich meine *Mist.* Ich glaub jetzt nur noch an den Allmächtigen Ramander. Wo der mit seiner Donnerfaust hinhaut, wächst kein Gras mehr. Aschawa, die Einzig Wahre, soll auch nicht schlecht sein, hab ich mir sagen lassen, und wenn man ein wichtiges Geldgeschäft plant, gibt es eigentlich keine bessere Adresse als Zwotur, den Berechnenden. Dann wäre da noch Jenachdem, der Gott der Opportunisten, über den hab ich auch nur Gutes gehört, und in seinen Tempeln bieten sie dieses kostenlose Probe-Abo an ...«

»So lass uns denn die Vereinigung vollziehen!«

Die Matriarchin winkte mit der Hand, und aus dem Nichts erschien ein Bett, das scheinbar selbstverständlich über den Wolken schwebte.

Bolgur staunte.

»Was«, fragte er, »jetzt gleich?«

»Ihr solltet euch besser beeilen«, sagte Zol. »Wenn die Yrth-Königin erst einmal das Stadium der Geschlechtsreife erreicht hat, läuft die Reproduktion bei ihr äußerst beschleunigt ab.«

»Da ... wäre noch eine Sache«, meinte Selphyne und warf einen Blick auf Nenia, die sich die fremdartigen Kreaturen in den Flüssigkeitsbehältern interessiert ansah. »Diese Yrth-Königin ... vermutlich ist sie die Großtante von der Kleinen.«

»Oh«, blinzelte Zol. »Ist das ein Problem? Auf Ekon VII spielen Verwandtschaftsbeziehungen keine große Rolle. Hegt ihr in dieser Welt nahen Verwandten gegenüber Gefühle, die es euch verbieten würden, sie aus wohlüberlegten Gründen umzubringen?«

»Nö«, bemerkte Brom, der seine Streitaxt polierte.

»Eigentlich nicht. Und wohlüberlegte Gründe sind dazu auch nicht unbedingt notwendig.«

»Gut«, nickte Zol. »Die Großtante wird ohnehin derart mit dem Yrth-Organismus verschmolzen sein, dass kaum etwas von ihrem ursprünglichen Selbst erhalten sein dürfte.« Der Biotechnik-Offizier öffnete einen Schrank aus glänzendem Metall und nahm einen länglichen Gegenstand heraus. »Falls ihr Waffen braucht: Das ist ein Impulsgewehr. Es funktioniert ganz einfach. Man lädt es hier mit den Patronen, zielt durch das Visier auf den Gegner und zieht den Abzug.«

»Ist das so eine Art Armbrust?«

»Ja genau. Sagen wir der Einfachheit halber, es handelt sich um eine Art Armbrust. Wenn ihr euch der Brutkammer nähert, werdet ihr es mit jeder Menge Yrth zu tun bekommen, voraussichtlich im fortgeschrittenen Mutationsstadium. Wahrscheinlich werden sich darunter auch einige meiner ehemaligen Mannschaftskameraden befinden. Seid also vorsichtig. Gibt es noch Fragen?«

»Nein«, sagte Brom. »Wir gehen rein, erledigen die mutierte Großtante von der Kleinen und dann handle ich einen tollen Männädschmännt-Künstler-Vertrag mit dir aus. Eine ganz klare Winnwinn-Situation. Mutierte Großtanten mal ausgenommen.«

»Nenia«, wandte sich Selphyne an die kleine Nachtelfe. »Du bleibst hier und passt auf Onkel Zol und Onkel Falfnin auf.«

»Alles Heyl yst bey Yrth!«, bekundete der Meisterdieb in überweltlicher Extase.

»Ich will aber auch mitkommen und Mutanten abschlachten!«, protestierte Nenia.

»Nein, das ist zu gefährlich für dich. Wir sind auch bald zurück.«

»Ich hasse dich!« Nenia stampfte mit dem Fuß auf. »Und ich werde euch alle töten!«

»Ach, sie ist so süß!«, meinte Babylonia, während sie sich zwei Gurte mit Patronen für das Impulsgewehr umschnallte. »Später möchte ich auch ganz viele Kinder haben! Aber erst will ich mich noch amüsieren.« Sie lud eine Patrone in das Gewehr und zog den Lademechanismus durch, als hätte sie dergleichen schon tausend Mal gemacht.

»Rockenrohl!«

Yrth-Kultisten-Leichen pflasterten ihren Weg.

Je mehr sie sich der Brutkammer näherten, desto bizarrer wurden die Mutationen. Bei manchen der Kultisten war kaum noch zu erkennen, welcher Spezies sie ursprünglich einmal angehört hatten, so sehr hatten sie sich unter dem Einfluss der Yrth verändert. Tentakel und Klauen, zusätzliche Mäuler mit krummen Reißzähnen, Augen und dornige Stacheln waren ihnen an den unmöglichsten Stellen gewachsen und ließen sie wie die Ausgeburten der Phantasie eines ebenso kreativen wie wahnsinnigen Weltuntergangspropheten erscheinen.

Sabbernde, kreischende Laute ausstoßend, warfen sie sich den Helden in Scharen entgegen.

»Nehmt das, Schleimgeburten!«, rief Babylonia und mähte eine Reihe aufdringlicher Mutanten mit dem Impulsgewehr nieder.

»Nicht schlecht«, meinte Selphyne anerkennend, während sie Feuer auf die Angreifer niederregnen ließ. »Du scheinst ja ein echtes Naturtalent zu sein.«

Babylonia rammte einem Yhrtianer den Gewehrkolben in sein abscheuliches Antlitz und schaltete drei seiner nicht minder abscheulichen Kumpanen mit einer treffsicheren Salve aus.

»Ich bin geboren, um Mutanten in ihre hässlichen Hintern zu treten!«, rief sie.

Währenddessen wurden in der Brutkammer auf dem Gebiet der Reproduktion eher schleppende Fortschritte gemacht.

»Und Mann und Frau müssen sich ganz doll lieb haben, und dann verschmelzen das männliche und das weibliche Erbgut«, erklärte Bolgur, das gesammelte Wissen aus Cousin Lugbors Aufklärungsunterricht mobilisierend.

»Ja, ja«, knurrte die Matriarchin, die langsam die Geduld verlor. »Können wir jetzt endlich mal zur Sache kommen?«

»Und die befruchtete Eizelle nistet sich dann in der Gebärmutter ein. Was die Frage aufwirft: Wer oder was ist die Gebärmutter? Vielleicht so eine Art Hebamme? Und welcher Art ist ihre Beziehung zu dem Storch?«

»Wir sind hier an so eine große verschlossene Tür gelangt«, teilte Selphyne dem Biotechnik-Offizier über das Artefakt mit. »Außerdem haben wir ein kleines Yrth-Problem.«

Hinter der Gnomenmagierin schlugen Brom und Babylonia Welle um Welle der monströsen Angreifer zurück. Mittlerweile wateten sie knietief in Blut, Schleim und Mutantengliedmaßen.

»Ausgezeichnet«, sagte Zol. »Die Tür führt in die ehemalige Kommandozentrale, in der sich jetzt die Brutkammer befindet. »Warte, ich hacke mich über die Konsole in die Türsteuerung ein.« Er tippte auf einigen Tasten herum. »Diese raffinierten Biester haben die Kombination geändert. Es wird noch etwas dauern, bis ich die Tür geöffnet kriege.«

»Lass dir Zeit«, entgegnete die Gnomenmagierin und drehte sich zu Brom und Babylonia um. »Kommt ihr beiden klar, oder soll ich euch helfen?«

»Wir kommen klar, danke!«, antwortete Brom und

zerteilte einen geifernden Mutanten sauber in zwei Hälften.

»Ich könnte das den ganzen Tag lang machen!«, rief Babylonia.

»Und«, plauderte Selphyne, während sie darauf wartete, dass sich die Tür öffnete, »ist Nenia brav gewesen?«

»Sie hat mich getreten«, sagte der Ekonier vorwurfsvoll.

»Weil du blöd und hässlich bist!«, ließ sich die Stimme der kleinen Nachtelfe aus dem Hintergrund vernehmen.

»Das hast du mir jetzt schon mehrfach mitgeteilt«, entgegnete Zol. »Und ich verstehe immer noch nicht, inwiefern diese Information gegenwärtig relevant sein soll.« Er tippte weiter auf den Tasten herum. »Ah, jetzt hab ich es!«

Metallische Maschinengeräusche erklangen, und die Tür öffnete sich.

»Ihr solltet äußerst vorsichtig sein. Die Königin verfügt über außergewöhnliche telepathische Fähigkeiten. Lasst euch auf keinen Fall von ihr einlullen!«

Doch Selphyne hörte nicht mehr zu.

Durch den offenen Türspalt fiel ein warmer goldener Schein auf ihr Gesicht.

»Vielleicht sollten wir den Storch bei unseren Überlegungen zunächst einmal ausklammern«, sagte Bolgur. »Halten wir stattdessen fest, was wir als gesichert annehmen können: Also, das männliche und das weibliche Erbgut verschmelzen, und die befruchtete Eizelle …«

Die Matriarchin war aufgestanden und hatte sich von ihm abgewandt.

Würdevoll schritt sie den drei Gästen entgegen, die soeben die Halle betreten hatten.

»Willkommen, müde Wanderer«, lächelte sie. »Ihr könnt euch nun ausruhen, denn ihr seid am Ziel eurer Reise angelangt.«

Selphyne hatte sich noch nie zuvor so leicht gefühlt, so befreit von aller Last und Schwere des Daseins. Verwundert sah sie die weißen Wolkenschleier unter ihren Füßen dahintreiben und blinzelte in den blauen Himmel über sich.

War sie gestorben?

War dies das Paradies?

»Ja«, sagte die wunderschöne Königin in dem blendend weißen Gewand. »Dies ist das Paradies. Nein, du bist nicht gestorben. Du warst nie lebendiger. Denn siehe: Yrth hat dich aus dem Abgrund der Welt heraufgeholt und dir das Leben geschenkt.«

Aufgeregt drückte Zol auf den Tasten herum.

»Hallo? Hört ihr mich? Hallo? Verdammt, ich habe sie verloren! Ich hätte sie niemals in die Brutkammer schicken dürfen. Jetzt werden sie alle sterben!«

»Geschieht ihnen recht«, schmollte Nenia. »Wenn sie mich mitgenommen hätten, wäre ihnen das nicht passiert!«

»Denn Yrth ist das Licht und die Gnade«, sagte die Matriarchin.

Ja, dachte Selphyne.

Yrth war das Licht und die Gnade.

Ihr ganzes Leben war ein einziger, langer Irrweg, sie selbst eine blinde Wanderin in finsterer Nacht gewesen.

Doch nun war die Zeit des Frohlockens und Lobpreisens angebrochen, denn sie hatte Yrth gefunden und war von Yrth gefunden worden.

»Gepriesen sey Yrth!«, verkündete Selphyne.

»Yrth sey gepriesen!«, hörte sie Brom neben sich enthusiastisch antworten.

Die Matriarchin näherte sich dem Zwergenkrieger und nahm seine Hand.

»Komm«, sagte sie. »Lass uns nun die Vereinigung

vollziehen. Denn es soll gezeugt werden ein Führer und Feldherr, die Rechtgläubigen zu sammeln unter dem Banner des Sehenden Auges!« Sie kniff die Augen zu und fügte kritisch hinzu: »Du weißt doch hoffentlich, wie das mit der Zeugung funktioniert, oder?«

»Mein Schulkumpel Uldi hat mir so ein Heft besorgt«, antwortete Brom hypnotisiert. »Mit Bildern drin. Aber als Tante Brunhilda es in meinem Ranzen gefunden hat, hat sie mir eins an die Backen gegeben und gesagt, das wär nix für mich, und wenn sie noch mal solchen Schweinkram bei mir fände, könnte ich mich aber auf was gefasst machen!«

»Das muss genügen«, entschied die Matriarchin und zog den Zwergenkrieger zu dem schwebenden Bett.

»Lobet die Stunde«, jubilierte Selphyne, »denn das Weltgericht ist nah!«

»Lobet die Stunde«, wiederholte die Matriarchin ungeduldig. »Und jetzt runter mit der Kutte, aber fix.«

»Byn schon dabey«, antwortete Brom.

»Lutsch mal hier dran, Bitsch!«, zerriss plötzlich ein frevlerischer Missklang die himmlische Harmonie.

Ein harsches Krachen ertönte, und die Matriarchin erstarrte.

Mit weit aufgerissenen Augen griff sie sich an die Kehle und stieß röchelnde Laute aus.

Babylonia senkte zufrieden ihre Waffe.

»Entschuldige meine Ausdrucksweise, aber diese Welt ist zu klein für uns beide.«

»Was hast du getan!«

Selphyne war im Begriff, sich wütend auf die Frevlerin zu stürzen, als eine seltsame Verwandlung in der Halle vor sich ging.

Die Matriarchin war auf die Knie gesunken, dunkles Blut sickerte aus ihrem Mund und besudelte ihr weißes Gewand.

Um sie herum lösten sich die Wolkenschleier auf und vergingen, auch der blaue Himmel färbte sich dunkel und das gleißende Licht verschwand.

Erschrocken betrachtete Selphyne die veränderte Umgebung.

Die Wände und der Boden der Halle waren mit pulsierendem, schleimglänzendem Gewebe überzogen, das auf ekelerregende Weise lebendig zu sein schien. An mehreren Stellen lagen große Haufen von durchsichtigen, mit einer gelblichen Flüssigkeit gefüllten Blasen, in denen unverwandt glotzende Augäpfel schwammen.

Als Selphyne sich der Matriarchin zuwandte, verschlug es ihr den Atem.

Die wunderschöne Königin der Yrth hatte sich in eine widerwärtige, alptraumhafte Kreatur verwandelt, ihr aufgedunsener, von hässlichen Geschwüren bedeckter Leib blähte sich unter schweren Atemzügen, aus ihrem schiefen, lippenlosen Maul kamen zischende, gurgelnde Laute:

»Zrrrryscht grrrryrrkk nrrryschhhhhh Yrrrrrrrrrttttttthhhhhhh.«

»Wo bin ich? Und was ist das für ein … *Ding*?«

Brom trat einen Schritt von der sterbenden Königin zurück und rieb sich verwirrt den Kopf.

Dann sah er an sich herab und stellte fest, dass er nur mit seiner Unterhose bekleidet war.

»Na schön«, sagte er. »Das war das letzte Mal. Ab morgen höre ich auf mit dem Finsterklammer Zwitscherer.«

»… das männliche und weibliche Erbgut …«, murmelte Bolgur, sich aus einem glibbrigen Schleimpfuhl erhebend. »He, ich glaub meine Fruchtblase ist gerade geplatzt.«

Nachdem die Königin besiegt worden war, bereitete die weitere Umsetzung des Plans keine Schwierigkeiten.

Sie folgten Zols Anweisungen, öffneten die Luftschleusen des Sternenschiffes und brauchten nur noch abzuwarten, bis auch der letzte Yrthianer an Bord der Confidenita 9X sein Mutantenleben ausgekeucht hatte.

Dann wurde es Zeit, Abschied zu nehmen.

»Vielen Dank für eure Hilfe«, sagte Zol. »Wenn ich es zurück in meine Heimat schaffe, sollen eure Namen Eingang in die Ekonische Geschichte finden.«

»Hast du es weit bis nach Hause?«, fragte Selphyne.

»Es sind ungefähr neun Trillionen Lichtjahre, vorausgesetzt, der Raumkrümmungs-Generator und das Stasis-Modul haben bei der Bruchlandung nichts abbekommen ...« Er unterbrach sich, als er die ratlosen Gesichter seiner Zuhörer bemerkte. »Eigentlich ist es nur ein Katzensprung«, erklärte er.

»Na, dann gute Reise!«, wünschte Brom. »Und wegen dieser Jahrmarktsgeschichte: Meine Karte hast du ja. Ich glaub, mit deinem Talent und meinem ökonomischen Sachverstand können wir zusammen was ganz Großes auf die Beine stellen. Und den Gewinn teilen wir Fünfundsiebzig-Fünfundzwanzig. Sagen wir Fünfundachtzig-Fünfzehn. Oder besser Neunzig-Zehn, das ist leichter zu rechnen.«

»Scheint ja ein ganz netter Kerl zu sein«, meinte Falfnin, als sie das Sternenschiff verlassen hatten und aus der Entfernung beobachteten, wie es in den Nachthimmel aufstieg. Nach dem Tod der Königin war der Meisterdieb allmählich wieder zu sich gekommen und litt nun an bohrenden Kopfschmerzen und einer Gedächtnislücke von mehreren Stunden. »Woher kennen wir ihn noch mal?«

»Das ist eine lange Geschichte«, antwortete Selphyne. »Und um ehrlich zu sein, ich hab davon maximal die Hälfte begriffen.«

»Auf jeden Fall sollte er besser nicht zu hoch fliegen«, bemerkte Brom, der den rasch kleiner werdenden hellen Punkt am Firmament mit den Augen verfolgte. »Sonst knallt er noch gegen den Himmel.«

»Und wo hält sich der nächste Verwandte der Kleinen auf?«, fragte Falfnin und warf einen Blick auf Nenia, die sich inmitten des Gepäckstapels auf Bolgurs Rücken eingekuschelt hatte und friedlich wie ein kleiner Engel vor sich hinschlummerte.

»In Schattensund«, entgegnete Selphyne. »Vielleicht schaffen wir es ja diesmal, einen ihrer Verwandten zu besuchen, ohne ihn umzubringen.«

»Das wäre ein Fortschritt«, nickte Falfnin.

Bei der nächsten Weggabelung verabschiedeten sie sich von Babylonia. Die junge Ex-Novizin beabsichtigte, nach Verderbnis zu gehen, der Stadt des Lasters, der Drogen und der Unmoral – vermutlich der geeignetste Ort für jemanden, der vorhatte, das Leben bis in seine dunkelsten Tiefen zu ergründen.

Die Helden ihrerseits machten sich auf den Rückweg zum Lufthafen Gnolmenbrück, um von dort in den hohen Norden nach Schattensund weiterzureisen, wo sich Nenias Großonkel Irenicus Dunkelblut aufhalten sollte.

Schattensund

Schattensund liegt im hohen Norden der Fernen Länder am Meer des Frostigen Dunstes.

Weiter nördlich kommt nicht mehr viel, nur noch Yetis, Eisriesen und klirrende Kälte.

Allenfalls verirrt sich mal ein überambitionierter Polarforscher in diese unwirtliche Gegend, sehr zur Freude der Yetis und Eisriesen, die sich ja auch von irgendwas ernähren müssen.

Die Stadt Schattensund wurde vor langer Zeit von den Nachtelfen gegründet, erstens als Handelsaußenposten und Hafen für die im Meer des Frostigen Dunstes kreuzenden Riesenkrakenfangschiffe, und zweitens, weil das raue nördliche Klima ihren nicht gerade sonnigen Gemütern entsprach.

Obwohl die Geschichte der Fernen Länder eine ganze Reihe wirklich übler Typen nachtelfischer Abstammung hervorgebracht hat, sind Nachtelfen nicht zwangsläufig oder von Natur aus böse.

Viele von ihnen sind einfach nur schlecht drauf.

Sie neigen zu einer ungesunden Gesichtsblässe, der sie gerne auch mittels Puder zusätzlich nachhelfen, tragen mit Vorliebe schwarze Lederklamotten, hören schwermütige Lautenmusik und erzählen sich abends am Kamin, wenn die Dunkelheit durch die Fenster hereinblickt, deprimierende Gruselgeschichten, in denen am Ende alle sterben, weil das nun mal der grausame Lauf der Welt ist.

»Da wären wir also«, sagte Brom. »Schattensund, die gruftigste Stadt des Kontinents.«

Sie trugen ihre Winterkleidung, denn ein kalter Wind wehte von der See und wirbelte ihnen Schneeflocken entgegen. Nenia war in eine dicke Felljacke aus schwarzem Schreckenswolfpelz eingepackt, unter deren Kapuze nur ihre Augen hervorfunkelten.

»Auf Thanatos' Liste steht keine genaue Adresse«, sagte Selphyne. »Nur dass Irenicus Dunkelblut in Schattensund wohnen soll.« Sie wandte sich an Nenia. »Weißt du irgendetwas über deinen Großonkel, das uns helfen könnte, ihn zu finden?«

»Papa hat gesagt, dass Onkel Dunkelblut auch ein Totenbeschwörer ist und außerdem ein seniler alter Knacker mit Verfolgungswahn.«

»Hm«, machte Falfnin. »Wenn er wirklich so ein paranoider alter Zausel ist, wie Nenia sagt, sollten wir vielleicht mit Fingerspitzengefühl vorgehen, wenn wir nach ihm suchen. Totenbeschwörer können ja recht heikel sein.«

Sie blickten sich um.

Die meisten Häuser von Schattensund waren aus schwarzem Vulkangestein erbaut, was der Stadt ein düsteres und ominöses Erscheinungsbild verlieh.

»He«, meinte Brom, »da drüben ist eine Taverne.«

Er zeigte auf ein freudlos aussehendes Gebäude, über dessen Tür ein Schild mit der Aufschrift *Zum Letzten Becher* im kalten Winterwind hin und her schwang.

»Da drin bekommen wir sicher ein paar Informationen«, sagte Brom.

»Ganz sicher nicht!«, versetzte Selphyne. »Das Einzige, was du da drin kriegst, ist ein Mordsrausch und eine Zimmer-Reservierung für die Ausnüchterungszelle. Ich wäre dir außerordentlich verbunden, wenn du uns die Peinlichkeit diesmal ersparen könntest.«

»Irgendwie muss man ja mit den Einheimischen ins Gespräch kommen, wenn man was von ihnen wissen will. Ein oder auch zwei Gläschen können dabei nicht schaden.«

»Zwanzig bis fünfunddreißig Gläschen dagegen schon.«

»Wie wäre es, wenn wir uns aufteilen«, schlug Falfnin vor. »Brom und Bolgur versuchen es in der Taverne, und Nenia, Selphyne und ich sehen uns anderswo in der Stadt um.«

Selphyne seufzte.

»Na schön. Wir treffen uns dann nachher auf der Wache bei der Ausnüchterungszelle.«

»Entgegen aller Unkenrufe«, sagte Brom würdevoll, »habe ich meinen Alkoholkonsum sehr wohl unter Kontrolle.«

»Ha ha«, lachte Selphyne sarkastisch. »Der war gut.«

In einem Turmgemach irgendwo in Schattensund lag ein aufgeschlagenes Buch mit einem schwarzen Einband aus Vampirleder.

Es war das Hauptwerk des Arztes und Totenbeschwörers Nechalziel, des Geschmähten, und trug den Titel: *Vom ewiglichen Leben und wie man es erlanget.*

Und Folgendes hatte Nechalziel zu diesem Thema zu sagen:

Um zu erhalten Leben ewiglich, bedarfst du Viererlei.
Erstens: Dreißig Unzen vom Eisen eines Meteors, welcher einen Priester erschlagen.

Zweitens: Einen guten Liter Tränen einer Trauerfee.

Drittens: Eine Jungfrau, geboren unter den gleichen Sternen, die auch bei deiner eigenen Geburt am Himmel geglänzt.

Viertens: Meine genialigliche Erfindung, den Revitalisator Jungbrunnen (zum Patent angemeldet), getreulich und in allen Einzelheiten beschrieben in Anhang C.

Die Gäste des nachtelfischen Szene-Clubs *Zum Letzten Becher* kamen nicht in der Absicht, eine *gute Zeit zu haben.*

Sie kamen auch nicht wegen der vergünstigten Preise während der *Happy Hour,* die hier auch gar nicht so hieß, sondern *Viertelstunde der nihilistischen Einsicht in die totale Sinnlosigkeit des Daseins.*

(Während dieser fünfzehn Minuten kosteten die Getränke das Achtfache, aber man trank und bezahlte trotzdem weiter, weil ja sowieso alles egal war.)

Sie kamen, um sich einsam in der Masse zu fühlen.

Sie kamen, um diesen ganz besonderen Kick der Entfremdung und Verlorenheit zu spüren, um den schalen Geschmack der vergeblichen Hoffnung auf Erlösung zu kosten.

Sie kamen, um ganz woanders sein zu wollen, aber nicht zu wissen, wo.

»Ziemlich merkwürdige Stimmung in dem Laden«, meinte Brom.

Die meisten Gäste des *Letzten Bechers,* saßen an Einzeltischen und blickten trübselig in ihre Gläser, einige führten in kleineren Gruppen philosophische Gespräche über die Überflüssigkeit der Welt.

Und ein paar Enthusiasten tanzten in Zeitlupe zu der depressiven Musik einer nachtelfischen Lautenband, die so süßlich und bitter zugleich war wie ein Glas überzuckerter Limonade mit einem Tropfen Gift, der einen endgültig von der lastenden Schwere der Existenz befreit.

Eine Atmosphäre von Melancholie und offen zur Schau gestellten Selbstmordabsichten lag in der Luft.

»Also, dann mischen wir uns mal unter das Volk«, sagte Brom fröhlich und steuerte auf die Bar zu.

»N'abend«, grüßte er, obwohl es halb Zwölf Uhr vormittags war. »Was trinkt man hier so?«

»Egal«, entgegnete ohne aufzublicken der Barkeeper, ein Nachtelf, der seine negative Grundhaltung mit Unmengen von schwarzer Schminke zum Ausdruck brachte.

»›Egal‹ bestell ich sonst eigentlich erst, wenn ich schon richtig einen sitzen hab«, lachte Brom. »Aber man muss sich den lokalen Gepflogenheiten anpassen. Also, ein Glas Egal. Geschüttelt oder gerührt, ganz gleich. Ist doch sowieso alles dasselbe.«

»Wir sind ein Komiker, was?«, erwiderte der Barkeeper, schenkte müde ein Glas ein und stellte es vor Brom auf die Theke.

»In Hermschloks Taverne nennen sie mich die *zwergische Stimmungsgranate vom Dienst*«, erklärte Brom zufrieden.

»Mit der Nummer kommst du hier bestimmt ganz groß raus«, sagte der Barkeeper lakonisch.

»*Ein Späßchen in Ehren kann niemand verwehren*«, reimte Brom.

»Sag mir bitte Bescheid, falls weitere humoristische Einlagen geplant sind, damit ich rechtzeitig meine Selbstmordpille einwerfen kann«, erwiderte der Barkeeper und entfernte sich.

»Na gut, das wird nicht ganz einfach«, flüsterte Brom. »Da ist rhetorisches Feingefühl gefragt. Es wird das Beste sein, wenn wir uns aufteilen und einzeln versuchen, mit den Leuten ins Gespräch zu kommen.«

»Aber ich weiß nicht, was ich zu ihnen sagen soll«, brummte Bolgur, unbehaglich Däumchen drehend.

Er hatte kein Problem damit, den Leuten mit seiner Keule die Knochen zu zertrümmern, erlitt jedoch plötzliche Anfälle von Schüchternheit, wenn er genötigt wurde, mit ihnen über das Wetter zu reden.

»Geh einfach ganz offen auf sie zu. Lass eine Bemerkung über das miese Wetter fallen. Erzähl, was du so machst. Da ist gar nichts dabei. Das Schlimmste, was passieren kann, ist, dass sie dich ablehnen.«

»Das ist es ja gerade«, murmelte Bolgur und blickte auf seine Schuhe.

»Du schaffst das schon«, sagte Brom und klopfte ihm aufmunternd auf den Rücken. »Und denk daran, was Falfnin gesagt hat: Fingerspitzengefühl.«

Während sich Brom und Bolgur im *Letzten Becher* unters Nachtelfenvolk mischten, waren auch Selphyne, Falfnin und Nenia nicht müßig.

»Das sieht doch vielversprechend aus«, sagte Falfnin und zeigte auf ein Ladenschild, das aus dem Schulterblatt eines Ogers gefertigt worden zu sein schien.

Arboraxas Knochenmehl
Nekromanten- und Totenbeschwörerbedarf

Und auf einem Aufsteller im Schaufenster des Ladens stand:

Zombierattenherzen – Heute frisch eingetroffen!

»Wenn man nach einem Nekromanten- und Totenbeschwörer sucht, scheint mir das ein guter Ort zu sein, um anzufangen«, sagte der Meisterdieb.

Im Innern des Ladens roch es nach Tod und Einbalsamierung, aber alles andere wäre ja auch eher enttäuschend gewesen.

Auf staubigen Regalen lagerten mit Spiritus gefüllte Einmachgläser, in denen höchst unappetitliche Zutaten für nekromantische Rituale schwammen, von denen die meisten jedoch zum Glück nicht identifizierbar waren.

Beschwörungskerzen gab es in allen Farben und Größen, ebenso unheilige Kreide für das Zeichnen von Drudenfüßen oder dämonischen Symbolen, außerdem chirurgische Werkzeuge wie Knochensägen, Skalpelle, Kanülen und ein großes Angebot diverser Spaten und Schaufeln für experimentierfreudige Totenbeschwörer, die sich ihre Leichenteile gerne selbst auf dem Friedhof besorgen, um sich zu Hause in aller Ruhe ihren maßgeschneiderten Spezialzombie zusammenzubasteln.

Zwei Köpfe, drei Beine und fünf Arme? Kein Problem für einen talentierten Schwarzmagier, der mit Nadel und Faden – im Zweifelsfall auch mit einem Tacker – umzugehen versteht.

Hinter der Ladentheke stand ein buckliger, augenscheinlich uralter Nachtelf, dessen Haut die gesunde Blässe eines überzeugten Stubenhockers drei Tage nach seiner Beerdigung hatte.

»Guten Tag, die Herrschaften«, grüßte er krächzend. »Womit kann ich dienen? Ächu-äch-äch.«

Sein Husten klang so knochentrocken, dass Selphyne den Eindruck hatte, eine Wolke feinen Gruftstaubs käme aus seinem Mund.

»Wir suchen einen Totenbeschwörer«, sagte sie, zur Sicherheit einen Schritt zurücktretend, falls es sich um eine ansteckende Krankheit handelte.

»Ach wirklich?«, entgegnete der Verkäufer misstrauisch. »Ihr kommt doch nicht etwa schon wieder von dieser Liga zum Schutz des … ächu-äch… Gestorbenen Lebens? Ich hab euch Typen schon mal gesagt, es geht mich nichts an, was meine Kunden mit den Waren machen, die ich an sie verkaufe. Ich bin ein Geschäftsmann und handle nach dem Gesetz von Angebot und Nachfrage. Alles andere … äch-äch… interessiert mich nicht.«

»Keine Sorge«, beschwichtigte Falfnin. »Wir interessieren uns ebensowenig wie Sie für Moral oder den Schutz des Gestorbenen Lebens. Wir suchen lediglich einen Nekromanten, der uns bei einem bestimmten Problem helfen kann, das, nun ja, gewissermaßen über das Grab hinausreicht. Und wir dachten, Sie könnten uns dabei behilflich sein, einen zu finden.«

Während des Gesprächs war Nenia im Laden auf und ab gegangen und nahm nun aus einem Regal ein mit Spiritus gefülltes Glas, in dem etwas Abscheuliches schwamm.

»Ich will eine Gorgu-Leber!«, verlangte sie.

»Nicht jetzt, Nenia«, winkte Selphyne ab. »Wir unterhalten uns gerade mit dem Mann hier.«

»Wie gesagt«, erklärte Falfnin. »Wir haben uns gedacht, sie könnten uns vielleicht bei der Suche nach diesem speziellen Nekromanten helfen.«

»Meine Kunden ziehen es vor, in den Schatten zu bleiben«, sagte Arboraxas Knochenmehl ablehnend.

»Vielleicht vermag dies hier ein wenig Licht in die Schatten zu werfen«, bemerkte Falfnin und legte ein Goldstück auf die Ladentheke.

In Knochenmehls Augen blitzte kurz das vielversprechende Funkeln der Bestechlichkeit auf.

»Das kommt drauf an«, sagte er, das Goldstück betrachtend, ohne es anzurühren. »Es sind *sehr tiefe* Schatten, muss man wissen …«

»Ich hab gesagt, ich will eine Gorgu-Leber haben!«, wiederholte Nenia und stampfte mit dem Fuß auf.

Falfnin legte zwei weitere Goldstücke auf die Theke.

»Ja, jetzt beginnen sich die Schatten langsam zu lichten. Vielleicht finden sich in diesem Adressbuch hier zufällig die Lieferanschriften einiger Totenbeschwörer.«

»Wir suchen einen ganz bestimmten Totenbeschwörer«, sagte Selphyne.

»Und hat dieser ganz bestimmte Totenbeschwörer auch einen … ächu-äch… Namen?«

»Ja. Er heißt Irenicus Dunkelblut.«

Arboraxas Knochenmehl schlug das in Leder eingebundene Adressbuch mit einem Knall zu, der dichte Staubschwaden aufwirbelte.

»Nie gehört«, sagte er mit plötzlich erstarrter Miene.

»Ich warne euch«, drohte Nenia. »Ich schrei gleich!«

»Aber er soll sich in dieser Stadt aufhalten, hat man uns erzählt.«

»Dann hat man eben Unsinn erzählt. Es gibt keinen … äch-ächu-äch-äch… Irenicus Dunkelblut in Schattensund. Es gibt überhaupt keine Totenbeschwörer in Schattensund.«

Nenia holte Luft und öffnete den Mund.

Rechtzeitig erinnerte sich Selphyne an die ebenso kostspielige wie infernalische Kakophonie in Ulgameschs Kaufhaus für Abenteurer und brachte die kleine Nachtelfe mit einem Stillezauber zum Schweigen.

»Keine Totenbeschwörer?«, wiederholte Falfnin. »Dafür scheint Ihr Laden aber ganz ordentlich zu laufen …«

»Nein, das tut er nicht. Ich bin pleite, bankrott, hochverschuldet. Verdammter Großversandhandel, treibt uns Einzelhändler in den Ruin.«

»Aber die Regale sind doch gut gefüllt«, wandte Selphyne ein, während Nenia sich im hinteren Teil des Ladens die Seele aus dem Leib schrie, ohne einen Ton hervorzubringen.

»Das sind alles Restposten. Wenn ihr mich jetzt entschuldigen würdet. Wir haben geschlossen.«

Hastig drängte er sie zur Tür.

»Falls es eine Frage des Geldes sein sollte ...«

»Ist es nicht. Die Toten haben keine Verwendung für Geld. Auf Nimmerwiedersehen. Beehrt mich nicht wieder.«

Damit schob er sie nach draußen auf die Straße und schlug die Tür hinter ihnen zu.

Eine Weile hörten sie ihn noch drinnen husten, dann wurde ein Schild mit der Aufschrift »Geschlossen« ins Fenster gehängt.

Und mit krakeliger Handschrift war hinzugefügt worden: *Für immer!*

Die Wirkung des Zaubers ließ nach und Nenia, die die ganze Zeit stumm vor sich hin geschrien hatte, brachte ein kraftloses Krächzen zustande.

»Das wirst du bereuen!«, prophezeite sie heiser.

In seinen späten Jahren hatte der Totenbeschwörer Irenicus Dunkelblut eine ganz eigene Phobie entwickelt, die gerade in seinem Beruf von besonders heikler Art war.

Nichts fürchtete er so sehr wie den Tod.

Nicht den Tod anderer Leute – damit, dass andere Leute ins Gras bissen, hatte er nie ein Problem gehabt, ganz im Gegenteil, er war stets ein großer Förderer und aktiver Unterstützer des Ins-Gras-Beißens anderer Leute gewesen.

Er hatte auch keine Angst vor Toten wie manche seiner Kollegen, die, nachdem sie Jahre lang unbeschwert Leichenteile zusammengenäht hatten, plötzlich und aus heiterem Himmel beim Anblick eines nur leicht aufgedunsenen Kadavers das ganz große Flattern bekamen und dann auf Wichtelkindergärtner oder Elfenflorist umschulen mussten.

Für solche Psychomätzchen und Wehwehchen hatte Irencius Dunkelblut stets nur Häme und Verachtung übrig gehabt.

Nein, er verspürte ganz einfach eine Heidenangst vor seinem *eigenen* Tod.

Und hatte auch allen Grund dazu.

Nekromanten zählen schon bei Lebzeiten nicht gerade zu den größten Sympathieträgern, doch im Jenseits rangieren sie erst recht am untersten Ende der Beliebtheitsskala.

Nicht nur die Seelen all derer, die ihnen die eine oder andere Extrarunde als Ghul, Zombie oder Leichendrull verdanken, hegen Totenbeschwörern gegenüber einen ganz besonderen Groll, auch die Götter selbst haben nicht eben viel übrig für jene, die Schindluder mit ernsten Dingen wie Leben, Tod und Unsterblichkeit treiben und sie dabei um ihre wohlverdiente Seelenernte betrügen.

Irenicus Dunkelblut konnte also sicher sein, dass einige ziemlich verärgerte Leute nur darauf warteten, ihm nach seinem Ableben eine saftige Rechnung zu präsentieren.

In seinen Träumen sah er sie manchmal vor sich.

Leichenblasse Arme, die nach ihm griffen und ihn in einen finsteren Abgrund hinabzogen, lippenlose, von schwarzen Zahnstummeln starrende, weit aufgerissene Münder, die voller Hass seinen Namen riefen und ihm das drohende Strafgericht ankündigten…

Die Lösung des Problems lag auf der Hand:

Er durfte einfach nicht sterben.

Was leichter gesagt als getan war, schließlich wurde er auch nicht jünger.

Sein Geist mochte sich auflehnen, doch am Ende war sein Wille nicht mehr als ein hoffnungslos ausharrender müder Streiter in der verfallenden Festung seines Körpers, belagert von einem übermächtigen Feind.

Ein abfallender Unterkiefer oder eine verlorene Kniescheibe konnten wieder angeschraubt, ausfallende Zähne ersetzt, aus den Höhlen kullernde Augäpfel wieder festgeklebt werden, aber auf die Dauer vermochten auch seine nekromantischen Künste die Verfallserscheinungen seines Leibes, die Vorboten des Todes, nicht aufzuhalten.

Längst hatte sich Irenicus Dunkelblut in etwas verwandelt, das sich kaum von den untoten Kreaturen unterschied, mit denen er von Berufs wegen zu tun hatte.

Unter seiner leichenblassen Haut traten die morschen Knochen hervor, das Licht seiner Augen war lange erloschen und sein kahler Schädel glich einem Totenkopf.

Aber noch immer weigerte er sich, zu sterben.

Sein ständiges Ringen mit dem Tod hatte eine tiefe Paranoia in seinem ausgetrockneten Gehirn verwurzelt.

Aus aktiveren Zeiten verfügte er noch über genügend Geldmittel, um sich eine kleine Privatarmee von Handlangern und Schergen zu halten, die überall für ihn spionierten und nach vermeintlichen Verschwörern und Auftragsmördern Ausschau hielten, die ihm nach dem Leben trachteten. Dunkelblut hatte sich in seinem langen, langen Leben nicht nur unter den Göttern und Toten viele Feinde gemacht.

Weil er für die Entlarvung und Ausschaltung derartiger Bedrohungen großzügige Prämien zahlte, waren seine Schergen häufig etwas eifriger bei der Sache, als unbedingt nötig gewesen wäre – einer der Gründe, warum sich der greise Totenbeschwörer in Schattensund und Umgebung nicht gerade allzu großer Popularität erfreute.

»Meister!«

Irenicus fuhr herum.

»Weiche von mir!«, stieß er heiser hervor und machte ein nekromantisches Abwehrzeichen gegen die verschwommene Gestalt, die urplötzlich im Zimmer erschienen war. »Du wirst mich niemals kriegen! Hörst du! Niemals!«

Quolog, der Ghuldiener, seufzte.

In letzter Zeit waren die paranoiden Anfälle seines Meisters immer schlimmer geworden – überall witterte er den Tod, sah er Feinde, die ihm nach dem Leben trachteten. Seine Kurzsichtig- und Harthörigkeit machten es nicht gerade leichter, ihn vom Gegenteil zu überzeugen.

»Ich bin es, Meister, Euer Diener Quolog!«, rief der Ghul so laut er konnte.

Irenicus holte eine Brille aus der Tasche und setzte sie sich umständlich auf die Nase, während er weiter zur Wand zurückwich.

Quolog blieb stehen und versuchte, möglichst wenig bedrohlich zu wirken.

»Ach, du bist es, Quolog«, sagte Irenicus endlich, nachdem er ihn lange durch zentimeterdickes Brillenglas angeblinzelt hatte. »Warum sagst du das nicht gleich? Du hast mich fast zu Tode erschreckt!« Er hielt sich ein riesiges Hörrohr ans Ohr. »Was gibt es?«

Quolog krabbelte spinnenhaft auf einen Stuhl und näherte seinen Mund der Öffnung des Hörrohrs.

»Ein Brief, Meister!«, rief er in den Trichter hinein und winkte mit einem Kuvert. »Ein Brief ist für Euch abgegeben worden.«

»Ein Brief? Von wem?«

»Es steht kein Absender darauf«, entgegnete der Ghuldiener. »Soll ich ihn vorlesen?«

Nachdem Quolog die Lektüre beendet hatte, starrte der alte Nekromant versonnen vor sich hin.

»So, so«, murmelte er. »So ist das also. Nun, dank unseres anonymen Freundes werden sie uns nicht unvorbereitet antreffen. Schick einige Männer nach Schattensund. Sie sollen sich nach Fremden umsehen, die neu in der Stadt sind. Nach einem Zwerg, einer Gnomin, einem Wichtel und einem Barbarenoger. Und einem kleinen Nachtelfenmädchen.«

»Wie Ihr befiehlt, Meister«, entgegnete der Ghul. »Und was ist mit … dieser anderen Sache? Gehen wir weiter nach Plan vor?«

»Wir gehen weiter nach Plan vor«, bestätigte Dunkelblut.

Nachdem sein Diener verschwunden war, um seine Befehle auszuführen, humpelte der Totenbeschwörer noch eine Weile nachdenklich auf und ab.

Dann wandte er sich wieder dem Buch zu, in dem er bis eben gelesen hatte.

Vom ewiglichen Leben und wie man es erlanget, von Nechalziel, dem Geschmähten.

Ein düsteres Grinsen erschien auf den ausgedörrten Lippen des greisen Totenbeschwörers.

Was die *andere Sache* betraf, von der sein Ghuldiener gesprochen hatte, war er sicher, endlich die Lösung für sein Leben/Tod-Problem gefunden zu haben.

Um zu erhalten Leben ewiglich, bedarfst du Viererlei …

»Hallo«, stellte sich Bolgur schüchtern vor, »ich heiße Bolgur und bin ein Barbar. Schönes Wetter heute, oder?«

Seine Körperhaltung verriet, dass er bereit war, beim kleinsten Anzeichen von Ablehnung die Flucht zu ergreifen und sich in einer dunklen Ecke zu verbergen.

Die drei jungen Nachtelfen, die gerade in ein Gespräch vertieft gewesen waren, sahen überrascht zu ihm auf.

»Ja, hallo, Bolgur«, erwiderte einer von ihnen. »Das Wetter hier drinnen ist wirklich ganz nett.«

»Ein bisschen zu trocken, für meinen Geschmack«, sagte der Zweite.

»Dagegen kann man doch was tun«, meinte die Dritte und hob ihr Glas. »Auf gar nichts!«

Die anderen stießen mit ihr an.

»Auf gar nichts!«

Bolgur stand mit hängenden Schultern neben dem Tisch, seine Unterlippe bebte leicht.

War das jetzt die gefürchtete Ablehnung? Machten Sie sich über ihn lustig?

Wenn sich die Leute über ihn lustig machten, wollte er entweder wegrennen oder sie mit seiner Keule hauen, aber Selphyne hatte ihm erklärt, dass man nicht alle Probleme mit der Keule lösen durfte, obwohl er nicht ganz verstanden hatte, wieso nicht, und …

»Willst du dich nicht zu uns setzen, Bolgur?«

Bolgurs Miene hellte sich auf.

»Wirklich?«, fragte er hoffnungsvoll.

»Klar. Ich heiße Lysander. Das sind Carmina und Jorgen.«

Einladend rückte Lysander einen Stuhl für Bolgur heran.

Nachdem er sich noch zwei weitere Stühle besorgt hatte (wobei es zu kleineren Auseinandersetzungen mit deren bisherigen Inhabern gekommen war) setzte sich der Barbarenoger an den Tisch.

»Bist du zum ersten Mal hier?«, fragte ihn Carmina.

»Vielleicht«, antwortete Bolgur unsicher, der die Frage vor Aufregung nicht richtig verstanden hatte.

»Wie es scheint, glaubt Bolgur vielleicht – aber auch nur vielleicht! – an die Lehre von der Reinkarnation«, bemerkte Jorgen. »Was hat der Nihilismus zu diesem Thema zu sagen? Wo kommen wir her?«

»Aus dem Nichts!«, antwortete Carmina.

»Und wo gehen wir hin?«

»Ins Nichts zurück!«

Jorgen und Carmina stießen miteinander an und leerten ihre Gläser.

»Lass dich nicht foppen, die beiden machen nur Spaß.«

Lysander klopfte Bolgur auf die Schulter. »Wir studieren Nihilismus an der Negativen Universität von Schattensund.«

»Mein Cousin Olgbur sagt, Bildung ist ein dekadenter Luxus, wenn sie nicht dem Umsturz der bestehenden Ordnung dient«, erklärte Bolgur, froh, ein Thema gefunden zu haben, zu dem er (oder sein Cousin Olgbur) etwas beizutragen hatte.

»Genau das sage ich auch immer!«, rief Carmina. »Das System zerschlagen! Alle Macht der Revolution!«

»Das ist doch zu kurz gedacht«, entgegnete Lysander. »Das System ist nicht das Problem.«

»Nicht?«, fragte Bolgur, verdutzt die Stirn runzelnd.

»Nein. Denn genau das lehrt uns doch der Nihilismus Schattensunder Prägung: Ein System ist so gut wie das andere.«

»Da ist was dran«, nickte Jorgen.

»Betrachten wir einmal ein praktisches Beispiel. Was machst du beruflich, Bolgur?«

»Ich ziehe mit meinen Freunden durch die Welt und schlage böse Leute und Monster mit meiner Keule«, sagte Bolgur stolz.

»Ein schöner Beruf. Aber hast du dich schon mal gefragt, warum du ihn eigentlich ausübst?«

»Weil …«

Bolgur stutzte.

»Weil es gut ist, böse Leute mit der Keule zu schlagen?«, mutmaßte er schließlich.

»Es wäre gut, wenn es dadurch weniger Böses in der Welt geben würde. Aber wird denn das Böse wirklich weniger?«

Bolgur überlegte.

»Nein?«, fragte er unsicher.

»Ganz genau. Das Böse wird nicht weniger. Und woran liegt das wohl?«

»Weil es sehr viel davon gibt?«

»Das wäre eine mögliche Antwort. Aber nein, das Problem liegt wesentlich tiefer.«

»Genau. Das eigentliche Problem ist«, sagte Jorgen, »dass es weder Gut noch Böse gibt.«

»Tatsächlich?«

»Nein. Denn Gut und Böse sind ganz willkürliche Begriffe. Was der eine gut nennt, nennt der andere böse, und umgekehrt. Es gibt weder das eine noch das andere wirklich. Das Einzige, was es wirklich gibt, ist das Nichts.«

»Aber ... aber ...«, begann Bolgur und verstummte.

So hatte er die Sache noch nie betrachtet.

»Bestimmt arbeiten du und deine Freunde gerade jetzt wieder an einem Abenteuer?«, fragte Lysander.

»Ja«, nickte Bolgur, »wir suchen diesen Totenbeschwörer, und ...«

»Totenbeschwörer!«, wiederholte Carmina. »Also das macht total Sinn! Weil es nämlich überhaupt keinen Sinn macht! Es gibt keinen Totenbeschwörer!«

»Nicht?«, fragte Bolgur kleinlaut.

»Nein! Wenn es weder Gut noch Böse gibt, gibt es auch keinen Totenbeschwörer. Das eine geht ganz klar aus dem anderen hervor!«

»Aber ...«

»Ja natürlich!«, rief Jorgen und schlug so heftig auf die Tischplatte, dass Bolgur zusammenzuckte. »Du hast recht! Es gibt keinen Totenbeschwörer! Der Totenbeschwörer ist nur ein Symbol für ...«

»... die Vergeblichkeit ihrer Suche nach dem nicht existierenden Totenbeschwörer, ein Symbol für die Sinnlosigkeit an sich!«, schloss Carmina mit nihilistischer Logik.

Bolgur blickte die drei mit offenem Mund an.

»Aber ... aber ...«, stotterte er wie erschlagen.

Brom griff nach seinem Glas.

Das Glas hatte die Unverschämtheit, sich nicht an der erwarteten Stelle zu befinden.

Brom versuchte es noch einmal.

Das Glas wich geschickt aus.

Dritter Versuch.

Und wieder daneben.

Brom kniff die Augen zusammen.

Hier war offenbar taktisches Geschick erforderlich.

Er spielte den Unbekümmerten, pfiff leise vor sich hin.

Dann, urplötzlich, griff er an.

...

Wieder daneben.

Wütend schlug Brom mit der Faust auf die Theke.

»Jetzthaichabergenug!«, lallte er. »Barkeeper! Barkeeper! Nneues Glas! Dashiermeint, es k-k-kannmich verararschen!«

Der Barkeeper brachte ein neues Glas und schenkte es voll, dann schob er es Brom so hin, dass der es endlich zu fassen bekam.

»Ah! Dasisbesser!«, triumphierte der Zwergenkrieger, hob das Glas an den Mund und schüttete sich den größten Teil des Inhalts in seinen Bart.

»Dieses Egalgegesöff isziemlich llllllasch!«, behauptete er. »Aberichbinja auch nicht zum Ssssaufenhier.«

Er lachte fröhlich in sich hinein.

»Barkeeper! Bark-k-keeper! Ich verratat dirmaln Geheimnis! Eintlich w-willicheuch hier bloß aushorchn! Vonwegenwo dieser Heini, dieser Dingens, nasachschon, dieser Dunkelblut is. Aberdas sssagicheuch nich so direkt! Weilichnämlich n ganz clevresBürschchen bin!«

Aus Freude über seinen raffinierten Coup schlug er sich mit der flachen Hand auf das Knie.

Plötzlich veränderte sich sein Blick.

»Irndwie ismir nbisschn ... komisch«, sagte er, und dann

knallte er mit der Stirn auf die Theke und alles wurde dunkel.

Das Letzte, was er wahrnahm (obwohl die Informationen nicht mehr wirklich bis in sein Gehirn vordrangen), war der Barmann, der ein Glas abtrocknete und ihn dabei alarmierend zufrieden angrinste.

Und im Hintergrund schluchzte Bolgur verzweifelt:

»Aber dann ist ja alles total sinnlos!«

Angesichts der Erfolglosigkeit ihrer Ermittlungen hegten Selphyne und Falfnin inzwischen den Verdacht, es könnte sich bei dem Totenbeschwörer um ein bloßes Symbol für die vergebliche Suche nach ebendemselben handeln.

Sobald sein Name fiel, machten die Bewohner von Schattensund, ohnehin nicht berühmt für ihre Offenherzigkeit gegenüber Fremden, einfach dicht.

Die Geschwätzigeren unter ihnen bemerkten vielleicht noch: *Ich will keinen Ärger,* oder *Seh ich so aus, als hätt ich Lust drauf, mir heute Nacht von einem Dutzend Zombies die Blumenbeete zertrampeln zu lassen?**

Dann sperrten sie ihre Türen zu, schoben von innen die Riegel vor, schlossen die Fensterläden und verschanzten sich vermutlich auf dem Dachboden, um sich die Ohren zuzuhalten und laut zu singen: »Lalala – es gibt gar keinen Totenbeschwörer – lalala – es gibt gar keinen…«

»Lass uns für heute Schluss machen«, sagte Selphyne.

»Ja«, nickte Falfnin. »Vielleicht hatten Brom und Bolgur ja mehr Erfolg als wir.«

»Ganz bestimmt! Wenn es darum geht, in Unterhose besoffen auf dem Tisch zu tanzen und zu grölen: ›Ich bin der größte Zwergenkrieger der Welt!‹ Auf dem Gebiet ist Brom praktisch unschlagbar.«

* Eine im Zusammenhang mit Zombies zwar wenig thematisierte, aber dennoch nicht zu unterschätzende Gefahr!

In der Taverne *Zum Letzten Becher* fanden zu diesem Zeitpunkt jedoch keineswegs extravagante Darbietungen dieser Art statt.

Das Nachtelfenlokal hatte sich weitestgehend geleert, nur noch ein paar trübe Gestalten saßen vor ihren mit *Egal* gefüllten Gläsern und sinnierten über die große Gleichgültigkeit, das eine oder andere zu tun oder zu lassen oder auch nur drüber nachzudenken.

»Hallo«, wandte sich Selphyne an den Barkeeper, der dabei war, die Theke mit einem Lappen zu wischen. »Wir suchen zwei Freunde von uns, einen Oger und einen Zwerg. Der eine trägt eine riesige Keule mit sich rum, der andere ein massives Alkoholproblem.«

»Ja, die waren hier«, lachte der Barkeeper, seine Zähne entblößend. »Haben nach einem Totenbeschwörer gesucht, den es angeblich in Schattensund geben soll.«

»Und wo sind sie jetzt?«

»Auf der Reise«, grinste der Barkeeper.

»Auf der Reise? Wohin?«

»Ins Nichts«, antwortete jemand hinter ihnen.

Falfnin und Selphyne drehten sich um.

Etwa zwanzig finster lächelnde Nachtelfen in schwarzen Lederrüstungen hatten sich in einem Halbkreis um sie aufgebaut.

»Oh«, sagte Falfnin. »So ist das also.«

»Ja, so ist das«, lachte der vorderste Elf böse und zog sein Schwert, eine traditionelle Zick-Zack-Nachtelfenklinge aus Verzweiflungsstahl, der mit Tränen gelöscht worden war. »Jetzt zeigen wir euch mal, wie wir in Schattensund *Schlechte Nacht* sagen.«

Selphyne beschloss, es mit Diplomatie zu versuchen.

»Moment«, sagte sie und lächelte freundlich, um die Situation zu entspannen. »Das ist alles ein großes Missverständnis. Wir sind nicht hier, um uns zu schlagen, sondern es geht vielmehr um eine Familienangelegenheit.

Das hier ist Nenia, die Großnichte von Irenicus Dunkelblut und …«

»Uns ist egal, wer das missratene Gör ist. Aber ihr solltet sie besser vor die Tür schaffen, denn hier drinnen wird es gleich alles andere als jugendfrei zugehen.«

»Wie ihr wollt.«

Selphyne ließ ihre Fingerknöchel knacken.

»Nenia?«, wandte sie sich beiläufig an die kleine Nachtelfe. »Du hast doch gehört, wie dich der Mann da eben genannt hat, oder?«

Nenia fixierte den Nachtelfenanführer mit einem dermaßen durchdringenden Blick, dass dieser unwillkürlich zu schwitzen anfing.

»Hab ich«, nickte sie.

»Und geht es deinem Hals wieder besser?«

Die Totenbeschwörertochter sang probehalber einige leise Töne, die die Flaschen hinter der Theke erzittern ließen.

»Ja«, befand sie.

»Gut. Wenn du den Leuten hier zeigst, was für eine schöne Stimme du hast, kauf ich dir auch eine Armbrust, sobald wir wieder bei Ulgamesch sind.«

»Mit Zielfernrohr?«, fragte die kleine Nachtelfe.

»Mit Zielfernrohr und Explosivbolzen.«

Nenia holte tief Luft.

Bevor das akustische Grauen hereinbrach, umgab die Gnomin sich selbst und Falfnin schnell mit einem magischen Stillefeld.

Wer sich einen ungefähren Eindruck von den stimmlichen Qualitäten der kleinen Nachtelfe verschaffen möchte, benötigt dazu Folgendes:

666 feierlich entweihte rostige Nägel aus Dämoneneisen.

Eine unheilige Tafel aus Höllenobsidian, auf der die

13 mal 13 Großen Verhöhnungen der Schöpfung geschrieben stehen.

Ein 180 000-Watt Sound-System der Marke *Weltuntergang.*

Eine gehörige Portion Lebensmüdigkeit.

»Meine Güte«, sagte Falfnin, nachdem der letzte Nachhall verklungen war und Selphyne das Stillefeld aufgehoben hatte. »Von hier drinnen sah das ziemlich brutal aus.«

»Ja«, erwiderte die Gnomenmagierin und blickte sich um. »Hoffentlich haben wir damit nicht gegen die *Gnolmener Konvention für Halbwegs Anständige Kriegsführung* verstoßen.«

»Diesmal hab ich mir noch mehr Mühe gegeben«, verkündete Nenia stolz. »Papa hat immer gesagt, das achtgestrichene C ist meine große Stärke.«

Sämtliche Gegenstände aus Glas waren von ihrer Stimmgewalt zu feinstem Staub zerrieben worden, der wie Puderzucker die Tische und die Theke bedeckte.

Auf dem Boden wälzten sich die eben noch so angriffslustigen Nachtelfen in verzweiflungsvoller Agonie.

Selphyne befreite ihre Robe von dem Glasstaub und packte den Anführer am Kragen.

»So«, sagte sie honigsüß. »Und jetzt wüssten wir gerne, wo unsere Freunde sind.«

»Was?«, fragte der Nachtelf und hielt sich die Hand ans Ohr. Ein Blutfaden rann ihm aus der Ohrmuschel und lief seinen Hals hinab.

»Entschuldige. Es scheint, als hätten wir da ein kleines Kommunikationsproblem. Aber das ist nichts, was sich nicht aus der Welt schaffen ließe.« Selphyne schaltete auf Telepathie um. »Ich sagte«, ließ sie ihre Stimme im Kopf des Nachtelfs erklingen, »wir wüssten jetzt gerne, wo unsere Freunde sind.«

Der Nachtelf verzog die blutleeren Lippen zu einem Grinsen.

»Eure Freunde sind auf der Reise ins Nichts. Und in ihrem Fall ist das eine lange, äußerst schmerzliche Erfahrung.«

»Das werden wir zu verhindern wissen. Und wenn du nicht ebenfalls auf eine lange und qualvolle Reise ins Nichts geschickt werden möchtest, solltest du uns schleunigst dabei helfen.«

»Einem Nihilisten kann man nicht drohen«, behauptete der Barkeeper selbstsicher. »Für ihn gibt es nichts Schlimmeres als die Tatsache, mit dem Fluch des Daseins gestraft zu sein.«

»So«, entgegnete Selphyne nachdenklich. »Was du nicht sagst. Dann würde ich vorschlagen, wir geben deinem Gehör ein bisschen Zeit, sich zu erholen. Und dann lässt sich Nenia bestimmt noch zu einer Zugabe überreden. Nicht wahr, Nenia?«

»Klar«, nickte die kleine Nachtelfe.

Panik flackerte in den Augen des überzeugten Nihilisten auf.

»Nein!«, ächzte er heiser. »Alles, nur das nicht! Ich rede ja schon.«

»Eine gute Entscheidung«, lächelte Selphyne. »Dann lass mal hören.«

Brom blinzelte.

Bestandsaufnahme, Punkt 1: Er hatte keinen Schimmer, wo er war.

Bestandsaufnahme, Punkt 2: Sein Schädel fühlte sich an, als wäre er von einem wild gewordenen Koboldschamanen als Trommel benutzt worden, um darauf den Takt für einen drogengeschwängerten Stammestanz zu schlagen, bei dem sich die Beteiligten ekstatisch in Trance zucken und zappeln, um Zwiesprache mit den Geistern zu halten beziehungsweise sich mal wieder so richtig *funky* zu fühlen.

An sich war dies nichts Besonderes und ereignete sich mit einer gewissen Regelmäßigkeit im Leben des Zwergenkriegers (das mit dem Koboldschamanen und der Kopftrommel sogar einmal wortwörtlich, damals, in den kochenden Dschungeln von Yl-Grobong, aber das war eine andere Geschichte).

Bestandsaufnahme, Punkt 3: Er stand aufrecht mit dem Rücken an einer Mauer und war mit Ketten an Armen und Beinen gefesselt.

Auch das war nichts Ungewöhnliches – etwa jede fünfte Sauftour endete für ihn auf ähnliche Art und Weise.

Mal war es ein Kneipenwirt, der ihn in der Abstellkammer eingeschlossen hatte, um ihn so zu zwingen, endlich seine Zeche zu bezahlen, dann wieder eine leicht überspannte Hohepriesterin, die ihn mit Handschellen an ihr Bett gefesselt hatte, scharf auf eine Runde heißer Zwergenliebe und sein pochendes Herz, das sie nachher auf dem Altar den Göttern zu opfern gedachte.

Solche kleinen Episoden hatten ihn jedoch bislang nicht dazu veranlassen können, über ein möglicherweise weniger exzessives Verhältnis zum Alkohol nachzudenken.

Ein leises Wimmern ließ ihn jetzt den Kopf zur Seite drehen.

An der Wand rechts neben ihm stand Bolgur, ebenfalls gefesselt und anscheinend in einer kleinen emotionalen Krise befangen.

Der hünenhafte Barbarenoger schniefte und schluchzte leise vor sich hin, ab und zu entrang sich seiner mächtigen Brust ein schwermütiger Seufzer.

»Hey, Bolgur!«, sagte Brom. »Alles in Ordnung? Hast du eine Ahnung, wo wir hier sind?«

Bolgur hob den Kopf.

Tränen schimmerten in seinen treuherzigen Augen.

»Auf einem kahlen Felsbrocken, der sinnlos durchs Weltall rollt, geschlagen mit dem Fluch des Daseins, ohne Hoffnung auf Erlösung«, sagte er mit zitternder Stimme.

»Öha. Und ich dachte, *ich* wär mies drauf«, entgegnete Brom.

Die Tür der Kerkerzelle öffnete sich, und ein uralter Nachtelf betrat den Raum. Er trug einen nach Mottenkugeln riechenden Totenbeschwörer-Anzug, mit dem er sicherlich auf jedem Totenbeschwörerabschlussball vor dreihundertfünfzig Jahren als ausgesprochen *fesch* gegolten hätte. Er ging so krumm, dass sein Unter- und sein Oberkörper zusammen einen 90°-Winkel bildeten. Mit einer Hand stützte er sich auf einen Krückstock, in der anderen hielt er ein überdimensioniertes Hörrohr.

»Hähähä«, lachte er mit brüchiger Stimme. »Was ist uns denn da Hübsches in die Falle gegangen?«

Kurzsichtig starrte er ein Skelett an, das zwei Meter neben Brom an die Wand gekettet war.

»Wenn du noch etwas zu sagen hast, dann ist das hier die letzte Gelegenheit, Bürschchen!«

»Ich würd meinen, der Kollege schwingt eher keine großen Reden mehr«, bemerkte Brom hilfreich. »Der hat's hinter sich, und das nicht erst seit gestern.«

Der Nachtelfengreis warf den Kopf herum und kniff misstrauisch die Augen zusammen.

»Wer hat das gesagt?«, krächzte er.

»Ich bin hier drüben«, antwortete Brom.

Der Nachtelf humpelte in die Richtung, in der er mit dem Hörrohr die Stimme geortet hatte.

»Aha! Wir halten uns wohl für ganz besonders schlau, was?«

»Nein«, sagte Brom. »Der Intellektuelle der Truppe ist Bolgur. Ich bin der Scherzbold. Oder andersrum, der

Scherzbold ist Falfnin. Dann bin ich der Frauenschwarm. Und Selphyne ist die Spirituelle mit der Neigung für workuboschianische Mystik und Sphärenzithermusik. Aber das ist nur unser öffentliches Image. Hinter den Kulissen sind wir eigentlich ganz anders.«

Der Nachtelfengreis presste das Hörrohr gegen sein Ohr. Seinem Gesichtsausdruck war zu entnehmen, dass er kein Wort verstanden hatte.

»Ach ja?«, sagte er unsicher. »Damit ist jetzt Schluss! Ihr habt geglaubt, ihr könnt den alten Irenicus Dunkelblut überrumpeln. Aber da habt ihr euch geschnitten!«

»Du bist Irenicus Dunkelblut? Das trifft sich gut, weil nämlich …«

»Ruhe!« Dunkelblut pochte mit seinem Krückstock auf den Boden. »Ich bin vor euch gewarnt worden! Ihr seid gekommen, um mir den größten aller Schätze zu rauben!«

»Schätze?« Broms Zwergengene regten sich.

»Unverschämtheit! Ich habe keine Krätze!« Irenicus Dunkelblut kratzte sich an seinem Hals und verursachte damit ein feines Schneegestöber, das winterlich durch den Raum schwebte. Er griff in seine Tasche und holte einen Zettel hervor, den er umständlich entfaltete. »Hier! In diesem anonymen Brief warnt mich jemand davor, dass vier Helden auftauchen werden, die mir nach dem Leben trachten!«

»Da bist du falsch informiert worden!«, rief Brom in harthörigenfreundlicher Lautstärke. »Wir sind hier wegen Nenia, deiner Großnichte!«

»Mich vernichten!«, lachte Dunkelblut heiser. »Das hättet ihr wohl gern!«

»Nicht vernichten!«, schrie Brom. »Nichte!«

»Du brauchst nicht zu schreien!«, erwiderte Irenicus. »Das ändert auch nichts daran, dass ihr mich niemals vernichten werdet!«

»Nichte!«, brüllte Brom. »Die Tochter deines Neffen Thanatos! N-I… E-C-H… äh… E… T…« An dieser Stelle ließen ihn seine Buchstabierfähigkeiten im Stich. »Ach verdammt!«, wandte er sich an Bolgur. »Hilf mir doch mal!«

Der Barbarenoger atmete schwer ein und dann wieder aus.

»Der Tod ist nicht die logische Vollendung des Lebens, sondern nur dessen unvermittelter Abbruch, an dem sich seine Sinnlosigkeit erweist«, philosophierte er nihilistisch.

»Intellektuelle!«, schnaubte Brom. »Wenn man mal einen praktischen Rat von ihnen braucht, kommen sie einem nur mit diesem *Es-ist-ja-sowieso-alles-vergeblich-Mist*. Und das soll dann tiefsinnig sein!«

»Das Lachen wird euch bald vergehen!«, höhnte Irenicus. »Ist das nicht sehr passend? Ihr seid gekommen, um mich zu töten, und jetzt seid ihr es, die der Tod ereilen wird!«

»Opa«, knurrte Brom, »ich weiß wirklich nicht, wie ich es dir noch deutlicher sagen soll. Niemand hier will dich töten. Naja, ich mittlerweile schon ein bisschen, um ganz ehrlich zu sein«, korrigierte er sich.

»Ja genau! Freund Hein!«, entgegnete Irenicus. »Der Knochenmann! Es ist ein Schnitter der heißt Tod! Und der kommt jetzt, um euch zu holen! Euch! Nicht mich!«

Brom rollte mit den Augen.

»Ich glaube, wir haben hier ein ernstes Kommunikationsproblem«, brummte er.

»Einen guten Fang gehabt?«

Der Fischer, damit beschäftigt, seine Netze zu ordnen, blickte auf.

Am Quai standen eine Gnomin, ein Wichtel und eine kleine Nachtelfe, Ausländer, der Kleidung nach zu urteilen.

»Verdammte Überfischung«. Er winkte ab. »Früher waren meine Netze abends voll, und jetzt kann ich froh sein, wenn ich ein paar mickrige Makrelen nach Hause bringe.«

»Haben Sie Lust, sich ein bisschen was dazu zu verdienen?«, fragte die Gnomin. »Wir bräuchten eine Fähre.«

»Ich fahr keine Touristen«, sagte der Nachtelf und wandte sich wieder seinen Netzen zu.

»Es wird sich für Sie lohnen«, meinte der Wichtel und sprang von der Hafenmauer in den kleinen Fischerkahn.

»Runter von meinem Boot!«, ereiferte sich der Fischer. »Ich hab euch gesagt, ich fahr keine Touristen!«

»Auch nicht für Gold?«

Falfnin holte einen Beutel aus seiner Tasche und klimperte vielversprechend damit.

Plötzlich wirkte die Miene des Fischers nicht mehr ganz so ablehnend.

»Wenn ihr es euch gar nicht ausreden lassen wollt, kommt morgen wieder«, sagte er, die Augen auf den Beutel gerichtet. »Heute ist es zu spät, um noch rauszufahren.«

»Wir bräuchten Ihr Schiff aber jetzt gleich«, erklärte Selphyne, ebenfalls in das Boot steigend.

»Und ich sag euch, ich fahr jetzt nicht mehr raus. Morgen vielleicht, wenn die Bezahlung stimmt. Wo wollt ihr denn überhaupt hin?«

»Dorthin.«

Selphyne zeigte auf eine Insel, die in der Ferne aus den dunklen Fluten der Bucht von Schattensund aufragte. Die erleuchteten Fenster eines schlossähnlichen Gebäudes schimmerten schwach von dort herüber.

»Zur Insel des Totenbeschwörers.«

Der Fischer erbleichte.

»Runter von meinem Boot!«, rief er. »Der paranoide alte Knacker lässt jeden töten, der sich seiner Insel nähert! Ich bin doch nicht lebensmüde!«

»Nicht?«, fragte Selphyne. »Na, dann bist du ja eine echte Ausnahmeerscheinung hier in Schattensund. Nur so als kleine Denksportaufgabe: Stell dir vor, du hättest die Wahl zwischen einem möglichen aber keineswegs sicheren Tod auf der Insel des Totenbeschwörers oder einem garantierten, *sehr* unangenehmen Exitus gleich hier. Welche Alternative würdest du vorziehen?«

Die Zauberin hob ihre Hand, um deren Finger bläulich zuckende Blitze knisterten.

»Entscheide dich lieber schnell«, flüsterte Falfnin dem Fischer zu. »Wenn sie erstmal richtig sauer ist, kann ich nichts mehr für dich tun!«

»Oh, wir spielen *Guter Wichtel, Böse Gnomin*«, lächelte Selphyne grimmig. »Mein Lieblingsspiel! Vielleicht möchte Nenia ja auch etwas zum musikalischen Rahmenprogramm beitragen?«

»Erst will ich meine Armbrust!«, verlangte die Nachtelfe. »Sonst werde ich euch alle töten!«

Der Fischer starrte sie an.

»Ihr seid ja völlig verrückt!«, sagte er kopfschüttelnd.

Und kurz darauf, Gischt sprühte ihm ins Gesicht, rief er:

»Dafür bringe ich euch vor den Richter! Das ist Freiheitsberaubung!«

»Freiheitsberaubung, die sich für dich sehr lukrativ auszahlt!«, erwiderte Falfnin. »Also hör auf, dich zu beschweren und konzentrier dich aufs Segeln! Wir kommen ja kaum voran!«

»Natürlich nicht! Wir fahren ja auch gegen den Wind! Habt ihr denn überhaupt keine Ahnung vom Segeln?«

»Nein!«, sagte Selphyne. »Deswegen brauchen wir ja dich!«

Sie stand vorn am Bug und sah über die Bucht hinaus.

»Und geht's nicht wirklich ein bisschen schneller? Wenn wir in dem Tempo weiterdümpeln, kommen wir ja nicht vor nächster Woche an.«

»Lebensverneinung ist keine philosophische Haltung, sondern ein natürlicher Instinkt«, erklärte Bolgur düster.

»Weißt du«, erwiderte Brom, »das ist nicht gerade der optimale Zeitpunkt für einen seelischen Durchhänger …«

Eiskaltes Wasser stand ihm bis über die Hüfte, Tendenz deutlich steigend.

Irenicus Dunkelblut hatte die Zelle bereits vor einer Weile verlassen, nicht ohne dass es noch zu einigen kuriosen Missverständnissen gekommen war, die Broms Geduld auf eine harte Probe gestellt hatten.

Dann hatten sich kleine Schlitze in den Wänden geöffnet, aus denen Wasser in die Zelle strömte und sie langsam aber sicher ausfüllte

Brom rüttelte an seinen Fesseln.

»Könntest du nicht wenigstens versuchen, was Konstruktives beizutragen?«, wandte er sich an Bolgur. »Deine Ketten zu sprengen, zum Beispiel? Komm schon, reiß dich ein bisschen zusammen, ich weiß dass du es schaffen kannst!«

»Die Welt ist unser aller Gefängnis. Schuldlos Verurteilten gleich, die niemals die Freiheit gekannt haben, sind wir ans Leben gefesselt.«

»Jetzt krieg ich langsam selbst Depressionen«, knurrte Brom. »Ich kann nur hoffen, dass Selphyne und Falfnin schon auf dem Weg sind, um uns hier rauszuholen.«

Erstens: Dreißig Unzen vom Eisen eines Meteors, welcher einen Priester erschlagen.

Die erste Zutat war nicht leicht zu besorgen gewesen, denn mit Geistlichen und Meteoren hat es die Bewandnis, dass sie sich nur äußerst selten zugleich zur rechten Zeit am rechten Ort befinden.

Außer, man lässt einen Priester der Esoteria, Göttin des Wahrsagens, des Übersinnlichen und der Schamlosen Abzocke, den nächsten Einschlagsort vorhersagen und schlägt gewissermaßen zwei Fliegen mit einer Klappe beziehungsweise einem Meteor, denn einen toten Wahrsager braucht man für seine Dienste nicht zu bezahlen. Auf dieses Mittel war Irenicus Dunkelblut schließlich auch verfallen, und er hatte seinen Spaß dabei gehabt. Besonders lustig war es gewesen, den Flüchen und Verwünschungen des betrogenen Priesters zu lauschen, dem Esoteria zwar die Gabe verliehen hatte, Ereignisse von kosmischer Bedeutung, nicht jedoch sein eigenes Ende vorherzusehen. Aber die Göttin des Faulen Zaubers war schließlich bekannt dafür, ihre Anhänger kräftig über den Tisch zu ziehen.

Zweitens: Einen guten Liter Tränen einer Trauerfee.

Nach der zweiten Zutat hatte Dunkelblut nicht lange suchen müssen, denn Trauerfeen, wie man sich denken wird, sind im Allgemeinen recht nah am Wasser gebaut, und der Totenbeschwörer kannte Methoden, die geeignet waren, selbst einen Stahlgolem in einen schluchzenden, wimmernden Jammerlappen zu verwandeln.

Viertens: Meine genialigliche Erfindung, den Revitalisator Jungbrunnen (zum Patent angemeldet), getreulich und in allen Einzelheiten beschrieben in Anhang C.

Jahrelang hatte Irenicus vergeblich versucht, die Einzelteile für den Revitalisator aufzutreiben, und war dann aus allen Wolken gefallen, als er zufällig ein versandfertig zusammengebautes Exemplar im Katalog der Firma Scrupel & Lohs gefunden hatte.

Nicht nur das, Scrupel & Lohs führten auch verschiedenes Ritualzubehör, von priestererschlagenden Meteoren en gros bis zur praktischen Drei-Liter-Flasche mit Trauerfeetränen.

Als Totenbeschwörer der alten Schule, der sich seinen Nekromantenbedarf bislang entweder mühsam selbst oder beim Krämer um die Ecke (dürftige Auswahl, hoffnungslos überteuert) besorgt hatte, war Dunkelblut von den Segnungen des modernen Großversandhandels sofort hellauf begeistert gewesen.

Man musste kein Priester der Esoteria sein, um den Untergang des lokalen Einzelhandels zu prophezeien.

Doch die dritte Zutat hatte ihm Probleme bereitet:

Drittens: Eine Jungfrau, geboren unter den gleichen Sternen, die auch bei deiner eigenen Geburt am Himmel geglänzt.

Es hatte sich herausgestellt, dass Dunkelblut unter extrem seltenen astronomischen Bedingungen zur Welt gekommen war, wie sie nur alle paar Jahrzehnte für einige Stunden eintraten.

Jetzt rächte es sich, eine so einzigartige Persönlichkeit zu sein.

Die einzige halbwegs in Frage kommende Kandidatin war eine 237-jährige Nonnen-Gnomin und Anhängerin der Tatteria, Göttin des Greisentums, gewesen, die ständig mit dem Kopf geschüttelt und wirres Zeug über die *losen Sitten der Jugend von heute* gemurmelt hatte – bei ihrem Anblick hatte sich Irenicus zwar wieder *vergleichsweise jung* gefühlt, aber abgesehen davon war es ein echter Reinfall gewesen.

Und Scrupel & Lohs boten zwar auch Jungfrauen an (inklusive Horoskop und Geburtszertifikat), aber das verlangte Modell hatten sie natürlich nicht auf Lager gehabt: Lieferzeit 7–23 Jahre – so lange konnte Irenicus nicht warten.

Unter diesen Umständen hatte er beschlossen, bei der Suche etwas weniger strenge Kriterien anzulegen.

»Ich bin keine Jungfrau«, sagte die Gestalt auf dem Revitalisator.

Aber selbst dann war Irenicus erst fündig geworden – was für ein unglaublicher Zufall, gewissermaßen um fünf vor Zwölf – als er beiläufig den Vertreter der Firma Scrupel & Lohs, der den Revitalisator *Jungbrunnen* geliefert und installiert hatte, nach seinem Geburtsdatum gefragt hatte.

»Nein, im Ernst«, sagte die gefesselte Gestalt auf dem Revitalisator. »Ich bin wirklich keine Jungfrau. Siehst du *das* hier? Das ist mein Ehering. Seit dreiundzwanzig Jahren verheiratet, obwohl es mir manchmal doppelt so lang vorkommt.«

»Ruhe!«, befahl Irenicus Dunkelblut und wandte sich an Quolog, den Ghuldiener. »Wir machen weiter wie geplant. Wo sind die Trauerfeetränen?«

»Hier, Meister«, krächzte der Ghul.

»Ausgezeichnet.« Dunkelblut rieb seine Hände. »Dann lass uns anfangen.«

Hakon Zwingenschmied, ehemaliger Vertreter von Stechli & Kreysch und seit kurzem Außendienstmitarbeiter bei Scrupel & Lohs, seufzte resigniert.

»Das war das letzte Mal, dass ich mich mit Totenbeschwörern eingelassen habe«, schwor er feierlich. »Ganz ernsthaft.«

»Da wären wir«, sagte der Fischer, nachdem sie bei der Insel angelegt hatten. »Jetzt gebt mir das Geld, damit ich von diesem verfluchten Ort verschwinden kann!«

Hohe Wellen brandeten gegen das felsige Ufer und überschütteten sie mit einem eisigen Sprühregen.

»Alles zu seiner Zeit«, antwortete Selphyne. »Erst erledigen wir, was wir hier zu erledigen haben, dann bekommst du deine Bezahlung. Schließlich brauchen wir jemanden, der uns nachher zurückfährt.«

»Was? So war das nicht vereinbart! Ich will jetzt sofort mein Geld! Keine Sekunde länger bleibe ich auf dieser Insel!«

»Wenn du dich da mal nicht irrst ...«

»Ihr elenden Betrüger«, schrie ihnen der Fischer hinterher. »Ihr abgefeimten, skrupellosen Verbrecher!«

Er war mit einem dicken Tau an den Mast seines Bootes gefesselt.

»Er scheint gar nicht verstanden zu haben, dass wir Helden sind«, bemerkte Falfnin, während sie auf die bedrohliche Residenz des Totenbeschwörers zugingen. »Sonst würde er uns wohl kaum als Verbrecher und Betrüger beschimpfen.«

»Manche Leute sind eben schwer von Begriff«, entgegnete Selphyne.

Vor dem Tor erwartete sie eine Abordnung nachtelfischer Nekromantenschergen.

»Sieh an«, lachte ihr Hauptmann, zwei knurrende, geifernde Zombiehunde an der Leine haltend, »Nachschub für den Folterkeller!«

»Freut euch lieber nicht zu früh«, sagte Falfnin.

»Genau«, pflichtete Selphyne bei. »Hebt euch das für nach dem Konzert auf.«

Der Nachtelfenhauptmann runzelte die Stirn.

»Was?«, fragte er irritiert.

»Deine Bühne«, lächelte Selphyne mit einer Verbeugung in Nenias Richtung.

Die kleine Nachtelfe trat vor.

Fünfzehn Sekunden später wälzten sich fünfundzwanzig Nachtelfen und zwölf Zombiehunde in einem ganz schweren kollektiven Tinnitus-Anfall auf dem Boden.

»Schrecklich«, kommentiere Falfnin diesen mitleiderweckenden Anblick. »Aber sehr effizient. Kann Nenia nicht doch bei uns bleiben? Ich finde, sie wäre eine echte Bereicherung für die Gruppe.«

»Das Abenteurerleben ist nichts für ein kleines Kind«, wiederholte Selphyne und blickte an der düsteren Behausung des Totenbeschwörers empor. »Aber hier kann sie auch nicht bleiben. Ich weiß gar nicht, was wir uns dabei gedacht haben herzukommen.«

»Ich will jetzt meine zwei Armbrüste!«, forderte Nenia.

»Später«, sagte Selphyne. »Erst mal befreien wir unsere Freunde.«

Sie horchte auf.

»Was ist das denn?«

Es war ein lang gezogener Klagelaut, Ausdruck ohnmächtigster, hoffnungslosester Verzweiflung, der aus einem vergitterten Kerkerfenster kam.

»Huuuuu-hu-hu-hu-huuuuuuuuuu!«

Es hörte sich wie ein Verliesgespenst an, das vergessen hatte, seine Antidepressiva zu nehmen.

»Ist das … Bolgur?«, fragte Selphyne ungläubig.

Falfnin ballte die Fäuste. »Ich schwöre: Wenn dieser Irencius ihm auch nur eine Borste gekrümmt hat, erwartet ihn ein Wunschkonzert der ganz besonderen Art. Ob er jetzt Nenias Großonkel ist oder nicht.«

»Bolgur! Brom! Hört ihr uns?«, rief Selphyne.

»Laut und deutlich!«, antwortete die Stimme des Zwergenkriegers durch das Gitter. »Schön, dass ihr es auch noch geschafft habt!«

»Haltet durch«, rief Falfnin. »Wir kommen zu euch.«

»Alles in Ordnung bei euch?«, fragte Selphyne, als sie die Zelle ausfindig gemacht hatten, in der Brom und Bolgur eingesperrt waren.

»Wie man's nimmt«, antwortete Brom von drinnen. »Bolgur ist irgendwie sein Lebenssinn abhanden gekommen, und mich beschleichen auch so langsam ernsthafte Zweifel. Aber sonst geht es uns gut.«

»Da kommt Wasser unter der Tür durch«, sagte Falfnin und zeigte auf die Pfütze, die sich vor der Türschwelle gebildet hatte.

»Stimmt, das Wasser hab ich ganz vergessen zu erwähnen. Bolgur meint zwar, das wär nur eine Metapher für unseren unstillbaren Durst nach Glück und einem erfüllten Dasein, aber da kann ich ihm nicht ganz beipflichten. Wenn es so weiter geht, wird Durst demnächst mein kleinstes Problem sein.«

»Heb mich mal hoch.«

Falfnin half Selphyne mit einer Räuberleiter in die Höhe, damit die Gnomenmagierin durch das schmale Sichtfenster blicken konnte.

Das Wasser in der Zelle war inzwischen auf über einen Meter angestiegen, was bedeutete, dass es Brom bis an den Bart reichte, während Bolgur, der um einiges größer war, nur bis an die Hüfte darin versank.

»Ich hab doch gesagt: Haltet euch vom Alkohol fern«, meinte Selphyne mit leiser Genugtuung. »Jetzt habt ihr euch mal wieder ganz schön tief reingeritten.«

»Ja, ja«, grummelte Brom. »Andere Leute machen ja nie Fehler!«

»Das ist eine originale Niebruch-Zellentür«, erklärte Falfnin, die Magierin herunterlassend. »Patentierter Achtfach-Schließmechanismus, Anti-Magie-Schutz und lebenslange Garantie bei Durchrostung. Das kann eine Weile dauern, bis ich die aufbekomme.«

»Lass dir ruhig Zeit«, erwiderte Brom. »Wenn es länger als fünf Minuten dauert, wachsen mir bis dahin ja vielleicht Kiemen.«

Bolgur unterbrach seine gemurmelten Klagetiraden und hob den Kopf.

»So funktioniert die Evolution nicht«, stellte er betrübt fest.

»Toll, dass man von dir noch was anderes zu hören

kriegt als: *Ohneinohnein! Das Nichts wird uns alle verschlingen!*«, versetzte Brom. »Nicht, dass es sonderlich hilfreich wäre, aber immerhin.«

»Ich könnte mich zu ihnen rein teleportieren«, schlug Selphyne vor, »und schon mal versuchen, sie von den Ketten zu befreien, während du mit der Tür beschäftigt bist. Nenia bleibt bei dir.

Und sorg dafür, dass sie sich von der Tür fernhält, falls die sich plötzlich öffnet und der Gang überschwemmt wird.«

»Gut«, nickte Falfnin, sein Diebeswerkzeug auspackend.

»Macht euch nur keine Umstände«, meinte Brom. »Wir kommen aus dem Nichts und gehen wieder ins Nichts zurück. Was haben wir also großartig zu verlieren?«

»Eine wohlbegründete Anmerkung«, nickte Bolgur.

Plötzlich erschien die Magierin in der Zelle.

»Kalt!«, schnaufte sie, tief im Wasser stehend.

»Ja«, sagte Brom, »ist nicht gerade schönstes Badewetter. Aber man gewöhnt sich dran. Und wenn man der Natur freien Lauf lässt, wird es sogar kurzfristig angenehm warm.«

»Ähh! Das ist ja widerlich!«, ekelte sich Selphyne und watete einige Schritte von Brom weg.

»Wieso? Das hab ich doch sehr gesittet ausgedrückt: *Der Natur freien Lauf lassen.* Den Spruch hab ich vom Fürsten von Holdernich, als er schon dermaßen einen im Tee hatte, dass das nicht mehr so ganz von seinem Willen abhing. Für solche Fälle hat er immer einen Kammerdiener, der mit einem Paar neuer Hosen in Lauerstellung wartet. Ich hab diese adeligen Schnösel falsch eingeschätzt, die wissen schon, was Lebensart ist.«

»Unsere Körperfunktionen haben in ihrer Banalität etwas Demütigendes«, merkte Bolgur diesbezüglich an. »Aber sie sind alles, was uns ausmacht.«

»He!«, ließ sich Falfnin vernehmen. »Ich hab hier draußen glaub ich zufällig den Schalter gefunden, um das Wasser abzustellen. Gebt mir mal ein Zeichen, ob sich was verändert.«

Etwas rappelte mechanisch, dann sprudelte das Wasser plötzlich doppelt so schnell in die Zelle.

»Besser oder schlechter?«, fragte Falfnin.

»Schlechter!«, riefen Brom und Selphyne. »Viel schlechter!«

»Ähm, na gut, ich kümmere mich vielleicht doch lieber erst um die Tür«, sagte der Meisterdieb. »Jetzt rächt es sich, dass ich auf der Diebesakademie so oft *Mechanismen & Fallenkunde* geschwänzt habe ...«

»Es sind ja nicht deine demütigend banalen Körperfunktionen, die darunter zu leiden haben«, erwiderte Brom.

Das Wasser stieg jetzt um mehrere Zentimeter in der Minute und reichte dem Zwergenkrieger bereits bis unter das Kinn.

»Ich werde versuchen, die Ketten mit einem Zauber durchzubrennen«, sagte Selphyne. »Macht so lange die Augen zu. Und komm ja nicht auf die Idee, der *Natur freien Lauf* zu lassen, während ich neben dir stehe!«, warnte sie Brom.

»Was denkst du denn von mir! Ich weiß doch, wie man sich in Gegenwart einer Dame zu verhalten hat.«

»Ach ja? Seit wann das denn?«

»Der Fürst von Holdernich hat mir damals auf dem Luftschiff zu diesem Thema ein paar wertvolle Tipps gegeben.«

»Na, da haben sich ja zwei gefunden. Augen zu, das könnte gefährlich werden!«

Selphyne konzentrierte sich, und ein gleißender Lichtstrahl schoss aus ihrem Zeigefinger, wurde von Broms Fesseln reflektiert wie von einem Spiegel, traf auf die Tür, wurde auch von dort zurückgeworfen und zischte in Bolgurs Richtung.

»Verdammt«, sagte Selphyne und brach den Zauber ab. »Die Ketten sind aus antimagischem Stupidium. Keine Chance, da mit Magie etwas auszurichten.«

»Au«, stöhnte Bolgur, etwas verspätet.

Die Zauberin wandte sich zu ihm um.

»Oh, das tut mir leid, Bolgur. Falfnin, wir brauchen nachher noch mal dein chirurgisches Notfallset!«

Der durch unzählige Kriegsnarben gezeichnete Ogerbarbar blickte mit stoischer Miene auf seine Handfläche, auf der sein linker kleiner Finger lag, von dem magischen Lichtstrahl glatt abgetrennt.

»Bewahr ihn gut auf«, meinte Brom. »Ein bisschen Arbeit mit Nadel und Zwirn, und du kannst ohne Probleme noch eine zweite Karriere als Lautenvirtuose starten.«

»Geschafft!«, verkündete der Meisterdieb jenseits der Tür. »Das war ganz große Diebeskunst!«

»Du bist fertig?«, rief Selphyne. »Wurde auch höchste Zeit! Noch ein bisschen länger, und für Brom hätte es schlecht ausgesehen.«

»Ähm, ach so«, entgegnete Falfnin, nicht mehr ganz so triumphal gestimmt. »Ja, die gute Nachricht ist, dass ich tatsächlich mit dem *ersten* Schloss fertig bin. Die vielleicht *nicht ganz so gute,* dass da noch sieben weitere kommen ...«

»Na ... bllb... toll«, blubberte Brom, mit dem Mund bereits unter Wasser.

Selphyne blickte sich suchend in der Zelle um.

»Wenn es nur eine Möglichkeit gäbe ...«

Sie watete zu Bolgur.

»Du musst deine Ketten zerreißen, Bolgur! Du kannst es. Erinnerst du dich an unser Abenteuer in den Verliesen von Molgbrant? Da hast du es auch gekonnt!«

»Aber damals war ich jünger und noch nicht so desillusioniert«, sagte Bolgur und ließ trübselig den Kopf hängen. »Heute hab ich alle Hoffnung verloren.«

»Jetzt mach hier nicht den Trauerkloß!«, rief Brom, den Kopf mühsam über Wasser haltend. »Wenn du nicht endlich deine … bllbb … Barbarenogerhinterbacken zusammenkneifst und mit dem Jammern aufhörst, war's das gleich mit … bllbb … mir!«

»Ich versuch es ja«, sagte Bolgur müde und zog halbherzig an seinen Ketten. »Seht ihr? Es hat keinen Zweck. Ach, es ist alles so sinnlos.«

Er seufzte tief auf.

»Ich fasse es nicht!«, schnaubte Selphyne. »Was ist bloß los mit dir?«

Dann bemerkte sie, dass Broms Kopf bereits unter der Wasseroberfläche verschwunden war.

»Brom!«, rief sie und schwamm zu ihm hin.

Sie atmete tief ein und tauchte unter.

Und plötzlich fühlte Brom ihre Lippen auf den seinen und atmete die Luft, mit der sie ihre Lungen für ihn gefüllt hatte.

Atemlos und keuchend tauchte sie wieder auf.

»Ehrlich, Bolgur«, hustete sie, »ich werd echt sauer, wenn du dich nicht gleich zusammenraufst und uns hilfst!«

»Aber woher soll ich die Kraft nehmen …?«

»Das ist mir ganz gleich. Denk an irgendwas, für das es sich lohnt weiterzuleben.«

Sie tauchte wieder unter.

»So«, sagte Falfnin, »das wäre Schloss Nummer vier. Die Hälfte haben wir also schon.«

Etwas knackte und knirschte.

»Was war das?«, fragte der Meisterdieb. »Hat sich fast wie ein weiterer Fallenmechanismus angehört. Gebt mir mal eine Ansage, ob sich bei euch was verändert hat.«

Die Zellenwände hatten begonnen, sich langsam aufeinander zuzubewegen.

»Etwas, für das es sich lohnt weiterzuleben«, murmelte Bolgur nachdenklich. »Aber da ist nichts. Nichts …«

»So ein Quatsch!«, rief Selphyne, die soeben wieder prustend aufgetaucht war. »Jeder hat irgendwas, das seinem Leben einen Sinn verleiht. Für Falfnin ist es kostbarer Schmuck, der anderen Leuten gehört …«

»Und galante Verwicklungen, nicht zu vergessen!«, ergänzte der Wichteldieb von draußen.

»… ich liebe Zauberei, Schöne Literatur und tiefsinnige Gespräche im Mondschein und Brom …« Sie unterbrach sich. »Moment, da gehört ein Komma vor das *und*: tiefsinnige Gespräche im Mondschein, und Brom mag … naja, Brom mag vor allem Finsterklammer Zwitscherer, was nicht der Ironie entbehrt. Also, was treibt *dich* dazu an, morgens aufzustehen?«

Sie holte Luft und tauchte unter.

»Was bringt mich dazu, morgens aufzustehen …« wiederholte Bolgur. »Was bringt mich dazu …«

Plötzlich hellte sich seine Miene auf.

»Ich mag es, Leute mit meiner Keule zu hauen!«

»Na also!«, rief Selphyne, an der Oberfläche erscheinend.

»Ja«, strahlte der Ogerbarbar. »Man könnte sogar sagen: Ich *liebe* es, Leute mit meiner Keule zu hauen!«

Dann verflüchtigte sich sein Enthusiasmus wieder.

»Aber«, fügte er melancholisch hinzu, »das macht keinen Unterschied. Die Welt bleibt wie sie ist, egal, ob ich die Leute mit meiner Keule haue oder nicht. An der allgemeinen Sinnlosigkeit ändert das gar nichts.«

»Das braucht es auch nicht«, wandte Selphyne hastig ein, »solange es *dich* glücklich macht, genügt das vollkommen als Rechtfertigung dafür, Leute mit deiner Keule zu hauen.« Sie überlegte. »Eventuelle moralische Einwände mal außen vor gelassen.«

»Das stimmt!«

Bolgur richtete sich auf.

»Zum Teufel mit dem Nihilismus Schattensunder Prägung! Mein Dasein hat wieder einen Sinn!«

Ohne große Mühe riss er seine Ketten mitsamt der Halterung aus der Wand, stapfte durch das auch für ihn mittlerweile brusthohe Wasser, bückte sich, zerrte und ruckte zweimal kurz und hob den schnaufenden Brom an die Oberfläche.

»Du hättest dir ruhig noch ein bisschen Zeit lassen können«, nieste der Zwergenkrieger. »Hatte grad angefangen, mir da unten zu gefallen.«

Er bedachte Selphyne mit einem bedeutsamen Blick.

»Ja …«, sagte die Zauberin verlegen. Um schnell das Thema zu wechseln, rief sie: »Wie kommst du mit der Tür voran, Falfnin?«

»Sechs Schlösser habe ich schon, bleiben also noch zwei.«

»So viel Zeit hab ich nicht«, grollte Bolgur. »Heute ist der erste Tag vom Rest meines Lebens!«

Fast wäre der Meisterdieb von der eisernen Tür erschlagen worden, als sie plötzlich aus den Angeln krachte und sich eine Flutwelle in den Gang ergoss.

Heraus trat Bolgur, aufrecht und sprühend vor Tatendrang.

»Gebt mir eine Keule!«, rief er. »Und ein paar Leute, um sie damit zu hauen! Mehr verlange ich nicht vom Leben!«*

»Hallelujah!«, kommentierte Brom, seine Hosen auswringend.

»Ich würde sagen, wir verschwinden jetzt einfach von hier«, meinte Selphyne. »Das ist wirklich kein gesundes Umfeld für ein junges Mädchen.«

* Indem er hier eine Zeile aus der beliebten Operette *Der Glückliche Ogerbarbar* zitiert, verrät Bolgur, dass er über eine durchaus respektable Allgemeinbildung verfügt.

»Vielleicht sollten wir doch mal nachsehen, was der alte Zausel da oben so treibt«, meinte Brom. »Vorhin hat er irgendwas von wegen *Genialer Plan* und *Jungfrau* gefaselt, das mir ziemlich verdächtig vorkam.«

»Eine Jungfrau in Not?« zweifelte Falfnin, der seit seiner Begegnung mit Babylonia vorsichtig geworden war. »Da sollten wir besser wachsam bleiben, es könnte auch eine Falle sein.«

»Die Firma Scrupel & Lohs übernimmt keine Garantie bei unsachgemäßem Gebrauch des Revitalisators *Jungbrunnen*, bemerkte Hakon Zwingenschmied. »Das gilt insbesondere für die Verwendung von Nicht-Jungfrauen. Und ich wiederhole mich ungern, aber als Ehemann und Vater von vier Kindern gehöre ich ganz bestimmt in diese Kategorie. Ohne Spaß.«

Der zwergische Vertreter für Totenbeschwörerzubehör saß noch immer gefesselt auf einem der beiden Stühle des Revitalisators *Jungbrunnen*, auf dem anderen hatte Irenicus Dunkelblut Platz genommen. Über ihren Köpfen schwebten zwei wie umgekehrte Schüsseln aussehende Helme, die mit dem Apparat verbunden waren.

»Ruhe!«, befahl Dunkelblut und wandte sich an seinen Diener, der an dem Revitalistaor herumhantierte. »Was sagst du, Quolog?«

Der Ghul kroch auf allen vieren heran, stützte sich mit den Vorderklauen auf die Stuhllehne und krächzte in das Ohr seines Meisters.

»Es funktioniert nicht! Der Apparat funktioniert nicht, Meister! Ich habe alles versucht!«

Dunkelblut stampfte mit dem Fuß auf, aber nicht zu fest, um keinen Unterschenkelhalsbruch zu riskieren.

»Was habt ihr da für einen Schund geliefert!«, fauchte er Zwingenschmied an. »Nach einer Woche gibt das Gerät bereits seinen Geist auf!«

»Die Firma Scrupel & Lohs liefert ausschließlich geprüfte Qualitätsware«, verwahrte sich der Zwerg, bei seiner Berufsehre gepackt. »Ist der Trauerfeetränentank bis an den roten Markierungsstrich gefüllt?«

Der Ghuldiener watschelte um den Apparat herum.

»Ja!«, antwortete er.

»Ist das priestererschlagende Meteoreisen auf dem dafür vorgesehenen Sockel platziert?«

»Ja!«

»Ist der Stecker eingesteckt?«

Quolog blinzelte.

Dann schlug er sich mit der Hand gegen seine fäulnisgrüne Stirn.

»Natürlich, der Stecker!«, triumphierte Hakon Zwingenschmied, als der Revitalisator *Jungbrunnen* mit einem lauten Summen und Brummen ansprang. »Der mit Abstand häufigste Reklamationsgrund. Sie glauben ja gar nicht, mit was für wüsten Beschimpfungen die Kollegen bei uns in der Serviceabteilung überschüttet werden. Und wenn sie dann ganz höflich und besonnen die Frage nach dem Stecker stellen, wird es auf der anderen Seite erst mal ganz still.«

»Dann können wir ja weitermachen«, sagte Irenicus Dunkelblut.

»Sicher«, meinte Zwingenschmied. »Sie werden sich überzeugen, dass der Revitalisator *Jungbrunnen* vergleichbaren Geräten anderer Hersteller in jeglicher Hinsicht haushoch überlegen …«

Er unterbrach sich und dachte noch einmal eingehender über die Steckerfrage nach.

»Ich bin so ein Idiot«, stellte er fest.

Auf dem Weg durch die Behausung von Nenias Großonkel bekam Bolgur reichlich Gelegenheit, seiner neu entflammten Leidenschaft fürs Keulenschwingen zu frönen.

Endlich näherten sie sich einem Turmgemach, aus dem verdächtige Maschinengeräusche drangen.

»Guten Abend«, sagte Selphyne, als sie das Zimmer betraten. »Entschuldigung, dass wir zu so später Stunden noch … Meine Güte. Was läuft denn hier für eine Nummer?«

Der größte Teil des Raums wurde von einer riesigen Apparatur eingenommen, von der ein intensives schwarzmagisches Pulsieren ausging.

Eine hässliche, kleinwüchsige Kreatur, deren kahler, unförmiger Schädel viel zu groß für den Rest ihres knochendürren Körpers wirkte, hantierte an mehreren Hebeln und Schaltern der Maschine.

Auf zwei Stühlen saßen, schüsselförmige Helme auf den Köpfen, ein uralter Nachtelfengreis und ein Zwerg, der mit Armen und Beinen an den Stuhl gefesselt war und ihnen ziemlich bekannt vorkam.

»Mann, bin ich froh, euch zu sehen!«, rief Hakon Zwingenschmied. »Kann bitte einer von euch diesem Typen hier erklären, dass ich keine Jungfrau bin?«

Diese etwas mysteriöse Erklärung fand angesichts der auf sie folgenden verwirrenden Ereignisse jedoch eher wenig Beachtung.

Die hässliche Kreatur wandte sich um und erstarrte, als sie die Helden bemerkte.

»Meister!«, krächzte sie. »Eindringlinge!«

Auf allen vieren sprang sie ihnen entgegen, fing sich jedoch einen lässigen rechten Schwinger von Brom ein, der ihrem Angriff ein abruptes Ende bereitete und sie in eine Ecke schleuderte, wo sie jammernd liegen blieb.

»Ghule!«, knurrte der Zwergenkrieger. »Ich hasse diese Biester. Renitenter als ein zwergischer Steuereintreiber.«

»Wer seid ihr?«

Irenicus Dunkelblut, durch das Verhalten seines Dieners beunruhigt, war von seinem Platz aufgestanden. »Was wollt ihr von mir?«

Der Totenbeschwörer schlurfte kurzsichtig auf sie zu, sein halbnackter, nur von einem Lendenschurz verhüllter Leib war ebenso dürr wie der seines Ghuldieners, mit dem er auch in etwa die selbe Hautfarbe teilte, ein hier und da ins Schimmelgrün spielendes Mumiengelb.

»Weichet von mir, Schatten der Unterwelt!«, ächzte Dunkelblut. »Ich werde euch nicht in euer dunkles Reich folgen!«

Durch den Nebel mehrerer Schichten grauen Stars sah der Totenbeschwörer fünf Gestalten, die sein Gemach betreten hatten und sich ihm näherten. »Wachen!«

»Die Wachen hören nicht so gut«, bemerkte Selphyne.

»Du musst lauter sprechen«, meinte Brom. »Er hat's auch mit den Ohren. Und zwar ziemlich happig.«

Plötzlich trat Nenia auf ihren Großonkel zu.

Das Folgende spielte sich in zwei alternativen Realitäten ab.

In der einen, der für alle anderen Anwesenden sichtbaren Wirklichkeit, lächelte die kleine Nachtelfe ungewohnt freundlich und sagte (wobei sie sogar einen höflichen Knicks machte):

»Guten Tag, lieber Großonkel, ich hoffe, du bist wohlauf.«

In der anderen, die sich in Dunkelbluts paranoidem, eingetrocknetem Gehirn abspielte, sah es dagegen ganz anders aus.

Dort stand ihm eine finstere Gestalt gegenüber, von kindlichem Wuchs, doch eingehüllt in eine Wolke des Grauens, die sich schier endlos auszudehnen und die ganze Welt zu verschlingen schien.

Das Mädchen!, durchzuckte es den greisen Nekromanten wie ein Blitzschlag, der ihm durch alle morschen Glieder fuhr.

Der Verfasser des anonymen Briefs hatte ihn davor gewarnt!

Hüte dich vor den Helden, hatte er geschrieben, *doch mehr noch hüte dich, Irenicus, vor dem Mädchen! Denn sie ist der Tod!*

Er sah in ein unaussprechlich furchtbares Antlitz und ein gnadenloses Augenpaar, das ihm mit einem Blick antwortete, der wie eine eiskalte Lanze sein Herz durchbohrte.

»Mach dich bereit«, flüsterte eine schreckliche Stimme in seinem Kopf. »Der Zeitpunkt für die letzte Reise ist gekommen.«

Aufstöhnend griff sich Dunkelblut an die Brust.

»Nein«, brachte er hervor. »Dies ist nicht die Stunde! Ich werde nicht mit dir gehen!«

(»Aber Onkel«, sagte Nenia in der anderen Realität, »ist dir nicht gut? Ich bin es doch nur, deine Nichte Nenia!«)

»Du bestimmst nicht die Stunde noch den Ort«, flüsterte die schreckliche Stimme. »Das Urteil ist gefällt, dein Stundenglas ist leer.«

»Nein! Nein!«, keuchte Dunkelblut.

Er sank in die Knie, seine Hand verkrampfte sich über seinem Herzen, dann kippte er vornüber und landete mit dem Gesicht flach auf dem Boden.

Brom trat zu ihm hin und fühlte seinen Puls.

»Den hat's erwischt«, stellte er kopfschüttelnd fest. »Herzkasper.«

Ratlos standen sie um den Totenbeschwörer herum.

»Ich kann nicht behaupten, dass es mir besonders leid um ihn tut«, bemerkte Hakon Zwingenschmied. »Obwohl ich es natürlich im Namen der Firma Scrupel & Lohs bedauere, einen Kunden zu verlieren. Wärt ihr so freundlich, mich loszubinden?«

»Wie kommst du überhaupt hierher?«, fragte Falfnin, während er seine Fesseln durchschnitt. »Und was ist das für eine Maschine?« Er zeigte auf den großen, immer noch vor sich hin brummenden Apparat.

Zwingenschmied zog den Stecker heraus, und die Geräusche verstummten.

»Das ist der Revitalisator *Jungbrunnen*«, erklärte er. »Spitzentechnologie aus dem Hause Scrupel & Lohs, nach einem Design von Nechalziel, dem Geschmähten*. Der Revitalisator *Jungbrunnen* erlaubt die nahezu verlustfreie Absaugung und Transferierung von Lebenskraft. Person A (die Quelle) nimmt auf diesem Stuhl Platz, Person B (der Empfänger) auf diesem. Sobald der *Jungbrunnen* in Betrieb genommen wird, erfolgt die Übertragung der vitalen Energien von A nach B, was eine Verjüngung von bis zu einhundert Jahren erlaubt, je nach eingesetzter Quelle. Die Firma Scrupel & Lohs empfiehlt die Verwendung von Jungfrauen, von denen sie selbst ein breit gefächertes Angebot in ihrem Sortiment führt, astronomisches Geburtszertifikat im Lieferumfang enthalten. Bei größeren Bestellungen auch mit Mengenrabatt.«

»Und diesmal solltest du die Rolle der Jungfrau spielen?«, fragte Falfnin.

»Naja«, lachte Zwingenschmied unbekümmert. »Das sind eben die Risiken, denen man als Vertreter der Firma Scrupel & Lohs ausgesetzt ist.«

»Das heißt, du arbeitest nicht mehr für Stechli & Kreysch?«, fragte Selphyne.

»O nein.« Hakon Zwingenschmied schüttelte den Kopf. »Wie ihr seht, habe ich mein Versprechen gehalten, die Finger vom Foltergeschäft zu lassen.«

»Stattdessen bist du jetzt bei Scrupel & Lohs, dem weltweit größten Handelshaus für Schwarzmagiebedarf und finstere Machenschaften.«

»Ja«, sagte Zwingenschmied.

* Dieser Zusatz war das Resultat einer patentrechtlichen Klage von Nechalziels Erben.

»Und du kannst da keinerlei moralische Inkonsequenz erkennen?«

Zwingenschmied kratzte sich am Kopf.

Moralische Inkonsequenz?

Die Bezahlung bei Scrupel & Lohs war nicht sensationell gut, im Vergleich zu anderen Arbeitgebern aber auch nicht zu knauserig. Die Provisionen stimmten, und Überstunden wurden tatsächlich angerechnet, da hatte Zwingenschmied schon ganz anderes erlebt.

»Ähm, nein«, sagte er. »Sollte ich?«

»Wir sollten wirklich aufhören, dem Karma ins Handwerk zu pfuschen«, sagte Falfnin kopfschüttelnd. »Kommt, lasst uns von hier verschwinden.«

»Gute Idee«, stimmte Zwingenschmied zu und warf einen Blick auf Dunkelbluts Leichnam. Qulolog, der Ghuldiener, hatte sich über seinen toten Meister geworfen und wimmerte leise. »Ich glaub allerdings nicht, dass der Job bei Scrupel & Lohs auf die Dauer das Richtige für mich ist. Um ehrlich zu sein, hab ich von Totenbeschwörern auch so langsam die Nase voll. Ich werde mich wohl nach einem neuen, nekromantenfreien Betätigungsfeld umsehen.«

»Versuch es doch mal mit Sklavenhandel«, schlug Selphyne vor. »Moralisch völlig unbedenklich und sehr lukrativ, wie ich gehört habe.«

»Hm«, sagte Zwingenschmied nachdenklich. »Sklavenhandel. Daran hab ich noch gar nicht gedacht. Meint ihr?«

»Das war Sarkasmus«, meinte Selphyne. »Entschuldigung, falls ich zu subtil gewesen sein sollte.«

Schattensund ist die Stadt mit der höchsten Dichte von Totenbeschwörern pro Quadratmeter in den gesamten Fernen Ländern. Die zweitgrößte Berufsgruppe bilden die Bestattungsunternehmer, und da besteht durchaus ein

Zusammenhang. Besucher der Stadt am Meer des Frostigen Dunstes sollten sich nicht wundern, wenn sie in den Schaufenstern der dortigen Begräbnisinstitute Slogans wie: *Attraktive Sparangebote für Stammkunden* oder *Nur hier: Die Supergünstige Monatskarte!* lesen.

Denn für manchen Schattensunder ist die eigene Beerdigung keineswegs ein einmaliges Erlebnis.

»Kennt ihr *den* schon?«, fragte der unerfahrene Totengräber, der gerade erst mit seinem jüngst erworbenen Gesellenbrief in Schattensund, dem Eldorado der Bestattungsbranche, angekommen war. »Wer baut fester als der Maurer, der Schiffsbaumeister oder der Zimmermann?«

»Keine Ahnung«, erwiderte sein Kollege, der sich auf seine Schaufel stützte. »Zwergensteinmetze?«

»Ja, glaub ich auch«, meinte der zweite Kollege. »Ich hab mal einen Zeitungsbericht über die unterirdischen Hallen von Zeherkzal gelesen. Ganz schön irre, was diese kleinen Bartfetischisten so drauf haben.«

»Nein«, lächelte der junge Geselle, sich der Wirkung seiner Pointe gewiss. »Der Totengräber!«

Die anderen beiden blickten verständnislos.

»Der Totengräber?«

»Schnall ich nicht.«

»Ist doch ganz klar«, begann der Geselle, »weil nämlich der Totengräber ...«

Er wurde von einer leichenblassen Hand unterbrochen, die aus einem neuen Grab hervorschoss und die frisch angelegten Blumenbeete ruinierte.

»Schon wieder!«, fluchte der ältere Kollege. »Das ist jetzt das fünfte Mal diese Woche!«

Unter solchen Umständen erschienen Wendungen wie *»Zur letzten Ruhe betten«* eher weniger angebracht. Während des Zweiten Großen Nekromantenkriegs, als ganze Armeen von Zombies, Ghulen und Wiedergängern durch die Straßen spazierten, nagelte ein anonymer Scherzkeks, der das ähnlich sah, ein Schild mit der Aufschrift: *Stundenhotel* an das Friedhofstor.

Seitdem sich die Liga für den Schutz des Gestorbenen Lebens auch in Schattensund verstärkt für die Rechte der Verschiedenen einsetzte, waren derartige Exzesse jedoch seltener geworden.

Um wildes, nicht behördlich genehmigtes oder testamentarisch nicht ausdrücklich gewünschtes Leichenbeschwören zu unterbinden, war bei Bestattungen die Installation einer *Reanimationssperre* Pflicht, und zwar nicht nur bei Totenbeschwörern.

In Irenicus Dunkelbluts Fall ging man auf Nummer Sicher und verwendete außerdem einen verschweißten Stahlsarg, der mit zusätzlichen Schutzrunen versehen war, die eine dauerhafte Grabruhe gewährleisten sollten

Bolgur hielt einen philosophisch angehauchten Nekrolog, der davon handelte, dass der Totenbeschwörer von Schattensund einerseits ein Symbol, andererseits auch wieder mehr als nur ein Symbol gewesen sei, womit er seine Zuhörer, sich selbst eingeschlossen, einigermaßen ratlos zurückließ.

Nenia wirkte nicht allzu bedrückt, aber sie hatte ja auch kaum Gelegenheit gehabt, ihren verstorbenen Großonkel kennen zu lernen.

Hakon Zwingenschmied spendete im Namen der Firma Scrupel & Lohs ein Trauergesteck – schließlich handelte es sich bei dem Verstorbenen um einen geschätzten Kunden des Unternehmens – und bekräftigte noch einmal seinen Entschluss, sich nach einem nekromantenfreien Tätigkeitsfeld umzusehen.

Selphynes gutgemeinten Rat beherzigend (Ironie war seine Sache nicht, jedenfalls nicht, wenn es ums Geschäftliche ging), versuchte er es zunächst auf den Sklavenmärkten des Südens, wo, wie sich herausstellte, tatsächlich ganz gute Profite erzielt werden konnten.

Bald darauf geriet er allerdings in Gefangenschaft und wurde selbst als Sklave verkauft, jedoch unter unwahrscheinlich glücklichen Umständen wieder befreit, nachdem er sich monatelang beim Bau eines Vergnügungsparks für die Fantastik AG hatte plagen müssen, bis auf die Knochen abgemagert und von den Peitschenhieben der Aufseher gezeichnet.

Nach diesen »moralisch wachrüttelnden Erlebnissen« (seine eigenen Worte), beschloss er, auch dem Sklavenhandel den Rücken zu kehren und wurde stattdessen Personalchef bei der Fantastik AG.

Heute lebt er glücklich und zufrieden mit seiner Frau und seinen vier Kindern in einem Vorort von Sternheim und widmet sich in seiner Freizeit seinem liebsten Hobby, der Zucht und Pflege seltener Orchideenarten.

Die Helden machten sich nach dem kleinen Desaster mit Irenicus Dunkelblut noch am folgenden Tag auf den Weg nach Verderbnis, wo sich Thanatos' Liste zufolge Nenias vierter Verwandter, die *Schwarze Viper*, aufhielt.

Verderbnis

Die Stadt Verderbnis liegt am südlichen Meer der Sonne, im Land Kaldurien, wo nicht bloß die Zitronen, sondern vor allem die politischen Intrigen blühen.

Wer sich der Stadt von Norden nähert, durchquert auf dem Weg eine idyllische Landschaft mit weitläufigen Olivenhainen, Weinbergen und friedfertigen Dörfchen mit kleinen, weißgetünchten Häusern.

Doch bereits während man sich noch in dieser unschuldig wirkenden Gegend aufhält, beschleicht einen die dunkle Ahnung, dass hier etwas im Verborgenen auf der Lauer liegt, etwas, das nur darauf wartet, dass man sich in sorgfältig ausgelegten Netzen verstrickt.

Und dann, von der Kuppe eines Hügels hinabsehend, erblickt man die Stadt: zur Hälfte in die blauen Wellen des Meeres hinausragend, ein buntes Gewimmel aus schmalen Gassen, prachtvollen Palästen, Elendsunterkünften, weiten Plätzen und Kanälen, Arm und Reich, Gewinner und Verlierer in dichtester Nachbarschaft.

Und man meint das vieltausendstimmige Getuschel und Gewisper zu vernehmen, mit dem dort unten zwielichtige Geschäfte ausgehandelt werden, sowohl in den Häusern der Reichen und Vornehmen als auch unter den

Brückenbögen und in den schäbigen Quartieren der Armen, denn Ränkeschmieden und Intrigenspinnen sind Beschäftigungen, die sich in Verderbnis bei allen Gesellschaftsschichten höchster Beliebtheit erfreuen.

Die Brise, die der Seewind herüberweht, ist keineswegs eine frische, sie schmeckt nach Fäulnis und Verfall, nach Verbrechen und Blut, doch ebenso nach erlesenen Gewürzen und Duftwassern, nach Triumph und Verzweiflung, Glanz und Elend, kurz: Sie schmeckt wie das nackte Leben selbst.

Wer seine Stadt *Verderbnis* nennt, macht keinen Hehl daraus, dass er nicht viel auf Schamgefühle gibt, und so gilt die Metropole an der Blut-Bucht mit gutem Recht als das Weltzentrum der Unmoral, Hinterhältigkeit und Dekadenz.

Einmal im Jahr, in den heißesten Wochen des Sommers, wenn die aus den Kanälen aufsteigenden Dünste ihre ganze betäubende Wirkung entfalten, zieht Verderbnis gewaltige Besucherströme aus allen Regionen der Fernen Länder an, denn in diese Zeit fällt das berühmt-berüchtigte Fest der Masken.

Drei volle Tage und Nächte lang verwandelt sich die ganze Stadt – auch sonst ja alles andere als ein puritanisches Pflaster – in einen wahren Hexenkessel der Ekstase und des Rausches.

Maskierte Horden ziehen durch die Straßen, enthemmt durch den schweren roten Wein, allerlei verbotene Rauschkräuter und den allgemeinen Taumel, grölen schwülstig-schwüle Lieder und tanzen bis zur Bewusstlosigkeit zu der süßlich-irrwitzigen Musik der Zimbeln, Mandolinen und Gitarren, die hier an jeder Ecke ertönt.

Nicht bloß notorische Wüstlinge, sondern ebenso gewöhnliche Ogerfamilienväter, Buchhalterzwerginnen und Bausparergnome pilgern während dieser drei Tage nach Verderbnis, um sich im Schutz maskierter Anonymität ganz dem Laster zu ergeben und ihrer grauen Alltagsexistenz zu entfliehen.

Wenn dann nachher der Rausch nachlässt und der Kater unsanft mit dem Vorschlaghammer an der Schädeldecke anklopft, packt zwar manch einen die Reue, aber auch das gehört schließlich dazu.

Nach einer durchzechten Nacht in einem schmutzigen Hinterhof zu erwachen, das Gesicht in stinkendem Unrat und die Taschen bis auf die letzte Kopeke geleert – so was nennt man »sich mal eine kleine Auszeit vom Alltagstrott nehmen« und ist stolz darauf, zu Hause was erzählen zu können.

Es kann natürlich auch vorkommen, dass man gar nicht mehr aufwacht, weil einem jemand, während man im fröhlichsten Delirium herumtorkelnd den Weltfrieden und die Verbrüderung mit allen seinen zwergischen Mitbrüdern und ogrischen Mitschwestern ausrief, ganz nüchtern einen Dolch zwischen die Rippen gesteckt hat – doch auch das ist Teil der Abmachung, zusätzliche Würze, die die Angelegenheit erst so richtig reizvoll macht.

»Da wären wir«, sagte Brom, als sie durch das Stadttor eintraten. »Verderbnis. Haltet eure Geldbeutel fest, Leute.«

»Ich frage mich, ob es wirklich eine gute Idee war, während des Maskenfests herzukommen«, zweifelte Selphyne.

Das Fest war zwar noch nicht im Gang, aber die Vorbereitungen liefen bereits auf Hochtouren. Gaukler und Schausteller bauten in den Straßen ihre Buden auf, in Kellern und Dachkammern hörte man Musikanten ihre Stücke einüben, im Minutentakt passierten neue Weinlieferungen das Stadttor, riesige Eichenfässer, deren dunkelroter Inhalt mit zunehmender Dauer der Feierlichkeiten in immer abenteuerlicheren Verhältnissen mit Wasser gepanscht werden würde, um den Durst der Gäste ebenso wie die Profitgier der Wirte zu befriedigen.

Auch bei den Dirnen und Tänzerinnen der Stadt wurde, je nach Alter und Konservierung, kräftig gepanscht, hier allerdings mit Puder, Schminke und raffiniert positionierten Ausstopfkissen, obwohl sich die Zeit bedauerlicherweise noch weniger strecken lässt als ein guter Becher Wein.

Andererseits ist letzterer sehr wohl geeignet, die Zeit beziehungsweise ihre Auswirkungen in einem weniger strengen Licht erscheinen zu lassen, wodurch manch berauschte Liebesnacht, nüchtern besehen, in einem bösen Erwachen zu enden droht.

»Och, ich weiß nicht«, meinte Falfnin und zwinkerte einigen leichten Wichtelmädchen zu, die es nicht nötig hatten, ihre Reize künstlich aufzupolieren. »Ist doch ganz angenehm, Arbeit und Vergnügen miteinander zu verbinden.«

»Genau das habe ich befürchtet«, sagte Selphyne. »Ich warne euch: Wenn ihr euch diesmal wieder gehen lasst und die ganze Verantwortung bei mir hängen bleibt, bin ich raus. Das ist mein Ernst. Dann könnt ihr euch eine andere Magierin suchen.«

»Keine Sorge«, sagte Brom. »Wir sind total aufs Ziel forkossiert.«

»Fokussiert«, verbesserte Bolgur.

»Mein ich doch. Wir suchen Nenias Verwandten und fertig. Und wenn wir doch mal ein Gläschen trinken, dann aber maßvoll. Mein Onkel Hornok hatte diese geniale Methode: Immer nur ganz kleine Schlucke nehmen, einen nach dem anderen. Das konnte er stundenlang machen, ohne besoffen zu werden. ›Gemach‹, hat er immer gesagt, ›Saufen ist ja kein Wettrennen!‹ Na gut, am Ende hatte er dann doch immer heftig einen in der Krone, aber eine Ausdauer, alle Achtung!«

Selphyne seufzte und sparte sich jeden Kommentar.

»Ich bin müde und hab keine Lust mehr zu gehen!«,

beschwerte sich Nenia, die wieder ihren Hochsitz auf Bolgurs Rücken bezogen hatte.

»Du gehst doch gar nicht, sondern lässt dich tragen«, sagte Selphyne. »Und wir sind auch gleich da. Wir müssen nur noch ein Hotel finden, und dann können wir uns ausruhen.«

»Wie heißt Nenias Verwandter eigentlich?«, fragte Falfnin.

»Laut der Liste, die uns Thanatos mitgegeben hat, die *Schwarze Viper.*«

»Die Schwarze Viper? Hört sich nicht besonders sympathisch an.«

»Wir werden ja sehen«, meinte Selphyne.

»Brom? Brom »Die Axt« Stahlbart? Bist du es wirklich, alter Streitaxtschwinger, oder fang ich plötzlich an, Gespenster zu sehen?«

Sie wandten sich um.

Ein Zwerg hatte sich ihnen genähert und musterte Brom mit staunenden Blicken.

Er trug eine aufklappbare Schutz- und Mehrzweckbrille, wie sie bei Alchimisten gebräuchlich war, und sein Zwergenbart wies Spuren von Verbrennungen auf. In dem Werkzeuggürtel, den er um seine zwergenuntypisch schlanke Taille trug, steckten unterschiedlich große Phiolen und Reagenzgläser, die ungesund aussehende Flüssigkeiten enthielten.

Brom blieb stehen und schien einen Moment lang sprachlos zu sein (wie Selphyne erstaunt zur Kenntnis nahm: Selten genug kam es vor, dass sie ihren leutseligen, ewig sprücheklopfenden Kampfgefährten einmal um Worte verlegen erlebte).

»Brim?«, fragte Brom leise, als er die Sprache wiedergefunden hatte. »Brim Schlangenkraut?«

»Kein anderer!«, entgegnete der Zwerg. »Ich dachte eben, das kann doch nicht angehn: Spaziert da tatsächlich

Brom »Die Axt« Stahlbart an mir vorbei, als wär nichts gewesen! Wie viele Jahre ist das jetzt her, dass wir uns das letzte Mal gesehen haben?«

»Dreiunddreißig Jahre, vier Monate, zwei Wochen und fünf Tage«, antwortete Brom unerwartet präzise.

Brim Schlangenkraut kniff ein Auge zu und legte den Kopf schief.

»Oha, du bist ja ein wandelnder Kalender. So gut ist mein Gedächtnis nicht mehr, man wird auch nicht jünger. Und bei dem ganzen Geschäftskram, den ich heutzutage um die Ohren hab, weiß ich manchmal gar nicht, wo mir der Kopf steht. Aber wer sind denn deine reizenden Gefährten?«

»Meine neue Heldengruppe«, entgegnete Brom. »Das ist Selphyne, unsere Magierin.«

»Blitz, Feuer, Erdbeben und Eisstürme, was?« Brim nahm Selphynes Hand und hauchte einen Kuss darauf. »Küss die Hand, Gnädigste.«

»Sehr erfreut«, sagte Selphyne verlegen. Für Handküsse und zweifelhafte Ehrentitel wie »Gnädigste« war sie ihrer Meinung nach einige Jahrzehnte, wenn nicht Jahrhunderte, zu jung.

»Falfnin, unser Meisterdieb.«

»Meisterdieb? Da halt ich doch lieber meine Geldbörse fest«, zwinkerte Brim jovial.

»Meinst du die hier?«, fragte Falfnin schelmisch und gab Brim dessen Börse zurück, der sie mit gespielter Entrüstung einsteckte.

»Bolgur, Keulenphilosoph und Ein-Mann-Belagerungswaffe.«

»Ich keule, also bin ich, wie? Eine Heldengruppe ohne Ogerbarbar ist einfach keine richtige Heldengruppe.«

»Hallo«, sagte Bolgur schüchtern.

»Und das ist Nenia. Wir suchen ein neues Zuhause für sie.«

»So ein niedlicher kleiner Fratz.« Brim beugte sich zu Nenia hinunter und klopfte seine Taschen ab. »Ich habe hier bestimmt irgendwo einen Bonbon …«

»Ich hasse dich, und ich werde dich töten«, fauchte die kleine Nachtelfe. »Aber den Bonbon nehm ich trotzdem«, fügte sie großzügig hinzu.

»Und das ist Brim Schlangenkraut«, wandte Brom sich an die anderen. »Wir kennen uns von früher.«

»Kennen!«, rief Brim aus. »Wir waren unzertrennlich! ›Die Drei Unzertrennlichen‹, so haben wir uns genannt. Erinnerst du dich noch an unseren Schlachtruf?

Holfi, Knolfi,
Bimm, Bamm, Bumm!‹
Na los, Brom, erinnerst du dich etwa nicht?

»… Wir sind Zwerge,
fackeln nicht lang rum«, stimmte Brom zögernd ein.

»Gnilfo, Gnalfo,
Zing, Zang, Zong!«, zitierten sie gemeinsam.

»Wer sich mit uns anlegt,
der beißt auf Betong!«

Selphyne, Bolgur und Falfnin wechselten vielsagende Blicke.

»Betong, Betong, Betong!«, skandierte Brim lachend. »Ach ja, die alten Zeiten! Wenn man doch ewig jung bleiben könnte. Aber ich kann dir gar nicht sagen, wie sehr ich mich freue, dass es dir gut geht. Dann habt ihr es damals also tatsächlich geschafft?«

Sofort verhärtete sich Broms Miene wieder, nachdem er bei dem Lied ein wenig aufgetaut zu sein schien.

»Ich habe es damals geschafft«, murmelte er. »Uldi nicht.«

»Oh«, erwiderte Brim und verstummte.

Ein bedrückendes Schweigen folgte, und die anderen spürten, dass es sich um einen jener Momente handelte, bei denen es besser ist, nichts zu sagen.

Von einem nahen Kirchturm ertönte Glockengeläute.

»So spät schon!«, rief Brim, augenscheinlich froh über die Gelegenheit, das Schweigen zu brechen. »Ich hab ganz die Zeit vergessen. Bleibt ihr länger in Verderbnis? Dann besucht mich doch mal. Ich hab einen Alchimistenladen hier ganz in der Nähe, in der Vitriol-Straße. Könnt ihr gar nicht verfehlen, immer der Nase nach, im wahrsten Sinn des Wortes. Praktisch die ganze Alchimistenzunft hat sich da angesiedelt. Aber jetzt müsst ihr mich entschuldigen: Die Arbeit ruft. Man sieht sich.«

»Scheint doch ein ganz netter Kerl zu sein«, bemerkte Selphyne, nachdem Brim in der Menge verschwunden war.

»Ja«, sagte Brom nachdenklich und fuhr mit den Fingern durch seinen Bart. »Scheint ein netter Kerl zu sein.«

Wie sich bald herausstellte, zeichnete sich Verderbnis nicht nur durch allgemeine sittliche Verkommenheit und Kriminalitätsstatistiken aus, nach denen sich die Fantastik AG die Finger lecken würde, wenn es Börsenkurse wären, sondern auch durch akute Wohnungsknappheit.

Wo immer sie nach einer Unterkunft fragten, erhielten sie ein und dieselbe Antwort: Restlos ausgebucht.

»Ein Zimmer, jetzt, während des Maskenfestes?«, antworteten die Portiers der Stadt. »Da hättet ihr spätestens vor einem halben Jahr vorbuchen müssen.«

Schließlich, sie hatten die Hoffnung schon fast aufgegeben und befanden sich in einem jener Viertel, in dem man eigentlich nicht einmal für geschenkt übernachten möchte (weil man das Messer im Rücken auch noch gratis dazubekommt), wurden sie doch noch fündig.

An der bröckligen Fassade oberhalb der Tür stand der viel versprechende Name *Die Purpurschnecke,* und Purpur schien auch die unangefochtene Lieblingsfarbe des Innenausstatters gewesen zu sein.

Außerdem hatte er offensichtlich einen enormen Plüschfetisch gehabt.

Der Teppich, mit Brand- und anderen Flecken übersät, deren Ursprung nicht zu kennen man sich glücklich schätzen durfte, bestand aus purpurnem Plüsch, die Wände waren mit Purpurplüsch gepolstert, sogar die Decke war purpurn und plüschig.

Es schien, als beträte man die nicht sehr gepflegte Achselhöhle des Purpurnen Plüschmonsters.

Im gedämpften Licht – das irgendwie auch plüschig-purpurn wirkte – hockten einige vorwiegend jämmerlich aussehende Gestalten an den Tischen, nippten an ihren Gläsern und beäugten verstohlen-gierig die leicht bekleideten Tänzerinnen, eine vollschlanke Trollin und eine biegsame Gnomin, die sich auf zwei erhöhten Podesten lasziv räkelten.

Die Musik kam von einer koboldianischen Wawa-Band, deren Mitglieder – wie könnte es anders sein? – purpurne Plüschanzüge trugen und die anrüchige Szenerie mit dem traditionellen Wawa-Sound untermalten: 4/4 Slow-Tempo-Beats mit tieffrequenten Basshorn-Grooves, garniert mit den wollüstig-schmatzenden Licks der ikonischen Wawa-Lyra.

Ab und zu, nach Klärung des finanziellen Aspekts, verließ ein Paar den Raum und stieg in das obere Stockwerk hinauf, um dort Aktivitäten nachzugehen, deren Natur unschwer zu erraten war.

»Das ist doch verrückt«, meinte Selphyne und betrachtete missbilligend die suggestiven Zuckungen der Tänzerinnen. »Ihr zieht aber nicht ernsthaft in Betracht, dass wir hier übernachten!«

»Im Moment sieht es so aus, als wäre die Alternative entweder irgendein Stall oder eine Brücke«, meinte Falfnin. »Und angesichts dieser begrenzten Auswahlmöglichkeiten …«

»Ist doch ganz gemütlich hier«, fand Brom, den das Schicksal mit der seltenen Gabe beschenkt hatte, sich praktisch überall sofort heimisch zu fühlen, selbst wenn es sich um eine schmutzige Kerkerzelle in den Verliesen des Grauens handeln sollte. »In ihrer Jugend hat Tante Brunhilda auch mal in so einem Etablissmang gearbeitet. Uns Kindern hat sie immer diese länglichen Luftballons mitgebracht, und wir haben erst viel später rausgefunden, wofür die Dinger eigentlich gut sind.«

»Na, da bin ich aber neugierig«, bemerkte Selphyne.

»Ja«, erklärte Brom, »man kann die nämlich prima für Abdichtungen und so benutzen.«

(Trotz diverser Erfahrungen mit lüsternen Hohepriesterinnen war der raubeinige Zwergenkrieger im Herzen doch weitestgehend unschuldig geblieben.)

»Hier stinkt es«, rümpfte Nenia die Nase.

»Dem habe ich nichts hinzuzufügen«, pflichtete Selphyne bei und wandte sich demonstrativ von einem gruseligen Wichtel ab, der sie seit dem Eintreten mit fiebrigen Blicken verfolgte.

»Fragen kostet ja nichts«, meinte Falfnin und trat an die plüschgepolsterte Theke, hinter der ein schmierig aussehender Ork damit beschäftigt war, Gläser mit einem dreckigen Lappen zu polieren – er gab sich große Mühe, den Schmutz gerecht über das gesamte Geschirr zu verteilen.

»Hallo, wir suchen ein oder auch zwei Zimmer.«

Der Barmann musterte die Heldengruppe mit einem schweigenden Blick.

Er war es gewohnt, sich kein Urteil zu bilden – wenn man in dem Gewerbe anfing, Bewertungen vorzunehmen, liefen einem bald die Kunden – oder man selbst vor denselben – davon.

»Zwanzig Kupfer die Stunde«, sagte er mit ausdrucksloser Miene. »Sektkübel und Handtücher kosten extra.«

»Und wie viel für eine Übernachtung?«, fragte Falfnin.

Jetzt hob der Ork doch eine mild zweifelnde Braue.

»Euch ist schon klar, dass das hier kein Familienhotel ist, oder?«

»Naja«, lächelte Falfnin, »wir haben in der ganzen Stadt gesucht, aber sonst war einfach nichts frei.«

Der Barmann überlegte.

Eine andere goldene Regel seiner Zunft lautete: Wir erfüllen jeden Wunsch, solange nur der Preis stimmt.

»Zwei Zimmer?«, fragte er.

»Wenn möglich.«

»Mit oder ohne Wörlpool?«

»Wörlpool?«

Brom horchte auf.

»Auf jeden Fall mit! Als ich klein war, hat mich Tante Brunhilda mal mitgenommen und in einem freien Zimmer in den Wörlpool gesetzt, während sie gearbeitet hat. An den Tag hab ich nur die schönsten Erinnerungen!«

Broms Augen glänzten vor Nostalgie beim Gedanken an diese feucht-fröhlich-blubbernde Episode aus seiner Kindheit.

»Also zwei Zimmer mit Wörlpool«, sagte der Ork. Er rechnete schweigend, indem er einige Zahlen auf einen kleinen Zettel kritzelte. »Das wären dann acht Silber pro Nacht.«

»Acht Silber!«, empörte sich Selphyne. »Für diese ... Das ist doch kriminell! Und verstößt es nicht überhaupt gegen das Jugendschutzgesetz, ein Kind an einen solchen Ort mitzunehmen?«

Sie zeigte auf Nenia.

Die Miene des Orks signalisierte größtmögliche Verständnislosigkeit.

Man konnte förmlich sehen, wie im Innern seines Kopfes ein großes, angestaubtes Wörterbuch aufgeschlagen und ergebnislos nach einem mysteriösen Eintrag namens Ju-gend-schutz-ge-setz gefahndet wurde.

Der Barmann zuckte mit den Schultern, um damit zum Ausdruck zu bringen, dass sich das Jugendschutzgesetz – was immer das auch sein mochte – herzlich wenig dafür interessierte, was in der *Purpurnen Schnecke* vor sich ging. Er drehte sich um und nahm zwei Zimmerschlüssel von dem Wandbrett hinter der Theke.

»Hier sind die Schlüssel«, sagte er. »Soll ich euch Sektkübel mit Eis aufs Zimmer schicken?«

»Nein danke«, lehnte Selphyne ab. »Was ist mit frischer Bettwäsche?«

Der Barmann blickte irritiert.

»Fri-sche Bett-wä-sche?«, wiederholte er langsam. Die einzelnen Silben schienen zwar bekannt, ergaben in dieser Zusammenstellung aber keinen nachvollziehbaren Sinn.

»Und Frühstück?«, erkundigte sich Bolgur.

»Früh-stück?«

In diesem Moment fasste sich der gruselige Wichtel von vorhin ein Herz, trat an Selphyne heran und fragte schüchtern:

»Entschuldigung, Frollein, wären Sie frei, und falls ja, was würde eine Stunde bei Ihnen kosten, mit allem Drum und Dran?«

Zwei Sekunden später wünschte er sich sehnlichst, diese Frage niemals gestellt zu haben.

Im Wortschatz des Barmanns schien der Begriff »Frische Bettwäsche« zwar nicht vorzukommen, dafür war das Zimmerpersonal in dieser Hinsicht offenbar besser informiert.

Als Selphyne mit Nenia ihr Zimmer betrat, war dort gerade ein betagtes Nachtelfenmuttchen damit beschäftigt, die Betten neu aufzuziehen.

Nenia hatte bereits eins der Betten gekapert, sprang auf der Matratze herum und sang dazu das Lied der Schrecklichen Kerker-Unholde aus der gleichnamigen Schlimmen-Nacht-Geschichte:

»Zwack, hack,
Schnapp, ab,
Fleisch, kreisch,
Brenn, flenn!

Schneid, Leid,
Nag, plag,
Brich, stich,
Not, Tod!«

»Nein, so ein lieber kleiner Fratz«, gluckste das Nachtelfenmuttchen und griff in die Tasche ihrer Bedienstetenuniform. »Ich hab hier bestimmt noch irgendwo einen Lolli für die Kleine …«

»Das ist aber mal nett, was Nenia?«, unternahm Selphyne einen weiteren zum Scheitern verurteilten Erziehungsversuch. »Und was sagt man da zu der lieben Frau?«

»Sei froh, dass ich nur den Lolli nehm und dich am Leben lass!«, fauchte Nenia.

»Sie hatte eine schwere Kindheit«, erklärte Selphyne entschuldigend.

»Ach ja«, sagte das Nachtelfenmuttchen, »es ist nicht leicht. Ich möchte auch nicht noch einmal jung sein, in der heutigen Zeit.« Sie strich die Bettdecke glatt. »So, schon fertig. Ich wünsche Ihnen einen angenehmen Aufenthalt in Verderbnis. Ich hoffe, Sie finden, wonach Sie suchen.«

Das betagte Nachtelfenmuttchen watschelte zur Tür.

»Oder manchmal wird man ja auch einfach selbst gefunden«, fügte es hinzu, bevor es das Zimmer verließ.

»Ja …«, sagte Selphyne, ein wenig befremdet. »Vielen Dank.«

Später saßen Brom und Bolgur im sogenannten Wörlpool, der die Form einer riesigen Muschel hatte.

»Was habe ich dir gesagt«, meinte der Zwergenkrieger, über das ganze Gesicht grinsend. »Das ist das wahre Leben!«

Vor sich hatte er ein kleines Tischchen, auf dem sich Spielkarten und ein Schnapsglas befanden, und in seinem Mundwinkel steckte eine dicke Zigarre – ein echter *Harvonischer Stinkstengel,* den er sich zur Feier des Abends gegönnt hatte.

Er nahm die Karten in die Hand und sortierte sie prüfend.

»Dann wollen wir mal sehen …«, sagte er.

»Ich setze eine Million«, brummte Bolgur.

»Du machst heute keine halben Sachen, was? Ich gehe mit und erhöhe um Fünfhunderttausend. Und wie siehts bei dir aus, Falfnin?«

Sie wandten sich einem leeren Platz im Wörpool zu.

Brom nahm die darauf liegenden Karten und warf einen prüfenden Blick hinein.

»Mal sehen«, sagte er, indem er Falfnins Tonfall nachahmte. »Ich glaube, ich gehe aufs Ganze und erhöhe zusätzlich um zwei Millionen.«

Bolgur kicherte.

»Zwei Millionen?«, fragte Brom wieder in seiner normalen Stimme. »Du musst ja ein Mordsblatt haben!«

Und wieder Falfnin imitierend:

»Man nennt mich ja nicht umsonst das *Fünfte Ass*!«

»Na schön, wie du meinst. Dann lasst mal sehen.«

»Ich hab drei Spinnenköniginnen«, sagte Bolgur.

»Und ich hab eine Volle Burg«, verkündete Brom. »Drei Krieger und zwei Katapulte. Jetzt bin ich aber gespannt auf dein Mordsblatt, Falfnin.«

Zufrieden grinsend drehte er die Karten des virtuell anwesenden Meisterdiebes um.

»Zwei Leibeigene! Da braucht man aber schon wirklich Chuzpe, mit so einer Hand zu blöffen! Bolgur, notierst du das neue Ergebnis in der Ewigen Statistik?«

Der Barbarenoger kaute grübelnd an seinem Stift.

»Also nach dieser Runde sind das: Brom +35 Millionen, ich +23 Millionen und Falfnin -127 Millionen.«

»Er hat aber auch volles Risiko gespielt«, meinte Brom.

Bolgur gluckste.

»Ist das nicht unfair, Falfnin gegenüber?«

»Ach was.« Brom nahm die Karten auf und begann sie zu mischen.

»Man kann eben nur eins haben: Glück in der Liebe oder … im Spiel. Also, nächste Runde. Ich gebe.«

»Woher kennst du denn diesen Brim?«, fragte Bolgur.

»Von früher«, antwortete Brom knapp, ohne das Kartenmischen zu unterbrechen, die Zigarre im Mundwinkel.

»Und ihr hattet eine Heldengruppe zusammen?«

»Ja.«

Brom teilte aus.

»Und ihr wart zu dritt?«

Brom klatschte die Karten auf den Tisch.

»Also wollen wir jetzt spielen oder quatschen?«

Bolgur blickte seinen Zwergenkumpan überrascht an.

»Spielen«, sagte er unsicher.

»Na also.« Brom verteilte zu Ende. »Du kommst raus.«

Bolgur betrachtete prüfend sein Blatt und eröffnete mit einem Dämonenfürsten.

Schweigend spielten sie eine Zeitlang weiter, nicht gesprächiger als der leere Platz, auf dem vermeintlich Falfnin saß.

»Soll ich noch mehr Blasen machen?«, brach Bolgur schließlich das Schweigen.

»Mehr Blasen können auf keinen Fall schaden«, paffte Brom.

Der Barbarenoger langte hinter sich und drehte den Regler in der Wand auf.

Dieser kleine Handgriff setzte folgende Ereigniskette in Gang:

Im Keller der *Purpurnen Schnecke* leuchtete ein Lämpchen auf, was wiederum von einem gnomischen Vorarbeiter registriert wurde, der daraufhin seine Peitsche schwang und den beiden Ogersklaven einige aufmunternde Hiebe über die nackten Rücken klatschen ließ, was diese ihrerseits zum Anlass nahmen, die großen Blasebalge, an denen sie schwitzend arbeiteten, noch kräftiger als zuvor zu betätigen.

Und wie durch Zauberhand stiegen oben in Broms und Bolgurs Wörlpool noch mehr Blubberblasen auf.

»Wunderbar.« Brom blies eine große Wolke Zigarrenrauch in die Luft. »Ab und zu muss man sich auch mal auf die angenehmen Seiten des Lebens besinnen.«

Inzwischen war der ohne sein Wissen hoch verschuldete Meisterdieb damit beschäftigt, sich in der Stadt nach der Schwarzen Viper umzuhören, kam dabei jedoch nicht so recht voran.

Es war wie bei dem Totenbeschwörer von Schattensund, nur reagierten die Leute diesmal nicht panisch, sondern einfach nur ratlos.

»Die Schwarze Viper?«, fragten sie und zuckten mit den Schultern. »Nie gehört. Schon mal im Zoologischen Garten versucht?«

Nur ein narbengesichtiger alter Gnomen-Trunkenbold schien sich für einen flüchtigen Moment zu erinnern.

»Schwarze Viper, hm?«, murmelte er und fuhr sich durch seine fettigen Haarsträhnen. »Ja, da war was … da war doch was …« Er starrte ungefähr eine Minute lang ins Leere. »Nein, jetzt isses wieder weg. Aber wenn du mir noch einen ausgibst …«

»Das war schon der vierte, den ich dir ausgegeben hab«, sagte Falfnin. »Und alles, woran du dich erinnert hast, war deine schwere Kindheit und daran, dass du mal einen Hund namens Fidelio hattest, der eines schrecklichen Tages weggelaufen ist.«

»Fidelio!«, schluchzte der Trunkenbold auf und vergrub sein Gesicht in den Händen. »Warum musstest du mich verlassen!«

Falfnin erhob sich entnervt, warf eine Münze auf die Theke und gab dem Wirt ein Zeichen: Noch zwei für das Häufchen Elend hier.

Er wollte gerade die Taverne (mehr eine *Kaschemme* als eine Taverne) verlassen, als ihn jemand am Arm packte.

Falfnin wandte sich um und blickte in das schweißglänzende Gesicht des Trunkenbolds.

»Jetzt isses mir wieder eingefallen …«, lallte der Gnom und hüllte den Meisterdieb in eine Wolke betäubend hochprozentiger Dünste. »Es heißt, du findest die Schwarze Viper nicht. Sondern sie findet dich.«

Falfnin sah den Trunkenbold stirnrunzelnd an.

»Okay …«, sagte er langsam »Danke für den Tipp. Das ist … sehr hilfreich. Aber jetzt muss ich mal wieder weiter.«

Er machte sich aus dem eisernen Griff los und trat in die Nacht hinaus.

»Du findest die Schwarze Viper nicht!«, rief ihm der Trunkenbold hinterher. »SONDERN SIE FINDET DICH!«

»Jaja«, murmelte Falfnin. »Alte Schnapsdrossel.«

Später an diesem Abend verführte er noch eine reiche Kaufmannstochter, deren Zimmerfenster – ebenso wie ihr Herz und kurz darauf ihr seidenes Nachthemd – er zufällig geöffnet vorfand. Die reichen Kaufmannstöchter von Verderbnis waren nicht gerade für ihre Sprödigkeit gegenüber geheimnisvollen Fremden bekannt.

Ein Vollmond stand am Himmel über Verderbnis und verwandelte das dunkle Wasser der Kanäle mit seinem Licht in flüssiges Silber. Längst hatten die Nachtwächter die Laternen ausgelöscht, und in den Tavernen lungerten nur noch die hoffnungslosesten Opfer der Alkoholindustrie herum und schlürften mit verdrießlichen Mienen das bittere Gift des Vergessens in sich hinein.

Noch hatte das Fest der Masken nicht begonnen, das die Nacht zum Tag und den Tag zur Nacht verkehren würde.

Auch in der Purpurschnecke war Ruhe eingekehrt. Die Geräusche der Lust, die Seufzer gespielter und aufrichtiger Ekstase, das Quietschen strapazierter Bettfedern, die atemlos gemurmelten Anzüglichkeiten, all dies war nach und nach verstummt.

Wer zu dieser Zeit das Zimmer von Brom und Bolgur betreten hätte, hätte die beiden erprobten Kampfgefährten in einer sehr anrührenden Stellung vorgefunden: Der Barbarenoger hatte seinen muskulösen Arm im Schlaf um den Zwergenkrieger geschlungen, der sich seinerseits mit einem traumseligen Lächeln an die Schulter seines Kumpans schmiegte, und so schlummerten sie einträchtig nebeneinander in dem großen herzförmigen purpurnen Plüschbett.

Ihr beiderseitiges Schnarchen war eine zweistimmige Ode auf die Freundschaft.

Nebenan träumte Nenia die Albträume anderer Leute und kuschelte sich dabei an ihre Drullpuppe Gorgontua.

Auch Selphyne schien endlich ein wenig Schlaf gefunden zu haben.

Schien, wie sich in wenigen Augenblicken zeigen wird.

Doch beobachten wir zunächst aufmerksam das Fenster, das nun langsam, sehr, sehr langsam, so dass kaum ein Geräusch dabei entsteht, aufgeschoben wird.

Lautlos schiebt sich eine dunkle Gestalt durch die Öffnung, ganz in Schwarz gekleidet und kaum von der umgebenden Dunkelheit zu unterscheiden.

Auf Zehenspitzen schleicht der nächtliche Eindringling durch das Zimmer auf das Bett zu, aus dem die leisen, gleichmäßigen Atemzüge der Gnomenmagierin zu hören sind.

Eine Dolchklinge glänzt matt in dem schwachen Licht, ein präziser Stoß in den entblößten Hals der schlummernden Zauberin, dort, wo sich unter der weißen Haut die Schlagader abzeichnet, und alles ist vorbei, ein Leben in Sekundenschnelle beendet, nüchtern und sachlich, wie man die Flamme einer Kerze auslöscht.

Sollte man zumindest meinen.

Denn anstatt sich an die Regeln zu halten und erschrocken, mit einem letzten Röcheln, die Augen aufzureißen, aus denen bereits der Tod blickt, benimmt sich dieses Opfer überaus merkwürdig.

Es explodiert in einem gleißenden Lichtblitz, der den verwirrten Meuchelmörder geblendet und vollkommen orientierungslos zurücklässt.

Im nächsten Moment spürt er die Spitze eines Dolches – seines eigenen Dolches, wenn er sich nicht täuscht – an seiner Kehle und eine Stimme flüstert ganz nahe an seinem Ohr:

»Überraschung!«

»Na los, mach schon, scheid ihm die Nase ab!«

Nenia stand in ihrem Nachthemd da und ballte erwartungsvoll die Fäuste.

»Nenia«, entgegnete Selphyne, »ich hab es dir doch schon erklärt. Wir sind Helden. Wir schneiden nicht einfach anderen Leuten die Nasen ab. Jedenfalls nicht ohne guten Grund.«

Die Gnomenmagierin griff nach der schwarzen Kapuze des Meuchelmörders. Wie ihr jetzt auffiel, war er ungewöhnlich kleingewachsen und erreichte nicht einmal die durchschnittliche Wichtelgröße.

»Zunächst wüsste ich gern, mit wem wir es überhaupt zu tun haben.«

Selphyne zog dem Mörder die Kapuze vom Kopf.

Erschrocken trat sie einen Schritt zurück.

Blonde Locken quollen unter dem schwarzen Stoff hervor, eisblaue Augen blickten sie an.

Der Meuchelmörder war ein kleines Mädchen, nicht viel älter als Nenia.

»Töte mich, wenn du willst«, sagte das Mädchen. »Aus mir bekommst du nichts raus.«

Im Nebenzimmer polterte es laut. Selphyne hörte Bolgurs Barbarenbrüllen und eine Tirade saftiger zwergischer Flüche, dann wurde es plötzlich still, bis Brom gleichermaßen erstaunt wie verärgert ausrief:

»Ich glaub ja wohl, es hackt!«

Kurz darauf erschienen er und Bolgur in Selphynes und Nenias Zimmer.

Brom schleifte einen jungen Gnomenknaben hinter sich her, den er an einem Ohr gepackt hatte. Unter Bolgurs muskulösen Armen klemmte je ein Orkjunge.

»Also, da fehlen einem doch die Worte!«, rief Brom. »Stell dir vor: Dieser kleine Rotzlöffel hier wollte mir ein für alle Mal die Luft abdrehen! Wollte mir ein ganz besonderes Halsband anlegen!«

Er hielt einen feinen Draht hoch, der mit zwei Holzstücken verbunden war: eine Garotte, Werkzeug der Wahl für den lautlosen Meuchelmord zwischendurch.

»Wenn ich nicht einen so leichten Schlaf hätte, würde ich jetzt an dem Großen Gelage in den Jenseitigen Gefilden teilnehmen!«

»Und mir wollten sie einen Dolch zwischen die Rippen stecken!«, grollte Bolgur anklagend.

»*Wollten* ist gut«, meinte Brom. »Dreh dich mal um.«

Bolgur setzte die Jungen ab und verrenkte sich den Hals, um an sich hinabzublicken. Ein Dolch steckte bis zum Heft in seiner Seite.

»Och nein«, brummte er und ließ den Kopf hängen. »Nicht schon wieder!«

»Jetzt aber mal raus mit der Sprache!« Brom schüttelte den Gnomenknaben durch. »Was habt ihr Bengel euch dabei gedacht? Ist das jetzt der neueste Schrei, nach Klingelstreichen und Riesenspinnen-Anzünden*? Rechtschaffene Leute nachts in ihren Betten zu massakrieren?«

»Aus mir kriegt ihr nichts raus«, antwortete der Junge mit unbewegter Miene, wie schon das Mädchen vor ihm.

»Das wollen wir doch mal sehen!«, knurrte Brom. »Ich hab schon ganz andere zum Reden gebracht!«

»Brom, bitte«, meinte Selphyne. »Es sind Kinder. Böse, mörderische Kinder, aber trotzdem ...«

»Lasst sie fünf Minuten mit Gorgontua und mir allein!«, sagte Nenia. »Papa hat mir alles beigebracht, was man übers Verhören wissen muss.«

Sie und das Mädchen funkelten sich böse an. Dort, wo sich ihre Blicke trafen, schienen blutrote Blitze zu zucken.

»Gute Idee«, pflichtete Brom bei. »Lassen wir das die Kinder unter sich ausmachen.«

»Ich denke, wir sollten lieber die Stadtwache ...« begann Selphyne, bevor eine Explosion krachte und beißender schwarzer Rauch das Zimmer ausfüllte.

Geblendet und keuchend nach Luft ringend taumelten Nenia, Brom, Bolgur und Selphyne umher, und als sich der Rauch endlich verzogen hatte, waren die vier Kinder verschwunden.

Ein Fenster stand offen, durch das die Nachtluft hereindrang.

* Ein beliebtes, aber nicht ganz unriskantes Hobby bei dem sadistisch veranlagten Nachwuchs in den Fernen Ländern.

Selphyne beugte sich hinaus und blickte auf die stille Straße, wo jedoch nichts zu sehen war.

»Einer von ihnen muss die Rauchbombe gezündet haben«, sagte sie, »nachdem sie sich mit geheimen Zeichen abgesprochen hatten.«

»Diese Racker haben sich eine ordentliche Tracht Prügel verdient«, knurrte Brom. »Vielleicht erwischen wir sie noch, wenn wir schnell sind.«

»Hat keinen Zweck. Wahrscheinlich kennen sie jede Gasse und jeden Schleichweg in dieser Stadt. Legen wir uns wieder hin. Jeweils einer von uns hält Wache, während die anderen schlafen. Aber vorher verarzten wir dich noch, Bolgur. Brom, holst du Falfnins Notfallset? Und bring eine Flasche Finsterklammer Zwitscherer mit, zum Desinfizieren.«

»Eigentlich ist der zum Trinken gedacht«, brummelte der Zwergenkrieger. »Bolgur könnte ruhig ein bisschen besser auf sich achthaben, mit seinen ständigen Verletzungen …«

Fröhlich pfeifend kehrte Falfnin von seinem nächtlichen Rendezvous zurück, unter dem Arm trug er eine große luftgetrocknete Salami und ein paar noch ofenwarme Weißbrote, die er unterwegs bei einem Bäcker gekauft hatte.

Gerade ging die Sonne über den Dächern auf und vergoldete die Strahlen eines figurengeschmückten Springbrunnens. (Ein Bildhauer hatte hier eine der vielen Szenen aus der an tragischen Episoden so reichen Mythologie der Fernen Länder im Stein verewigt: Ephiros, der Schöngeistige Recke, erdolcht, ohne es zu ahnen, seine Geliebte, die Liebesgöttin Veskala, die von Truhg, dem eifersüchtigen Gott der Lügen, aus Rache in eine feindliche Gestalt verwandelt und deshalb nicht von ihrem Liebhaber erkannt worden war. Überaus lebendig hatte der Künstler den Moment dargestellt, in dem Ephiros, die Geliebte im Arm, den Dolch noch in der Faust, seinen Fehler erkennt und vom Schmerz überwältigt wird. Diesem ersten, sozusagen prototypischen, unglückseligen Liebespaar folgten im Lauf der Geschichte noch unzählige weitere, in deren Biographien kein Mangel an Blut, schmachtenden Seelenqualen und bitteren Tränen herrscht. Überhaupt, heißt es, sei die Liebe seit dem Tod der Liebesgöttin in den Fernen Ländern nicht mehr dieselbe süße und unbeschwerte Angelegenheit wie zuvor.)

Falfnin dagegen beschäftigten an diesem heiteren Morgen keineswegs derart düstere Gedanken. Er legte seine Frühstücksbesorgungen auf dem Brunnenrand ab und erfrischte Gesicht und Hals an dem kühlen Nass.

Diese reichen Kaufmannstöchter, dachte er, konnten in Sachen *l'amore* ganz schön fordernd sein – nicht, dass er sich darüber beschwert hätte. Er war keineswegs der Mann, vor Herausforderungen dieser Art einzuknicken und klein beizugeben.*

Als er sich ausreichend frisch gemacht hatte und aufblickte, stutzte er.

Aus einem Häusereingang gegenüber starrte ihn ein Augenpaar an – oder nein, kein Augen*paar*: Es war ein einzelnes, herausfordend funkelndes Auge.

Undeutlich erkannte er in den Schatten den Umriss einer Gestalt. Als er einen Schritt auf sie zuging, verschwand sie geräuschlos in dem dunklen Eingang.

Der Meisterdieb runzelte die Stirn und überlegte, ob er ihr folgen sollte, dann zuckte er jedoch mit den Schultern, nahm seine Einkäufe und machte sich wieder auf den Weg.

* Wir geben hier nur die Gedanken des Meisterdiebs und galanten Abenteurers wieder.

Dieser Morgen, beschloss er, war kein guter Zeitpunkt, um damit anzufangen, Gespenster zu sehen.

Kurz darauf betrat er Selphynes Zimmer in der *Purpurnen Schnecke,* und zwar nach Diebesbrauch durch das Fenster.

»Guten Morgen«, sagte Falfnin, schwang sich über die Fensterbank und legte seine Einkäufe auf den Tisch. »Ich hab was fürs Frühstück mitgebracht.«

»Schön«, entgegnete Selphyne. »Ich kann jetzt gut was zum Essen vertragen. Wir hatten gestern eine lange Nacht.«

»Ich auch«, lächelte der Meisterdieb, in glücklichen Erinnerungen schwelgend. »Ich auch.«

»Wir hatten Besuch von vier Berufsmördern.«

»Tatsächlich?« Falfnin brach ein Stück von dem duftenden warmen Brot ab und steckte es sich in den Mund. Die Nachricht schien ihn nicht sonderlich zu beeindrucken. Im bewegten Leben eines Helden und Abenteurers werden auch nächtliche Begegnungen mit Profikillern und anderen Halsabschneidern irgendwann zur vertrauten Routine.

»Es waren Kinder!«, sagte Selphyne. »Kaum älter als Nenia, wenn überhaupt. Kannst du dir das vorstellen? Das ist doch … Alles in Ordnung mit dir, Falfnin?«

»Geht schon«, hustete der Meisterdieb. »Hab … mich nur … verschluckt …«

»Du bist ganz bleich«, sagte Selphyne besorgt.

»Nur verschluckt…«, keuchte Falfnin. »Am Brot. Geht schon … wieder. Und was … habt ihr mit den Kindern gemacht?«

»Sie haben eine Rauchbombe gezündet und sind abgehauen.« Die Gnomenmagierin schüttelte den Kopf. »Sie waren ziemlich professionell. Ich hab ja schon einiges erlebt, aber Kinder, die als Meuchelmörder arbeiten?«

»Ja, kaum zu glauben«, meinte Falfnin und fügte

schnell hinzu, als hätte er es eilig, das Thema zu wechseln: »Und was ist mit Brom? Ist er wegen irgendwas wütend?«

Aus dem unteren Stockwerk drang dumpf Broms Stimme herauf.

»Ach so, er wollte den Barkeeper wegen der Kinder befragen«, sagte Selphyne. »Wir sollten lieber mal nachsehen, bevor die Situation eskaliert.«

»Also packst du jetzt endlich aus oder nicht?«, schrie Brom wütend.

»Er packt nicht aus!«, rief Nenia, die auf die Theke geklettert war, um einen besseren Überblick zu haben. »Triez ihn noch ein bisschen, Klops!«

»Ich würd ja gern auspacken«, ächzte der Barkeeper, von Bolgur in den Schwitzkasten genommen. »Wenn ihr mir endlich sagen würdet, was ihr Chaoten verdammt noch mal eigentlich wissen wollt!«

Brom nahm seinen Helm ab und kratzte sich am Kopf.

»Haben wir ihm das noch nicht gesagt?«, wandte er sich an Bolgur.

Bolgur zuckte mit den Schultern.

»Keine Ahnung. Hab nicht zugehört.«

»Brom, Bolgur!«, rief Selphyne, die mit Falfnin die Treppe herunterkam. »Hört auf damit! Denkt daran, welches Beispiel ihr für Nenia abgebt!«

»Oh«, sagte Bolgur schuldbewusst und ließ den Barkeeper auf den Boden plumpsen.

»Vielen Dank.« Der Ork stand mühsam auf, griff in einen Sektkübel und hielt sich ein Stück Eis an sein blaues Auge.

»Du musst die beiden entschuldigen«, sagte Selphyne. »Wir wären diese Nacht beinahe von einer Kinderbande im Schlaf ermordet worden. Deswegen sind wir alle ein wenig nervös. Du kannst uns nicht zufällig was über diese Kinder erzählen?«

»Wir sind hier in Verderbnis«, erwiderte der Barkeeper missgelaunt. »Hier laufen massenweise verkommene Straßenbälger rum, die davon leben, Touristen auszunehmen. Glaubt ihr, ich kenn die alle persönlich, oder wie?«

»Vielleicht kennst du ja die, die uns gestern Nacht überfallen haben«, knurrte Brom. »Sonst weiß schließlich niemand, dass wir hier sind.« Er verstummte. »Es sei denn …«, sagte er nachdenklich und strich durch seinen Bart.

»Es sei denn *was*?«, brummte der Barkeeper. »Hört zu, ich hab nichts damit zu tun. Meiner Meinung nach müsste die Stadt bei diesen Gören sowieso viel härter durchgreifen. Eine echte Plage ist das. Einfach ausrotten, sag ich, wie die Ratten, dann …«

»Pass auf, was du sagst!«, zischte Falfnin, der ihn plötzlich am Kragen gepackt hatte und einen Dolch in die Theke rammte, millimetergenau zwischen Mittel- und Zeigefinger des Orks.

Als er die überraschten Blicke der anderen bemerkte, ließ der Meisterdieb den Ork los und räusperte sich. »Ich meine … es ist schließlich nicht ihre Schuld, nicht wahr? Ohne Familie, einsam, sich selbst überlassen … wie sollen sie da lernen, zwischen Richtig und Falsch zu unterscheiden?«

Der Barkeeper saugte an seinem blutenden Zeigefinger.

»Wie auch immer«, brummte er. »Ich kann euch jedenfalls nicht weiterhelfen. Waren wenigstens die Zimmer zu eurer Zufriedenheit?«

»Du meinst, abgesehen von den mörderischen Kindern und dem Ungeziefer?«, entgegnete Selphyne. »Den Umständen entsprechend. Bei der Gelegenheit: Ich hab ganz vergessen, der Zimmerfrau ein Trinkgeld zu zahlen. Würdest du ihr das geben?«

Sie legte einige Kupfermünzen auf die Theke.

»Zimmerfrau?«, fragte der Barkeeper. »Meinst du eins

von unseren Mädchen? Orga!«, rief er einer spärlich bekleideten Stadtfee zu, die gerade ihren Seidenstrumpf am Bein hochzog, während ihr eine Zigarette an der Unterlippe klebte. »Haben die Dschentelmähn hier eure Dienste in Anspruch genommen?«

»Nee«, krächzte die Fee zurück. »Die sind von der spröden Sorte, wie's scheint.«

»Gewollt hätte Bolgur schon«, behauptete Brom, »er war bloß zu schüchtern zu fragen.«

»Stimmt ja gar nicht!«, grollte der Barbarenoger und wurde rot.

»Nein, ich meine die *Zimmerfrau*«, sagte Selphyne. »Eine ältere, etwas rundliche Nachtelfendame. Sie hat frische Bettwäsche aufgezogen.«

»Fri-sche Bett-wä-sche?«, wiederholte der Ork ratlos. »Keine Ahnung, wovon du sprichst. Bei uns arbeitet keine ältere Nachtelfendame.«

»Aber sie war doch bei uns im Zimmer ...«, beharrte Selphyne.

»Wer immer das war, sie arbeitet jedenfalls nicht in der Purpurschnecke«, erwiderte der Ork. »Übrigens hab ich jetzt auch mal eine Frage an euch: Was soll ich mit dem da machen?« Sie folgten seinem ausgestreckten Finger mit den Blicken. »Wir haben versucht, ihn in die Rumpelkammer zu stellen, aber er wiegt ja mindestens eine Tonne. Wär nett, wenn ihr ihn wieder zurückverwandeln oder wenigstens wegschaffen könntet. Das hier ist schließlich ein Amüsierbetrieb und kein verdammtes Museum. Außerdem war er immer ein guter Kunde. Hat ohne zu meckern bezahlt und nie irgendwelchen Stress gemacht.«

»Genau«, pflichtete Orga, die paffende Stadtfee, ihm bei. »Und seine Extrawünsche waren auch halbwegs zivilisiert. Ich mein, relativ gesehen.«

Selphyne trat näher an das statueske, in Frage stehende Objekt heran.

»Mir gefällt er so ganz gut«, fand sie und sah dem Standbild in die erstarrten Augen. »Da er Frauen ja anscheinend gerne wie Objekte behandelt, ist es sicher mal eine interessante Erfahrung für ihn, eine Zeitlang selbst ein Objekt zu sein.«

Wie bereits erwähnt, hatten die Bildhauer der Fernen Länder zu allen Zeiten eine Vorliebe für die Darstellung tragischer Gestalten.

Doch selten war es ihnen gelungen, in ihren Werken so viel Furcht und Schaudern zum Ausdruck zu bringen, wie die, nicht bloß bildlich gesprochen, versteinerte Miene des unglücklichen Wichtels erkennen ließ.

Zweifellos dachte er noch immer über die letzte von ihm überlieferte Äußerung und ihre verheerenden Folgen nach: *»Entschuldigung, Frollein, wären Sie frei, und falls ja, was würde eine Stunde bei Ihnen kosten, mit allem Drum und Dran?«*

Nicht unbedingt hoher Tragödienstil, aber dennoch in gewisser Weise tragisch.

»Also, fassen wir zusammen«, sagte Selphyne, während sie über eine der großen Promenaden von Verderbnis schlenderten. Sie hatten den Tag mit der weiterhin vergeblichen Suche nach der Schwarzen Viper verbracht, nun war die Dämmerung hereingebrochen, und das Fest der Masken nahm langsam seinen Anfang. Horden Maskierter machten bereits die Straßen unsicher.

»Wir sind gerade erst in der Stadt angekommen, da überfällt uns auch schon eine mörderische Kinderbande. Dann gibt es da diese mysteriöse Zimmerfrau, die einfach mal kurz auftaucht und unsere Betten bezieht, wieso auch immer.«

»Reichlich undurchsichtig«, kommentierte Brom, eine besonders üppig gestaltete Statue von Uhh, der Göttin der Schamlosen Lust, interessiert beäugend.

»Und Falfnins Recherchen haben ergeben, dass *man die Schwarze Viper nicht findet, sondern sie findet einen.*«

»Behaupten die Trunkenbolde der Stadt«, meinte Falfnin. »Vielleicht sollten wir doch lieber von hier verschwinden und es bei dem nächsten Verwandten auf Thanatos' Liste versuchen.«

»Eine Gondelfahrt gefällig?«

Sie wandten sich dem Kanal zu, der neben ihnen herlief.

Dort unten stand einer der vielen Gondoliere der Stadt, die ihr Geld damit verdienten, dass sie Touristen zu saftigen Preisen über die Wasserstraßen von Verderbnis schipperten und sie dabei mit dem sentimentalem Liedgut Kalduriens unterhielten – viele von ihnen waren ausgebildete Opernsänger, deren Können dann doch nicht für die Karriere auf den ganz großen Bühnen gereicht hatte.

Andere dagegen gehörten von Haus aus eher zur Zunft der Spitzbuben und Galgenvögel und gaben sich nicht mit den regulären Fahrpreisen zufrieden, sondern lotsten ihre betuchten Passagiere in den nächsten dunklen Seitenkanal, wo bereits einige ihrer grimmigen Freunde warteten, die sich nicht mit Forderungen wie »Geld oder Leben« aufhielten, sondern umstandslos das eine wie das andere einkassierten.

»Eine Gondelfahrt gefällig?«

Der Gondoliere stand aufrecht in dem schmalen Boot und stützte sich auf ein langes Ruder. Er war vollständig in Schwarz gekleidet und trug eine Maske, die Augen und Nase verdeckte. Lächelnd blickte er zu den Helden hinauf.

»Nein, danke«, entgegnete Selphyne. »Vielleicht ein anderes Mal.«

»Sehr guter Preis«, lächelte der Gondoliere. »Nur zwei Silber pro Person. Fünf für signore Oger«, fügte er hinzu, auf Bolgur zeigend.

»Nein, danke«, wiederholte Falfnin.

»Einmaliges romantisches Erlebnis für das junge Paar.«

Der Gondoliere ließ seinen schelmischen Blick von Selphyne zu Brom wandern.

Die Gnomenmagierin schnaubte.

»Es gibt kein junges Paar«, stellte sie fest.

»Och, ich weiß nicht«, grinste Brom. »Das wär doch eigentlich genau das Richtige für uns, Schatz.«

»Wunderbar lyrische Gesangsdarbietung, nur geringer Aufpreis«, versprach der Gondoliere.

»Nein danke, wirklich nicht«, sagte Selphyne, um Höflichkeit bemüht.

»Breites Repertoire der beliebtesten Opernmelodien. Eine kleine Kostprobe gefällig?«

Und ohne eine Antwort abzuwarten, begann er aus vollem Hals die *Entzückungs-Arie* aus der großen Oper *Der verliebte Golem auf Freiersfüßen* zu schmettern, ein besonders süßliches Stück Kaldurischer Tonkunst.

»Ja, sehr schön«, kommentierte Falfnin gereizt. »ABER WELCHEN TEIL VON *NEIN DANKE!* HABEN SIE NICHT VERSTANDEN?«

Das Lächeln des Gondoliere hielt sich beharrlich auf dessen Lippen.

»Kein Interesse?«, fragte er, den Kopf schieflegend.

»Endlich begreift er es«, knurrte Falfnin.

»Macht nichts. Dann vielleicht ein anderes Mal, eh?«

»Ich bezweifle es.«

»Arrividerci!«, verabschiedete sich der Mann mit einer Verbeugung und stakste mit seinem langen Ruder davon.

»Das hat ja ewig gedauert, bis die Kopeke mal gefallen ist«, sagte Falfnin. »Ich bin auch dafür, von hier zu verschwinden. Es sei denn, Nenia besteht darauf, ihre Großtante kennen zu lernen.«

Sie wandten sich der kleinen Nachtelfe zu, beziehungsweise dorthin, wo sie eben noch gestanden hatte.

»Wo ist sie denn schon wieder?«, fragte Selphyne.

»Nenia!« riefen sie und blickten sich nach allen Seiten um.

»Die Kleine ist bestimmt nur bei einer von diesen Kasperbuden hängengeblieben«, meinte Brom und zeigte auf ein hölzernes Puppenspieltheater, auf dem gerade eine der in Verderbnis beliebten Marionettenkomödien zum Besten gegeben wurde, deren Handlung üblicherweise in einer losen Abfolge derber Prügeleien und Schimpforgien bestand, nicht selten mit reger Beteiligung seitens des Publikums.

»Bolgur, hattest du nicht gesagt, du passt auf sie auf?«, fragte Selphyne vorwurfsvoll.

»Ich?«, grollte der Oger in gekränktem Tonfall. »Sie hat gesagt, ich bin ein doofer Fettklops und mein Hintern ist so dick, dass er ein eigenes Gravitationsfeld hat. Ich hab ihr zum Einschlafen aus Cousine Borgulas Doktorarbeit in Astronomie vorgelesen«, fügte er erklärend hinzu. »Sie hat eine sehr gute Auffassungsgabe.«

»Wo ist dieser Typ mit seiner Gondel?«, fragte Falfnin plötzlich.

Von dem Gondoliere war keine Spur mehr zu sehen, er musste in einen der unzähligen Seitenkanäle eingebogen sein, die von der Hauptader abzweigten.

»Wir sollten uns aufteilen und nach der Kleinen suchen«, entschied Selphyne. »Vielleicht ist sie wirklich nur an irgendeiner Bude hängengeblieben, aber mir kommt das langsam alles ziemlich verdächtig vor.«

»Ja, teilen wir uns auf«, nickte Falfnin. »Bolgur wartet am besten hier, falls Nenia zurückkommt. In einer halben Stunde treffen wir uns an dieser Stelle wieder.«

Damit eilten sie in unterschiedliche Richtungen davon.

Entschlossen bahnte sich Falfnin seinen Weg durch die Straßen von Verderbnis.

Gelächter ertönte rings um ihn her, fröhlich betrunkene Gruppen von Maskierten kamen ihm entgegen, doch die ernste Miene des Meisterdiebs verriet, dass er keinen Anteil an dem allgemeinen Trubel nahm.

»Warum so schwermütig?«, lachte ihn eine maskierte Wichteljungfer an. »Lächle, und die ganze Welt lächelt mit dir!«

»Ja, ja«, murmelte Falfnin. »Danke für den Tipp.«

Die Suche nach der verschwundenen Nachtelfe war nicht der einzige Grund für seine mangelnde Feierlaune.

Noch etwas anderes beschäftigte ihn, etwas, das bis vor kurzem in den dunkelsten Tiefen seiner Seele geschlummert hatte und nun durch die Ereignisse des letzten Tages geweckt worden war.

Man hätte meinen können, dass er nicht zum ersten Mal in diesen Straßen unterwegs war.

Hallo, Falfnin, flüsterte eine Stimme in seinem Kopf, bei deren Klang er unwillkürlich zusammenzuckte. *Ich bin die Stimme deiner Erinnerung.*

Sei still, antwortete der Meisterdieb grimmig. Ich hab jetzt keine Zeit für so was.

Die Zeit solltest du dir aber nehmen. Vor deiner Vergangenheit kannst du nicht davonlaufen, sagte die Stimme.

Ich laufe nicht vor meiner Vergangenheit davon, erwiderte Falfnin, innerlich mit den Zähnen knirschend.

O doch, das tust du. Und jeder Schritt, den du dabei machst, führt dich nur zu ihr zurück.

Falfnin blieb stehen.

Traumwandlerisch hatten ihn seine Schritte an einen ganz bestimmten Ort geführt.

Es war ein Park, der ruhig in der Abenddämmerung dalag, eine Insel der Stille in der lärmenden Stadt, eine Sandbank der Unveränderlichkeit im Strom der Zeit, denn dieser Ort schien sich nicht gewandelt zu haben, seitdem Falfnin zum letzten Mal hier gewesen war.

Sein Blick fiel auf eine kleine Pagode, die auf der Kuppe eines Hügels stand und von dem Vollmond, der gerade über der Stadt aufging, in ein romantisches Licht getaucht wurde.

Falfnins Kehle schnürte sich zu.

»O nein«, flüsterte er.

Ich habe es dir gesagt, flüsterte die Stimme. *Vor deiner Vergangenheit kannst du nicht davonlaufen.*

Und Falfnins Gedanken kehrten zu einem sonnenwarmen Nachmittag in Verderbnis zurück, zwanzig Jahre zuvor.

Falfnins Erste Liebe

Mit federnden Schritten spazierte ein Wichteljüngling an einem der Hauptkanäle von Verderbnis entlang.

An seiner Seite baumelte ein eleganter Degen, lächelnd strich er über seinen schmalen blonden Schnurrbart, der vielleicht noch etwas spärlich sein mochte, aber dennoch bereits die Männlichkeit seines Trägers betonte.

Der Jüngling hatte auch allen Grund, zufrieden zu sein, denn erst wenige Minuten zuvor hatte er in den leidenschaftlichen Umarmungen seiner Geliebten gelegen. In seinen Ohren klangen noch ihre atemlosen Liebesschwüre nach, auf seinen Lippen spürte er ihre heißen, unersättlichen Küsse.

Sie war die Frau eines der reichsten Adligen der Stadt, doch ihr Herz gehörte nur ihrem jungen Geliebten, wie sie niemals müde wurde zu beteuern. Bloß mit Verachtung sprach sie von ihrem betagten Ehemann und verglich seinen plumpen hässlichen Leib spöttisch mit dem schlanken, geschmeidigen Körper ihres Liebhabers, die gepuderten Perücken, unter denen ihr Gatte seinen Kahlkopf verbarg, mit der wallenden Lockenpracht ihres jugendlichen Freundes.

Immer häufiger sprach das heimliche Paar von Flucht, wenn sie nach Stunden der Liebe glücklich und erschöpft nebeneinander im Bett lagen, und heute endlich hatten sie beschlossen, ihre Pläne in die Tat umzusetzen.

Noch vor Ablauf dieser Woche wollten sie unbemerkt aus der Stadt verschwinden, wohin, darüber hatten sie sich noch keine Gedanken gemacht, auch nicht, wovon sie in der Fremde leben wollten. Doch sie waren jung und liebten einander, und waren Liebende nicht Günstlinge der Götter?

Der Wichteljüngling bog von der Promenade ab und durchquerte ein Netz von verwinkelten Gassen, bis er vor ein heruntergekommenes Gebäude gelangte, an dessen bröckelnder Fassade in verblichenen Buchstaben stand:

Wai en aus Hof nungssch mmer

Der Jüngling atmete tief ein.

Einen großen Teil, viele Jahre seiner Jugend hatte er hier verlebt.

Der Abschied, spürte er, würde ihm trotz allem nicht leicht fallen.

Wie jedes Mal hörte er genau eine Sekunde, bevor er an der Zimmertür des Vorstehers anklopfte, das vertraute »Herein« aus dem Inneren – die gelegentlich etwas unheimlichen hellseherischen Fähigkeiten des Vorstehers genossen unter den Einwohnern des Waisenhauses einen legendären Ruf, der entschieden zu seiner uneingeschränkten Autorität beitrug.

Als der Wichteljüngling eintrat, saß der Vorsteher an seinem Schreibtisch und machte mit einer Gänsefeder

Eintragungen in ein großes Register, das aufgeschlagen vor ihm lag.

»Ah, Falfnin«, sagte er, ohne aufzublicken. »Gut, dass du kommst. Es gibt etwas, über das wir sprechen müssen.«

»Ja«, sagte Falfnin, »ich wollte euch auch eine wichtige Mitteilung machen, Meister.«

Stets wurde der Vorsteher nur mit diesem Titel angesprochen, seinen wahren Namen kannte niemand, vielleicht nicht einmal er selbst, wie die Gerüchte besagten.

»Setz dich«, sagte der Vorsteher, weiterhin mit dem Register beschäftigt, und zeigte auf einen Stuhl vor dem Schreibtisch.

Ungefähr fünf Minuten verstrichen, während derer das Kratzen der Feder das einzige Geräusch in dem Zimmer war. Dann erst hob der Meister den Kopf und richtete seine grauen Augen auf Falfnin.

»Es ist jetzt zehn Jahre her, dass du zu uns gekommen bist«, begann er. »Damals warst du noch ein Kind, einsam, elternlos, von aller Welt verlassen, eine der vielen verlorenen Seelen von Verderbnis. Wir haben dich aufgenommen, dir ein Heim gegeben, eine Familie, einen Platz im Leben.«

Falfnin schlug die Augen nieder.

»Ich weiß«, sagte er leise. »Und dafür werde ich Euch ewig dankbar sein, Meister.«

»Doch nicht nur das«, fuhr der Meister fort. »Wir haben dich auch vieles gelehrt, das du nirgends sonst hättest lernen können. Dank unserer Ausbildung vermag kaum jemand so geschickt mit dem Wurfdolch umzugehen wie du, und es gibt auch nur wenige, die es im Kampf mit dem Florett mit dir aufnehmen können.«

»Das ist wahr«, lachte Falfnin. »Gerade erst vor zwei Tagen habe ich zwei adlige Muttersöhnchen mit der flachen Seite der Klinge nach Hause getrieben – wie ein

Bauer sein Vieh auf die Weide. Sie glaubten tatsächlich, ihr Tattergreis von einem Hauslehrer hätte ihnen alles über das Fechten beigebracht. Von diesem Irrglauben habe ich sie erst einmal kuriert.«

»Wir haben dich in die Kunst eingeweiht, mächtige Kräuteressenzen herzustellen, heilsame wie tödliche«, setzte der Meister seine Rede fort. »Verschlossene Türen sind kein Hindernis für dich, ebenso wenig wie die höchsten Mauern.«

»Letzte Woche habe ich mit Farnif gewettet, dass ich es schaffe, in zehn Minuten vom Boden bis zum Dach der Luhm-Kathedrale zu klettern. Er hat fünfzig Kopeken dagegen gesetzt. Die gehören jetzt mir«, sagte Falfnin stolz.

»Du bist immer ein gelehriger Schüler gewesen«, stellte der Meister fest. »Und ich habe deine Fortschritte mit Wohlwollen verfolgt.«

»Danke, Meister.«

»Doch nun ist es an der Zeit …«

Erleichtert lächelnd erhob sich Falfnin.

»Sprecht nicht weiter, Meister«, unterbrach er, »ich weiß schon, was Ihr sagen wollt. Es ist an der Zeit, dass ich meinen eigenen Weg gehe und mich all der Wohltaten würdig erweise, die mir hier zuteil geworden sind. Wie immer wählt Ihr genau den richtigen Zeitpunkt und blickt klarer in mein Herz als ich selbst. Der Abschied fällt mir nicht leicht, doch nun, wo ich Euren Segen habe …«

Der Meister sah ihn befremdet an.

»Deinen eigenen Weg gehen?«, fragte er langsam. »Abschied? Nein, das war es nicht, worüber ich mit dir sprechen wollte.«

»Nicht?« Falfnin verstummte und ließ sich wieder auf den Stuhl sinken. »Ich dachte …«

»Nein.« Der Meister schüttelte seinen kahlen Schädel. »Andererseits, ein Abschied und ein Aufbruch in ein neues Leben ist es in gewisser Weise durchaus. Der erste

Teil deiner Lehrzeit ist vorbei, nun wirst du lernen, deine erworbenen Fähigkeiten nutzbringend in der Welt dort draußen einzusetzen. Nach und nach wirst du tiefer in die Angelegenheiten der Bruderschaft eingeweiht werden, und wenn du dich weiterhin als gelehrig erweist, wird es sich in klingender Münze für dich auszahlen.«

»Die Bruderschaft?«, fragte Falfnin. »Ich verstehe nicht, was …«

»Mit der Zeit wirst du verstehen. So viel kann ich dir bereits jetzt sagen: In die Bruderschaft aufgenommen zu werden, ist eine Ehre, die nur den Wenigsten zuteil wird. Du bist damals nicht zufällig ausgewählt worden, Falfnin. Nicht aus Gnade oder Mitleid, sondern aufgrund ganz bestimmter Talente, die du schon damals erkennen ließest.«

»Ich begreife immer weniger«, sagte Falfnin. »Eigentlich wollte ich …«

»Genug«, unterbrach der Meister. »Heute Nacht wirst du deinen ersten Auftrag erhalten. Rinalf wird dir dabei zur Seite stehen und alles Weitere erklären.«

»Zu Diensten«, sagte eine Stimme so unerwartet nah hinter Falfnin, dass er zusammenzuckte.

Als er sich umwandte, erblickte er einen Wichtel, den er im Waisenhaus bereits hin und wieder gesehen hatte. Der mit Rinalf Angesprochene mochte einige Jahre älter sein als Falfnin und trug ein schwarzes Lederwams, sein linkes Auge war unter einer Klappe verborgen. Er musste unbemerkt die ganze Zeit im Zimmer gewesen und erst jetzt aus einer dunklen Ecke hervorgetreten sein.

»Ich werde mich darum kümmern, dass alles reibungslos klappt«, versprach er, an den Meister gewandt. »Und hier ist schon mal dein Anteil.«

Er gab Falfnin einen Lederbeutel, in dem es vielversprechend klimperte.

Als Falfnin den Beutel öffnete, funkelten ihn frisch geprägte Goldmünzen an.

»Die andere Hälfte gibt es nach erledigtem Auftrag«, erklärte Rinalf.

Falfnin betrachtete hypnotisiert die Münzen. In seinem ganzen Waisenleben hatte er nicht einmal einen Bruchteil dieser Menge Gold in den Händen gehalten.

Eines stand fest: Wenn er mit seiner Geliebten einen Neuanfang machen wollte, würden sie alles Geld brauchen, das sie bekommen konnten, romantische Ideen von der Allmacht der Liebe ausnahmsweise mal beiseite gelassen.

Falfnin blickte auf.

»Was muss ich tun?«, fragte er.

»Alles zu seiner Zeit«, entgegnete Rinalf.

»Wo fahren wir hin?«

Falfnin schob den Fenstervorhang zur Seite und blickte in die Abenddämmerung hinaus.

»Das wirst du bald sehen«, erwiderte Rinalf, der ihm gegenüber in der Kutsche saß und während der bisherigen Fahrt kaum ein Wort gesprochen hatte.

Wann immer ihn der durchbohrende Blick von Rinalfs einem Auge streifte, wandte sich Falfnin verlegen ab.

Der unheimliche Eindruck, den sein wortkarger Begleiter auf ihn machte, blieb bestehen, auch wenn er sich sagte, dass der Meister ihn niemals in eine unrechte Sache verwickeln würde.

Doch bei jeder Unebenheit des Straßenpflasters klimperte das Gold verlockend in Falfnins Tasche …

Schließlich hielt die Kutsche, Rinalf öffnete den Verschlag, und sie stiegen aus.

Vor ihnen lag, dunkel und schweigend, einer der vielen Parks der Stadt. Einer Allee uralter Platanen folgend, schritt Rinalf voraus, bis sie zu einer kleinen Pagode gelangten, die auf der Kuppe eines Hügels stand.

»Und nun?«, fragte Falfnin.

»Abwarten«, sagte Rinalf. »Setz die hier auf.«

Er griff in seine Tasche und holte zwei Masken aus schwarzem Samt hervor, von denen er eine selbst überzog und die andere Falfnin reichte.

»Wozu das denn?«

»Tu einfach, was ich dir sage.«

Falfnin setzte die Maske auf, und sie warteten schweigend.

»Wie lange ...«, begann Falfnin nachdem eine ereignislose halbe Stunde verstrichen war.

»Schh!«

Rinalf legte den Finger auf die Lippen und wies in die Dunkelheit, aus der sich eine schattenhafte Gestalt näherte.

»Ist dort jemand?«, flüsterte eine Stimme.

»Wir sind hier«, entgegnete Rinalf. »Kommt näher.«

Zögerlich trat die Gestalt auf sie zu.

»Man hat mir gesagt, jemand würde hier auf mich warten«, flüsterte die Stimme. »Und dass es um Leben und Tod gehe.«

»Ist Euch jemand gefolgt?«, fragte Rinalf.

»Nein«, antwortete die Gestalt. »Ich bin allein gekommen, wie verlangt. Ich verstehe nicht... Wer seid Ihr? Was wollt Ihr von mir?«

»Keine Angst, das werdet Ihr gleich erfahren«, sagte Rinalf. »Kommt näher.«

Die Gestalt betrat die Pagode. Sie trug einen langen Umhang, und im schwachen Mondlicht erkannte Falfnin, dass ihr Gesicht verschleiert war.

»Ich hätte nicht kommen sollen ...«, flüsterte sie.

»Wir haben eine Botschaft von Eurem Ehemann für Euch«, sagte Rinalf.

»Von meinem Mann?« Die Gestalt wich einen Schritt zurück und blickte sich um. »Ist er hier?«

»Nein. Aber wir sollen Euch von ihm mitteilen, dass er gedenkt, seinen Ehekontrakt mit Euch aufzulösen.«

»Was?«, fragte die Unbekannte mit zitternder Stimme. »Warum sagt Ihr so etwas? Wer seid Ihr?«

»*Bis dass der Tod Euch scheidet*«, zitierte Rinalf statt einer Antwort. »Heißt es nicht so? Nun, dieser Moment ... Dieser Moment ist nun für Euch gekommen.«

Mit einem Schritt war Rinalf bei ihr, Falfnin sah Stahl aufblitzen, dann stieß die Unbekannte einen Seufzer aus, mehr vor Überraschung als aus Schmerz, und sank in sich zusammen.

Falfnin blieb das Herz stehen.

»Du hast sie ermordet!«, brachte er mit zugeschnürter Kehle hervor.

»Ich habe den Auftrag vereinbarungsgemäß erledigt«, erwiderte Rinalf. »Diesmal bekommst du deinen Anteil noch fürs Rumstehen und Zusehen. Beim nächsten Mal musst du auch etwas dafür tun. Und jetzt lauf, bevor wir gesehen werden.«

»Aber ...«

Falfnin kniete bei der Unbekannten nieder und streckte die Hand nach ihrem Schleier aus.

»Ich sagte, wir verschwinden von hier«, zischte Rinalf und packte ihn am Arm.

Halb besinnungslos vor Entsetzen, wie er war, ließ sich Falfnin von ihm fortziehen. Sie stiegen in die Kutsche, die vor dem Park auf sie gewartet hatte, der Kutscher schwang die Peitsche, und die Pferde setzten sich in Bewegung.

Laut hallte das Klappern ihrer Hufe in den nächtlichen Straßen wider.

Als sie vor dem Waisenhaus hielten, war Falfnin noch immer wie gelähmt. Willenlos taumelte er Rinalf hinterher, seine Beine fühlten sich an, als wären sie aus Blei.

Um diese Zeit herrschte völlige Stille auf den Gängen, nur aus dem Zimmer des Vorstehers war Stimmengemurmel zu hören.

Auf das »Herein!« des Meisters betraten sie den Raum.

Eine Flasche Wein und einen gefüllten Becher vor sich, saß der Vorsteher hinter dem Schreibtisch. Ihm gegenüber, so dass Falfnin zunächst nur seinen breiten Rücken sehen konnte, hatte ein beleibter, vornehm gekleideter Mann Platz genommen, der eine gepuderte Perücke trug und seine fleischigen Finger um den Knauf eines goldverzierten Spazierstocks geschlossen hielt.

»... ja, die Straßenkinder sind eine wahre Plage.«, sagte er gerade im Plauderton, als sie eintraten. »Man kann kaum eine Spazierfahrt durch die Stadt machen, ohne von ihnen belästigt zu werden. Selbst wenn sie einen nicht anbetteln, genügt doch schon ihr Anblick, um einem den Tag zu verderben. Man müsste wirklich etwas dagegen unternehmen.«

»Wir geben uns große Mühe, wenigstens einige dieser bedauernswerten Geschöpfe von der Straße zu holen«, entgegnete der Meister. »Aber wir können natürlich nicht allen helfen. Ah, Rinalf, Falfnin«, sagte er, als die beiden hereinkamen. »Ist alles erledigt? Oder gab es unvorhergesehene Schwierigkeiten?«

»Alles erledigt«, erwiderte Rinalf. »Keine Schwierigkeiten.«

»Ausgezeichnet. Unser geschätzter Auftraggeber, der Herzog, war so freundlich, sich selbst herzubemühen, um die ausstehende Rate zu zahlen.«

»Ich nehme Eure Dienste immer wieder gerne in Anspruch«, versetzte der andere. »Ihr seid diskret, professionell und, wenn ich das so sagen darf, vergleichsweise günstig.«

»Wir tun unser Bestes, unsere Kunden zufriedenzustellen«, antwortete der Meister.

»Ich bin ausgesprochen zufrieden«, ließ ihn der Herzog wissen. »Nüchtern besehen, war dies die sauberste Lösung. Nicht, dass ich aus Eifersucht gehandelt hätte. Derartige Gefühle bei mir zu wecken ist noch keiner Frau gelungen, was wohl daran liegt, dass ich bis jetzt noch jede Frau bekommen habe, die ich besitzen wollte.« Schlürfend nahm er einen Schluck Wein. »Um ehrlich zu sein, mir lag nicht einmal besonders viel an meiner Frau. Denn ist nicht letzten Endes jeder ersetzbar? Ich halte auch nicht viel von ehelicher Treue – das heißt, sofern diese Tugend mir selbst abverlangt wird.« Er lachte. »Aber ich stehe eben nicht gerne als gehörnter Trottel da. Und als ich erfuhr, dass meine Frau, mein mir angetrautes Eheweib, das mir ewige Treue geschworen hat« – diese Worte stieß er in plötzlich verbissenem Tonfall hervor – »dass meine teure Gattin mich mit einem Anderen betrügt, sah ich mich gezwungen, gewisse Maßnahmen zu ergreifen, um meinen Ruf als Mann zu wahren, der seinen Besitz zusammenzuhalten weiß oder ihn wenigstens vernichtet, bevor er dem Feind in die Hände fällt.«

»Völlig verständlich«, nickte der Meister.

»Nicht wahr? Ich habe zwar noch nicht herausgefunden, wer dieser Feind ist, aber das werde ich schon noch in Erfahrung bringen.«

Als sich der Herzog bei diesen Worten umwandte, erstarrte Falfnin zu Eis.

»Das also sind die beiden, die den Auftrag ausgeführt haben? Ich hoffe, sie musste nicht zu sehr leiden.«

»Keine Sorge«, entgegnete Rinalf. »Sie war tot, bevor sie überhaupt begriffen hatte, was vor sich ging.«

»Das ist gut. Man ist schließlich kein Sadist. Nun, dann steht ja der Zahlung der zweiten Rate nichts mehr im Weg. Ich denke auch, ich werde einen kleinen Bonus … Was hat er denn?«

Der Herzog, einen Geldbeutel in der Hand, richtete seinen erstaunten Blick auf Falfnin, der totenbleich geworden war und am ganzen Körper zitterte.

»Vielleicht sollte er etwas an die frische Luft …«

Er kam nicht dazu auszusprechen, denn aufschreiend warf sich Falfnin mit solcher Wucht auf den Herzog, dass er ihn, obwohl der andere um einiges schwerer war, sofort zu Boden riss.

»Du hast sie ermordet!«, schrie er und bearbeitete das Gesicht des Herzogs mit seinen Fäusten. »Du elendes Schwein! Du hast sie ermordet!«

Der Meister war aufgesprungen.

»Falfnin, was ist denn in dich gefahren!«, rief er, während Rinalf herbeistürzte, Falfnin an den Schultern packte und ihn von seinem Gegner fortzuziehen versuchte, womit er bei dem jungen Meisterdieb, dem sein Zorn ungeahnte Kräfte verliehen hatte, jedoch nur wenig auszurichten vermochte.

Nachdem er dem Herzog, der hilflos sein Gesicht mit den Händen zu schützen versuchte, noch einige Schläge versetzt hatte, riss sich Falfnin los und rannte aus dem Zimmer, ohne noch einen Blick zurückzuwerfen.

Es war das letzte Mal, dass er das Waisenhaus *Hoffnungsschimmer* betreten hatte.

Zwei Wochen waren vergangen.

Eine Zeitlang hatte der Herzog nicht am gesellschaftlichen Leben der Stadt teilgenommen (was auch verständlich war, angesichts des schmerzlichen Verlustes seiner Frau), doch an diesem Abend zeigte er sich erstmals wieder in der Öffentlichkeit.

Es war im großen Opernhaus von Verderbnis, wo schon seit Monaten die Oper *Veskala und Ephiros oder Der Liebesgöttin Tod* gegeben wurde, ein echter Publikumserfolg. Der Herzog hatte seine übliche Loge bezogen – in Gesellschaft von zwei stadtbekannten Konkubinen, wie sich die stets mehr an Tratsch als an den Vorgängen auf der Bühne interessierten Opernbesucher amüsiert unter vorgehaltener Hand zuraunten.

Gerade war der zweite Akt zu Ende gegangen, und die beiden weiblichen Begleiterinnen hatten die Loge verlassen, um sich während der Pause »frisch zu machen«.

Der Herzog war allein zurückgeblieben.

Über die Brüstung des Balkons vorgebeugt, vertrieb er sich die Zeit damit, durch sein Opernglas die Dekolletés der Damen im Parkett zu begutachten.

Von dieser Beschäftigung ließ er auch dann nicht ab, als hinter ihm die Logentür geöffnet wurde.

»Durchlaucht, ich bringe den Champagner«, sagte eine Stimme.

»Jaja«, der Herzog winkte nachlässig, ohne sich von den üppigen Aussichten abzuwenden. »Stell's einfach hin und dann verschwinde.«

»Sehr wohl.«

Ein Korken knallte, nacheinander wurden drei Gläser eingeschenkt.

»Da wäre noch etwas ...«

»Was denn?«, erwiderte der Herzog ungeduldig. »Trinkgeld ist in der Börse dort, bedien dich selbst. Wenn du aber mehr als zehn Kopeken nimmst, werde ich persönlich dafür sorgen, dass deine rechte Hand noch vor dem Ende dieser Woche auf dem Block des Scharfrichters liegt.«

»Darum geht es nicht. Ich habe eine Botschaft für Euch.«

»Eine Botschaft? Von wem?«

»Von Eurer Frau.«

Verärgert über diesen geschmacklosen Scherz, wandte sich der Herzog um.

»Was glaubst du eigentlich, mit wem du es ...«

Der Herzog verstummte.

Seine Augen weiteten sich vor Schreck, schützend hob er die Hände, wie um einen Schlag abzuwehren.

Als die Konkubinen wenig später in die Loge zurückkehrten, hatte bereits der dritte Akt begonnen, und die Liebesgöttin sang gerade mit unvergleichlicher Intensität die berühmte Schmerzens-Arie, am Ende begleitet von einem brausenden Orchester.

Daher dauerte es eine Weile, bis jemand auf die Entsetzensschreie der beiden Frauen in der herzoglichen Loge aufmerksam wurde.

Ein Blutstropfen rann von Falfnins Hand.

Während er, auf das Geländer der Pagode gestützt, in seine Erinnerungen versunken gewesen war, hatten seine Finger gedankenverloren mit einer Rose gespielt und sich dabei an den scharfen Dornen verletzt.

Jetzt stieß er einen schmerzvollen Seufzer aus und ließ die Rose fallen.

All die langen Jahre … und noch immer schmerzte die Wunde wie am ersten Tag.

Würde ihn die Vergangenheit niemals loslassen?

Plötzlich beugte er sich vor.

Dort auf dem Parkweg hatte sich eine Gestalt gezeigt, für einen Moment war der durchdringende Blick eines Auges auf ihn gerichtet gewesen – der Blick eines einzelnen, herausfordernd starrenden Auges.

Nein, dachte Falfnin.

Die Vergangenheit würde niemals ruhen. Nicht, bis er endgültig mit ihr abgeschlossen hatte.

Er nahm die Verfolgung auf.

Zielstrebig stiefelte Brom durch die Straßen von Verderbnis und zerteilte die Menge wie ein mit Volldampf vorausschippernder Eisbrecher das Packeis, hin und wieder von einem fettigen Knoblauchfladen abbeißend, den er als

Wegzehrung bei einem der zahlreichen Garküchenbesitzer gekauft hatte.

Ein Zwergenkrieger, der entschlossen seinen Weg verfolgt, kann recht beeindruckende Verdrängungswerte erreichen, besonders dann, wenn er ein zentnerschweres Kettenhemd trägt und ihn eine Wolke von Knoblauchdünsten einhüllt, die geeignet ist, selbst fanatische Verehrer würziger Lauchgewächse an den Rand einer Ohnmacht zu bringen.

»Nenia!«, rief er ab und zu. »Wenn du brav bist und jetzt gleich herkommst, kauft dir der liebe Onkel Brom auch eine extragroße Portion rosa Zuckerwatte!«

So richtig glaubte er die Story mit der Entführung nicht – wahrscheinlich war die Kleine wirklich nur an irgendeiner der vielen Komödiantenbuden hängen geblieben und sah jetzt in diesem Moment vergnügt zu, wie der Narrenkasper zum wiederholten Mal von dem bösen Krokodil mit einem großen Paddel vermöbelt wurde (oder umgekehrt).

Man wusste ja, wie Kinder so waren.

Was ihn wirklich beschäftigte, war aber etwas ganz anderes, auch wenn er noch nicht bereit war, es sich einzugestehen.

N' Abend, Brom flüsterte eine Stimme in seinem Kopf. *Wie geht's, wie steht's?*

Bestens, antwortete Brom, danke der Nachfrage. Und wer bist du und was machst du in meinem Kopf?

Ich bin die Stimme deiner Erinnerung, flüsterte die Stimme.

Was du nicht sagst. Brom kaute an seinem Knoblauchfladen. Kennen wir uns?

Flüchtig. Wenn du mich nicht andauernd in Finsterklammer Zwitscherer ersäufen würdest, hätten wir vielleicht öfter miteinander zu tun. Aber da ich dich gerade mal halbwegs nüchtern antreffe, möchte ich die Gelegenheit nutzen, um über eine ganz bestimmte Sache mit dir zu sprechen.

Ach was, sagte Brom. Worum geht es?

Um etwas, das lange zurückliegt. Du erinnerst dich an Uldi?

Brom hörte auf zu kauen.

Keine Ahnung, wovon du redest, knurrte er. Und ich würde vorschlagen, du verschwindest jetzt besser aus meinem Kopf.

Ich weiß, es ist nicht einfach, aber vor deiner Vergangenheit kannst du nicht ausreißen, bemerkte die Stimme.

Vielleicht nicht. Brom umklammerte seine Streitaxt. Aber ich kann dafür sorgen, dass meine Vergangenheit vor *mir* davonrennt.

Der Zwergenkrieger hielt an und blickte sich um, wohin ihn seine Schritte während der Unterhaltung mit der myteriösen Stimme geführt hatten.

Er befand sich nun in einer Seitenstraße, die von zahlreichen Geschäften beherrscht wurde, in deren Schaufenstern hauptsächlich Alchimistenbedarf angeboten wurde.

Brom las das Schild über dem Laden, vor dem er stand.

Brim Schlangekrauts Alchimistisches Allerlei

Ich hab es dir gesagt, flüsterte die Stimme.

Als Brom das Geschäft betrat, wölkte ihm eine verwegene Mischung betäubender Gerüche entgegen.

Die geschulte Nase eines Kenners hätte die Hauptbestandteile dieses alchimistischen Aromanebels wahrscheinlich sofort identifiziert: Höllenschwefel, destillierte Salamanderessenz, siebenfach geläutertes Quecksilber, gelöteter Dämonenzinn und dergleichen Substanzen mehr, mit denen in Alchimistenkreisen hantiert wurde.

Vergeblich versuchte Brom die Etiketten der vielgestaltigen Fläschchen und Phiolen zu entziffern, die dicht an dicht auf den Regalen standen. Anstatt sich des gewöhnlichen Alphabets zu bedienen, benutzten Alchimisten ihre eigene verschnörkelte Hieroglyphenschrift – wie Brom allerdings vermutete, nur in der Absicht, den Uneingeweihten gegenüber Eindruck zu schinden.

Und es wirkt wohl auf die meisten Leute auch tiefsinniger, wenn man ein paar rätselhafte, bedeutsam aussehende Kringel auf ein Etikett malt, anstatt einfach *Drachenflatulenzen in Dosen* draufzuschreiben.

Wie vielleicht schon deutlich geworden ist, hatte Brom nicht besonders viel für Alchimisten übrig.

Die meisten, die er kennengelernt hatte, waren mickrige, käsig bleiche Gestalten, die besser daran getan hätten, sich ein wenig Bewegung an der frischen Luft zu verschaffen, anstatt in finsteren Kellern mit krummen Rücken an ihren Labortischen zu hocken und giftige Dämpfe einzuatmen.

Manche Alchimisten, denen Brom begegnet war, hatten auch einen Hang zur Verschlagenheit und Heimtücke, was möglicherweise mit dem Hocken in schlecht belüfteten Kellerlöchern und ständigem Inhalieren giftiger Dämpfe zusammenhing.

Neben dem einschlägigen Angebot alchimistischer Substanzen, Destilliergefäßen, Brennöfen und Nachschlagewerken, hatte sich Brim Schlangenkraut anscheinend noch auf den Verkauf einer ganz besonderen Ware spezialisiert.

An einer Wand befanden sich mehrere Terrarien, in denen es kroch und krabbelte, sich wand und schlängelte.

Brom ging vor einem der Kästen in die Hocke und blickte durch das Glas in einen künstlich angelegten Miniaturdschungel. Inmitten des dichten Grüns saß ein kleiner, rot und gelb gemusterter Frosch auf einem Zweig und erwiderte seinen Blick aus großen, schwarzen Amphibienaugen.

Und Broms Gedanken wanderten unweigerlich zurück zu einem brütend heißen Tag vor unzähligen Jahren …

Die Drei Unzertrennlichen Zwerge und der Goldene Götze

Es war um die Mittagsstunde. Brütende Hitze herrschte in der dampfenden grünen Hölle des Regenwaldes von Tapica.

Der Daseinskampf Aller gegen Alle war im vollen Gang, und allenthalben, in den hohen Kronen der Urwaldriesen wie in den alligatorenverseuchten Flüssen und im undurchdringlichen Unterholz, spielte sich millionenfach das tägliche Drama von Gefressen und Gefressenwerden ab.

Doch plötzlich mischte sich unter das vielstimmige Gekreisch der tapicanischen Dreikopfaffen, das spöttische Krächzen der Smaragdpapageien und das nervenzersägende Summen der Vampirmoskitos ein ungewohnter Klang:

Holfi, Knolfi,
Bimm, Bamm, Bumm,

sang ein sauber intonierendes Zwergentrio in der traditionellen Besetzung von Erster Bassstimme, Zweiter Bassstimme und Bassbariton.

Wir sind Zwerge,
fackeln nicht lang rum.

Gnilfo, Gnalfo,
Zing, Zang, Zong!
Wer sich mit uns anlegt,
der beißt auf Betong!«

»Betong, Betong, Betong!«, wiederholten die drei Stimmen so laut, dass sogar die Dreikopfaffen ihr Kreischen einstellten und befremdet mit den Köpfen schüttelten. (Wer jemals gesehen hat, wie ein tapicanischer Dreikopfaffe mit den Köpfen schüttelt, der weiß, dass es nur wenige beeindruckendere Naturschauspiele gibt.)

Die drei Sänger, die da mit der Unbedarftheit und dem noch ungebrochenen Optimismus der Jugend durch den Dschungel marschierten, hießen: Brom Stahlbart, Uldi Eisenhammer und Brim Schlangenkraut.

Sie waren auf einem der Schiffe des Seefahrers und Eroberers Tapicano, des Herrlichen, aus ihrer fernen Heimat über den Ozean gesegelt, verlockt vom Ruf des Abenteuers und den Gerüchten über die sagenhaften Schätze der Eingeborenen des gerade erst entdeckten Inselkontinents Tapica.

Brom und Uldi kannten sich bereits von Kindesbeinen an und hatten noch vor wenigen Monaten gemeinsam die steinerne Schulbank im Zwergenkönigreich Zeherkzal gedrückt. (Wobei besonders der schwergewichtige Uldi mit seinem breiten Gesäß dafür gesorgt hatte, dass die Mulde, die Generationen von Zwergeneleven vor ihm in dem Fels hinterlassen hatten, noch um einige Zentimeter vertieft worden war.)

Den Dritten im Bunde, Brim Schlangenkraut, hatten sie erst während der Überfahrt kennengelernt und schnell festgestellt, dass sie dieselben Interessen teilten, die, wie bei jungen Zwergenburschen wenig verwunderlich, vor allem in Finsterklammer Zwitscherer, Gold und einer unbändigen Abenteuerlust bestanden.

Ihre Schulabschlüsse in den Taschen, die Akne-Invasion, die auch die zwergische Gesichtshaut während der Pubertät nicht verschont, langsam auf dem Rückzug und ihre Bärte endlich auf respektable Länge herangewachsen (das heißt, dass sie sie sich unter die Gürtelschnallen stecken konnten), waren sie nun ganz versessen darauf, endlich ihr erstes richtiges eigenes Abenteuer zu bestehen.

Vorzugsweise sollten Finsterklammer Zwitscherer und Gold darin vorkommen.

Für das Erste war gesorgt, das Zweite würde sich schon finden, besonders, wenn drei zwergische Spürnasen beteiligt waren, die ein Gramm Gold drei Meilen gegen den Wind wittern konnten.

»Freunde«, lallte Uldi, der in punkto Zwitscherer bereits ganz gut versorgt war, »Freunde, ich glaub, ich muss mich mal hinsetzen …«

Sprach es, und ließ sich rücklings auf einen moosbewachsenen, morschen Baumstumpf sinken, der prompt unter seinem Gewicht einkrachte.

Große Ameisen wimmelten aufgeschreckt aus der Baumruine hervor und kletterten in seinen Bart.

»Du bisja … bisja total … besoffen!«, lachte Brom und ließ sich neben ihn auf den Waldboden sinken.

»Ihr seid beide besoffen«, stellte Brim grinsend fest. Er gehörte zwar nicht gerade zur Fraktion der Abstinenzler, hatte sich aber etwas besser unter Kontrolle als seine Kumpane. »Feldwebel Tromf würde euch mindestens zweihundert Kniebeugen aufbrummen, wenn er euch so sehen könnte.«

Feldwebel Tromf war ihr Unteroffizier bei der Zwergenbrigade, die zu Tapicanos Invasionstruppen gehörte, und sie hatten sich bei ihm für den freien Nachmittag abgemeldet, um auf eigene Faust den Dschungel zu erkunden.

Angeblich, so wurde gemunkelt, gab es in der Gegend zahlreiche Tempelruinen, in denen sagenhafte Goldschätze der Eingeborenen nur darauf warteten, von wagemutigen Abenteurern entdeckt zu werden.

»Feldwebel Tromf kannmich an meiner Kettnunterwäsche küssn!«, verkündete Brom.

»Genau!«, pflichtete Uldi bei. »Feldwebel Tromf kann uns an unsrer Kettnunterwäsche küssn!« Umständlich zog er seinen rechten Stiefel aus und begutachtete seinen Knöchel. »Verdammt, irndwas hat mich da gebissn …«

Diesen Moment wählte ein Tapicanischer Riesenpanther, um über sie herzufallen.

»Schmeckt gar nicht so übel«, schmatzte Brom, und biss noch ein großes Stück von seinem Fleischspieß ab.

»Ja, und das Fell schick ich Mirna nach Hause, auf so was stehn die Mädels«, meinte Uldi und zeigte auf das abgezogene Pantherfell, das sie über einem Ast aufgehängt hatten.

»Uldi hat ne Freundin, Uldi hat ne Freundin!«, begann Brom sofort zu singen.

»Klar hab ich ne Freundin«, grinste Uldi.

»Und habt ihr auch … du weißt schon was gemacht?«, fragte Brom mit spätpubertärem Interesse.

»Bis jetzt ham wir nur so rumgeknutscht, und sie wollt auch nicht ihr Kettenhemd ausziehn. Aber wartet mal ab, wenn ich als gefeierter Held nach Hause komm, die Taschen voller Gold, mit Orden geschmückt wie eine Bergfest-Tanne …«

»Wir sollten besser umkehren«, sagte Brim, der etwas abseits stand. »Es wird dunkel.«

»Ja, kehren wir um«, nickte Brom. »Das Gold läuft uns ja nicht weg.«

»Ich hab es doch gesagt: Wir hätten an diesem Fluss nach links gehen müssen«, sagte Brim. »Jetzt haben wir uns richtig verlaufen.«

Inzwischen war es so dunkel geworden, dass sie kaum noch die Hand vor Augen sehen konnten, von allen Seiten drängte sich der Dschungel finster an sie heran.

»Alles in Ordnung, Uldi?«, fragte Brom und wendete sich um.

»Geht schon«, brummte Uldi, der sich wieder seinen Stiefel ausgezogen hatte. »Wenn wir zurück sind, lass ich mir im Lazarett eine Salbe geben. Mein Fuß ist angeschwollen wie eine Wassermelone.«

»He, was ist das denn?«, fragte Brim, aus dem Dickicht auf eine Lichtung heraustretend. Im fahlen Licht ragten die Ruinen einer Pyramide vor ihnen auf, die aus großen Steinblöcken erbaut worden war.

»Hm«, meinte Brom, sich neben ihn stellend. »Vielleicht kriegen wir heute doch noch Gelegenheit, unsere Taschen mit Gold zu füllen …«

»Das, oder wenigstens einen halbwegs akzeptablen Schlafplatz.« Mit gequälter Miene zog sich Uldi seinen Stiefel wieder an. »Dieser Dschungel fängt langsam an, mir auf die Nerven zu gehen.«

Das unstete Licht einer Pechfackel huschte über die mit Reliefs verzierten Wände des schmalen Gangs.

»Diese Hopucas scheinen ja ganz schön raue Sitten zu haben«, meinte Brom, als er die martialischen Verzierungen betrachtete. Es waren die üblichen primitiven Darstellungen grausamer Rituale und Folterszenen, über die sich zivilisierte Eroberer zu entrüsten pflegen, nachdem sie die lokale Bevölkerung ausgerottet oder versklavt und ihnen so die Segnungen höherer Kultur näher gebracht haben.

»Vorsicht«, warnte Brim und zeigte auf eine Bodenplatte, die etwas weiter hervorragte als die anderen. »Hier sind Fallen.«

Den verborgenen Fallen sorgfältig aus dem Weg gehend, folgten sie den verzweigten Gängen weiter ins Innerste der Pyramide, bis sie einen größeren sechseckigen Raum erreichten und die drei Zwerge gleichzeitig den Atem anhielten.

Auf einem Sockel in der Mitte stand ein abstoßend hässliches Götzenbild, starrte sie aus weit aufgerissenen Augen an und streckte ihnen eine lange spitze Zunge entgegen.

Doch es war nicht die groteske Hässlichkeit des Götzen, die sie innehalten ließ.

Sondern die Tatsache, dass er aus purem Gold bestand.

Als Zwerge hatten sie das sofort mit einem Blick erfasst.

Brom war der Erste, der die Sprache wiederfand.

»Holfi, Knolfi«, sagte er.

Dann folgte ein langes Schweigen, bis Uldi ergänzte:

»Bimm, Bamm, Bumm.«

Und Brim fügte hinzu:

»Wir sind Zwerge, fackeln nicht lang rum.«

Die zweite Strophe sangen sie gemeinsam, wobei sie in einem seltsamen Ringelreigen um den Götzen herumtanzten.

Anstatt des dreimaligen »Betong! Betong! Betong!« wandelten sie den Text jedoch aus aktuellem Anlass zu »Gold! Gold! Gold!« ab, und dieses Wort wiederholten sie so lange, bis sie heiser waren.

Dann ließen sie den Tag mit Finsterklammer Zwitscherer ausklingen und sprachen mit leuchtenden Augen darüber, was jeder von ihnen mit seinem Anteil anzustellen gedachte.

Brom wollte sich endlich die diamantstählerne Streitaxt auf Seite 237 im Katalog von *Hammer und Kettenhose* gönnen, die er bereits monatelang täglich mit begehrlichen Blicken liebkoste. Uldi, der vor Glück sogar seinen schmerzenden Fuß vergessen hatte, wollte natürlich Mirna heiraten und ein kleines oder auch größeres Häuschen im Grünen kaufen (bzw. im Granitgrauen, denn Zwerge ziehen ja die unterirdische Lebensweise vor).

Und Brim plante, seinen Anteil gewinnbringend in so genannte Hätschfongs zu investieren.

»Hätschfongs?«, fragten die anderen beiden zweifelnd.

»Das ist jetzt das ganz große neue Ding«, erklärte Brim. »In zwei Jahren kann man sein Kapital verdoppeln, und das Risiko trägt die Allgemeinheit. Den Finanzmärkten gehört die Zukunft.«

»Pff, Finanzmärkte«, winkte Brom ab. »Das ist doch was für Sesselfurzer und Hämorrhoiden-Kissen-Benutzer.«

»Abwarten«, antwortete Brim beleidigt. »Abwarten.«

Rührselig verkündete Uldi später, er wolle seine ersten beiden Kinder, wenn es Söhne werden sollten, *Brom* und *Brim* nennen, worauf Brom entgegnete, dann solle seine diamantstählerne Axt den Namen *Mirna* tragen, was Anlass zu einer kleinen Eifersuchtsszene gab, die jedoch mit einer herzlichen Versöhnung und dem wiederholten Singen des Holfi-Knolfi-Liedes ein glückliches Ende fand.

Brim hielt sich, was den Alkoholkonsum anging, etwas zurück, denn einer von ihnen müsse schließlich, sagte er, einen *kühlen Kopf bewahren.*

Am nächsten Morgen war Brim der Erste auf den Beinen.

Vorsichtig wand er den goldenen Götzen aus Broms Armen, denn der Zwergenkrieger hatte sich im Schlaf mit einem wohligen Lächeln an die Statue geschmiegt und so die Nacht verbracht.

»Wasnlos?«, murmelte Brom, erwachend.

»Wir sollten aufbrechen«, erklärte Brim und steckte den Götzen in seinen Rucksack, so dass dessen verzerrte Grimasse daraus hervorgrinste. »Es ist schon spät. Feldwebel Tromf wird uns sowieso das Fell über die Ohren ziehen.«

»Feldwebel Tromf kann mich an meiner Kettenunterwäsche küssen«, krächzte Uldi mit heiserer Stimme. Als er sich aufsetzte, stöhnte er.

Sein rechter Fuß war über Nacht weiter angeschwollen und hatte sich blau und grün verfärbt, in der Mitte der Schwellung waren zwei rote Punkte zu sehen.

»Das sieht übel aus«, meinte Brom. »Kannst du aufstehen?«

Mit schmerzverzerrter Miene versuchte Uldi es, jedoch vergeblich.

»So eine verdammte Lindwurmscheiße«, fluchte er.

»Wir werden dich stützen müssen«, sagte Brom. »Aber keine Sorge, im Lazarett geben sie dir eine Salbe, und in zwei Tagen kannst du wieder den Holfi-Knolfi-Tanz aufführen.«

»Lasst uns endlich aufbrechen«, drängte Brim.

Den Rucksack mit dem Götzen über der Schulter, schritt er voraus, während Uldi, gestützt auf Brom, hinterher humpelte.

Sie sahen bereits das Licht des Eingangs vor sich, als plötzlich ein klickendes Geräusch erklang und von der Decke eine Wand zwischen ihnen niedersauste, so dass Brom und Uldi von Brim getrennt wurden.

»Was ist denn jetzt passiert, verflucht noch mal!«, rief Brom.

»Jemand von uns muss auf eine Falle getreten sein«, kam Brims Stimme von der anderen Seite.

»Großartig«, hustete Uldi. »Und was machen wir nun?«

»Seht ihr auf eurer Seite vielleicht irgendeinen Mechanismus, um die Falle zu entschärfen?«, fragte Brim.

»Ich seh hier gar nichts«, entgegnete Brom. »Es ist so dunkel wie im Innern des Finsteren Lindwurms, der Horguf verschluckt hat*. Uldi, du musst dich mal kurz allein abstützen.«

* Alte Zwergenlegende.

Vorsichtig half er Uldi an der Wand Halt zu finden und kramte in seinem Tornister nach Zunder, Stein und Stahl.

Nachdem er eine Fackel entzündet hatte, suchte er die Wände und den Boden ab.

»Immer noch nichts zu sehen«, rief er. »Nur diese brutalen Bildergeschichten.«

»Bei mir ist es nicht anders«, entgegnete Brim hinter der Wand. »So leicht wollten es die Erbauer ihren Opfern wohl doch nicht machen.«

»Vielleicht können wir die Wand mit vereinten Kräften hochstemmen?«, meinte Brom.

Er versuchte, das Blatt seiner Axt unter die Wand zu schieben, aber die Steinmauer erwies sich als so schwer und schloss so genau mit dem Fußboden ab, dass nichts auszurichten war.

»Dann gibt es nur eins«, rief Brim von der anderen Seite. »Ich kehre allein zurück zum Camp und hole Hilfe.«

»Von wegen!«, keuchte Uldi. »Du machst dich nur mit dem Goldgötzen aus dem Staub und lässt uns hier verrotten!«

Seine Verletzung schien ihm doch zu schaffen zu machen – so kannte Brom seinen Jugendkameraden überhaupt nicht.

»Er hat recht, Uldi«, beruhigte ihn Brom. »Das Camp kann nicht allzu weit entfernt sein. Selbst wenn er es nicht auf Anhieb findet, holen sie uns in spätestens vier, fünf Stunden hier raus.«

»Macht euch keine Sorgen!«, erklang von drüben Brims Stimme, der sich offenbar schon weiter entfernt hatte. »Ich bin bald zurück!«

Das war für eine sehr, sehr lange Zeit das Letzte, was sie von ihm hören sollten.

»So eine verdammte Scheiße«, fluchte Uldi und ließ sich auf den Boden sinken.

Sie warteten.

Etwas anderes gab es nicht zu tun.

Zurückzugehen wagten sie nicht, schon wegen der Fallen. Außerdem schien es vernünftiger, möglichst nahe beim Eingang zu sein, wenn die Hilfe eintraf.

»Wir hätten gleich bei der Truppe bleiben sollen«, murmelte Uldi in der Dunkelheit.

»Jetzt komm schon, Uldi«, versuchte Brom ihn aufzumuntern. »Sei nicht so negativ. Wir sind reich, hast du das vergessen? Wenn sie uns hier rausholen, dienen wir noch schnell unsere Zeit ab, und dann geht's ab nach Hause zu deiner Mirna und deinen acht zukünftigen Kindern.«

»*Wenn* sie uns hier rausholen«, betonte Uldi.

Aus Sekunden wurden Minuten, aus Minuten Stunden.

»Jetzt könnten sie wirklich so langsam kommen«, bemerkte Brom.

»Ja«, antwortete Uldi. »Jetzt *könnten* sie wirklich so langsam kommen.«

Weitere Stunden vergingen.

»Vielleicht hat er sich verlaufen?«, spekulierte Brom.

»Vielleicht«, murmelte Uldi.

»Wie geht es deinem Bein?«, fragte Brom.

»Schlecht.«

Brom entzündete die Fackel und betrachtete im flackernden Licht die Verwundung seines Freundes.

Der Anblick war nicht gerade geeignet, Hoffnung zu wecken.

Die Schwellung hatte sich weiter über das Bein ausgebreitet, an einigen Stellen war das Fleisch schwarz geworden und hatte eitrige Beulen gebildet.

»Sieht schlimmer aus, als es ist«, meinte Brom und löschte schnell die Fackel. »Die kriegen dich im Lazarett schon wieder hin. Die haben da einen Feldscher, der ist wirklich gut. Neulich hat er einen Korporal zusammengeflickt, den hatten sie eigentlich schon aufgegeben. Er musste ihm nur das Bein amputieren, aber sonst …«

Brom verstummte.

»Danke, Brom«, knurrte Uldi. »Jetzt geht es mir viel besser.«

»Nein, was ich meinte …«

»Sei einfach mal für fünf Minuten still, in Ordnung?«

Fünf Minuten verstrichen, dann weitere fünf Minuten, schließlich ein ganzer Tag, vielleicht auch zwei, das war hier schwer festzustellen.

»Auch einen Schluck?«, fragte Brom und schüttelte die Wasserflasche.

Das Geräusch verriet, dass die Trinkwasservorräte rapide zur Neige gingen, obwohl Brom nur winzige Schlucke nahm und den Großteil für seinen Freund reservierte.

»Nein danke«, flüsterte Uldi tonlos.

»Du musst aber was trinken, Uldi«, beharrte Brom. »Es dauert bestimmt nicht mehr lange, bis Hilfe kommt, und …«

»Ich sagte *nein danke.*«

Brom entzündete die Fackel.

»Ich werde mir mal dein Bein ansehen.«

Als diesmal das Licht der Fackel auf die Verletzung seines Freundes fiel, hielt Brom entsetzt den Atem an.

Das Fleisch hatte angefangen zu faulen und sich vom Knochen zu lösen, der darunter weiß zum Vorschein kam.

Nachdem er sich gefasst hatte, steckte Brom die Fackel in eine Mauerlücke und zog sein Kettenhemd aus.

»Das wird jetzt etwas weh tun«, sagte er so unbekümmert wie möglich.

Mit der Schneide seiner Streitaxt schnitt Brom einen langen Streifen aus dem Leinenhemd, das er unter seiner Kettenrüstung trug und schnürte ihn so fest er konnte um Uldis Oberschenkel.

Uldi regte sich nicht.

Dann umklammerte Brom den Griff der Axt, biss die Zähne zusammen, als ginge es um sein eigenes Bein und schlug zu.

Am schlimmsten war, dass Uldi nicht einmal schrie.

Qualvolle Stunden vergingen.

»Brom«, kam Uldis Stimme fast unhörbar leise aus der Dunkelheit.

Brom neigte sich zu seinem Freund hinüber.

»Wenn du sie siehst, sag Mirna, dass ich sie liebe und immer lieben werde«, wisperte Uldi.

Brom antwortete nicht.

Tränen rannen seine Wangen und seinen Bart hinab, stumm nahm er die schlaff gewordene Hand seines besten Freundes und drückte sie schwach.

Die Minuten, in denen er dem langsam immer schwächer werdenden Atem seines Kameraden lauschte, waren die schrecklichsten, die er jemals erleben sollte.

Schließlich wurde es ganz still, und Broms leises Schluchzen war das einzige Geräusch in der vollständigen Dunkelheit.

»Nenia!«, rief Selphyne, während sie die Straßen von Verderbnis durchquerte und dabei den Avancen angeheiterter Maskenträger auswich. In ihrem rast- und ruhelosen Abenteurerleben hatte die Gnomenmagierin schon manches Mal mit Wehmut an ihre ehemaligen Schulkameradinnen gedacht, von denen die meisten inzwischen vermutlich ein ganz normales sesshaftes Bürgerleben führten, mit Häuschen im Grünen, treusorgendem Gemahl und reizenden (statistisch gesprochen) anderthalb Kinderchen. Angesichts ihrer jüngsten Erfahrungen schätzte sie sich nun doch glücklich, dass es bei ihr, besonders was die reizenden Kinderchen anging, nie wirklich ernst geworden war – den Stress war es eindeutig nicht wert.

Da rang sie doch lieber mit grausigen Horrormutantenwervampiren oder den fragwürdigen Hygienevorstellungen eines gewissen Zwergenkriegers (zwei letztlich gar nicht so fernab voneinander liegende Phänomene).

»Nenia!«

Aber es war nicht nur die Suche nach der kleinen Nachtelfe, die sie beschäftigte.

Da war noch etwas, eine unterschwellig bedrohliche Atmosphäre, eine gewisse Schwingung der Luft, die ihren siebten magischen Sinn in Alarmbereitschaft setzte.

Erst ein einziges Mal in ihrem Leben hatte sie dergleichen gespürt, an einem verhängnisvollen Tag, der nun schon viele Jahre zurücklag …

Guten Abend, Selphyne, flüsterte eine Stimme in ihrem Kopf. *Ich hoffe es geht dir gut?*

Selphyne blieb stehen.

Gib dir keine Mühe, sagte sie.

Ich weiß nicht, worauf du hinauswillst …, flüsterte die Stimme verunsichert.

Tatsächlich? Dann helf ich dir mal auf die Sprünge: Du bist die Stimme meiner Erinnerung und willst mir mitteilen, dass ich vor meiner Vergangenheit nicht davonlaufen kann. Das war es doch, oder?

Ähm …, erwiderte die Stimme. *Ja … irgendwie schon. Aber woher weißt du …*

Sagen wir einfach, ich bin nicht unbedingt schwer von Begriff. Also, war nett, mal wieder von dir zu hören, aber ich habe jetzt wirklich keine Zeit für Plaudereien.

Selphyne beschleunigte ihre Schritte.

Plötzlich, für einen kurzen Augenblick, war ein unmaskiertes Gesicht in dem Meer der Masken aufgetaucht, bevor es darin wieder untertauchte.

Aber …, begann die Stimme enttäuscht.

Keine Zeit, wiederholte Selphyne und nahm die Verfolgung der Gestalt in der Menge auf.

So gelangte sie bald vor den Großen Musentempel, die größte Kunsthalle von Verderbnis, und sah die Gestalt darin verschwinden.

Als Selphyne den Musentempel betrat, empfing sie dort eine geradezu vollkommene Stille. Während des Fests der Masken bestand nachvollziehbarerweise nur geringes Interesse an den Kunstschätzen vergangener Epochen.

Vor Jahren war von der Provinz Kaldurien aus eine Welle der neu erwachten Kunstbegeisterung über die Fernen Länder geschwappt.

Anders als in Irgendwind, wo Kunst eher als Zurschaustellung persönlicher Schrullen und Seelenknackser begriffen wurde, fühlten sich die Maler, Bildhauer und Komponisten Kalduriens den hohen Idealen der Schönheit, des Guten und Vollkommenen verpflichtet.

Das bedeutete für sie allerdings auch, dass sie bisweilen ganz schön zu kämpfen hatten, um diese Ideale in den Gesichtern ihrer reichen Auftraggeber wiederzufinden, deren Porträtierung ihre größte – oft einzige – Einnahmequelle darstellte.

Denn schließlich müssen auch Schöngeister von irgendetwas leben (jedenfalls so lange sie leben, für die spätere Unsterblichkeit mögen andere Gesetze gelten).

Im Großen Musentempel waren die berühmtesten Werke jener Zeit ausgestellt, von Gionaldis Statue der Göttin der Schönheit und Vollkommenheit, Thena*, bis

* Die Göttin war so erzürnt über die ihrer Ansicht nach empörend unvollkommene Darstellung ihrer selbst, dass sie die drei Meter hohe Statue beseelte und auf den unglücklichen Gionaldi stürzen ließ. Der Künster, schrieb ein bei der Enthüllung anwesender Kritiker, der sich offenbar für einen Schlauberger hielt, sei von der Gewichtigkeit seines eigenen Werks »geradezu erschlagen« worden.

hin zu Moranettis »Porträt einer recht hübschen Tochter aus gutem Hause«.

Ehrfürchtig schritt Selphyne zwischen den Werken der Kaldurischen Meister hindurch, als plötzlich ein kleines, eher unscheinbares Gemälde ihre Aufmerksamkeit weckte und sie geradezu magisch anzog.

Das Bild trug den Titel »Das Lächeln des Weisen« und war das Porträt eines weißhaarigen und –bärtigen alten Gnoms, auf dessen Lippen ein verschmitztes, überaus lebendig wirkendes Lächeln spielte.

Selphyne schluckte.

Sie kannte diesen freundlichen alten Gnom nur zu gut.

Selphynes Letzter Tag als Zauberschülerin

BAMMM!

Ein Blitzschlag krachte herab und setzte eine der hölzernen Übungspuppen in Brand.

ZACK!

Die zweite Übungspuppe explodierte, und brennende Holzspäne flogen in alle Richtungen davon.

KRACH!

Dort, wo eben noch die dritte Puppe gestanden hatte, befand sich nun ein rauchender, schwarz umrandeter Krater im Boden.

Mit einem zufriedenen Grinsen blies Selphyne den Rauch von ihren Fingern.

So langsam hatte sie das mit den Blitzzaubern wirklich drauf. Donner- und Blitzbeherrschung waren schon immer ihr Spezialgebiet gewesen, doch jetzt näherte sie sich endlich der angestrebten Perfektion.

»Nicht schlecht, gar nicht schlecht.«

Die junge Zauberschülerin wandte sich um.

Unbemerkt hatte ihr Magister Tolfnir bei ihren Übungen zugesehen und lächelte sie nun freundlich und aufmunternd an, wie er es immer zu tun pflegte.

Noch nie hatte Selphyne ihren Lehrmeister ungeduldig, verärgert oder auch nur leicht verstimmt erlebt, stets hatte er für alles und jeden dieses zustimmende, warme Lächeln übrig, das sich in die tausend Falten seines Gesichts eingegraben hatte, als hätte ein Bildhauer die reine Güte darstellen wollen (und wäre dabei auch mehr als erfolgreich gewesen).

Unmöglich zu sagen, wie alt der greise Gnomenzauberer wirklich war, aber *steinalt* wäre vermutlich eine vorsichtige Schätzung gewesen, die der Wahrheit recht nahe kam. Eigentlich hatte sich Magister Tolfnir schon vor langer Zeit von seiner Lehrtätigkeit zurückgezogen und nahm nur noch einzelne Meisterschüler an, wenn sie sich durch herausragendes Talent oder besondere Beharrlichkeit auszeichneten (in Selphynes Fall war beides zusammengekommen).

»Danke, Magister«, sagte Selphyne. »Ich habe die Formel von *Gremms Donnernder Überraschung von Oben* etwas abgewandelt, damit sie noch mehr Wumms kriegt.«

»Das sehe ich«, lächelte Magister Tolfnir und schob ein verkohltes Holzstück mit der Schuhspitze zur Seite. »Müssen wir noch mehr von diesen Übungspuppen bestellen, oder hast du fürs Erste genug von denen zerlegt?«

»Ich, ähm ...«, begann Selphyne und wurde rot.

»Ich mach doch nur Spaß«, lächelte der Magister. Dann wurde er verschwörerisch. »Übrigens hab ich auch an einer neuen Formel gearbeitet. Vielleicht das Beste, was ich je gemacht habe.«

»Kann ich sie sehen?«, fragte Selphyne wissbegierig.

»Na ja, eigentlich ist sie noch nicht ganz fertig ...«

»Bitte ...«, drängelte die junge Magierin.

»Na schön«, gab der Magister nach. »Du weißt ja, dass

ich dir nichts abschlagen kann. Komm mit, wir gehen in mein Arbeitszimmer.«

»Ist es ein neuer Blitzzauber?«, fragte Selphyne, während sie die Treppe des Zauberturms emporstiegen, den Magister Tolfnir in seinen späteren Jahren als Domizil gewählt hatte. Es war eher ein Türmchen als ein Turm, leuchtend weiß von außen gestrichen, mit roten und grünen Fensterläden und großen Blumenkästen, auf deren Pflege der Magister fast mehr Zeit verwandte als auf die Verfeinerung seiner Zauberkünste, wie Selphyne manchmal dachte.

»Oder ein Feuerball?«

»Nein, nein«, lachte der Meister. »Du wirst schon sehen.«

»Etwa ein Eissturm?«, versuchte es Selphyne weiter. »Oder eine Kometenbeschwörung?«

»Nein«, lachte der Magister. »Ganz falsch. Und ich würde dir ja wohl kaum eine Kometenbeschwörung in meinem Arbeitszimmer vorführen!«

»Ich dachte …«, murmelte Selphyne.

»Ist es nicht großartig?«, fragte Magister Tolfnir kurz darauf begeistert. »Ich nenne es *Magister Tolfnirs Anheimelnder Sternenglanz.*«

Sie befanden sich in dem mit Büchern, astronomischen Gerätschaften und Sternenkarten überladenen Arbeitszimmer des Magisters. Tolfnir hatte die Fensterläden geschlossen, damit sein Zauber besser zur Geltung kam.

Eine kleine, nicht sonderlich beeindruckende Leuchtkugel schwebte über der Handfläche des Meisters.

»Das ist alles?«, fragte Selphyne enttäuscht. »Schon wieder ein Lichtzauber?«

Allmählich wurde ihr Lehrmeister wohl doch alt, dachte sie. In letzter Zeit interessierte er sich nur noch für seine Geranien und für Lichtzauber. Er hatte eine ganze

Reihe davon entwickelt, und Selphynes Meinung nach wurden sie zunehmend unspektakulär, um nicht zu sagen, immer kindischer: *Magister Tolfnirs Praktisches Leselicht, Magister Tolfnirs Natürliches Morgenlicht, Magister Tolfnirs Fast Originalgetreuer Mondschein, Magister Tolfnirs Angenehme Beleuchtung Für Wenn Man Nachts Aufwacht Und Nochmal Raus Muss …*

Tolfnir lachte.

»Wenn es nicht blitzt, kracht und donnert, ist deine Begeisterung wohl schwer zu wecken«, sagte er. »Aber es gibt nichts Faszinierenderes als das Licht. *Das stolze Licht, das nun der Mutter Nacht …*«

»… *den alten Rang, den Raum ihr streitig macht* …«, fiel Selphyne ein, die das Zitat oft genug von ihrem Meister gehört hatte, um es auswendig zu wissen. »Das stimmt schon, aber … letztlich ist es doch *nur Licht.*«

Der Meister ließ die leuchtende Kugel verlöschen und öffnete die Fensterläden, so dass das Licht des hellen Sommertags hereinflutete.

»*Nur Licht!*«, wiederholte er. »Da sprichst du ein großes Wort gelassen aus. Aber eines Tages wirst du es verstehen. Hast du übrigens heute Nachmittag schon etwas vor? Sonst könntest du mir dabei helfen, diesem bescheidenen Lichtzauber ein wenig mehr *Wumms* zu verleihen, wie du es ausdrücken würdest. Ich hätte da ein paar interessante Experimente im Kopf.«

»Eigentlich war ich mit Glornion verabredet, aber ich helfe lieber Euch«, sagte Selphyne.

»Glornion?«, fragte der Meister und zwinkerte ihr zu. »Ist das dieser junge Mann, der neulich hier war? Der mit der schwarzen Schminke und den tiefen, ausdrucksvollen Seufzern?«

»Ja …«, meinte Selphyne gequält. »Er hat ein paar … emotionale Probleme.«

»Du musst es selbst wissen«, lächelte der Magister.

»Vielleicht möchtest du deine Zeit doch lieber mit einem jungen Mann in deinem Alter verbringen, als mit so einem verwirrten alten lichtbesessenen Zausel wie mir.«

»Ach was.« Selphyne winkte ab. »Ich sag ihm schnell über die Kristallkugel ab. Ich sag einfach, ich hätte ganz vergessen, dass meine Oma Geburtstag hat und ich deswegen nicht kommen kann.«

»Wenn ich richtig mitgezählt hab, hatte deine Oma allein im letzten Monat mindestens fünf Mal Geburtstag«, antwortete der Magister verschmitzt. »Weißt du, die meisten Leute haben nur zwei Großmütter, und die feiern normalerweise jeweils einmal im Jahr Geburtstag.«

»Naja, ich glaub das wird sowieso nichts mit uns beiden«, meinte Selphyne. »Dafür sind wir viel zu verschieden. Ich sag ihm schnell ab.«

»Wie du meinst. Vielleicht gelingt es mir ja doch noch, deine Begeisterung für Lichtmagie zu wecken.«

Magister Tolfnir verschränkte die Arme hinter dem Rücken und sah aus dem Fenster.

Selphyne war gerade auf der untersten Treppenstufe angekommen, als sie seine Stimme hörte.

»Warte«, rief er ihr nach.

Sie drehte sich um und kehrte nach oben zurück.

»Ja?«, fragte sie, noch in der Tür stehend.

»Ich hab es mir gerade anders überlegt«, erklärte der Magister, der einige Manuskripte auf seinem überfrachteten Schreibtisch ordnete. »Eigentlich solltest du dich lieber mit deinem Freund treffen. Man ist schließlich nur einmal jung.«

»Aber …«, begann Selphyne.

»Außerdem würdest du dich doch nur langweilen. Und die Experimente kann ich auch allein durchführen.«

»Wie Ihr meint«, sagte Selphyne. »Aber …«

»Wo wolltet ihr euch treffen?«, erkundigte er sich.

»Bei der Liebeseiche«, antwortete Selphyne.

»Ah, ja, die Liebeseiche!«, sagte er. »Sehr gut. Die Liebeseiche ist sehr gut. Nun, dann wünsche ich euch beiden viel Spaß.«

»Danke, Meister«, begann Selphyne, zögerte jedoch schon wieder, »aber …«

»Viel Spaß«, lächelte der Magister und vertiefte sich in eines seiner Manuskripte.

Erstaunt blieb Selphyne noch eine Zeitlang in der Tür stehen, bis deutlich wurde, dass der Meister nicht die Absicht hegte, ihr weitere Beachtung zu schenken.

Schließlich verzog sie den Mund, wandte sich ab und ging.

Glornion seufzte tief auf.

»Ach ja! Ist das Leben nicht eine wahre Bürde!«

Selphyne rollte mit den Augen und sagte nichts.

Die Masche kannte sie.

Jetzt wurde von ihr erwartet, dass sie ihn mitleidig tröstete und all die schönen Dinge aufzählte, die das Leben doch lebenswert machten, bis irgendwann auch die *Liebe* in dieser Liste auftauchte.

Dann würde er wieder tiefsinnig seufzen: *»Ach ja, die Liebe!«* und schlimmstenfalls irgendein selbstgeschriebenes kitschiges Gedicht aufsagen, in dem es um seine hoffnungslose Einsamkeit ging. Ultimativ würde das alles dann aufs *Rumknutschen* rauslaufen.

Aber da biss er heute bei ihr auf Granit.

Sie saßen im Schatten der Liebeseiche, die mit ihren weit ausladenden Ästen einsam inmitten der ausgedehnten Heidelandschaft aufragte. Ein wolkenloser, blauer Sommerhimmel wölbte sich wie eine gläserne Kuppel über ihnen, und in der Nähe murmelte ein Bach, an dem gerade ein Schäfer mit seiner Herde rastete.

»Ach ja«, seufzte Glornion.

Selphyne schwieg beharrlich.

Das war das letzte Mal, dass sie mit einem Nachtelf ausging.

Der plötzliche Gesinnungswandel ihres Lehrmeisters kam ihr mittlerweile immer merkwürdiger vor. Für einen kurzen Augenblick, dachte sie, hatte er fast besorgt gewirkt, und so hatte sie ihn noch nie erlebt.

In der Nähe blökte die Schafherde.

Da spürte sie es plötzlich: Eine gewisse Schwingung der Luft, eine Dämpfung des Lichts, eine Atmosphäre, die eine Gänsehaut bei ihr verursachte.

Sie hob den Blick, und es war, als hätte sich ein dunkler Schleier über den Himmel gelegt, selbst die Sonne schien dahinter zurückgewichen zu sein.

Selphyne sprang auf.

»Hör mal«, wandte sie sich an Glornion, der noch immer in den Niederungen seines narzisstischen Selbstmitleids weilte. »Meine Oma … Ach, vergiss es.«

Ohne sich noch einmal umzublicken, eilte sie davon.

Mit klopfendem Herzen und düsteren Vorahnungen rannte Selphyne über den Heidepfad zurück zum Turm des Magisters.

Als sie endlich eine Hügelkuppe erreichte, von der aus sie in die sanft geschwungene Talmulde hinunterblicken konnte, in der Magister Tolfnir seine Wohnstätte errichtet hatte, blieb sie stehen und schnappte nach Luft.

Eine undurchdringliche Wolke aus Finsternis hüllte den Turm ein und wogte wie ein Schwarm schwarzer Fledermäuse um ihn her.

Mit weichen Knien lief Selphyne den Pfad in das Tal hinab, stolperte über Baumwurzeln und verfluchte sich dafür, dass sie ihren Lehrmeister allein gelassen hatte.

Ihr Siebter Magischer Sinn ließ alle Alarmglocken schrillen – was immer hinter diesem schwarzen Etwas stecken mochte, es konnte nichts Gutes sein.

Sie war etwa auf hundert Meter an den Turm herangekommen, als sich die Wolke aus Dunkelheit plötzlich hob und aufwärts gen Himmel strebte. Eine Zeitlang hielt sie sich noch über dem Turm, dann stob sie davon, als wäre sie von einem Sturmwind erfasst worden.

Mit letztem Atem stürzte Selphyne zum Turmeingang.

»Meister Tolfnir!«, keuchte sie, als sie den Turm betrat und die Treppe hinaufeilte.

Auf dem Boden seines Arbeitszimmers fand sie ihn.

Eine furchtbare Unordnung herrschte in dem Raum, Bücherregale waren umgestürzt, Bücher lagen überall verstreut herum, viele davon zerfetzt, das große dreidimensionale Modell des Sonnensystems, an dem der Magister so viele Jahre gearbeitet hatte, war vollständig zertrümmert worden. Als Selphyne das Zimmer betrat, rollte ihr die goldene Sonnenkugel, die sich im Zentrum des Modells befunden hatte, vor die Füße.

Inmitten des Chaos und der Zerstörung lag ihr Lehrmeister, eine dunkle Blutlache hatte sich um ihn herum ausgebreitet.

Obwohl er offensichtlich schwer verletzt war, lächelte er dennoch sein freundliches, mildes Lächeln, als er Selphyne erblickte.

»Meister Tolfnir!«, rief sie fassungslos und kniete bei ihm nieder. »Wer hat Euch das angetan? Was ist hier passiert?«

»Es ist nichts«, flüsterte der Magister und nahm lächelnd ihre Hand. »Alles ist gut. Alles wird gut, Selphyne.«

»Wie könnt ihr das sagen!«, schluchzte sie. Tränen liefen ihre Wangen hinab. »Ihr seid doch schwer verletzt!« Sie sprang auf. »Ich hole die Verbandssachen! Und wo ist das Buch mit den Heilformeln? Verdammt, warum habe ich meine Zeit mit Feuer und Blitzen verschwendet, Heilmagie hätte ich studieren …«

»Selphyne«, hielt sie der Magister sanft zurück. »Es ist gut. Auch wenn du die beste Heilmagierin der Welt wärest, könntest du nichts mehr ausrichten. Meine Zeit ist gekommen, das ist alles.«

»Ihr habt mich fortgeschickt!«, rief Selphyne, die Tränen wütend von ihren Wangen fortwischend. »Ihr wusstet, dass so etwas passieren würde, und deswegen habt Ihr mich einfach fortgeschickt zu diesem… diesem Waschlappen!«

»Ich gebe es zu«, lächelte ihr Lehrmeister.

»Warum habt Ihr das getan? Ich hätte Euch helfen können!«

Der Magister schüttelte den Kopf.

»Nein, Selphyne. Für dein Alter bist du eine ausgezeichnete Blitzmagierin. Und die beste Schülerin, die ich je hatte.« Er lächelte verschmitzt. »Das kannst du mir glauben: In einem Augenblick wie diesem sagt man so etwas nicht einfach dahin. Aber der Feind, der mich besiegt hat, wäre auch für uns beide zusammen zu stark gewesen.«

»Dann wären wir eben gemeinsam besiegt worden«, sagte Selphyne trotzig.

»Nein. Ich bin alt, Selphyne. Meine Zeit ist vorbei, so ist nun einmal der Lauf der Welt. Du dagegen bist jung, dein ganzes Leben liegt noch vor dir. Lebe es. Das ist der Grund, warum du hier bist.«

»Sagt mir, wer Euch das angetan hat!« Selphyne ballte die Fäuste.

»Niemand«, entgegnete der Meister.

»Sagt mir den Namen!«

Wieder schüttelte ihr Lehrmeister den Kopf.

»Rache ist kein gutes Motiv, um sein Leben danach auszurichten.«

»Ich werde es auch so herausfinden!«

»Vielleicht wirst du das eines Tages«, sagte der Magister. »Aber es ist nicht weise, der Dunkelheit zu viel Macht über sein Leben zu verleihen.« Mühsam richtete er sich auf. »Du könntest mir noch einen Gefallen tun. Würdest du die Fensterläden öffnen, damit das Licht hereinkommt?«

Schluchzend erfüllte Selphyne den letzten Wunsch ihres Lehrmeisters.

Und so, das warme Licht der Abendsonne auf seinem wie immer lächelnden Antlitz, starb Magister Tolfnir.

Unterdessen führte Bolgur wieder seinen andauernden Krieg gegen diverse soziale Phobien.

Der tosende Trubel des Maskenfestes, die Masken, die ihn aus allen Richtungen angrinsten, verunsicherten ihn und erweckten den dringenden Wunsch nach Ruhe, Frieden und Zurückgezogenheit.

Hin und wieder wagte er es, Nenias Namen zu rufen, aber nicht zu laut, um nicht zu viel Aufmerksamkeit auf sich zu lenken.

Äußerlich mochte er zwar ein kolossaler Muskelberg von einem Kriegsoger sein, doch in seinem Herzen war noch immer viel von dem schüchternen kleinen Ogerbarbarenbuben, der an der Hand seiner Mutter zum ersten Mal über den Barbarenjahrmarkt spaziert war und die vielen fremden Eindrücke mit großen ängstlich-neugierigen Augen in sich aufgenommen hatte.

Fratzenhafte Maskengesichter kamen ihm lachend entgegen, verwirrend brandete die Menge über ihn hinweg, ebenso wie die Ozeanwellen über den kleinen roten Ball eines Ogerjungen, der bangend am Strand steht und darauf hofft, dass das Meer gütig genug ist, ihm sein liebstes Spielzeug wieder zurückzugeben, anstatt es in die endlosen unbekannten Weiten jenseits des Horizonts hinauszutragen.

»He, Kleiner«, rief ihm eine grell geschminkte Ogerbraut zu, auf die die Bezeichnung *Bordsteinschwalbe* nur dann zutreffend wäre, wenn man sich Schwalben vorstellen könnte, die ungefähr eine halbe Tonne wiegen und in der Lage sind, mit einem beherzten Kinnhaken ein Rhinozeros außer Gefecht zu setzen. »Lust, dich zu amüsieren?«

»Ja«, schnaufte Bolgur, der keinen Widerspruch wagte. Wenn jemand so höflich fragte, gehörte es sich einfach nicht abzulehnen. Anstatt jedoch stehen zu bleiben und über Art, Dauer und Kosten des in Aussicht gestellten Amüsements zu verhandeln, eilte er schwitzend weiter, als wären die Heerscharen der Hölle hinter ihm her.

»Verklemmter Trottel!«, rief ihm die Ogerbraut hinterher.

Ja, Bolgur gehörte durchaus eher zur schüchternen Sorte.

»Ich bin nicht schüchtern«, murmelte der Ogerbarbar. »Mama hat immer gesagt, ich bin nicht schüchtern, sondern nur sehr sensibel und feinfühlig.«

Erklär das mal den Leuten, die du mit deiner Keule haust ..., flüsterte eine Stimme in seinem Kopf.

Bolgur blickte sich überrascht um.

Wer hat das gesagt?, dachte er.

Ich, sagte die Stimme. *Ich spreche zu dir aus den Tiefen deiner Seele, weil ...*

Bist du so was wie mein verdrängtes Unbewusstes?, fragte Bolgur interessiert. Cousine Borgula promoviert nämlich gerade in Psychologie über das topologische Strukturmodell der Psyche und die Trias *Ich, Es und Über-Ich.*

Äh ..., machte die Stimme. *Sagen wir der Einfachheit halber, ich bin eine geheimnisvolle Stimme in deinem Kopf. Wir müssen die Dinge nicht unnötig verkomplizieren.*

Und was willst du von mir?

Wenn du gerade Zeit hast, würde ich mich gerne über eine Episode aus deiner Vergangenheit mit dir unterhalten.

Wie in einer Psychoanalyse?

Naja, sozusagen. Es geht um …

Die Geschichte, wie ich in meiner ersten Barbarenschlacht mitgekämpft und ganz allein fünfzig feindliche Steinschleuderer außer Gefecht gesetzt hab?

Nein, ich dachte da eher an …

Damals, als ich Tzraknakrul, den Blutschamanen, in seiner Schreckenshöhle besiegt hab und mit seinem abgeschlagenen Kopf ins Dorf zurückgekehrt bin und mir dann alle zugejubelt haben?

Nein. Ich dachte mehr an die Geschichte mit den roten Schuhen.

Bolgur errötete und blieb stehen.

Nein! Nicht die Geschichte mit den roten Schuhen!, protestierte er.

Doch, flüsterte die Stimme, *da musst du jetzt durch.*

Die Geschichte von Bolgur und …

Verschwinde aus meinem Kopf!, wehrte sich Bolgur. Ich hau dich mit meiner Keule, wenn du das mit den roten Schuhen erzählst!

Das Risiko gehe ich ein, sagte die Stimme. *Außerdem dürfte das mit der Keule wohl ein Eigentor werden.*

Die Geschichte von Bolgur und den roten Schuhen

Eines Tages vor langer Zeit, Bolgur ging damals in die zweite Klasse der Barbarengrundschule, war er mit einem neuen Paar Schuhe in der Schule erschienen, das er sich am Vortag beim Einkaufen mit seiner Mutter ausgesucht hatte – sie waren glänzend knallrot und hatten das Bild eines kleinen Einhornponys an den Seiten. Als er sie im Regal gesehen hatte, war ihm sofort klar gewesen: Es mussten genau die sein, keine anderen.

Die Oger-Verkäuferin hatte zwar ein kritisches Gesicht gemacht und stattdessen ein anderes Paar Stiefel hervorgeholt, mit dem Hinweis, diese Schuhe seien bei den Jungs seines Alters sehr beliebt, wobei sie »*Jungs*« besonders betont hatte, doch Bolgurs Mutter hatte ihm die Hand auf die Schulter gelegt und gesagt: Burli, das musst du selbst entscheiden. Wenn du diese Schuhe haben willst, dann bekommst du sie auch, die und keine anderen.

Stolz – und der Bewunderung seiner Mitschüler gewiss – marschierte er am nächsten Tag in der Pause mit seinen auffälligen neuen Tretern über den Schulhof und wartete auf die ersten neidvollen Kommentare.

Er hatte jedoch nicht mit Norgul gerechnet.

Norgul war der einzige Ogerjunge auf der Schule, der Bolgur an Körpergröße und –masse übertraf, wenn auch nicht gerade an Hirnschmalz.

Was Letzteres anging, war Norgul weit entfernt davon, Klassenprimus zu sein, ja es reichte bei ihm nicht mal, um sich als Schlusslicht zu qualifizieren. Er war eher so einer, der bestenfalls gerade noch rechtzeitig kommt, um das Schlusslicht des längst abgefahrenen Zuges hinter der nächsten Biegung verschwinden zu sehen.

Um seine geistigen Defizite zu kompensieren, griff er auf ein bei Leuten seines Schlages stets beliebtes Mittel zurück: das Herumhacken auf Schwächeren.

Bolgur, schon damals ein im Entstehen begriffenes Muskelgebirge, passte zwar normalerweise nicht in Norguls übliches Opferschema, aber wie er nun strahlend mit seinen roten Einhornponyschuhen daherkam, bot er einfach eine zu dankbare Gelegenheit, als dass ein Schulhoftyrann, der etwas auf sich hielt, sie sich entgehen lassen konnte.

Grinsend baute sich Norgul vor ihm auf, blickte an ihm hinab und brach in ein schallendes Gelächter aus.

»Das ja sind Mädchenschuhe!«, rief er so laut, dass alles zusammenlief und sich um die beiden versammelte. »Bolgur ein Mädchen ist!« (Norgul sprach nicht etwa mit einem Akzent, der zum Beispiel auf einen Migrationshintergrund zurückzuführen gewesen wäre, sondern hatte einfach nur ein sehr eigenwilliges Verständnis von Grammatik).

Bald hallte der Schulhof von Gelächter wider, und ein ganzer Chor von Stimmen sang den satzbautechnisch zwar nicht ganz korrekten, dafür aber umso eingängigeren Slogan: »Bolgur ein Mädchen ist! Bolgur ein Mädchen ist!«

Bolgur wurde so rot wie seine neuen Schuhe, rannte davon und versteckte sich in einer Ecke, bis die Schule vorbei war und er nach Hause schleichen durfte.

Den ganzen Nachmittag bekniete Bolgur seine Mutter, mit ihm in das Schuhgeschäft zu fahren und die Schuhe umzutauschen.

Schließlich ließ sie sich erweichen, und auch die Verkäuferin erklärte sich bereit, die roten Schuhe gegen die Stiefel einzutauschen, die bei den anderen Jungs in Bolgurs Alter so beliebt waren.

Es waren schwarze Schnürstiefel aus Büffelleder mit einem weißen Blitz anstelle eines Einhornponys an der Seite.

Doch seinen einmal erworbenen Ruf wurde der kleine Gurli nicht wieder los.

Überallhin verfolgten ihn Norgul und sein Anhang mit ihrem »Bolgur ein Mädchen ist«, und beim Keulenkloppen musste ihn der Sportlehrer als Einzigen einer Mannschaft zuweisen, weil ihn sonst keiner freiwillig gewählt hätte.

Bald darauf erhielt seine Mutter an einer weiter entfernten Universität einen Lehrauftrag, die Familie zog um, und Bolgur kam auf eine neue Schule.

Und das war die Geschichte von Bolgur und den roten Schuhen.

Vielleicht auf den ersten Blick nicht ganz so tragisch wie die Jugenderlebnisse von Falfnin, Brom und Selphyne, doch man sollte die Verletzlichkeit einer zarten und sensiblen Barbarenogerbubenseele keinesfalls unterschätzen.

An allen Ecken führten Gaukler ihre Tricks auf, jonglierten mit Fackeln, erzählten, begleitet von Drehorgelgeleier, unterhaltsam blutrünstige Moritaten oder ließen ihre bezaubernden Assistentinnen durch pure Magie verschwinden (während ihre Helfershelfer dasselbe mit den Geldbörsen der Zuschauer taten).

Selbst die armseligste Kaschemme war zum Bersten voll mit krakeelenden, raufenden und saufenden Feiernden, und mancher Wirt erzielte an diesen drei Abenden gute neunzig Prozent seines Jahresumsatzes – Reparaturkosten für zerschlagene Inneneinrichtungen mit eingerechnet.

Abseits, in dunklen Gassen und Hinterhöfen, boten zwielichtige Gestalten ihren experimentierfreudigen Kunden ganz spezielle Pülverchen, Pillen und Tinkturen an, die geeignet waren, die Türen der Wahrnehmung für ein paar selige Stunden ganz weit aufzustoßen, um sie eventuell im nächsten Augenblick endgültig und mit einem allerletzten Krachen zuzuwerfen: Koboldianische Extasebrocken, halluzinogene Hirnbovistsporen oder bläulich schimmernde Phretanimkristalle (angeblich von Eisenberg persönlich gekocht, dem legendären zwergischen Phretanimkoch).

Wenn man Glück hatte, war das Zeug, das man sich gerade in die Stirnhöhlen zog, nur mit Rattengift gestreckt.

In den Garküchen zischte und brutzelte es fettig, und dunstig-würzige Schwaden stiegen auf, die den Hungrigen ein ebenso extravagantes wie gesundheitsschädliches Geschmackserlebnis versprachen. Die Gesundheitsbeamten von Verderbnis waren für ihre lockere Berufsauffassung bekannt: Gegen eine kleine Unkostenpauschale zeigten sie sich gerne bereit, nicht nur beide Augen, sondern auch ihre Nase großzügig zuzudrücken.

Fernab der Feierlichkeiten glitt eine Gondel über das schwarze Wasser eines Seitenkanals dahin. Zwei Gestalten standen aufrecht in dem schmalen Gefährt, eine schlanke, große und eine kleine.

»Wie lange dauert es denn noch?«, fragte die kleine Gestalt.

»Nicht mehr lange«, antwortete die große. »Hab Geduld.«

Falfnin blieb dem Schatten aus seiner Vergangenheit dicht auf den Fersen.

Längst hatten sie den Park verlassen und bewegten sich nun wieder durch das dichte Gedränge, das in den Straßen der Stadt herrschte.

Wäre er etwas aufmerksamer gewesen, so hätte der Meisterdieb wohl bemerkt, dass der andere es offenbar nicht allzu eilig hatte und ab und zu sogar kurz stehen blieb, um sicherzustellen, dass sein Verfolger auch hinterherkam.

Nach kurzer Zeit verschwand die Gestalt in dem figurenverzierten Portal einer Kirche.

Kirchen, Klöster, Tempel und Reliquienschreine prägten das Stadtbild von Verderbnis ebenso wie Ausschweifung, Laster und Dekadenz, was keineswegs einen Widerspruch darstellt, wie man bereits nach kurzem Nachdenken zugeben wird: Denn Vergebung wird schließlich dort besonders nachgefragt, wo es auch etwas zu vergeben gibt.

Die Kirche, die Falfnin jetzt betrat, war Luhm geweiht, dem *Einzigen, Echten, Wahren und Authentischen Gott des Universums*. (Es sollte allerdings darauf hingewiesen werden, dass die Religionskundler der Fernen Länder insgesamt 79 324 (in Worten: Neunundsiebzigtausenddreihundertvierundzwanzig) *Einzige, Echte, Wahre und Authentische* Götter des Universums verzeichneten, von denen die meisten bereits nach einer eher kurzen Karriere im Omnipotenzbusiness sang- und klanglos von der Bildfläche verschwunden waren oder ein klägliches Schattendasein in der obskuren Sekten-, Kultisten- und Fanatikerszene führten.)

Tiefe Stille erfüllte das große Kirchenschiff. Nur gedämpft und wie aus weiter Ferne drangen die Geräusche der Festivitäten herein.

Durch die bunten Mosaikfenster fiel ein mildes Licht, das sich über dem Hauptaltar zu einem breiten Strahl verdichtete, als würde Luhm (der *Einzige, Echte, Wahre und Authentische)* höchstpersönlich für die stimmige Beleuchtung in seinem Tempel sorgen.

Angespannt lauschend, jederzeit auf einen Angriff aus dem Hinterhalt vorbereitet, blieb Falfnin stehen und brachte seine verborgenen Dolche in Position.

Nichts regte sich, alles blieb still.

Doch plötzlich erhob sich eine einzelne Stimme. Sie drohte nicht oder schrie, war auch nicht rau oder hasserfüllt, sondern – sie sang.

Eine einzelne, kristallklare Kinderstimme.

Der Meisterdieb zuckte zusammen, so unerwartet traf ihn dieser Klang, der nun ätherisch in dem Kirchenschiff aufstieg, so wie eine weiße Taube gen Himmel steigt.

Die Worte, die gesungen wurden, waren ihm zwar

fremd, aber es konnte kein Zweifel bestehen, dass sie von Gnade und Erlösung handelten, vielleicht auch von Unschuld.

Weitere Stimmen – ein ganzer Chor von Kinderstimmen – gesellten sich zu der ersten hinzu und schwebten als vollkommenes Gewebe himmlischer Harmonien majestätisch durch den geweihten Raum.

Dann brach der Gesang plötzlich ab.

Falfnin hörte Schritte hallen, geflüsterte Satzfetzen, eine Tür knallte zu, dann wurde es wieder still.

Der Meisterdieb zog sich in eine dunkle Nische zurück und wartete ab, doch nichts regte sich.

Als er instinktiv den Kopf wandte, sah er das kleine Mädchen, das ein paar Meter entfernt von ihm stand und den Blick ihrer eisblauen Augen auf ihn richtete.

Ihr Gesicht war wie Porzellan, und ihre wallenden Locken so goldblond wie die der Engel, die von den Deckengemälden der Kirche herabsahen.

Falfnin entspannte sich.

»Oh, hallo«, sagte er überrascht. »Hast du eben so schön gesungen?«

»Ja.«

Das Mädchen trat einen Schritt auf ihn zu.

»Und jetzt werde ich dich töten.«

Sie zog einen Dolch unter ihrer schwarzen Schuluniform hervor.

Falfnin schnappte nach Luft.

»Moment mal …«, ächzte er und stolperte rückwärts. »Darüber sollten lieber noch mal reden.«

»Ich will aber nicht reden«, erwiderte das Mädchen. Mit wenigen, athletisch federnden Schritten kam sie heran und führte einen Dolchstoß gegen ihn, der Falfnin mit tödlicher Präzision das Herz durchbohrt hätte, wäre er nicht blitzschnell zur Seite ausgewichen.

Hastig zurückweichend vergrößerte der Meisterdieb

den Abstand zwischen sich und der Angreiferin, die sich jedoch nicht beirren ließ und weiter auf ihn eindrang.

Blitzschnell und von allen Seiten stieß die Klinge heran und verlangte seinen Reflexen das Äußerste ab, wenn er nicht als eines der vielen Gewaltopfer von Verderbnis enden wollte, durchlöcherter als ein vielversprechendes Gebirgsmassiv, unter dem eine geschäftstüchtige Zwergensippe reichhaltige Goldvorkommen vermutet.

Nach einer besonders virtuosen Serie von Stößen, Finten und Ausfällen, die ihn gegen die Kirchenbänke zurückdrängte, vermochte er sich nur noch zu retten, indem er im letzten Augenblick ein Hohlkreuz machte und den Kopf zurückbog.

Wie in Zeitlupe sah er den Dolch haarscharf an seiner Kehle vorbeifahren, so dass die Spitze fast seinen Hals ritzte. Weiches Dämmerlicht glänzte silbern auf der Klinge, und Falfnin glaubte ein hohes schwingendes Geräusch zu hören, das etwa dem Klang entsprach, der entsteht, wenn man mit dem Finger über den feuchten Rand eines Glases streicht.

In einer fließenden Bewegung verwandelte er sein Ausweichmanöver in einen Rückwärtssalto, mit dem er über drei Bankreihen hinwegsetzte und beidbeinig auf der hölzernen Lehne der vierten landete.

»Bravo!«

Lautes Händeklatschen hallte durch das Kirchenschiff.

Schwer atmend hob Falfnin den Blick zu der Empore, von der der Applaus gekommen war.

Dort oben, die Arme auf das Geländer gestützt, lehnte derjenige, den der Meisterdieb seit dem Park verfolgt hatte, der Schatten aus seiner Vergangenheit.

»Rinalf!«, stieß Falfnin wütend hervor.

»Lang ist's her«, entgegnete Rinalf spöttisch. »Um so mehr freue ich mich zu sehen, dass du offenbar noch nicht alles verlernt hast, was wir dir damals beigebracht haben.«

Seit ihrer letzten, weit zurückliegenden Begegnung war der einäugige Meuchelmörder noch hagerer geworden, und sein Haar, das er zu einem langen Pferdeschwanz zusammengebunden trug, hatte die Farbe grauen Stahls angenommen.

»Natürlich hat sich auf dem Gebiet der professionellen Personenbeseitigung seitdem so einiges getan, deshalb fürchte ich, dass deine Kenntnisse mittlerweile veraltet sind. Nach dem – im weitesten Sinne dieses dehnbaren Begriffs – natürlichen Ableben des vorigen Meisters habe ich die Leitung des Waisenhauses übernommen und setze inzwischen vor allem auf die frühkindliche Förderung. Es ist wirklich erstaunlich, was für einen unbedingten Leistungswillen die jungen Eleven heutzutage aufbringen.«

»Lasst mich ihn endlich fertigmachen, Meister!«, rief das blondgelockte Mädchen und vollführte mit ihrem Dolch eifrige Luftfechtereien.

»Wie du siehst, habe ich nicht zu viel versprochen«, fuhr Rinalf fort. »Da ging es zu deiner Zeit noch vergleichsweise gemütlich zu. Wo wir gerade von den alten Zeiten sprechen: Wir haben damals tatsächlich erst einige Wochen nach deinem plötzlichen Verschwinden herausgefunden, dass es sich bei dem Auftrag im Park um deine Herzensallerliebste gehandelt hatte. Da ist mir natürlich einiges klar geworden. Man muss sich das vorstellen: Zwei junge, heimlich Liebende, die sich maskiert gegenüberstehen, ohne einander zu erkennen. Ein Dolchstoß im Dunkeln, schließlich die plötzliche Erkenntnis, die wie immer viel zu spät kommt ...« Rinalf lachte. »Das ist doch der Stoff, mit dem melancholisch veranlagte Trauerspieldichter ihre größten Publikumserfolge feiern.«

»Ich hätte nichts tun können«, versetzte Falfnin verbissen. »Ihr Blut klebt allein an deinen Händen!«

»Oh, ich bin sicher, genau das hast du dir in all den

Jahren immer wieder einzureden versucht«, erwiderte Rinalf. »Aber sag mir, Falfnin: Wie fühlt sich das an, zu wissen, dass du ihren Tod hättest verhindern können, wenn du nur etwas aufmerksamer gewesen wärst? Was ist das für ein Gefühl, tatenlos dabeigestanden zu haben, während der Geliebten eine Dolchklinge das Herz durchbohrt?«

Ein dumpfes Stöhnen kam aus Falfnins Brust.

Als er den Blick hob, funkelte purer Hass in seinen Augen.

»Genug geredet«, rief er. »Komm runter, damit ich dir zeigen kann, dass ich damals ein gelehriger Schüler gewesen bin.«

»Später vielleicht«, entgegnete Rinalf. »Im Augenblick bin ich mit der Rolle des Zuschauers vollauf zufrieden. Persönlich habe ich übrigens auch nichts gegen dich. Ich würde nur gerne das Kopfgeld kassieren.«

»Was für ein Kopfgeld?«, fragte Falfnin.

»Das Kopfgeld, das die Schwarze Viper für die Beseitigung einer gewissen Heldengruppe ausgesetzt hat, die während des Maskenfests nach Verderbnis kommt. Vier Helden und ein junges Nachtelfenmädchen, das ausdrücklich am Leben gelassen werden soll. Als ich deinen Namen auf der Liste gesehen habe, war meine Aufmerksamkeit gleich geweckt. Eine ausgezeichnete Gelegenheit, zwei Fliegen mit einer Klappe zu schlagen, dachte ich mir: Einen netten alten Bekannten wiedersehen und eine recht ansehnliche Summe für seine Liquidation kassieren. Apropos Liquidation: Ich würde vorschlagen, ihr macht jetzt dort weiter, wo ihr eben aufgehört hattet.«

»Ich kämpfe nicht gegen ein Kind«, knurrte Falfnin.

»Tja, dann hast du wohl ein Problem. Es sei denn ... Habe ich das richtig verstanden? Du kämpfst nicht gegen *ein* Kind? Einzahl? Und wie sieht es mit dem Plural aus?«

Rinalf klatschte in die Hände.

Schritte näherten sich von allen Seiten, und plötzlich sah sich Falfnin von einem Dutzend Mädchen und Jungen umringt, die ihre Dolche zückten und ihn mit eisigen Blicken durchbohrten.

»So besser?«, fragte Rinalf.

Bolgur fühlte sich überhaupt nicht gut.

Nicht genug, dass er mit seiner Schüchternheit zu kämpfen hatte, nun war er auch noch durch die Erinnerung an die Geschichte mit den Roten Schuhen gehörig aus der Bahn geworfen worden.

Den Kopf zwischen seinen mächtigen Schultern eingezogen, schlich er niedergeschlagen durch den Trubel des Maskenfestes.

Plötzlich trat ihm ein bunt gekleideter Kobold in den Weg und zwang ihn anzuhalten.

Der Kobold trug einen purpurnen, breitkrempigen Hut mit einer langen rosa Feder und hielt ihm die ausgestreckte Hand entgegen, auf der mehrere verschiedenfarbige Pillen lagen.

»He, Großer«, flüsterte er verschwörerisch. »Kann ich dich für ein paar von diesen Babys hier erwärmen? Du wirst dich sofort viel besser fühlen.«

Bolgur sah mit glasigem Blick auf das verbotene Sortiment in der Handfläche des Dealers hinab. Wenn es eine Sache gab, die er jetzt dringend gebrauchen konnte, dann war es etwas, das ihn sich besser fühlen ließ.

Verunsichert durch all das Lärmen und Getöse, das von allen Seiten auf ihn eindrang, traf er eine folgenschwere Entscheidung.

»Ja«, brummte er, schnappte sich die Pillen und schüttete sie sich in den Mund.

Der Dealer blickte ihn mit einer Mischung aus ehrlichem Entsetzen und Wut über den finanziellen Verlust an.

»Bist du völlig irre, Mann!«, rief er. »Doch nicht alle auf einmal!«

»Wieso nicht?«, fragte Bolgur ahnungslos.

Und dann begann er plötzlich, sich in der Tat viel, viel besser zu fühlen.

»Wie ich sehe, hat es dir meine Spezialsammlung angetan. Schön, dass du doch noch vorbeigekommen bist. Ich hatte schon auf dich gewartet.«

Brom drehte sich um.

Hinter ihm stand Brim und zeigte auf die langen Reihen von Terrarien, die eine ganze Wand seines Alchimieladens einnahmen.

»Ja, eine ordentliche Menge Viehzeug hast du da angesammelt«, nickte Brom und übersah die Hand, die ihm Brim zur Begrüßung hingestreckt hatte.

»Giftige Tierarten sind so was wie mein Steckenpferd«, erklärte Brim und zog die Hand wieder zurück. »Was du hier siehst, ist eine der besten Sammlungen der Fernen Länder, aus allen Weltgegenden importiert, teilweise für ein Heidengeld. Das da links ist der arkzulsche Worgok-Skorpion. Sein Gift ist besonders heimtückisch: Es greift die Knochen an und löst sie innerhalb kürzester Zeit vollständig auf. Eine halbe Stunde nach dem Stich bist du nur noch ein schlabbriger Sack aus Haut, Fleisch und inneren Organen.«

»Unangenehme Vorstellung«, kommentierte Brom sachlich.

»Und das da ist der Große Verzweiflungs-Polyp«, fuhr Brim Schlangenkraut fort. »Er dockt mit seiner langen Raspelzunge an der Schädeldecke an und injiziert ein Gift in die Blutbahn, das bei dem Betroffenen den dringenden Wunsch auslöst, sich das eigene Gehirn durch die Ohren rauszupulen.«

»Das Gefühl kenn ich«, nickte Brom. »Das hatte ich

früher auch immer, wenn wir in der Zwergenschule beim Bergfest zum Holzflötenkonzert mit Gedichteaufsagen mussten.«

»Und das«, Brim zeigte auf den bunten Frosch, der zunächst Broms Aufmerksamkeit auf sich gezogen hatte, »ist der tapicanische Teufelsgiftfrosch. Ein niedlicher kleiner Knilch, was? Aber nur, solange man genügend Abstand wahrt. Eine kurze Berührung, und zwei Minuten später explodieren deine Lungenflügel wie zwei Schweinsblasen, die zu fest aufgepumpt worden sind. Boff!«

Der Zwerg machte eine Geste, die die angesprochene Lungenflügelexplosion anschaulich illustrierte.

»Öha«, entgegnete Brom, nicht allzu beeindruckt.

»Seine Haut sondert ein hochtoxisches Sekret ab, das die tapicanischen Eingeborenen vom Stamm der Hopucas benutzen, um ihre Pfeile zu vergiften.«

Brom näherte sein Gesicht dem Froschterrarium.

»Der tapicanische Pfeilgiftfrosch«, wiederholte er nachdenklich. »Sieh an. Tapica... da war doch mal irgendwas mit Tapica...«

Sie schwiegen.

»Brom, ich weiß, was du jetzt denkst«, sagte Brim nach einer Weile. »Du denkst, ich hab euch damals im Stich gelassen, um das Gold nicht mit euch teilen zu müssen.«

»Aber so war es natürlich nicht«, erwiderte Brom mit unbewegter Miene.

»Nein, so war es wirklich nicht«, beteuerte Brim. »Auf dem Weg ins Camp hab ich mich verlaufen, drei Tage lang bin ich durch den Dschungel geirrt. Als ich das Camp endlich gefunden hatte, war alles in Aufruhr, weil die Truppen den Abmarschbefehl ins Landesinnere erhalten hatten. Ich hab versucht, was ich konnte, aber Feldwebel Tromf wollte keinen Suchtrupp losschicken, und allein hätte ich den Tempel niemals gefunden, geschwächt wie ich war.«

»Ist schon klar«, entgegnete Brom. »Aber du hast ja alles versucht. Also kann man dir wirklich keine Vorwürfe machen.«

»Oh, Vorwürfe hab ich mir selbst genug gemacht, das kannst du mir glauben! Und dieser Goldgötze hat mir auch kein Glück gebracht. Erstmal war es unheimlich anstrengend, das Riesending die ganze Zeit so zu verstecken, dass keiner was davon spitzkriegt. Und dann war das mit diesen Hätschfongs ein Riesenreinfall, eine totale Spekulationsblase. Ich hab alles verloren und bin sogar noch mit Schulden aus der Nummer rausgegangen.«

»Wie bedauerlich«, kommentierte Brom.

»Naja, manchmal gewinnt man eben, manchmal verliert man. So ist das Leben. Aber ich freu mich wirklich riesig, dass du es trotz allem geschafft hast, lebend aus dem Tempel rauszukommen. Wie hast du das überhaupt angestellt?«

»Das ist eine andere Geschichte«, meinte Brom. »Aber genug von den alten Kamellen. Du könntest mir hier und heute bei etwas helfen.«

»Natürlich, ich helfe gerne. Worum geht es?«

»Ich bin auf der Suche nach einem kleinen Nachtelfenmädchen. Ungefähr so groß«, Brom zeigte mit der Hand, »hat eine Stoffdrullpuppe dabei und sagt Sachen wie: Wenn ich jetzt nicht sofort eine Fiese-Nacht-Geschichte krieg, reiß ich dir die Augen raus und spiel Flummi damit.«

»War das die Kleine, die ihr gestern Nachmittag dabei hattet?«, fragte Brim.

»Genau die. Du hast sie nicht zufällig gesehen?«

»Nein, tut mir leid. Da kann ich dir leider nicht weiterhelfen.«

»Hm«, sagte Brom. »Schade. War auch bloß so ein Verdacht. Dann suchen wir noch jemanden. Nennt sich die *Schwarze Viper*.«

Brims Gesicht hellte sich auf.

»Die Schwarze Viper?«, wiederholte er. »Sicher kenn ich die. Ich kann dich jetzt gleich zu ihr bringen, wenn du willst.«

»Tatsächlich?«, fragte Brom überrascht.

»Ja«, nickte Brim. »Ich muss bloß schnell den Laden dichtmachen. Jetzt kommen auch sowieso keine Kunden mehr.«

Er nahm einen rasselnden Schlüsselbund von seinem Gürtel und suchte einen der Schlüssel heraus.

»Wir können sofort losgehen«, sagte er.

»Ein schönes Gemälde. Und so lebensnah.«

Selphyne wandte sich von dem Porträt Magister Tolfnirs ab, bei dessen Betrachtung ihre Erinnerungen heraufbeschworen worden waren, und blickte in das rundliche, freundlich lächelnde Gesicht des Elfenmuttchens, das in der *Purpurschnecke* die Betten neu bezogen hatte.

»Sie!«, sagte Selphyne fast erschrocken, weil die andere so lautlos und scheinbar aus dem Nichts hinter ihr aufgetaucht war. »Sie habe ich gesucht!«

»Mich?«, fragte die Nachtelfe überrascht. »Warum sollten Sie mich gesucht haben? Ich bin nur eine einfache Dienstbotin, die sich in ihrer Freizeit für Kunst interessiert.«

Sie deutete mit einer weitschweifigen Geste auf die Kunstschätze des Musentempels.

»Sie sind keine Dienstbotin. In der *Purpurschnecke* kannte Sie niemand. Und ich wüsste jetzt gerne, wer Sie wirklich sind und was Sie von uns wollen«, sagte Selphyne.

Eine unheimliche, schwer mit Worten zu beschreibende Aura umgab ihr Gegenüber, die bei der Gnomenmagierin eine Gänsehaut auslöste.

Das Nachtelfenmuttchen kicherte.

»Ich gebe es zu: Ich bin tatsächlich keine Dienstbotin. Jedenfalls nicht im gewöhnlichen Sinn, obgleich ich dennoch Dienerin und Teil einer größeren Macht bin, denn irgendjemandem, ob es nun der Tag oder die Nacht ist, müssen wir schließlich alle dienen. Aber manchmal ist es durchaus praktisch, eine Maske zu tragen. Und wie ich feststelle, bin ich nicht die Einzige, die so denkt.«

Selphyne runzelte die Stirn.

»Was wollen Sie damit sagen?«

»Nehmen wir zum Beispiel *Helden*«, versetzte die andere. »Was ist ein Held? Ein Streiter für die gerechte Sache? Oder einfach jemand, der gute Absichten vortäuscht, um insgeheim ganz ungeniert seine eigenen Ziele zu verfolgen?«

»Ich glaube, ich begreife immer noch nicht, worauf Sie hinauswollen ...«

»Dann muss ich wohl überdeutlich werden: Ich finde es ja rührend, wie selbstlos ihr anscheinend um das Wohlergehen meiner Großnichte besorgt seid, andererseits erweckt die Tatsache, dass euer Weg sozusagen mit den Leichen meiner Verwandten gepflastert ist, gewisse Verdachtsmomente.«

»Ihre Großnichte?«, fragte Selphyne. »Dann sind Sie also die Schwarze Viper?«

»Das ist einer der Namen, derer ich mich bediene.«

»Warum haben Sie das nicht gleich gesagt? Das hätte alles wesentlich einfacher gemacht.«

»Oh, ich bin sicher, das hätte es. Für euch. Aber ganz so leicht wie meine Cousins wollte ich es euch nicht machen.«

»Wo ist Nenia jetzt? Ist sie bei Ihnen?«

Die Schwarze Viper kniff die Augen zusammen.

»Du scheinst wirklich zu glauben, dass du mich für dumm verkaufen kannst. Hör zu, Schätzchen: Ich mag zwar nicht mehr die Allerjüngste sein, aber senil bin ich noch nicht. Bis hierhin mag euer kleiner Plan ganz gut funktioniert haben, aber jetzt ist Schluss damit.«

»Ich habe keine Ahnung, wovon Sie reden«, sagte Selphyne. »Aber es gibt keinen Plan. Und was Ihre Verwandten angeht: Das … waren Unfälle.«

»Unfälle!« Die Schwarze Viper lachte. »Aber sicher! Ich kenne mich gut genug mit dem Personenbeseitigungsgewerbe aus, um zu wissen, was ein *Unfall* ist. Der Minister für Unbeliebte Gesetzesvorschläge: Auf dem Weg zur nächsten Abstimmung von einer vierspännigen Kutsche überfahren. Bedauerlich, aber Unfälle dieser Art geschehen jeden Tag. Der Herzog von Molchingen, bei einer privaten Feierlichkeit mit reger weiblicher Beteiligung an einem Herzanfall gestorben. Nun ja, er war schließlich auch nicht mehr der Jüngste, und dann die ganze Aufregung … Eine durchaus natürliche und letztlich gar nicht so unangenehme Todesursache, kein Grund, eine Autopsie durchzuführen. Schließlich möchte man auch seine hinterbliebene Gattin nicht unnötig durch einen Skandal kompromittieren, die Ärmste hatte zu seinen Lebzeiten schon genug auszustehen. In gewisser Weise …« Sie wandte sich dem Gemälde an der Wand zu. »In gewisser Weise könnte man sogar sagen, dass auch der Tod des guten Magisters ein bedauerlicher Unfall gewesen ist …«

Selphyne erstarrte.

»Was wissen Sie über den Tod von Magister Tolfnir?«, fragte sie leise.

»Nun, sagen wir mal, ich war nahe genug dabei, um eine detaillierte Beschreibung seiner Todesumstände zu Protokoll geben zu können«, lächelte die Schwarze Viper.

»Du warst es!«, brachte Selphyne hervor. »Du hast ihn getötet!«

Die Schwarze Viper kicherte.

»Ah! Ich sehe, jetzt bewegen wir uns langsam in die

richtige Richtung, um ehrlich und offen miteinander umzugehen. Ja, ich habe den alten Narren getötet. Glaub übrigens nicht, dass ich dich damals nicht bemerkt hätte. Einen kurzen Augenblick lang hatte ich sogar erwogen umzukehren, aber dann sagte ich mir: Aufgeschoben muss ja nicht aufgehoben sein. Geben wir der Kleinen noch ein wenig Zeit, zu wachsen und zu lernen. Umso interessanter wird unsere nächste Begegnung verlaufen.«

»Genug geschwafelt«, knurrte Selphyne. Eine Aura bläulich knisternder Blitze umgab sie. »Bringen wir das hier zu Ende.«

»Ich freue mich, dass wir uns endlich einig geworden sind«, lächelte die Schwarze Viper.

Sie hob beide Arme, dann ließ sie sie plötzlich fallen. Dunkelheit sank herab und füllte jeden Winkel der Halle aus.

»Hier soll die Schwarze Viper wohnen?«, fragte Brom zweifelnd.

Es war eine schmutzige Gasse abseits der Hauptstraßen, und so schmal, dass sich die gegenüberliegenden Fronten der ärmlichen Häuser fast über sie hinweg berührten.

Am Ende der Gasse strömte das dunkle Wasser eines Kanals. Ölschlieren, Abfälle und dreckiger Schaum trieben auf der Oberfläche – die Einwohner von Verderbnis hielten nicht allzu viel von Umweltschutz, und während des Maskenfestes taten auch die angereisten Touristen ihr Möglichstes, die Stadt in eine einzige Müllhalde zu verwandeln.

»Brim?«, fragte Brom und drehte sich um.

Die Gasse war leer, der Alchimistenzwerg, der ihn hergeführt hatte, verschwunden.

Plötzlich spürte Brom einen leichten Stich im Genick.

Er griff mit der Hand an die schmerzende Stelle, und als er sie zurückzog, hielt er zwischen Daumen und Zeigefinger einen winzigen Pfeil, dessen hinterer Teil aus einer gläsernen Ampulle bestand.

»Verflucht noch ...« murmelte er und blickte sich in die Richtung um, aus der der Pfeil gekommen sein musste. Dort war jedoch niemand zu sehen.

Mit ernster Miene eilte Brom durch die verwinkelten Gassen, zurück in die Richtung, aus der er den Lärm der Feiernden hörte. Bereits nach kurzer Zeit verlangsamte er seine Schritte und griff sich keuchend an die Brust, als hätte er Schwierigkeiten, Luft zu bekommen.

Als er die Hauptstraße erreichte und in dem Strom der Feiernden untertauchte, glänzte Schweiß auf seiner Stirn und seine Augen waren aus den Höhlen hervorgetreten.

»He, Mann, alles in Ordnung?«, fragte ein bunt gekleideter, maskierter Blumenelf, der seinen unnatürlich vergrößerten Pupillen nach zu urteilen auch schon die eine oder andere Tüte Blütenstaub durchgezogen hatte.

»Wie sieht es denn aus, *Mann?*«, keuchte Brom gequält.

»Echt übel, Mann, du siehst echt übel aus«, entgegnete der Blumenelf und hielt ihm seine gläserne Wasserpfeife hin. »Entspann dich, Mann, nimm erstmal einen Zug.«

Brom schlug ihm das Glasgefäß aus der Hand, es zerschellte klirrend auf dem Boden, und der Zwergenkrieger taumelte benommen weiter.

Ein pfeifendes Rasseln kam aus seiner Brust, während er sich mühsam vorwärts schleppte, zwischen den lachenden und johlenden Masken hindurch, die nun bereits wie die Dämonen der Unterwelt aussahen, die einem weiteren gefallenen Helden einen spöttischen Empfang bereiteten.

Mit letzter Kraft und blau angelaufenem Gesicht stieß Brom eine Haustür auf und verschwand stolpernd in dem dunklen Eingang.

Kurz darauf betrat noch jemand den Hausflur – Brim Schlangenkraut.

Ein selbstzufriedenes Lächeln lag auf seinen Lippen, spielerisch ließ er ein kleines Blasrohr zwischen seinen Fingern hin und herwandern.

Er brauchte nicht weit zu gehen, bis er sein Opfer entdeckte.

Brom lag mit schrecklich verzerrten Gesichtszügen auf dem Rücken, seine Atmung war nur noch ein schwächliches Stöhnen und Blubbern.

»Ja«, lachte Brim, »jetzt erfährst du aus erster Hand, wie das Gift des tapicanischen Teufelsgiftfrosches wirkt. Ich muss zugeben, dass ich dich ganz und gar nicht um diese Erfahrung beneide. Ist übrigens nichts Persönliches, das darfst du mir glauben. Ich würd nur gern das Kopfgeld kassieren, das die Schwarze Viper auf dich ausgesetzt hat.«

»Fahr zur Hölle«, kam ein fast unhörbares Flüstern über Broms Lippen.

»Nach dir, mein Freund, nach dir«, grinste der Giftmischer. »Ich überlasse dir gerne den Vortritt. Und diesmal wirst du auch garantiert dort ankommen, keine Sorge. Ich konnte ja nicht ahnen, dass du damals den Tempel lebend verlassen würdest, nachdem ich euch eingeschlossen hatte. Natürlich habe ich die Falle nicht zufällig ausgelöst. Eigentlich hatte ich schon vorgehabt, mich heimlich davonzumachen, während ihr euern Rausch ausschlieft, aber leider musstest du ja aufwachen, als ich versucht hab, den Goldgötzen aus deiner Umarmung zu befreien. Also musste ich etwas improvisieren ...«

Eine Wohnungstür öffnete sich, und eine alte Gnomin trat in den Flur, einen Mülleimer in den Händen. Als sie die beiden Zwerge bemerkte, blieb sie stehen, ließ ihren Blick kurz von dem einen zum andern schweifen und verschwand darauf wortlos wieder in ihrer Wohnung.

Die Bürger von Verderbnis waren Szenen dieser Art gewohnt und wussten auch, dass man sich in solchen Fällen besser jeden Kommentar verkniff und so schnell wie möglich Land gewann, bevor man selbst in unerfreuliche Privatangelegenheiten hineingezogen wurde, die einen schließlich nicht das Geringste angingen.

»Noch irgendwelche letzten Worte?«, fragte Brim. »Ein persönlicher Denkspruch für deinen Grabstein?«

Broms Lippen bewegten sich zitternd, aber es kam kein Laut über sie.

Ein Zucken ging durch seinen Körper, dann brachen seine Augen und alles Leben wich aus seinen Gliedern.

Es war ein erbarmungslos perfektes Ballett des Todes.

Wie ein rasender Derwisch tanzte Falfnin inmitten eines Infernos aus zustoßenden Klingen, schlug Saltos und Flic-Flacs und zog alle Register seines akrobatischen Könnens.

Dennoch blutete er bereits aus zahlreichen Wunden und seine Ausweichmanöver wurden merklich langsamer. Wenn er den Schwerpunkt auf sein rechtes Bein verlagerte, in dessen Oberschenkel ein tiefer Schnitt klaffte, verzog sich sein Gesicht zu einer schmerzerfüllten Grimasse.

»Du wirst müde«, höhnte Rinalf von der Galerie aus. »Vielleicht solltest du in Betracht ziehen, dich endlich zu wehren.«

»Ich kämpfe nicht gegen Kinder«, keuchte Falfnin zornig.

»Wie schade. Nicht einmal, wenn ich dir sage, dass du uns einen großen Gefallen tätest, wenn du dazu beitrügst, den Ausleseprozess zu verfeinern?«

»Das tue ich doch«, schnaufte Falfnin und warf mit einer fließenden Bewegung einen Dolch nach der Empore.

Der Adjutant zog blitzschnell den Kopf ein, und der Dolch bohrte sich in die hölzerne Stirn einer Engelsfigur, die das gewalttätige Treiben in der Kirche mit einem nachdenklichen Gesichtsausdruck verfolgte.

»Nicht schlecht«, bemerkte Rinalf. »Aber nicht gut genug. Und das kann in dieser Welt ein Todesurteil bedeuten. Das meine ich mit *Ausleseprozess.*«

Falfnin hörte, wie sich die Stimme des anderen entfernte und nahm die Verfolgung auf.

Er wich einer schnellen Folge von Dolchstößen aus und setzte, die Schmerzen in seinem Bein niederringend, in rasendem Lauf über die Kirchenbänke hinweg.

Im selben Moment spürte er einen Stich in seinem Rücken, der ihm den Atem nahm. Ein gut gezielter Wurfdolch hatte ihn getroffen und sich unterhalb des linken Schulterblatts in sein Fleisch gebohrt.

Der Meisterdieb unterdrückte ein Stöhnen, biss die Zähne zusammen und kletterte an einer gewundenen Säule zur Empore hinauf.

Er schwang sich über das Geländer und blickte sich nach Rinalf um, doch von dem Adjutanten der Schwarzen Viper fehlte jede Spur.

Eine schmale Treppe führte von der Empore aus weiter nach oben, von unten näherten sich die Schritte der Kinder.

Schwer atmend stand Falfnin einen Augenblick lang da, unschlüssig, was er als Nächstes unternehmen sollte.

Aus seiner Schulter ragte das Heft des Dolchs hervor.

Er traf eine Entscheidung und stieg über das Geländer der Empore zurück, hielt sich mit beiden Händen daran fest und ließ sich langsam nach unten gleiten.

Ein Ächzen entrang sich seiner Kehle.

Er wartete, bis die Schritte der Kinder so nah herangekommen waren, dass sie jeden Moment die Empore betreten mussten, dann löste er seinen Griff und ließ sich nach unten fallen.

Die Beine gaben unter ihm nach, doch indem er seine

letzten Kräfte zusammennahm, richtete Falfnin sich wieder auf und humpelte davon, um sich in den Schatten zu verbergen.

Bolgur tanzte.

Er tanzte, wie er noch nie zuvor in seinem Leben getanzt hatte, was eigentlich keine besondere Leistung darstellte, wenn man bedachte, dass es überhaupt das erste Mal war, dass er tanzte.

Die Welt war eine Explosion aus Farben und Klängen, ein Wirbel aus Formen und Bewegungen, ein Kaleidoskop aus Licht und Rhythmus, und das wirklich Verrückte an der Sache war, dass sich das eine urplötzlich in das andere und wieder zurück verwandeln konnte: Die gleichmäßig dahinrollenden Schläge der Basspauke bildeten einen mitreißenden Fluss aus irgendwie plüschigem Purpur, das Schnippen der Messingbecken erschien als warm aufflammendes Orange, und die süßlichen Melodien der Fiedeln waren als schillernde Linien in die Luft gezeichnet, so dass es aussah, als könnte man sie mit den Händen greifen – es schien nicht nur so, man konnte es tatsächlich, stellte Bolgur fest und streichelte entzückt ein sanft geschwungenes D-Dur-Motiv, das sich einem weniger drogenverschleierten Blick als das Gesicht eines trollischen Mittänzers dargestellt hätte, der sich diese liebevolle Behandlung jedoch sichtlich gern gefallen ließ.

Verwandlung, dachte Bolgur hingerissen, Metamorphose, das Prinzip des Lebens. Cousin Ruglob hatte es immer gesagt. In einem Moment der vollständigen Erleuchtung begriff er es jetzt, begriff auf einmal *alles,* das Leben, die Welt, das Universum, das Sein und das Nichts. Einfach alles. Es war so simpel, dass er laut auflachen musste, so wunderschön, dass Tränen der Freude seine Wangen hinunterrannen.

Alles war alles – und umgekehrt.

In Wirklichkeit gab es gar keine Gegensätze, keine Grenzen, keine Einzelheiten. Es gab nur diese eine wundervolle Totalität der Verwandlungen, des Ineinanderströmens und Durchdringens, deren Teil er selbst war.

Bolgur lächelte beseligt, und die ganze Welt lächelte mit ihm.

»Ich bin ein bunter Regenbogen des Glücks!«, jauchzte er, seinen muskulösen Barbarenogerkörper im Rhythmus der Musik herumwuchtend.

»Du sagst es, Bruder!«, entgegnete der Troll mit dem D-Dur-Gesicht. Er klatschte im Takt der Musik in die Hände und schob sich näher an Bolgur heran. »Dein Outfit finde ich übrigens echt scharf! Vor allem die Keule.«

»Danke!«, antwortete Bolgur leutselig. »Deine Klamotten sind aber auch ziemlich … stark! Bist du bei der Polizei?«

Der Troll tippte lächelnd an seine Polizistenmütze – seine »ziemlich starken Klamotten« bestanden vorwiegend aus schwarzem Leder und waren recht luftig ausgeschnitten.

»Ja«, entgegnete er verschwörerisch. »Ich bin bei der Polizei – der Anti-Schlechte-Laune-Polizei. Wenn wir wen erwischen, der schlecht drauf ist, nehmen wir ihn fest und kitzeln ihn so lange durch, bis er wieder fröhlich wird.«

»Dolle Geschichte!«, zitierte Bolgur seinen Kampfgefährten Brom. »Aber ich muss Sie enttäuschen, Officer: Des Tatbestandes, schlechte Laune zu haben, bin ich nun wirklich nicht schuldig!«

»Dein Glück!«, lachte der Troll. »Sonst hätte ich dir nämlich gleich die hier anlegen müssen!«

»Oh, richtige Handschellen hast du auch!«

»Ja, richtige Handschellen habe ich auch! Ich heiß übrigens Bruce!«

»Ich bin Bolgur!«

»Freut mich!«

Der Anti-Schlechte-Laune-Polizist tänzelte noch näher an Bolgur heran und stellte sich auf die Zehenspitzen, um an dessen Ohr zu gelangen.

»Hey, ähm, Bolgur«, flüsterte er, »es gibt da so einen netten kleinen Club in der Stadt, wo meine Freunde und ich immer hingehen ... Ist gemütlich da, klasse Musik, supersympathische Szene. Also, wenn du Lust hast mitzukommen ...«

»Klar hab ich Lust!«, erwiderte Bolgur.

Heute Abend, das spürte er, würde er zu nichts und niemandem *nein* sagen. Die Leute waren ja auch so freundlich und das Leben wunderbar!

»Toll!«, sagte der Troll. »Ich freu mich!«

»Ich mich auch!«, lächelte Bolgur glücklich.

Es war doch überhaupt nichts dabei, auf andere Leute zuzugehen. Und er hatte es sich immer so schwer gemacht!

Bruce, der nette Anti-Schlechte-Laune-Polizist, hatte nicht zu viel versprochen.

Im *Flauschigen Flamingo* – so hieß der gemütliche Club, in den Bolgur eingeladen worden war – gab es in der Tat alles, was man sich nur wünschen konnte: klasse Musik, günstige Getränke und vor allem supersympathische Leute (letztere nebenbei bemerkt ausschließlich männlichen Geschlechts).

Bolgur tanzte, bis er völlig aus der Puste war und unterhielt sich danach an der Bar angeregt mit Bruce und seinen Freunden, besonders mit einem von ihnen, einem Ork, der glitzernde Stöckelschuhe und eine lilafarbene Federboa trug. Seine Eltern hatten ihn auf den traditionellen Ork-Namen *Gorzkluk, der Blutsäufer* getauft, aber er bestand darauf, *Arabella* genannt zu werden.

»Man muss zu seinem wahren Selbst stehen«, sagte

Arabella. »Und wenn einen die Gesellschaft nicht so akzeptieren will, wie man wirklich ist, hat man eben dafür zu kämpfen, mit allen Mitteln, egal, was es kostet. Lange Zeit habe ich geglaubt, dass ich derjenige bin, mit dem etwas nicht stimmt, derjenige, der nicht reinpasst, aber dann ist mir endlich klar geworden, dass ich nur so denken konnte, weil ich mich mit den Augen der anderen gesehen habe und nicht den Mut hatte, meinen eigenen wahren Gefühlen zu trauen.«

Dem konnte Bolgur nur beipflichten: Es hatte auch in seinem Leben Zeiten gegeben, in denen er sich nicht von der Gesellschaft akzeptiert gefühlt hatte und sich vorgekommen war, als wäre er auf einem fremden Planeten ausgesetzt worden.

Daraufhin hatte Gorzkluk, der Blutsäufer – alias Arabella – ihn umarmt, und sie hatten beide ein bisschen geweint, was sehr befreiend gewesen war. Dann hatte Arabellas lilafarbene Federboa Bolgur in der Nase gekitzelt und er hatte einen Niesanfall bekommen, worauf sie sehr lachen mussten. Und dann war Bolgur eingefallen, dass er eigentlich irgendetwas oder irgendwen suchen sollte, und er hatte sich leider verabschieden müssen, was alle sehr bedauert hatten, vor allem Arabella und Bruce, der Anti-Schlechte-Laune-Polizist.

Bolgur versprach aber, unbedingt wieder vorbeizukommen, wenn er das nächste Mal in der Stadt war, und dann auch seine Freunde mitzubringen.

Kaum auf der Straße, hatte er das mit der Suche jedoch sofort wieder vergessen gehabt.

Der biochemisch hochexplosive Drogencocktail in seinem Blut erhöhte zwar die Empfänglichkeit seines Gehirns für spontane Eindrücke und Erfahrungen, darüber hinaus verkürzte er jedoch seine Aufmerksamkeitsspanne derart, dass daneben selbst Brom im Finsterklammer-Zwitscherer-Delirium wie ein Bestnotenabsolvent des Fortgeschrittenen-Seminars »Hochkonzentriert durch Transzendentale Meditation, Teil Drei« gewirkt haben würde.

Alles, was sich jenseits eines schmalen Zeithorizontes von etwa dreieinhalb Sekunden abspielte, verschwand hinter dichten, psychedelisch bunten Nebelschleiern.

So ließ sich der Barbarenoger durch die feiernde Stadt treiben und gelangte schließlich auf einen großen freien Platz, auf dem zahlreiche Buden, Attraktionen und Fahrgeschäfte aufgebaut worden waren.

Selbstvergessen stürzte er sich auch hier freudig in den Trubel.

Wenig später war er bereits fünf Runden Riesenrad gefahren. Er hatte den Besitzer einer Dosenwerfen-Bude K.O. geworfen – der Ball war als Querschläger von dem bemerkenswert stabilen Dosenstapel abgeprallt und hatte den Budenbetreiber so hart am Kopf erwischt, dass der sich fast überschlagen hätte, bevor er zu Boden ging. Wieder bei Bewusstsein, hatte er Bolgur als Hauptgewinn einen riesigen pinkfarbenen Stoffdrachen in die Hand gedrückt und ihm nahegelegt, er möge zusehen, dass er sich schleunigst vom Acker mache.

Des Weiteren hatte er im Alleingang ein Karussell zum Entgleisen gebracht und genug Zuckerwolle verputzt, um der gesamten Zuckerwolle-Industrie von Workubosch auf Jahre hinaus einen Boom sondergleichen zu garantieren.*

* Nur damit sich niemand Illusionen macht: Die Gewinne wandern natürlich fast ausschließlich in die Taschen der Führungselite der großen multinationalen Konzerne und nicht an die armen Schweine, die sich in Vierzehn- Stunden-Schichten auf den endlosen Zuckerwollefeldern die Rücken krumm schuften und mit fünfunddreißig Jahren an Karies und Diabetes sterben, weil ihnen bei den miesen Lohnverhältnissen nichts anderes übrig bleibt, als sich fast ausschließlich von der Zuckerwolle zu ernähren, die sie bei der Arbeit heimlich mitgehen lassen.

Ganz zu schweigen von der ökologischen Katastrophe: Dort, wo sich einst artenreiche, sauerstoffproduzierende Dschungel erstreckten, breitet sich jetzt eine gleichförmige Rosa-Ödnis bis zum Horizont aus.

Das alles ist kein bisschen zum Lachen.

Jetzt schlenderte der Barbarenoger mit einem glücklichen Grinsen über den Platz, die schreiend pinkfarbene Drachentrophäe unter den Arm geklemmt.

Um seinen Hals hing ein Gewürzkuchenherz mit der Aufschrift *»Meinem allerliebsten Schnuckiputzi«*, und seine Wange zierte ein breiter Lippenstift-Kussmund – mutmaßlich stammte dieser von der- oder demjenigen (nichts Genaues weiß man nicht), der (oder dem) er auch das Gebäckherz mit der romantischen Zuckerguss-Botschaft verdankte.

Neugierig blieb er bei einem großen hölzernen Aufbau stehen und las das Schild vor dem Eingang.

Das Labyrinth der Spiegel
Tritt ein, und begegne dir selbst!
Nur 50 Kopeken!

Sich selbst begegnen, dachte Bolgur. Das hörte sich überaus spannend an, bewusstseinserweiternd und irgendwie *groovy*.

Er bezahlte an der Kasse und betrat das Labyrinth.

Samtene Dunkelheit hüllte ihn ein und die äußere Welt, eben noch ein Feuerwerk aus Licht und Klang, verwandelte sich in die innere und zog sich ganz in seine Seele zurück, wie ein Einsiedlerkrebs in sein Gehäuse.

Phantastisch, dachte Bolgur. Der Selbstfindungstrip war also schon in vollem Gange.

Zwei Sekunden später knallte er mit der Stirn gegen einen niedrigen Balken und sah Sterne, was ihn vermutlich auch auf irgendeine tiefsinnige, innere Wahrheit aufmerksam machen sollte.

Während er die Beule an seinem Schädel betastete und sich noch fragte, welche Lehren aus dieser Lektion zu ziehen waren, erfüllte mehr und mehr ein sanfter Schein das Labyrinth.

Formen und Umrisse entwickelten sich aus der Finsternis, und langsam wurden deutliche Gestalten erkennbar.

Bolgur blieb stehen und blickte sich staunend um. Auf allen Seiten sah er in ein und dasselbe Gesicht.

Es gehörte einem riesigen Barbarenoger, der einen pinkfarbenen Stoffdrachen unter dem Arm hielt und ein Gewürzkuchenherz« um den Hals trug. Was die spiegelverkehrte Aufschrift des Herzens anging, war er sich nicht ganz sicher, aber möglicherweise kam das Wort *Schnuckiputzi* darin vor.

Bolgurs Augen weiteten sich, als ihm Erleuchtung zuteil wurde und er eine weitere Stufe auf dem Weg zum Gipfel der Weisheit erklomm.

Die Welt bildete mit ihrer Vielheit eine Einheit, das hatte er bereits begriffen, doch nun ging ihm auch der Umkehrschluss auf: Jedes Einzelne war auch eine Vielheit, er selbst war nicht bloß Eines, sondern eine Vielzahl von Einheiten.

So fächerte sich das Universum in beide Richtungen zur Unendlichkeit auf: Vieles war Eines, Eines wieder Vieles, Vieles Eines und so weiter und so fort, ein ewiger Kreislauf der Beziehungen, Kongruenzen und Transmutationen.

»Wow«, murmelte Bolgur träumerisch. »Das ist ja wohl der absolute Wahnsinn, Mann, absoluter Wahnsinn …«

Er hob die Hand und winkte seinen Spiegel-Ichs lächelnd zu.

Sie winkten zurück.

Bis auf eines.

Stattdessen schwang es eine Keule.

»Bolgur ein Mädchen ist«, sagte es.

Ein Wichteljunge bewegte sich auf leisen Sohlen durch das stille Kirchenschiff der Luhm-Kathedrale von Verderbnis.

Ein zufälliger und nicht sonderlich aufmerksamer Beobachter hätte diese friedlich wirkende Szene vielleicht sehr anrührend gefunden und den Jungen für einen Chorknaben gehalten, der zu später Stunde noch einmal zurückgekehrt war, um sein liegen gelassenes Notenbüchlein zu holen.

Doch die Hand dieses Chorknaben umklammerte das Heft eines langen Dolchs, während er einer unregelmäßigen Spur aus dunklen Tropfen auf dem Boden folgte.

Dunklen, roten Tropfen.

Sie führte ihn zu einem der Beichtstühle, denen die Bürger von Verderbnis im Lauf der Zeit bereits eine ausreichende Anzahl geflüsterter Berichte ihrer Schandtaten anvertraut hatten, um die eine oder andere Sündflut vollauf gerechtfertigt erscheinen zu lassen.

Der Wichtelknabe blieb stehen und lauschte.

Leise Atemzüge kamen aus dem Beichtstuhl.

Langsam näherte der Junge seine Hand dem Türknauf.

Als sich die Tür öffnete, hatte Falfnin den Eindruck, in einen Spiegel zu blicken, in einen Spiegel, der ihn an einen weit entfernten Zeitpunkt zurückbrachte.

Er glaubte sich selbst zu sehen, so, wie er vor vielen Jahren gewesen war, ein Waisenjunge, der im Begriff steht, seinen ersten Auftrag als Berufsmörder zu erledigen.

Die Art und Weise, wie dieser Wichtelknabe den Dolch in seiner Hand hielt, deutete jedoch daraufhin, dass er besser wusste, was man von ihm erwartete als Falfnin selbst in jener verhängnisvollen Nacht.

Eine seltsame Ruhe, die ihn sogar seine schmerzenden Wunden vergessen ließ, kam über den Meisterdieb.

Mühsam richtete er sich auf.

»Wie heißt du?«, fragte er leise.

Unsicherheit flackerte kurz in den Augen des Jungen auf, doch sogleich kehrte der frühere, härtere Ausdruck zurück.

»Falfnin«, entgegnete er und hob seinen Dolch.

Falfnin (der Ältere) nickte.

Das schien wirklich mehr als passend.

War nicht sein Leben seit dem Tod seiner Geliebten eine einzige lange Flucht gewesen? Eine Flucht vor seiner Vergangenheit, was letztlich nichts anderes bedeutete als: eine Flucht vor sich selbst.

Er hatte später noch viele Geliebte gehabt, mehr als er zählen konnte (bei Nr. Eintausendvier hatte er endgültig den Überblick verloren). Doch wenn er ehrlich war, musste er sich eingestehen, dass sie ihm allenfalls eine kurze Betäubung des Schmerzes hatten bieten können, den er noch immer über den Verlust seiner ersten und einzigen Liebe empfand.

Es nützte auch nichts, sich einzureden, dass er keine Schuld an ihrem Tod trug. Er hatte keine zwei Meter von ihr entfernt gestanden, als sie starb und nichts unternommen, um ihr zu helfen.

Dieser Gedanke würde ihn bis an sein Lebensende martern.

Beinahe spürte er so etwas wie Erleichterung darüber, dass ihn dieses Ende nun auf eine so treffende Weise ereilen sollte.

»Ich brauche dir wohl nicht zu erklären, wo du zustoßen musst, oder?«, lächelte er schwach.

Falfnin (der Jüngere) sah ihn zweifelnd an und schüttelte den Kopf.

»Hab ich mir gedacht. Also, bring es zu Ende. Ich werde mich nicht wehren.«

Der Junge hob den Dolch und zielte auf die Stelle, an der sich Falfnins Herz befand. Eine gefühlte Ewigkeit schwebte die Spitze wenige Zentimeter über dem Wams des Meisterdiebs.

Plötzlich näherten sich Schritte, dann erschien Rinalf.

»Ah!«, rief er. »Welch sinnige Pointe des Schicksals! Falfnin und Falfnin, zwei Generationen, in trauter Gemeinschaft zusammengeführt! Gute Arbeit, Junge, du hast ihn gefunden. Jetzt erledige ihn, und deine Lehrzeit ist abgeschlossen.«

Die Gesichtszüge des Jungen verhärteten sich. Er biss die Zähne zusammen und holte zum Stoß aus.

»Na los, worauf wartest du?«

Die Hand des Jungen zitterte.

Plötzlich hob er den Blick und sah direkt in Falfnins Augen.

»Ich will das nicht tun«, sagte er und ließ den Dolch fallen.

Klirrend landete die Waffe auf den steinernen Fliesen.

Erstaunt schnappte der Meisterdieb nach Luft.

»Was?«, schrie Rinalf zornig. »Heb sofort den Dolch auf und bring es zu Ende, oder du wirst das bereuen!«

»Nein«, sagte der Junge und hielt die Augen weiter auf Falfnin gerichtet.

Rinalf kam drohend näher.

»Wir holen dich aus der Gosse, geben dir zu essen, ein Dach über dem Kopf, investieren in deine Ausbildung, und das ist dein Dank? Heb sofort den Dolch auf!«

»Nein.«

»Wie du willst. Schwäche wird nicht toleriert. Wir füttern keine nutzlosen Esser durch.«

Rinalf griff unter sein Wams und machte einen Schritt auf den Jungen zu.

Doch bevor er ihn erreichte, blieb er plötzlich wie vom Blitz getroffen stehen und tastete nach seiner Kehle.

Ein Wurfmesser steckte in seinem Hals, zwischen seinen Fingern sprudelte stoßweise das Blut hervor.

Seine andere Hand kam unter dem Wams hervor und ließ einen Dolch fallen, dann ging er mit einem Röcheln in die Knie und stürzte mit dem Gesicht voran zu Boden.

Falfnin (der Ältere) sank in den Beichtstuhl zurück und atmete tief auf, sein rechter Arm lag ausgestreckt auf dem Sitzpolster, Daumen und Zeigefinger waren aneinandergepresst, als hielten sie noch immer die Klinge des Wurfmessers fest.

Wie es aussah, hatte das Schicksal doch andere Pläne mit ihm.

Schweigend betrachtete Brim die Leiche des Zwergenkriegers.

»Ruhe in Unfrieden, du armseliger Narr«, sagte er.

Schon wollte er sich von dem besiegten Gegner abwenden, als etwas Seltsames geschah.

Die rechte, eben noch zur Faust geballte Hand des Toten hatte sich geöffnet und daraus hervor hüpfte nun etwas Kleines, das gelb-rot in der Dunkelheit glänzte.

Ein leises Quaken ertönte.

Brim beugte sich vor und kniff die Augen zusammen.

»Was zum ...«, begann er.

Broms Schnurrbarthaare zuckten. Er gähnte vollmundig, reckte und streckte sich und richtete sich auf.

»So ein Nickerchen zwischendurch ist doch belebend«, bemerkte er zufrieden. Vorsichtig ließ er den tapicanischen Teufelsgiftfrosch wieder zurück auf seine Hand hüpfen. »Na, komm her, du kleiner Knilch. Ich hoffe, du nimmst es mir nicht allzu übel, dass ich ihn hab mitgehen lassen«, wandte er sich an Brim. »Ich hab mir gedacht, bei der Nachfrage könnte man auf dem Giftmarkt von Verderbnis ein ganz gutes Geschäft mit ihm machen.«

Brim starrte ihn sprachlos an.

»Wieso ... wieso ...«, brachte er heiser hervor.

»... sind meine Lungen nicht explodiert, willst du jetzt

wissen?« Brom lachte leise. »Boff! Da muss ich ganz weit ausholen bis zu der Zeit, als eine hinterhältige Ratte mich und meinen Kumpel in einem tapicanischen Tempel dem sicheren Tod ausgeliefert hatte. Ja, was Uldi anging, war die erwähnte Ratte überaus erfolgreich.« Broms Gesichtszüge verhärteten sich. »Und von mir war auch nicht mehr allzu viel übrig, nachdem ich wer weiß wie viele Tage und Nächte in der Dunkelheit gekauert hatte, neben mir die verwesende Leiche meines besten Freundes. Ich hatte selbst keinen anderen Wunsch mehr, als endlich zu sterben, aber die Götter hatten anscheinend anderes mit mir vor. Jedenfalls nehm ich das an, weil sie mir im letzten Augenblick diese Eingeborenen vorbeigeschickt haben. Zu dem Zeitpunkt war ich schon viel zu hinüber, um überhaupt zu kapieren, was los war. Ich dachte, ich halluziniere, als sich plötzlich die Wand hebt und diese nackten Typen mit ihren Speeren und Federhauben vor mir stehen und mich grimmig von oben herab ansehen. Zwei von denen haben mich gepackt und auf die Schultern geladen, und dann ist die ganze Bande mit mir durch den Dschungel gezogen. Auf dem Weg hab ich dann doch angefangen, mir so meine Gedanken zu machen. Was werden die schon mit dir vorhaben, Brom, alter Junge, hab ich mir gesagt. Auffressen doch wohl. Zwergenkrieger am Spieß, eine exotische Spezialität in diesen Breitengraden. Vorher foltern sie dich bestimmt noch ein bisschen, damit die Kinder auch was zum Lachen haben. Eingeborene und ihre barbarischen Sitten, kennt man ja. Aber von wegen. Sie haben mich in ihr Dorf gebracht, mir meine eigene Basthütte gebaut und mich liebevoll aufgepäppelt. Schließlich haben sie mich sogar in ihren Stamm aufgenommen. Keine Ahnung, wieso. Muss wohl was mit hopucanischer Gastfreundschaft zu tun haben. Einen hopucanischen Namen haben sie mir auch gegeben: Quek-Na-Nok. Keine Ahnung, was das heißt, aber ich nehme an, ungefähr so was wie: »Der Kleine Untersetzte Mit Den Kurzen Beinen Und Den Haaren Im Gesicht.«

Bei der Aufnahme in den Stamm hat der Medizinmann, so ein alter verhutzelter Typ mit einer Geistermaske, einen Riesenbohei veranstaltet, hat mächtig stinkende Kräuter verbrannt und mir in einem Holzbecher ein Gebräu zu trinken gegeben, das mich dermaßen abgeschossen hat, dass ich absolut keinen Plan hab, was die nächsten drei Tage und Nächte passiert ist. Ich glaub aber, ich hab wie ein Wahnsinniger getanzt, bin über Lagerfeuer gesprungen und hab mich zeitweise für einen Sumpf-Mochlurk gehalten. Solche Sachen. Jedenfalls, um zur Pointe zu kommen, hat sich herausgestellt, dass eine der Nebenwirkungen dieses Medizinmann-Gebräus darin bestand – abgesehen von dem wirklich übelsten Kater meines Lebens – einen dauerhaft gegen alle möglichen Gifte immun zu machen, die auf Tapica vorkommen. Unter anderem auch gegen das des Teufelsgiftfrosches.«

Unbekümmert streichelte Brom mit dem Zeigefinger über die feuchte, mit einem Giftfilm bedeckte Haut des Frosches in seiner Hand.

»Dolle Geschichte, oder?«

Brim stand regungslos vor ihm und knirschte mit den Zähnen.

Plötzlich griff er nach einer kleinen Handarmbrust, die an seinem Gürtel hing. Doch im selben Augenblick war ihm Brom bereits mit einem präzisen Streitaxtwurf zuvorgekommen.

Mit einem trockenen Zack! bohrte sich das diamantene Axtblatt in das Holz der Tür einige Meter hinter Brim.

Einen Moment lang stand der Giftmischer mit einem erstaunten Gesichtsausdruck wie eine Bildsäule, dann neigte sich sein Kopf langsam zur Seite und fiel mit einem schaurig-dumpfen Poltern auf den Boden.

»Zu langsam«, knurrte der Zwergenkrieger und erhob sich, während die Knie seines Gegners einknickten und der kopflose Körper in sich zusammensackte.

Zum zweiten Mal öffnete sich die Wohnungstür, und die alte Gnomin spähte besorgt in den Flur hinaus.

»Kommen Sie nur«, meinte Brom, steckte den Teufelsgiftfrosch vorsichtig in seine Tasche zurück und nahm der alten Frau hilfsbereit den Mülleimer ab. »Ich helf Ihnen. Und entschuldigen Sie bitte die Sauerei im Hausflur.«

Glas splitterte.

»Vorsicht«, rief Bolgur schockiert. »Sonst könnte noch jemand verletzt werden!«

Warum eines seiner vielen Ichs mit einer Keule auf ihn losgehen wollte, entzog sich seinem Verständnis. Vor wenigen Sekunden war noch alles so wundersam harmonisch und friedfertig gewesen, und jetzt so was.

Es sagte einiges über seine herausragenden Barbarenreflexe, dass er sogar unter heftigstem Drogeneinfluss noch in der Lage war, den nächsten beiden Hieben auszuweichen.

Klirrend zerbarsten zwei weitere Spiegel.

»Gewalt ist keine Lösung! Wir sind doch alle eins!«, gab Bolgur zu bedenken.

Das außer Kontrolle geratene Ich lachte boshaft und holte zu einem neuen Keulenhieb aus, der Bolgur den großen pinkfarbenen Stoffdrachen aus der Hand fegte.

»Du wirklich ein Mädchen bist«, lachte es, und jetzt erkannte Bolgur erst, mit wem er es zu tun hatte.

»Norgul«, murmelte er erschrocken.

»Ja, ich es bin«, grollte der andere. »Du mich vermisst hast? Wo deine roten Schuhe sind?«

»Meine … roten Schuhe?«, entgegnete Bolgur eingeschüchtert. »Die hab ich nicht mehr.«

»Du trotzdem ein Mädchen bist«, grinste Norgul. Er gehörte zu der Sorte von Leuten, die ihre Lebensaufgabe auf dem Gebiet sprachlicher Kreativität mit der Erfindung und anschließenden ewigen Wiederholung eines einzelnen bescheidenen Satzes für bewältigt erachten.

»Warum bist du so gemein?«, schniefte Bolgur. Seine treuherzigen Augen schimmerten feucht. Plötzlich fühlte er sich wieder so hilflos und einsam wie der von allen verspottete Ogerbarbarenschulknabe mit den roten Einhornponyschuhen, der er vor Jahren gewesen war.

»Weil es macht mir Spaß«, lachte Norgul höhnisch. »Und weil es ist mein Job. Ich meinen Job liebe! Die Leute mir zahlen … eins … zwei …« Er zählte mit den Fingern. »… einen Haufen Gold, damit ich haue andere Leute mit meiner Keule. Obwohl ich nicht zu Ende gemacht hab die Schule! Und jetzt die Schwarze Viper mir zahlt … eins … zwei … noch mehr Gold, wenn ich ein für alle Mal dich erledige!«

»Aber …« begann Bolgur, wurde jedoch von einem Fußtritt Norguls unterbrochen, der ihn durch den Spiegel hinter sich zurückschleuderte und in einem Scherbenregen zu Boden gehen ließ.

Keuchend lag er auf dem Rücken und blickte zu dem Angreifer hoch, der breitbeinig über ihm stand.

»Jetzt ich dich mache fertig«, verkündete Norgul. Grinsend hob er die Keule über den Kopf und holte zu einem furchtbaren Schlag aus.

Und in diesem Moment der vollkommenen Ohnmacht ging eine Verwandlung mit Bolgur vor.

Vielleicht lag es daran, dass inzwischen die härteren und böseren Bestandteile des Drogencocktails in seinem Blut die Oberhand gewonnen hatten, vielleicht waren archaische Barbarenogerinstinkte dafür verantwortlich, vielleicht war es aber auch einer jener seltenen Augenblicke plötzlicher Erkenntnis.

Man muss zu seinem wahren Selbst stehen, hörte er eine

ferne Stimme sagen. *Und wenn einen die Gesellschaft nicht so akzeptieren will, wie man wirklich ist, dann muss man eben dafür kämpfen, mit allen Mitteln, egal was es kostet.*

Und genau das beschloss er zu tun.

Er würde kämpfen.

Lange genug hatte die Gesellschaft sein wahres Selbst unterdrückt.

Wütend riss er sich das Gewürzkuchenherz vom Hals und schleuderte es auf seinen Feind.

Es war vielleicht nicht das tödlichste Wurfgeschoss der Welt, aber es erfüllte seinen Zweck.

Norgul blinzelte verdutzt, als das Gebäckstück von seinem Kopf abprallte, und das war genau ein Blinzeln zu viel, denn schon traf ihn ein Keulenschlag, der ihn gegen die Spiegel zurücktaumeln ließ.

»Oh«, grollte er, überrascht von der plötzlichen Gegenwehr. »Das Mädchen beschlossen hat sich zu wehren!«

Er bückte sich, um seine Keule aufzuheben, als plötzlich jemand hinter ihm sagte:

»Norgul Hartschedel, Sie sind verhaftet.«

Handschellen schlossen sich klickend um die Handgelenke des verwunderten Ogers.

»He!«, rief er und wand sich vergeblich. »Was der Quatsch soll?«

»Alles, was Sie sagen, kann und wird gegen Sie verwendet werden. Deshalb sollten Sie vielleicht besser die Klappe halten.«

»Bruce! Arabella!«, rief Bolgur erstaunt. »Was macht ihr denn hier?«

»Trolbog und Gorzkluk, von der FLBIV*.« Bruce und Arabella wiesen ihre Dienstausweise vor. »Wir ermitteln seit Jahren im Fall einer weltumspannenden Verbrecher-

* Ferne-Länder-Behörde für Internationales Verbrechen

organisation, deren Oberhaupt eine gewisse *Schwarze Viper* sein soll. Als wir deine Geschichte gehört haben, dachten wir uns, es wäre eine gute Idee, dir zu folgen. Und das war es dann ja auch. Norgul hier ist zwar nur ein kleiner Fisch, aber er steht unseren Informationen zufolge auf der Lohnempfänger-Liste der Schwarzen Viper.«

»Ihr mich besser sofort losmacht!«, knurrte Norgul. »Sonst die Schwarze Viper euch hetzt ihre Anwälte auf den Hals!«

»Das ist ja ein Ding!«, wunderte sich Bolgur. »Dann tragt ihr diese Klamotten, weil ihr Anderkawer* seid?«

Bruce und Arabella wechselten einen Blick.

»Äh«, sagte Arabella. »Ja, genau … Andakawa.«

»Kommt«, meinte Bruce. »Lasst uns diesen Typen hier einbuchten. Und dann sehen wir, wie es Bolgurs Freunden ergangen ist.«

Absolute Finsternis hüllte Selphyne ein.

Hastig versuchte sie, einen Lichtzauber zu wirken, brachte jedoch kaum mehr als ein schwaches Glühen zustande, das kurz darauf vollkommen von der Dunkelheit verschluckt wurde – nun begann sie sich zu wünschen, ihre Lehrzeit bei dem führenden Lichtmagieexperten der Fernen Länder doch besser genutzt zu haben.

»Dieser alte Narr Tolfnir mit seinem Lichtfimmel war kein würdiger Gegner für mich«, kam die Stimme der Schwarzen Viper aus der Dunkelheit. »Er hat sich nicht mal richtig gewehrt. Ich hoffe, du strengst dich ein wenig mehr an.«

* Was Bolgur hier zu sagen versucht, ist nicht eindeutig festzustellen. Entweder bezieht er sich auf das dem Leser wahrscheinlich geläufige Wort *Undercover*, andererseits könnte er jedoch auch das koboldianische *Andakawa* meinen, was soviel bedeutet wie: »Sich möglichst auffallend und schrill anziehen, um seine einzigartige Persönlichkeit zum Ausdruck zu bringen und seine hart arbeitenden, wohlanständigen Mitbürger zu provozieren.«

»Worauf du Gift nehmen kannst«, knurrte Selphyne, damit beschäftigt, sich eine Strategie zu überlegen, mit der sie gegen diese Finsternis bestehen konnte.

»Gut«, erwiderte die Schwarze Viper. »Sehr gut. Ich weiß einen guten Kampf zu schätzen.«

Selphyne spürte, dass etwas aus dem Dunkel heranschoss, und war geistesgegenwärtig genug, sich mit einem magischen Kraftfeld zu umgeben, das den heimtückischen Angriff abfing und neutralisierte.

»Gut reagiert«, kommentierte die Schwarze Viper. »Jetzt versuch das hier zu kontern.«

Ein mächtiger Hieb traf Selphyne, als hätte sich die Dunkelheit selbst zur Faust geballt und zugeschlagen.

Das Kraftfeld zerbarst mit einem gläsernen Klirren, und sie wurde mit einer Wucht gegen die nächste Wand geschleudert, die ihr die Luft aus den Lungen presste.

Ächzend sank sie zu Boden.

»Autsch«, lachte die Schwarze Viper. »Das muss wehgetan haben. Wie bedauerlich, dass du deine Zeit mit Lichtmagie verschwenden musstest, wo doch Schattenmagie die einzig wahre Schule der Zauberkunst ist. In den Händen eines fähigen Schattenmagiers wird die Dunkelheit selbst zur tödlichsten aller Waffen.«

Selphyne versuchte sich aufzurichten, wurde jedoch sofort von einem weiteren Schlag getroffen, der sie in die Knie zwang.

»Gib lieber gleich auf, Schätzchen«, höhnte ihre Gegnerin. »Du hast sowieso keine Chance. Ich verspreche auch, es kurz und schmerzlos zu machen. Das heißt, so schmerzlos wie möglich.«

»Nenn mich nicht Schätzchen«, stieß Selphyne wütend hervor und kam wieder auf die Beine.

Warum kann sie mich sehen?, dachte sie.

Die Schwarze Viper musste irgendeinen Zauber verwenden, der es ihr ermöglichte, sich in der Dunkelheit zu orientieren und zumindest die Bewegungen des Gegners wahrzunehmen.

Natürlich!, fiel es Selphyne ein. Warum hatte sie nicht gleich daran gedacht?

In Gedanken durchblätterte sie ihr Grimoire und leitete sämtliche Energie in ihre Handflächen. Dann wirkte sie Nolfingels Weißglühende Sphäre, einen Zauber, der sich zum Beispiel dafür eignete, beschädigte Rüstungen zu schweißen, wenn gerade kein Schmied verfügbar war, sich aber auch – von mehreren Zauberkundigen gleichzeitig gewirkt – in Windeseile durch massiv-stählerne Festungstore fressen konnte.

Das Licht der Sphäre wurde sofort von der schattenmagischen Dunkelheit aufgesaugt, aber darum war es Selphyne auch nicht gegangen.

Ein Stöhnen verriet ihr, dass sie mit ihrer Vermutung recht gehabt hatte.

»Autsch gleichfalls«, bemerkte sie befriedigt. »Das muss jetzt aber auch wehgetan haben, oder?«

»Elendes Miststück!«, fluchte die Schwarze Viper, die nun offenbar beschlossen hatte, ihre Gutmütiges-Elfenmuttchen-Maske vollends abzulegen.

Wie von Selphyne angenommen, hatte sie sich mit Hilfe von Ashfoldecs Thermographischem Blick im Dunkeln orientiert. Der Erfinder dieses Zauberspruch, Ashfoldec, war ein Vampir gewesen, der nach einer Methode gesucht hatte, die ihm seine nächtliche Jagd auf warmes, schmackhaftes Blut erleichtern würde. Vampire können zwar von Natur aus ganz gut im Dunkeln sehen, aber gewisse Alterserscheinungen wie Kurzsichtigkeit machen auch vor betagten Untoten nicht halt. Also hatte Ashfoldec einen Spruch entwickelt, der es ihm ermöglichte, Wärmestrahlung in seiner Umgebung wahrzunehmen. Der Gefrierpunkt bei 0° erschien als eisiges Blau, die durchschnittlichen 36° humanoider Warmblüter als appetitanregendes warmes Rot, der Siedepunkt von 100° als leuchtendes Orange.

Und die 1200° von Nolfingels Weißglühender Sphäre entsprachen einer gleißenden Explosion blendender Helligkeit.

Selphyne brachte die Sphäre zum Erlöschen und wechselte ihrerseits auf magische Wärmevision, was sie ihre Gegnerin als roten Schemen wahrnehmen ließ, umgeben von grau-schwarzem Rauschen – aus komplizierten zaubertechnischen Gründen, auf die an dieser Stelle nicht näher eingegangen werden kann, lieferte Ashfoldecs Thermographischer Blick ein recht grobkörniges Bild.

Die Schwarze Viper presste sich die Hände gegen die Augen, deren Sehnerven durch die plötzliche Hitzeexplosion schmerzlich überfordert waren.

»Geben Sie lieber auf, solange Sie noch können und genießen Ihre Rente«, spottete Selphyne. »Ich will Sie ungern verletzen, *Mütterchen.*«

Im nächsten Augenblick wurde ihr klar, dass sie besser daran getan hätte, den Mund zu halten – indem sie sprach, verriet sie ihrer Gegnerin, die zwar gerade nicht über Augen, sehr wohl aber über Ohren verfügte, ihre Position.

Etwas zischte heran, und Selphyne parierte mit knapper Not die Klinge aus komprimierter Dunkelheit, die treffsicher auf ihren Hals gerichtet gewesen war.

Der Angriff war stark genug, um ihren hastig gewirkten Energieschirm zu zerschmettern und betäubte ihren Arm bis zum Schultergelenk hinauf.

»Wie großmütig von dir, *Schätzchen*«, antwortete die Viper. »Aber ich habe bereits Zauberduelle ausgefochten, als du noch in den Windeln lagst.«

Selphyne schüttelte ihren Arm, bis das Gefühl zurückkehrte, und bereitete den nächsten Zauber vor.

»Was Erfahrung angeht, sind Sie mir zweifellos um einiges voraus«, gestand sie ein. »Andererseits gilt dasselbe für Arthritis und Rheuma. Und der Windelphase nähern Sie sich auch wieder mit großen Schritten, wenn ich nicht irre.«

Vielleicht konnte sie ihre Gegnerin provozieren und dadurch zu unüberlegten Aktionen verleiten. Ein entrüstetes Schnauben und der nächste Angriff zeigten, dass diese Strategie aufgegangen war.

Es war exakt dasselbe Manöver wie zuvor, doch dieses Mal hatte Selphyne die passende Gegenmaßnahme getroffen.

Anstelle eines gewöhnlichen Schilds hatte sie jetzt Brofos Kinetischen Umkehrer beschworen, der die Klinge aus verdichteter Finsternis reflektierte und nach dem Prinzip Einfallswinkel = Ausfallswinkel auf die Angreiferin zurückwarf, die es gerade noch schaffte, den Kopf einzuziehen und so mit einer blutigen Schramme auf der Stirn davonkam.

»Zweimal hintereinander die gleiche Attacke«, kommentierte Selphyne. »In Ihrer ruhmreichen Jugend wäre Ihnen das nicht passiert. Aber mit dem Alter wird man geistig eben unbeweglicher und neigt zu mehr Konservatismus.«

»Ich habe dieses Spielchen jetzt satt«, fauchte die Schwarze Viper. »Du denkst, du weißt, was Dunkelheit ist? Du hast ja keine Ahnung.«

Selphynes Siebter Sinn löste die höchste Alarmstufe aus, als sie spürte, dass ihre Gegnerin einen mächtigen Zauber vorbereitete.

Was sie bis eben für unmöglich gehalten hätte, geschah nun: Es wurde noch dunkler.

Dies aber war keine gewöhnliche Finsternis, wie man sie aus sternlosen Nächten an verlassenen Orten kennt, sie glich nicht einmal derjenigen, die in den tiefsten Tiefen der Welt herrscht, wohin selbst die Zwerge ihre Stollen nicht vorzutreiben wagen, aus Furcht vor dem, was sie dort unten aufwecken könnten.

Finsternis von der Sorte, wie sie Selphyne jetzt umgab, erhielt man, indem man gewöhnliche Dunkelheit in einem Destillierkolben so lange aussiedete, bis auch die letzten Bestände von Restlicht daraus getilgt waren.

Eine solche Finsternis musste in der uranfänglichen Nacht geherrscht haben, bevor noch die Welt erschaffen worden war, kalt, undurchdringlich und so dicht, dass man große Blöcke aus ihr hätte herausschneiden können, um aus ihnen dann die Schreckliche Festung des Ewigen Widersachers zu erbauen.

Das Atmen fiel Selphyne schwer, es war, als befände sie sich auf dem Grund eines unermesslich tiefen Ozeans aus Einsamkeit und Nacht. Wie eiskaltes Wasser drang die Dunkelheit durch ihren Mund und ihre Nase ein und füllte ihre Lunge an, bis sie das Gefühl hatte, ersticken zu müssen.

»Wohin willst du nun noch fliehen?«, flüsterte die Stimme der Schwarzen Viper, die jetzt ebenso allgegenwärtig schien wie die Finsternis. »Es gibt keinen Ort, an dem du sicher bist. Es gibt nur die endlose Nacht und das Nichts, und die einzige Hoffnung auf Erlösung ist ein schneller Tod.«

Selphyne keuchte, ihre Gedanken rasten.

Nicht in Panik verfallen, sagte sie sich, während sie fieberhaft überlegte, welchen Zauber sie gegen diese schreckliche Dunkelheit ins Feld führen konnte.

Ihr fiel keiner ein.

Sie spürte ihren Körper taub werden und willenlos in die Nacht hinabsinken, bereits dem Tod ergeben, der einzigen Erlösung, die sie erwarten durfte.

Doch plötzlich sah sie das lächelnde Gesicht des Meisters vor sich.

Das stolze Licht, das nun der Mutter Nacht / den alten Rang, den Raum ihr streitig macht.

Und ehe ihr bewusst wurde, was sie eigentlich tat, hatten ihre Hände begonnen, einen neuen Zauber zu wirken.

Ein warmes Glühen erschien in der Finsternis.

So klein und unbedeutend es auch scheinen mochte, es war dennoch Licht, und das war schon einmal etwas.

Ich nenne es Magister Tolfnirs Anheimelnder Sternenglanz, hörte Selphyne die ferne Stimme ihres Lehrmeisters. *Vielleicht das Beste, was ich je gemacht habe.*

»Wie niedlich«, spottete die Schwarze Viper. »Was soll das denn werden, wenn es groß wird?«

Selphyne wusste es selbst nicht. Vorläufig genügte es ihr, etwas zu haben, was sie der Dunkelheit entgegensetzen konnte.

Sie ließ ihre Energie weiter in den Zauberspruch strömen, und es gelang ihr, eine etwa apfelgroße Kugel aus Licht zu erschaffen, die zwischen ihren Handflächen schwebte wie eine einsame Sonne in einer Galaxie, die von einer kosmischen Katastrophe verödet worden war.

Sie konnte spüren, wie die Dunkelheit den leuchtenden Ball von allen Seiten belagerte, um ihn zu zerdrücken und auszulöschen. Dennoch brachte sie es fertig, das Licht weiter zu verstärken und die Kugel zu vergrößern.

Es ist noch nicht ganz fertig. Du könntest mir dabei helfen, diesem bescheidenen Lichtzauber ein wenig mehr Wumms zu verleihen, wie du es ausdrücken würdest. Ich hätte da ein paar interessante Experimente im Kopf …

Nun, was *mehr Wumms* anging, da konnte sich Selphyne bei aller Bescheidenheit zu den führenden Experten weltweit rechnen.

»Versuchst du gerade wirklich das, wonach es aussieht?«

Die Stimme der Schwarzen Viper klang nicht mehr ganz so selbstsicher, sondern zitterte merklich vor Anstrengung.

»Wonach sieht es denn deiner Meinung nach aus?«, erwiderte Selphyne mit zusammengebissenen Zähnen.

»Nach *Improvisation*«, kam die Antwort aus der Dunkelheit.

Mit dieser Vermutung lag die Viper in der Tat richtig.

Um ein vages Verständnis für den Unterschied zwischen *Regulärer* und *Improvisierter* Magie zu bekommen, stelle man sich zum Beispiel ein Atomkraftwerk vor.

Ein Atomkraftwerk, das nach den neuesten Erkenntnissen und mit Hilfe der aktuellsten Technologie den höchsten Sicherheitsstandards entsprechend gebaut worden ist und von hochqualifiziertem, psychisch weitestgehend stabilem Personal unter möglichst kontrollierten Bedingungen betrieben wird.

Dieses Atomkraftwerk repräsentiert die *Reguläre Magie.*

Improvisierte Magie dagegen …

Improvisierte Magie ähnelt einer Atombombe.

Nicht einem dieser Megatonnen-Meisterwerke der Ingenieurskunst, mit Interkontinentalantrieb, Laserzielsystem und nuklearem Mehrfachsprengkopf, bei denen sich die gute alte Erde geradezu geehrt fühlen darf, wenn sie von ihnen eines Tages in ihre kleinsten Bestandteile zerbröselt werden wird.

Nein, *Improvisierte Magie* ähnelt vielmehr einer *Schmutzigen Bombe,* die in irgendeinem (diplomatisch ausgedrückt) Hinterwäldlerland in einer Höhle unter Verwendung eines rostigen Ölfasses und eines bisschen Klebebands von ein paar halbgebildeten, ungepflegten Typen zusammengeschustert wird, die auf finsteren Wegen in den Besitz von waffenfähigem Plutonium gelangt sind und zwar keinen blassen Schimmer von Atomphysik, dafür jedoch eine Stinkwut im Bauch haben.

Mit anderen Worten: Die Chancen, sich mit *Improvisierter Magie* selbst in die Luft zu jagen, stehen etwa fifty-fifty.

Jetzt gab es kein Zurück mehr.

Die Lichtkugel war inzwischen so groß, dass sie Selphyne vollständig umfing, wie eine Taucherglocke aus Helligkeit in einem Ozean der Finsternis.

Einige Minuten lang fochten die beiden Kontrahentinnen einen erbitterten magischen Ringkampf aus, eingehüllt in eine bedrückende Stille, die nur von ihrem schweren Atem und einem gelegentlich hervorgestoßenen Fluch unterbrochen wurde.

Nachdem es lange so ausgesehen hatte, als würden sich Licht und Dunkel gegenseitig die Waage halten, beschloss Selphyne schließlich, alles auf eine Karte zu setzen.

Sie sammelte den Rest ihrer verbliebenen Energie, und dann öffnete sie sämtliche Schleusen.

Das Ergebnis übertraf ihre kühnsten Erwartungen.

Wie eine Supernova dehnte sich die Lichtkugel aus und erfüllte den ganzen Raum mit gleißendem Licht.

Das Letzte, was Selphyne sah, bevor sie selbst das Bewusstsein verlor, war die Schwarze Viper, die rückwärts gegen eine Statue des Sonnengottes Scheyn geschleudert wurde.

Dann kehrte die Dunkelheit zurück, aber es war eine mildere, beinahe friedliche Sorte von Dunkelheit.

Das Erste, was Selphyne wahrnahm, als sie wieder zu sich kam, war seltsamerweise der Geschmack von Knoblauch in ihrem Mund.

Das Zweite waren die Gesichter ihrer Freunde.

Falfnin blickte besorgt auf sie hinab und machte seinerseits einen ziemlich mitleiderweckenden Eindruck. Sein Gesicht und seine Kleidung waren blutverschmiert, und er sah aus, als hätte er einen schweren Kampf hinter sich. Neben ihm stand ein Wichteljunge, der fast wie eine frühere Version seiner selbst wirkte. Aber für eine Gnomin, dachte Selphyne benommen, ähnelten sich vermutlich alle Wichtel irgendwie.

Als Nächstes entdeckte sie Bolgur, der einen pinken Stoffdrachen unter dem Arm und ein Gewürzkuchenherz mit der Aufschrift *»Meinem allerliebsten Schnuckiputzi«* um den Hals trug. Außerdem war er in Begleitung eines Trolls in schwarzen Lederklamotten und eines Orks, der Stöckelschuhe und eine lilafarbene Federboa trug.

Das war der Punkt, an dem Selphyne die Möglichkeit in Betracht zog, dass sie gar nicht aufgewacht war, sondern in der bunten Traumwelt eines erstklassigen Drogentrips weilte.

Sie sah sich weiter um und stellte fest, dass Brom fehlte.

Ihm war doch nichts zugestoßen?

Bei diesem Gedanken durchzuckte sie ein plötzlicher Schreck.

Sie erinnerte sich nur noch an Einsamkeit und Hoffnungslosigkeit und an eine furchtbare Dunkelheit, die gedroht hatte alles zu verschlingen.

Wo ist Brom, wollte sie fragen, bekam jedoch nur ein unartikuliertes Brummen zustande.

Etwas schien ihren Mund zu verschließen – war sie geknebelt worden?

»Ich glaub, du kannst jetzt aufhören, sie zu beatmen, Brom«, meinte Falfnin. »Sie ist wieder bei Bewusstsein.«

Jetzt erst bemerkte Selphyne dieses ganz nahe Etwas direkt vor ihrem Gesicht.

Raue Barthaare kitzelten sie in der Nase, sie schmeckte Knoblauch und zog den einzig möglichen Schluss.

Nachdem sie sich vor Broms Reanimationsbestrebungen in Sicherheit gebracht und einen Hustenanfall überwunden hatte, rief sie:

»Die Schwarze Viper, wo ist sie jetzt? Ich hatte sie gefunden! Sie war die Dienstbotin aus der *Purpurschnecke!*«

»Meinst du die hier?« Brom zeigte auf das Standbild des Sonnengottes. »Ich würd sagen, um die brauchst du dir keine Sorgen mehr zu machen.«

Reglos, mit schlaff herabhängenden Armen und gesenktem Kopf schien die Schwarze Viper vor der Statue zu stehen. Erst auf den zweiten Blick wurde Selphyne klar, dass ihre Kontrahentin weniger stand als vielmehr *hing:* Ihre Füße schwebten etwa zehn Zentimeter über dem Boden.

Die Lichtexplosion hatte sie durch den Raum geschleudert und auf der Strahlenlanze des Gottes aufgespießt – ein brutales, aber passendes Ende für die finstere Schattenmagierin.

Arabella schoss mit einem magischen Bildapparat eine Aufnahme für die Verbrecherkartei.

»Damit können wir diesen Fall wohl abschließen«, stellte sie fest.

Selphyne wandte sich schaudernd von der besiegten Mörderin ihres Lehrmeisters ab.

»Wie habt ihr mich gefunden?«, fragte sie.

»Das war eigentlich kein Problem. Wir sind nur in Richtung der größten Lichtshow aller Zeiten gegangen«, erklärte Falfnin. »Und da waren wir übrigens nicht die Einzigen, wie du siehst.« Er zeigte auf die maskierten Schaulustigen, die von dem Spektakel in Scharen in den Musentempel gelockt worden waren – in der Aufregung hatte Selphyne ihr Publikum bisher noch gar nicht bemerkt.

»Und Nenia?«

»Wir konnten sie noch nicht finden«, sagte Falfnin und schüttelte den Kopf. »Aber das habe ich auf dem Weg hierher aufgelesen.«

»Ihre Drullpuppe. Das heißt, sie muss hier irgendwo sein«, entgegnete Selphyne, wobei sie entschlossen ihre Robe straffte. »Teilen wir uns auf, um sie zu suchen.«

»Lass Gorgontua los!«

Bewegung geriet in die Menge der Schaulustigen, empörtes Schnaufen ertönte, Leute griffen sich mit schmerzverzerrten Gesichtern an die Schienbeine.

Aus der entstandenen Gasse stob die kleine Nachtelfe hervor und schnappte der staunenden Magierin die Stoffpuppe aus der Hand.

»Nenia!«, rief Selphyne. »Wo bist du gewesen? Geht es dir gut?«

Die Tochter des Totenbeschwörers wehrte Selphynes fürsorglich ausgestreckten Arm ab und schmiegte sich an Gorgontua.

»Ich will jetzt weg von hier«, erwiderte sie trotzig, ohne dass noch weitere Erklärungen aus ihr herauszubekommen gewesen wären.

Und nun, da alle wieder zusammengefunden hatten, sprach auch nichts mehr dagegen, der Stadt Verderbnis den Rücken zu kehren.

Die Konfrontation mit ihrer Vergangenheit hatte die Helden zwar gehörig durchgebeutelt, jedem Einzelnen aber ebenso Gelegenheit gegeben, mit einem dunklen Kapitel der eigenen Biographie abzuschließen.

Falfnin (der Ältere) sorgte dafür, dass Falfnin (der Jüngere) einen Platz in einem der besseren Waisenhäuser von Verderbnis bekam und richtete mit einem großzügigen Teil seiner Abenteurer-Ersparnisse ein Bankkonto für ihn ein, so dass die nächste und fernere Zukunft des Jungen finanziell gesichert war.

Was mit den übrigen Kindern des Waisenhauses Hoffnungsschimmer geschah, wusste niemand, aber bald darauf konnte in Verderbnis und Umgebung ein bemerkenswerter Anstieg bezahlter Auftragsmorde beobachtet werden.

Die Täter gingen höchst professionell zu Werke und arbeiteten dabei so günstig – oft verlangten sie kaum mehr als das sprichwörtliche Butterbrot für einen Mord – , dass die großen Meuchelmord-Agenturen von Verderbnis Klage wegen unlauteren Wettbewerbs und Preisdumpings beim Stadtrat einreichten.

Bald pendelte sich das Preisniveau jedoch wieder ein, so dass alle Beteiligten zufrieden sein konnten, die Auftragsmordopfer mal ausgenommen. Aber auch dieser Job muss schließlich von irgendjemandem übernommen werden.

Nachdem er den Tod seines besten Freundes gerächt hatte, fiel es Brom leichter, sich an Uldi so zu erinnern, wie er in seinen besten Zeiten gewesen war: ein lebensfroher, dem Finsterklammer Zwitscherer zugeneigter, stets zu Späßen aufgelegter Zwerg, den wenig aus der Ruhe bringen konnte.

Auch Selphyne fühlte sich nach dem Tod von Tolfnirs Mörderin, als wäre ein Schatten von ihrem Dasein gehoben worden, der bis dahin finster darauf gelegen hatte. In ihren späteren Jahren vertiefte sie sich immer mehr in die Geheimnisse der Lichtmagie, setzte das Werk ihres Lehrmeisters fort und wurde schließlich eine der führenden Expertinnen auf diesem Gebiet.

Doch bis es so weit kam, ließ sie es einstweilen noch ordentlich krachen.

Und wann immer Bolgur später in Verderbnis weilte, versäumte er es nie, dem *Flauschigen Flamingo* einen Besuch abzustatten, um mit Bruce, Arabella und all den anderen guten Freunden die ganze Nacht durchzutanzen und einfach einen Riesenspaß zu haben.

Tapica

Tapica ist die größte der im Südlichen Meer gelegenen Paradiesinseln und wurde vor nicht einmal einem halben Jahrhundert von dem ruhmreichen Seefahrer und Draufgänger Malcor Tapicanos entdeckt.

Unzählige Maler haben den erhebenden geschichtlichen Moment festgehalten, in dem Tapicanos nach entbehrungsreichen Monaten auf See seinen Fuß auf den noch jungfräulichen Strand der Insel setzt, begleitet von einigen treuen Gefährten.

Das Gemälde »Tapicanos Triumph« zeigt ihn breitschultrig, die Rechte zum Himmel erhoben, die Beine von den Wellen des Ozeans umspült, im Hintergrund die drei Schiffe seiner Entdeckerflotte. Sein Mund ist zum Sprechen geöffnet – und so lebendig ist die Darstellung, dass man die tiefbewegenden Worte förmlich zu hören meint, die er im Gefühl des bedeutenden Sieges findet, den er hier errungen hat:

»Verdammte Scheiße noch mal, endlich Land! Dieser ewige Schiffszwieback hängt mir so was von zum Hals raus! Wenn ich bloß an Zwieback denke, kommt mir schon das Kotzen! Hat einer von euch ne Ahnung, wo wir hier eigentlich sind?«

Und wenige Jahrzehnte nach diesem denkwürdigen Augenblick war Tapica restlos für den internationalen Tourismus erschlossen.

»Willkommen in Tapica, Senor«, sagte der Zollbeamte, ein Elf mit der typischen Physiognomie der hiesigen Ureinwohner. »Haben Sie etwas zu verzollen?«

Brom blickte kurz zur Seite. »Nein«, sagte er.

Er trug ein buntes Tropenhemd, das er während der dreitägigen Reise auf dem Luftschiff gekauft hatte.

Der Zollbeamte beugte sich über den Tresen vor.

»Würden Sie bitte Ihren Koffer öffnen?«

»Was, den hier?« Brom hob seinen Koffer hoch, aus dem ein verdächtiges Klirren kam. »Da ist nur schmutzige Wäsche drin.«

»Öffnen Sie ihn bitte trotzdem.«

»Das ist mir ein bisschen peinlich. Die Sachen sind da schon seit Ewigkeiten drin, und naja, der Geruch, bei der Hitze, Sie wissen ja, wie das ist ...«

»Senor, hinter Ihnen warten noch etliche andere Reisende. Also öffnen Sie jetzt bitte Ihren Koffer.«

»Na schön, aber ich habe Sie gewarnt.«

Brom ließ die Verschlüsse aufschnappen und hob den Deckel des Koffers.

Der Beamte griff mit unbewegter Miene hinein und holte eine Flasche mit dem Etikett *Original Finsterklammer Zwitscherer* daraus hervor.

»Ach so, das ist nur meine Medizin«, erklärte Brom. »Me-di-zin. Für meine Leber. Zum Einreiben.« Er rieb sich den Bauch mit einer Hand und fragte Selphyne: »Was heißt Leber auf Tapicanisch? Le-ber. Medizin. Zum Einreiben. Ein-rei-ben.«

»Ich verstehe Ihre Sprache sehr gut, Senor«, entgegnete der Zollbeamte. »Und Ihre Leber befindet sich auf der anderen Seite.«

Er zählte die übrigen Flaschen in dem Koffer zusammen (»Zwei, Vier, Sechs, Acht, Zehn, Zwölf, Vierzehn, Fünfzehn«) und sah in einer Tabelle auf dem Tresen nach.

»Das macht 88 535 Pezos. Oder fünfundzwanzig Silberschillinge in Ihrer Währung.«

»Ich geb Ihnen zwölf«, schlug Brom vor.

»Senor, die Zollgebühren sind keine Verhandlungssache.«

»Dreizehn«, sagte Brom. »Mein letztes Angebot.«

Nachdem die Formalitäten erledigt waren und Brom zähneknirschend die Zollgebühren bezahlt hatte, verließen sie den Lufthafen und traten in die Sonne von Tapica hinaus.

Auf dem Platz vor dem Flughafen herrschte ein unüberschaubares Gewimmel: Touristen schlenderten in schreiend bunten Urlaubshemden, magische Bildapparate vor dem Bauch, von Souvenirladen zu Souvenirladen, Kutschen fuhren im Schritttempo vorbei, grimmig dreinblickende Militärpatrouillen marschierten auf und ab, Ausschau haltend nach Putschisten und anderen aufrührerischen Elementen. (Die politischen Verhältnisse in Tapica gehörten nicht unbedingt zu den stabilsten).

In der Mitte des Platzes erhob sich auf einem Podest die riesige Statue eines Mannes, der ein Fernrohr in der einen und ein Schwert in der anderen Hand hielt. Auf der metallenen Plakette auf dem Podest stand:

Tapicanos, Entdecker, Befreier und erster Präsident von Tapica.

»Mal sehen«, sagte Selphyne. »Unser Hotel liegt in der *Straße des Fortschritts*. Das soll ungefähr dreihundert Meter vom Lufthafen entfernt sein …«

»Ich bin müde und ich hab Durst!«, quengelte Nenia.

»Hier, trink was aus meiner Wasserflasche. Und wir sind ja gleich da.«

»Wasser ist eklig! Ich will Blutbeerensaft!«

»Wenn wir das Hotel gefunden haben, gehen wir was zum Trinken einkaufen.«

»Ich will aber sofort was trinken! Sonst spieß ich dich mit glühenden Spießen auf!«

»Und ich will unbedingt gleich an den Strand!«, sagte Brom.

»Wir sind nicht hier, um Urlaub zu machen«, mahnte Falfnin, »sondern um Nenias Verwandten zu suchen.«

»Och, der läuft uns schon nicht weg. Und wenn man schon mal den weiten Weg herfliegt ...«

»Ich will auch an den Strand!«, schlug sich Bolgur auf Broms Seite.

»Und ich will was zu trinken«, beharrte Nenia. »Und an den Strand.«

Natürlich gewann die Strandfraktion.

Ein von Palmen gesäumter, blendend weißer Sandstrand, sacht umspült von den Wellen eines türkisfarbenen Ozeans: Es sah wirklich aus wie das typische Postkartenmotiv.

Mit einem Unterschied.

Auf den Postkarten war nichts von den Tausenden von Leuten zu sehen, die jeden Quadratzentimeter des Strands besetzt hatten.

»Meine Güte«, sagte Selphyne. »Was für ein Gewimmel.«

»Wer als Letzter im Wasser ist, stinkt ab!«, rief Brom, ließ seine Tasche fallen, zog sich seine Hose aus und rannte los.

Ein schriller Pfiff ließ ihn anhalten. Ein braungebrannter Elfenrettungsschwimmer kam auf ihn zu.

»Senor, das ist kein Nacktbadestrand. Ziehen Sie sich bitte eine Badehose an.«

Brom sah an sich herab.

»Oh, hoppla«, grinste er. »Ganz vergessen. Aber keine Sorge«, beruhigte er die Umstehenden. »Hier gibt's nichts zu sehen, was nicht ganz im Einklang mit der Natur steht. Ich begreife auch, dass der ein oder andere neidvoll erblassen mag, aber ...«

»Senor, entweder ziehen Sie jetzt eine Hose an, oder ich muss Sie bitten, den Strand zu verlassen«, sagte der Badewärter.

»Ja, ja«, murrte Brom. »Bin schon dabei. Keine Panik. Ist ja nicht so, dass wir sonst keine Probleme hätten. Die Umwelt zum Beispiel, oder die soziale Frage. Und womit verplempern wir unsere Zeit? Mit Hosen. Das ist doch absurd, dahinter steckt doch erkennbar die Absicht, von den wirklich wichtigen Dingen abzulenken!«

Selphyne rückte ein paar Meter von ihm ab, um nicht irrtümlich den Anschein zu erwecken, dass sie irgendwie in die ganze hochpolitische Hosenverschwörungsthematik verwickelt wäre.

Schnaufend arbeitete sich der dickliche Trolljunge aus dem Sand heraus.

»Das hat überhaupt keinen Spaß gemacht!«, nieste er und schüttelte sich Sandkörner aus den Ohren.

»Natürlich nicht, du Blödian«, sagte Nenia. »Lebendig begraben werden soll auch keinen Spaß machen!«

Sie saß im Schatten eines schwarzen Sonnenschirms und beschränkte sich darauf, Anweisungen zu geben und ab und zu aus Vergnügen über ihre eigene Boshaftigkeit zu kichern.

»Dann bist jetzt du dran«, sagte der Junge. »Leg dich hin, ich buddel dich ein.«

»Nein«, bestimmte Nenia. »Jetzt spielen wir was anderes.«

»Und was?«

»Peinliche Befragung. Einer ist der Folterer und der andere das Opfer.«

»Dann will ich nicht das Opfer sein.«

»Musst du aber, du Doofbirne. Ich kenn mich besser mit Foltern aus, und du besser mit Opfer-sein.«

»Aber das tut doch nicht weh, oder?«

»Natürlich tut es weh. Sonst wär es ja kein richtiges Foltern. Und jetzt such Muscheln für mich, damit ich dich damit kneifen kann.«

Seufzend stand der dickliche Trolljunge auf.

»Ja, gut«, sagte er resigniert und schlurfte mit hängendem Kopf los, Muscheln zu suchen, um damit gekniffen zu werden.

»Übertreib es nicht, Nenia«, ermahnte Selphyne, aus ihrem Buch aufblickend. »Denk daran, dass andere auch Gefühle haben.«

»Misch dich nicht ein!«, versetzte Nenia herrisch. »Mit meinen Sklaven mach ich, was ich will!«

Selphyne schüttelte den Kopf.

So viel war gewiss: Männer würden im Leben der kleinen Nachtelfe nicht besonders viel zu lachen haben. Aber manchmal bestand das Geheimnis einer glücklichen Partnerschaft ja in der sorgfältigen Austarierung von Sadismus auf der einen und Masochismus auf der anderen Seite.

Die Magierin wandte sich wieder ihrem Buch zu. Es waren die *Herzensergießungen einer schönen Seele,* ein Briefroman der Wichteldichterin Heloise von Tintenschmacht.

Ein bisschen schwülstig, aber nichtsdestotrotz ein Klassiker der Literaturgeschichte.

»Ah, Sie lesen die *Herzensergießungen.*«

Selphyne sah an ihrem Buch vorbei und erblickte einen gewinnend lächelnden Gnom mit schulterlangen blonden Haaren und einem athletischen Körperbau.

»Ja«, sagte Selphyne. »Sie kennen den Roman?«

»Ich nehme ihn immer mal wieder zur Hand, wenn ich das Bedürfnis verspüre, unserem Jahrhundert zu entfliehen. So tief empfinden heutzutage nur noch die wenigsten.«

»Ja, heutzutage ist vieles doch eher oberflächlich.«

»Da sprechen Sie ein wahres Wort aus. Ich heiße übrigens Rodrigo.«

»Selphyne.«

»Ist der Platz neben Ihnen frei?«

»Sicher.«

Selphyne zog Broms Streitaxt und Bolgurs Keule näher zu sich heran, und Rodrigo breitete sein Handtuch auf dem Sand aus.

»Und, sind Sie schon länger hier auf Tapica?«

»Nein, erst seit ...«

»Selphyne!«, rief Brom vom Wasser her. »Kuck doch mal!«

Selphyne lächelte verkrampft.

»Wir ... *ich* bin erst gestern angekommen«, sagte sie ohne den Kopf zu wenden.

»Huhu! Selphyne! Jetzt kuck doch mal!«

»Ich glaube, Sie werden gerufen.«

»Nein, da ist jemand anders gemeint.«

»Selphyne!«

»Heißen Sie nicht Selphyne?«

»Nein«, das haben Sie falsch verstanden. Ich heiße ... Ensylphe. Klingt so ähnlich. Ich werd deswegen oft verwechselt.«

Brom und Bolgur kamen wassertriefend angelaufen.

»Kuck mal, was Bolgur beim Schnorcheln gefangen hat!«, sagte Brom aufgeregt.

Selphyne seufzte.

»Könnt ihr mir nicht mal fünf Minuten lang meine Ruhe lassen?«

»Hier, ist das nicht ein komisches Ding?«, fragte Brom und zeigte auf die tintenfischähnliche Kreatur, die Bolgur in den Händen hielt. »Bestimmt haben wir eine unbekannte Art entdeckt!«

»Wir sind echte Naturforscher!«, sagte Bolgur stolz.

Plötzlich öffnete sich ein einzelnes Auge an dem Meereswesen.

Eine große Pupille schweifte suchend umher, die Kreatur blähte sich auf und stieß durchdringende Pfeiftöne aus, dann sprang sie Rodrigo mit einem überraschenden Satz ins Gesicht und klammerte sich mit ihren Tentakeln an seinem Kopf fest.

»Mmhh! MHMMM!«, machte der Gnom und versuchte sich von dem Wesen zu befreien.

Am Wasser wurden Schreie laut, Badegäste hasteten panisch an Land.

Die Meeresoberfläche hatte zu brodeln begonnen, daraus hervor wuchs ein gewaltiges, schleimiges Etwas, das ziemlich genau so aussah wie die Riesenausgabe der Kreatur, die Bolgur angeschleppt hatte.

Eine Ogertouristin in einem roten Badeanzug, die nicht schnell genug aus dem Wasser gekommen war, wurde von einem Tentakel gepackt und verschwand kreischend in dem aufgerissenen Maul des Monstrums.

Tiefe trompetende Laute von sich gebend, waberte das gigantische Geschöpf den Strand hinauf, schleuderte entsetzte Urlauber mit seinen Fangarmen durch die Luft oder verleibte sie sich in einem Stück ein.

»Warum!«, rief Selphyne zornig. »Warum muss immer alles so enden!«

»Das ist nicht unsere Schuld«, sagte Brom. »Wir konnten ja nicht wissen, dass dieses Ding eine große böse Mama hat, die Badegäste frisst, wenn sie sauer ist.«

Rodrigo, der empfindsame belesene Gnom, taumelte orientierungslos über den Strand und rang mit dem Tintenfischwesen auf seinem Gesicht.

»Endlich!«, rief er, als es ihm gelungen war, sich von den Fangarmen loszureißen.

Er holte aus, um die Kreatur fortzuschleudern.

Ein Schatten fiel von hinten auf ihn.

Er drehte sich um und erstarrte.

»O nein …«

Plötzlich erhob sich ein seltsamer monotoner Singsang.

»Akrazuk nug Balgrosuuz nechmar Sarnamodur.«

Die Worte klangen hart und besänftigend zugleich, als würde man mit einem stählernen Ritualdolch gestreichelt.

Das Meeresungeheuer, eben noch im Begriff, Rodrigo mit seinen Krakenarmen in zwei Hälften zu zerreißen, hielt inne und schien zu lauschen.

Nenia ging langsam auf es zu, dabei sang sie:

»Schaknam Hechmorul nug Kurzuklak.«

Ein Beben lief durch das monströse Geschöpf, es ließ Rodrigo in den Sand plumpsen und antwortete mit einem tiefen Brummen auf Nenias Beschwörungslied.

»Zikraklamrul Boszakratosch«, sang die Nachtelfe und tätschelte einen baumdicken Tentakel.

Das Wesen brummte vor sich hin, was so ähnlich klang wie ein Kater, der hinter den Ohren gekrault wird.

»Alles ist gut!«, rief Nenia den Badegästen zu. »Ich habe ihn besänftigt. Sie können ruhig näher kommen!«

Zögernd kehrten die Strandgäste zurück.

»Das ist ein Quolnark, ein Meeresdämon«, erklärte Nenia, die plötzlich verdächtig nett und wohlerzogen wirkte. »Er war böse, weil ihm sein Kind weggenommen wurde. Aber jetzt ist er ganz friedlich.«

»So ein tapferes kleines Mädchen!«, rief ein älterer Gnom in Badehose. »Sie hat uns allen das Leben gerettet!«

»Das hast du ganz großartig gemacht, Kleines!«, sagte eine Zwergin und klatschte in die Hände. »Ganz großartig!«

Die Strandgäste, die nun einen engen Kreis um Nenia und den Quolnark bildeten, spendeten lebhaften Beifall.

Einige schossen magische Lichtbilder.

»Das ist meine Freundin!«, bemerkte der kleine Trolljunge stolz.

»Man muss nur die richtigen Worte und die richtige Melodie kennen«, sagte Nenia. »Dann ist er ganz lieb.«

Sie wandte sich dem Quolnark zu und sang: »Hammuzab Belzarkam.«

Der Meeresdämon wabbelte und schmatzte wohlig.

»Und was hast du jetzt zu ihm gesagt?«, fragte die Zwergin neugierig.

Nenia drehte sich um, und jetzt zeigte sich wieder das bekannte boshaft-vergnügte Funkeln in ihren Augen.

»*Lass dir 's schmecken*«, sagte sie.

Und dann brach die Hölle los.

Nach dem Debakel am Strand hatte Selphyne bestimmt, dass sie keine weitere Zeit verlieren, sondern sofort Nenias Großonkel Plutonio Trauersaat aufsuchen würden, und diesmal hatte sie keine Widerrede geduldet.

Trauersaats Anwesen lag ein wenig außerhalb der Hauptstadt auf einem Hügel, an dem sich die besser betuchten Einwohner der Insel angesiedelt hatten und ließ die benachbarten Villen mehr oder weniger wie architektonisch ambitionierte Hundehütten neureicher Straßenköter aussehen.

»Doller Schuppen«, meinte Brom anerkennend, was er vermutlich auch sagen wird, wenn er eines Tages seinen letzten Schnaufer tut und die Elysischen Gärten betritt, um in der Ferne das majestätische Schloss aus Licht aufragen zu sehen, in dem die Götter residieren.

»Sieht ganz so aus, als würde Nenias Großonkel in Geld schwimmen«, bemerkte Falfnin.

Vor dem Haupttor hatten sich zwei massige Oger postiert, die Brillen mit geschwärzten Gläsern trugen, ihre muskulösen Arme über der Brust verschränkt hielten und im Übrigen nicht den Eindruck erweckten, über besonders viel Humor zu verfügen.

»Entschuldigung«, fragte Selphyne, »dies ist doch das Anwesen von Plutonio Trauersaat, oder?«

Die Oger musterten die Neuankömmlinge mit einem Blick, der an einen Kammerjäger gemahnte, der einer fetten Kakerlake dabei zusieht, wie sie über seinen Frühstückstisch kriecht.

Einer von ihnen knurrte:

»Verpfeift euch.«

Selphyne ließ sich nicht entmutigen.

»Wir würden gerne mit Herrn Trauersaat sprechen«, sagte sie höflich. »Es handelt sich um eine Familienangelenheit. Dies ist seine Großnichte Nenia, die einen weiten Weg zurückgelegt hat, um ihren Großonkel kennenzulernen.«

Die beiden Oger richteten ihre sonnenbrillenbewehrten Augen auf Nenia, hielten dem bitterbösen, kopfschmerzverursachenden Blick der kleinen Nachtelfe jedoch nicht lange stand.

»Rührende Geschichte«, sagte der eine, nahm seine Brille ab und rieb sich die Nasenwurzel. »Mir kommen gleich die Tränen. Und jetzt: Verpfeift euch. Kein Zutritt für Bettler und Hausierer.«

Sein Kollege zupfte ihn am Ärmel seines maßgeschneiderten schwarzen Anzugs und teilte ihm leise etwas mit.

Der erste Oger schwieg und betrachtete nachdenklich die Helden.

Dann trat er vor ein kleines goldenes Gitter, das neben dem Tor an der Mauer befestigt war, drückte auf einen Knopf und sagte:

»Hallo. Hier beim Tor sind ein paar Witzfiguren, die behaupten, sie hätten die Großnichte vom Boss dabei.«

Eine Stimme antwortete über die magische Gegensprechanlage.

»Ausgezeichnet. Sie sind also angekommen. Führ sie ins Mausoleum.«

»Ernsthaft? Aber …«

»Hat alles seine Richtigkeit. Wir haben sie schon erwartet. Führ sie einfach ins Mausoleum.«

»In Ordnung.«

Der Oger trat von dem Gitter zurück und bedeutete ihnen widerwillig, ihm zu folgen.

»Was soll das heißen, sie haben uns schon erwartet?«, flüsterte Selphyne, als sie von dem Oger durch den riesigen, sorgfältig gepflegten Park geführt wurden. »Woher konnten sie denn wissen, dass wir kommen?«

»Wahrscheinlich haben sie von Thanatos' Tod erfahren und damit gerechnet, dass wir früher oder später hier aufkreuzen«, meinte Falfnin.

»Und was war das von wegen Mausoleum?«

Falfnin zuckte mit den Schultern.

»Reiche Leute neigen eben zur Exzentrizität. Warum sollte man seine Gäste auch nicht in einem Grabmal empfangen? Ist doch mal was anderes.«

Sie ließen das Hauptanwesen mit seiner strahlend weißen Front und den zahllosen Türmen und Erkern links liegen und steuerten ein düster wirkendes Gebäude an, das sich im hinteren Teil des Gartens befand.

Das Mausoleum hatte etwa die Größe einer mittleren Kathedrale und schien erst in jüngerer Zeit errichtet worden zu sein.

Ein schlanker Elf kam ihnen aus dem Grabmal entgegen. Er trug einen Schnurrbart und war wie ein Trauergast gekleidet. Als er an ihnen vorbeiging, lüpfte er die schwarze Melone, die er auf dem Kopf trug und nickte ihnen schweigend zu.

Selphyne sah ihm hinterher.

»Merkwürdig«, sagte sie. »Ich könnte schwören, dass ich den schon mal irgendwo gesehen habe.«

»Elfen sehen sich doch alle irgendwie ähnlich«, bemerkte Brom.

Der Wach-Oger bedeutete ihnen, das Grabmal zu betreten und zog sich wieder auf seinen Posten beim Tor zurück.

Im Mausoleum wurden sie von der Stille des Todes und einem untersetzten älteren Gnom empfangen, der sie mit den Worten: »Ah, da sind Sie ja, ich hatte Sie schon erwartet!« begrüßte.

»Das haben wir jetzt schon mehrmals gehört«, entgegnete Selphyne. »Woher wussten Sie eigentlich, dass wir kommen würden?«

Der Gnom strich sich durch seine ergrauten Haare.

»Nun«, sagte er, »ich wusste nicht, dass *Sie*, sondern nur dass *jemand* kommen würde. Jemand, der die kleine Nenia hier herbringen wird. Mein Mandant hat das vorhergesagt.«

»Ihr Mandant?«, fragte Falfnin.

»Herr Trauersaat«, antwortete der Gnom und zeigte auf einen Sarkophag, der inmitten eines Dschungels aus Trauergestecken aufgebahrt worden war.

»Das heißt … er ist tot?«, fragte Selphyne betroffen.

»Ja«, nickte der Gnom unbekümmert. »Vor drei Tagen um halb Fünf ist er verstorben, pünktlich auf die Minute. Herr Trauersaat konnte Unpünktlichkeit nicht ausstehen. Kommen Sie, treten Sie ruhig näher.«

In dem Sarkophag befand sich, die Hände über der Brust gefaltet und mit einem ironischen Lächeln auf den vertrockneten Lippen, der zweifellos älteste Nachtelf der Welt. Wenn den Helden mitgeteilt worden wäre, dass er nicht vor drei Tagen, sondern ebenso vielen Jahrtausenden verstorben sei, hätte sie das nicht verwundert.

Jemandem wie dem dahingeschiedenen Plutonio Trauersaat erwartet man normalerweise in den Grabkammern uralter Pyramiden zu begegnen, eingewickelt in mehrere Schichten balsamgetränkter Leinentücher.

Bolgur hob Nenia hoch, damit sie ihren verstorbenen Großonkel betrachten konnte. Der Anblick schien die kleine Nachtelfe allerdings nicht sonderlich zu berühren, sie zappelte wütend mit Armen und Beinen.

»Lass mich runter, du doofer Klops!«

Selphyne räusperte sich.

»Das ist sehr traurig«, sagte sie. »Wo die arme Kleine in letzter Zeit so viele Verluste erleiden musste.« Dann fiel ihr etwas ein. »Wie meinten Sie das: *Pünktlich auf die Minute*? Wusste er denn, dass er sterben würde?«

»Mein Mandant verfügte über eine ganz besondere Gabe«, erklärte der Gnom. »Die Zukunft war gewissermaßen ein offenes Buch für ihn, was ihm nicht nur bei seinen Geschäften zugute kam, sondern auch bei der Regelung privater Angelegenheiten von Nutzen war.«

»Du sagst immer *mein Mandant*«, meinte Brom. »Wer bist du denn eigentlich?«

»Stimmt, ich habe mich noch gar nicht vorgestellt«, sagte der Gnom. »Gestatten Sie: Zergo Tintenrohr. Ich bin der Notar des Verstorbenen.«

»Notar?«, wiederholte Brom mit einem zwergischen Funkeln in den Augen. »Das bringt mich auf eine Idee. Dieser Trauersaat war ziemlich gut betucht, nicht wahr?«

»Das Vermögen meines Mandanten ist durchaus bemerkenswert, ja«, nickte der Notar.

»Und jetzt, wo der Rest von ihrer Mischpoke den Löffel … ich meine, nun, da die übrigen Verwandten der armen Kleinen unter bedauerlichen Umständen verstorben sind, ist Nenia die Alleinerbin dieses recht bemerkenswerten Vermögens, oder sehe ich das falsch?«

Alle wandten sich der kleinen Nachtelfe zu, die auf beunruhigend zufriedene Weise lächelte.

»Der Rest der Verwandtschaft ist verstorben?«, fragte

Tintenrohr. »Das erklärt, warum ich keine Antwort auf die Benachrichtigungen bekommen habe, die ich bereits vor einiger Zeit losgeschickt hatte. Aber es überrascht mich auch nicht. Mein Mandant hatte bereits etwas Derartiges vorhergesagt.«

»Eine Reihe von tragischen Unfällen …«, warf Selphyne verlegen ein.

Der Notar warf ihr einen bedenklichen Blick zu.

»Nun ja …«, begann er und schwieg. Als Rechtsberater einer finanzstarken und einflussreichen Klientel, die es sich nicht immer erlauben konnte, bei der Wahl ihrer Methoden zimperlich zu sein, hatte er gelernt, dass es manchmal ein Gebot der Höflichkeit war, das Offensichtlichste nicht auszusprechen. Seine Miene hellte sich auf, als er die positiven Aspekte der Situation herausstrich. »Nun, dann brauchen wir ja mit der Testamentseröffnung auch nicht mehr auf die anderen zu warten. Wieder etwas Zeit gespart! Würde es Ihnen etwas ausmachen, mich ins Haus zu begleiten? Dort können wir das Weitere besprechen.«

»Nichts lieber als das«, entgegnete Brom.

Seine Augen funkelten jetzt nicht bloß, sondern sahen wie zwei prägefrische Golddublonen aus, komplett mit dem Portrait Kaiser Raffschnell des Habgierigen.

»Bonbon?«

Der Notar steckte sich selbst ein Bonbon in den Mund und reichte das runde Glasbehältnis mit den Süßigkeiten herum. Bolgur schüttete sich ungefähr ein halbes Dutzend auf die Hand und Nenia nahm sich ebenfalls eins und machte dabei ein Gesicht wie eine Nachtelfenkönigin, die nach einem triumphalen Feldzug in die Hauptstadt zurückkehrt und sich von ihren Untertanen feiern lässt.

»Gut, kommen wir gleich zum Geschäftlichen.«

Tintenrohr öffnete die lederne Verschnürung einer dicken Mappe, die auf seinem Schreibtisch lag und setzte sich eine Brille auf.

»In Anbetracht der Tatsache, dass die anderen Erbberechtigten ermor... ich meine ... aufgrund ...«

»... einer Reihe von tragischen Unfällen ...«, half Selphyne.

»... aufgrund einer Reihe von tragischen Unfällen – vielen Dank – heute nicht hier sein können, beginne ich sofort mit der Testamentseröffnung.«

Der Notar schlug die Mappe auf und räusperte sich.

»Letzter Wille von Plutonio Trauersaat«, las Tintenrohr. »Gegeben aus freien Stücken, bei vollem Bewusstsein und ärztlich attestierter geistiger Zurechnungsfähigkeit:

Spannt eure Lauscher auf, ihr raffgierigen, heimtückischen Mistkerle. Ich weiß, dass ihr seit Jahren nur darauf wartet, dass ich endlich den Löffel abgebe, damit ihr über mein hart erarbeitetes Vermögen herfallen könnt wie ein Rudel Hyänen über ein fettes, verendetes Nilpferd. Jetzt ist es also endlich so weit. Der Tag, den ihr euch alle rot im Kalender angestrichen habt, ist gekommen, der alte Knacker (ich) liegt unter der Erde und sieht sich die Radieschen von unten an. Sein Erbe steht zur Plünderung bereit.

An der letzten euch bekannten Fassung des Testaments hat sich ebenso wenig geändert wie an meinem von mir prognoszierten Todesdatum. Zur Erinnerung noch mal die genauen Modalitäten:

Die erste und wichtigste Regel lautet: Alles oder nichts. Ich will nicht, dass mein Besitz in die Hände eines verweichlichten, willensschwachen Waschlappens fällt, der nicht in der Lage ist, ihn anständig zusammenzuhalten. Deshalb habe ich beschlossen, die Erbfolge über ein kleines

Ausleseverfahren zu regeln. Das heißt im Klartext: Mein Besitz wird nur ungeteilt vererbt, und zwar an denjenigen von euch, der bis zum Verstreichen einer bestimmten Frist als einziger Erbberechtigter am Leben ist. Diese Frist beträgt ein Jahr, und zwar von dem Zeitpunkt meines Todes an gerechnet. Sollten nach Ablauf dieses Jahres mehr (oder auch weniger) als einer von euch noch unter den Lebenden wandeln, wird mein gesamtes materielles und immaterielles Vermögen an die Wohltätige Stiftung zur Bekämpfung von Armut in Unterentwickelten Regionen wie z.B. Workubosch gestiftet – ein blanker Hohn, wie jeder sofort erkennen dürfte, der meine Einstellung gegenüber wohltätigen Stiftungen kennt (ich verabscheue sie fast noch mehr als meine eigene Familie, sofern das möglich ist).

Auf diese Weise stelle ich sicher, dass wirklich nur der gemeinste, skrupelloseste, abgefeimteste – kurz gesagt, der geschäftstüchtigste – von euch Aasgeiern seine gierigen Klauen auf meinen Besitz legen darf.

Außerdem amüsiert mich, offen gestanden, ganz einfach die Vorstellung, wie ihr euch gegenseitig massakriert.
In diesem Sinne: Möge der Böseste gewinnen!

(Zusatz: Meine Großnichte Nenia soll von diesem Wettkampf ausgenommen sein. Ich habe nie viel für Kinder übrig gehabt und sie eher als Belästigung denn als Bereicherung angesehen. Sie sind laut, aufdringlich und vor allem unprofitabel. Dennoch bin ich kein Unelf. Daher wird sie in jedem Fall ein Achtel meines Vermögens erhalten, das bis zu ihrer Volljährigkeit von dem oder der überlebenden Erbin verwaltet werden soll. Wenn sie die Volljährigkeit erreicht, darf sie selbstständig über das Erbe verfügen oder – was ich durchaus begrüßen würde – sich dazu entschließen, ihren bisherigen Vormund abzuservieren und sich den ganzen Kuchen einverleiben.)

Ich beschließe mein Testament mit einer Reihe von

Beleidigungen, mit denen ich zum Ausdruck bringen möchte, was ich von jedem Einzelnen von euch halte.«

Der Notar unterbrach die Lektüre.

»Ich denke, auf diesen Teil können wir verzichten, oder?«

»Ja«, nickte Selphyne. »Wir wissen mittlerweile zur Genüge, wie man in dieser Familie zueinander steht. Außerdem ist abgesehen von Nenia auch niemand mehr übrig, der beleidigt werden könnte.«

»Genau«, sagte Brom ungeduldig, »kommen wir endlich zur Hauptsache. Wie viel Zaster hat die Kleine denn jetzt genau geerbt?«

Der Notar schloss das Dokument und nahm ein anderes, recht gewichtiges Aktenbündel aus der Mappe.

»Gut, wenden wir uns der Erbmasse zu.« Er räusperte sich wieder. »Hmhm.«

Brom beugte sich erwartungsvoll vor.

»Zur Erbmasse gehören:

Zunächst das Anwesen auf Tapica, eingeschlossen die dazugehörige Badebucht, die Vergnügungsjacht, die zwölf Kutschen, das Dienstpersonal (soweit leibeigen), die Menagerie exotischer und nahezu ausgestorbener Tiere sowie der goldene Swimmingpool.«

»Goldener Swimmingpool!«, wiederholte Brom aufseufzend.

»Desweiteren die siebenundvierzig übrigen Anwesen in aller Welt mit ähnlicher Ausstattung, wie in Anlage 2a beschrieben.«

»Siebenundvierzig Anwesen!«, schrie Falfnin beinahe.

»Soll ich die komplette Anlage 2a vorlesen?«, fragte der Notar und nahm ein schweres Aktenbündel aus der Mappe. »Sie ist recht umfangreich.«

»Um den Kleinkram kümmern wir uns später«, meinte Brom heiser.

»Gut. Dann komme ich nun zu den gewerblichen Besitztümern. Zum einen hätten wir da elf Gold-, vierzehn Silber-, achtzehn Kupfer-, sowie neun Mithrilbergwerke in den verschiedensten Regionen der Welt.«

Brom biss sich mit einem unvergleichlichen Gesichtsausdruck in die Faust.

»Ferner neunundzwanzig Zuckerwolleplantagen, zehn Waffenfabriken sowie achtzehn Spielzeugmanufakturen in Workubosch (inklusive Arbeitssklaven), fünf Vergnügungsparks, drei Luftschiffhäfen, die Firma Stechli & Kreysch, 27% Aktienanteile an der Fantastik AG …« Der Notar unterbrach sich und warf einen besorgten Blick auf Brom, der in die kritische Phase ekstatischer Hyperventilation eingetreten war. »Geht es Ihnen nicht gut? Soll ich ein Fenster öffnen?«

»Mit ihm ist alles in Ordnung«, meinte Selphyne und lockerte fürsorglich den Kragen von Broms Kettenhemd. »Vielleicht sollten wir das hier aber trotzdem ein bisschen abkürzen.«

»Ich denke auch«, sagte der Notar und überblätterte einige Seiten. »In der Art geht es noch ziemlich lange weiter. Ich komme zum Schluss noch schnell auf das Finanzkapital. Das Finanzkapital beträgt … Moment … ah, hier haben wir es … Drei Milliarden, achthundertdreiundzwanzig Millionen, vierhundertneunundsiebzigtausendsechshundertsiebenundvierzig Dublonen, verteilt auf diverse Konten bei allen größeren Geldinstituten. Steuerfrei angelegt, selbstverständlich.«

Ein Poltern – Brom war von seinem Stuhl gefallen und wälzte sich mit einem verzückten Grinsen auf dem Boden, wobei er mechanisch wiederholte: »Steuerfrei! Steuerfrei! Steuerfrei!«

»Das wäre es also soweit«, bemerkte der Notar und schloss die Mappe. Er blickte über die Brillenränder auf Brom hinab. »Sind Sie sicher, dass es ihm gut geht?«

»Ihm fehlt nichts«, meinte Selphyne. »Das ist völlig normales, zwergentypisches Verhalten.«

»Wie Sie meinen. Dann bliebe nur noch die Frage der Vormundschaft zu klären.«

Sofort war Brom wieder auf den Beinen und ganz Geschäftsmann:

»Da gibt es gar nichts zu klären!«, rief er. »Die Vormundschaft übernehmen selbstverständlich wir! Natürlich ist es eine große Verantwortung, für ein Kind zu sorgen, aber der liebenswerte Fratz ist uns mit der Zeit so ans Herz gewachsen, dass wir inzwischen schon ganz unzertrennlich sind.« Er strich Nenia durch ihr nachtelfenschwarzes Haar. »Nicht wahr, Kleines, du willst doch beim lieben Onkel Brom und seinen geringfügig beteiligten Geschäftspartnern bleiben!«

»Nein, will ich nicht!«, giftete Nenia und machte sich los.

»Wen genau meinst du mit *geringfügig beteiligte Geschäftspartner*?«, fragte Falfnin.

»Ist das nicht offensichtlich?«, entgegnete Selphyne. »Uns. Zwerge und Gold: Da hört die Freundschaft auf.«

»Ach, kommt schon«, sagte Brom. »Schließlich hab ich auch die meiste Arbeit geleistet! Wer hatte denn ganz am Anfang die Idee, dem Totenbeschwörer den Helm des Eralkes abzuluchsen? Ich. Ohne diese Idee wären wir heute gar nicht hier.«

»Ohne diese Idee hätte Nenia noch einen Vater«, erwiderte Selpyhne bitter.

»Eben. Das mein ich ja. Also gebührt mir der größte Anteil.«

»Du hast wirklich ein Gemüt wie ein Fleischerhund«, erklärte Selphyne kopfschüttelnd. Nach einer kurzen Pause fügte sie hinzu: »Abgesehen davon, wenn hier jemand den größten Anteil für sich beanspruchen kann, dann ja wohl ich. Ohne meine Zauberkünste wärt ihr ganz schön aufgeschmissen gewesen.«

»Fängst du jetzt auch noch an?«, sagte Falfnin entrüstet. »Seid ihr wirklich so leicht zu korrumpieren? Genügen schon ein paar Milliarden Dublonen, luxuriöse Immobilien, Aktienanteile an hoch notierten Börsenunternehmen, ein Dutzend Goldgruben …« Bei den letzten Worten hatte er immer langsamer gesprochen und unterbrach sich nun mit einem nachdenklichen Räuspern. »Hm. Naja, fest steht auf jeden Fall, dass ich mit meinen Meisterdiebereien einen wesentlichen, wenn nicht sogar *den* wesentlichen Beitrag zum Gelingen dieses Abenteuers geleistet habe.«

»Dass ich nicht lache!«, meinte Brom. »Mit deinen so genannten *Meisterdiebereien* hast du bloß dafür gesorgt, dass wir alle beinahe hops gegangen wären, und zwar mehrfach. Was passiert wohl, wenn ich diesen Fallenmechanismus hier betätige? Na, was kann schon schief gehen, schließlich bin ich ja ein – Zitat – Meisterdieb – Zitat Ende. Oh, hoppla, jetzt wär Brom fast in kochender Säure ersoffen, aber was soll's, schließlich macht jeder mal Fehler.«

»Wenigstens bin ich ehrlich genug, meine Fehler zuzugeben. Anders als gewisse Zwergenkrieger, die mit ihrer Streitaxt denken und dadurch eine Katastrophe nach der anderen heraufbeschwören, die sie dann bequem auf andere Leute abwälzen.«

»Ich kann dir gleich mal demonstrieren, wie das aussieht, wenn ich mit meiner Streitaxt denke!«

»O ja, bitte«, rief Selphyne. »Erledigt euch nur gegenseitig. Um so mehr bleibt für mich übrig.«

»AUFHÖREN!«

Sie verstummten und sahen Bolgur an, der den Streit schweigend mit angehört hatte.

Der Barbarenoger schüttelte traurig den Kopf.

»Ich dachte, wir wären Helden«, brummte er melancholisch. »Helden und … Freunde.«

Sie schwiegen betroffen.

»Bolgur hat recht«, murmelte Falfnin beschämt. »Was ist nur aus uns geworden? Wir streiten uns wie eine Bande Straßenräuber um die Verteilung der Beute nach einem Postkutschenraub.«

»Ja«, pflichtete Selphyne niedergeschlagen bei. »Dabei geht es hier um Nenias Erbe und darum, was das Beste für sie ist.«

Eine reumütige Stille breitete sich aus, die erst unterbrochen wurde, als Brom sagte:

»Darum und um drei Milliarden, achthundertdreiundzwanzig Millionen …«

»Vierhundertneunundsiebzigtausendsechshundertsiebenundvierzig Dublonen«, half der Notar. »Steuerfrei.«

Das Schweigen verdichtete sich noch ein wenig.

Und dann sprangen alle gleichzeitig auf und riefen durcheinander:

»Also, eins ist mal klar …«

»Es versteht sich ja wohl von selbst, dass …«

»Wenn hier einer …«

»Das glaubst aber auch nur du!«

»Ihr habt sie ja nicht mehr alle!«

»Ich hör wohl nicht recht!«

»Jetzt hört der Spaß aber gleich auf!«

»Ach ja?«

»Ja!«

»Das wollen wir doch mal sehen!«

»Guten Tag zusammen. Ich störe doch nicht?«

Alle wandten sich der Tür zu, wo der Elf stand, dem sie bereits am Mausoleum flüchtig begegnet waren. Bei seinem Eintreten sprang Nenia mit leuchtenden Augen von ihrem Platz auf und stellte sich neben ihn.

»Wie ich sehe, seid ihr bereits mitten in den Verhandlungen«, lächelte der Elf und nahm die Hand der kleinen Nachtelfe.

»Ich wüsste nicht, was *dich* das angeht«, knurrte Brom, den Neuankömmling abschätzig musternd.

»Oh, eine ganze Menge«, erwiderte der Elf, setzte sich auf einen der freien Stühle und hob Nenia auf seinen Schoß.

»Und wer sind Sie, wenn man fragen darf?«, erkundigte sich der Notar.

»Sagen wir: Ein guter alter Bekannter«, lächelte der Elf.

Selphyne sprang auf.

»Jetzt weiß ich, wo ich ihn schon mal gesehen habe! Es ist …«

»Thanatos!«, rief Falfnin, bei dem der Groschen inzwischen auch gefallen war.

Der Elf nahm seinen falschen Schnurrbart und seine Brille ab und hob den Hut, unter dem die Haare zu einem festen Knoten zusammengebunden waren. Als er sie löste, fielen sie schneeweiß über seine Schultern hinab.

»Drachenpest und Grubengas!«, fluchte Brom. »Der alte Leichenpfuscher ist gar nicht tot?«

»Nein«, lachte Thanatos. »Ich bin nicht tot. Was man vom Rest meiner Familie allerdings nicht sagen kann.«

»Er hat uns benutzt, um die anderen Erben aus dem Weg zu räumen!« Falfnin schlug sich mit der Hand gegen die Stirn. »Wie konnten wir nur so naiv sein!«

»Macht euch nicht zu schwere Vorwürfe«, meinte Thantaos ironisch. »Ihr seid eben Helden. Wenn es um Verschlagenheit und Hinterlist geht, lassen wir Schurken euch regelmäßig alt aussehen. Es war höchst amüsant, diese Komödie zu inszenieren und hinter der Bühne mitzuverfolgen, wie meine Erzfeinde die ganze Arbeit für mich erledigen.«

»Aber du warst tot!«, sagte Falfnin. »Wir haben mit eigenen Augen gesehen, wie du unter einem Meter Beton beerdigt wurdest!«

Thanatos lachte.

»Meint ihr nicht, dass es für einen erstrangigen Totentrickser wie mich ein Leichtes ist, seinen eigenen Tod zu inszenieren?«

Er hob Nenia von seinem Schoß, stand auf und stolzierte im Büro des Notars auf und ab, wobei er ausdrucksstark mit den Händen gestikulierte, während er nach altbekannter Schurkenmanier selbstzufrieden seinen genialen Plan enthüllte.

»Ich steckte wirklich ein bisschen in der Klemme«, begann er. »Unaufhaltsam rückte das Datum näher, für das Plutonio seinen Tod vorhergesagt hatte, und ich durfte mir sicher sein, dass meine lieben Verwandten alles daran setzen würden, mich aus dem Weg zu räumen, um sich das Erbe unter den Nagel zu reißen. Verdenken konnte ich es ihnen nicht, schließlich hatte ich dasselbe vor. Gleichzeitig saß mir diese Heldenbande im Nacken, die mir schon so oft ins Handwerk gepfuscht hatte, und das konnte ich nun gerade gar nicht gebrauchen. Da kam mir die geniale Idee: Was, wenn ich beide Probleme gegeneinander ausspielen, zwei Fliegen mit einer Klappe schlagen würde? Gab es vielleicht einen Weg, euch dazu zu bringen, meine Erbschaftsangelegenheit für mich zu regeln? Natürlich gab es diesen Weg. Dazu musste ich nur an eure primitiven Heldeninstinkte appellieren, euren heroischen Helferkomplex für meine Zwecke einspannen. An diesem Punkt kam meine kleine Prinzessin ins Spiel.«

Thanatos strich seiner Tochter zärtlich über ihr rabenschwarzes Haar.

»Aber wie konntest du Nenia so der Gefahr aussetzen!«, sagte Selphyne empört.

»Keine Sorge, ich war nie weit entfernt und hatte immer ein wachsames Auge auf sie«, entgegnete Totenhand. »Vielleicht erinnert ihr euch: Der Ladenbesitzer in

Schattensund? Der wahnsinnige Mönch im Sanatorium Hirnfrieden? Der Gondoliere in Verderbnis? Soll ich euch zu eurer Erbauung noch ein kleines Ständchen bringen? Nur in Yrth ist meine dämonische Freundin Babylonia für mich eingesprungen. Wir haben uns sogar eine kleine Hintergrundgeschichte für sie ausgedacht, damit sie ihre Rolle umso überzeugender spielen konnte.«

»Aha!«, rief Falfnin. »Sie ist also ein Dämon! Das erklärt so einiges!«

»Außerdem kann meine Nenia sehr gut auf sich selbst aufpassen, nicht wahr, Liebes?«, fuhr Thanatos fort, den Einwurf des Meisterdiebs ignorierend.

»O ja, Papa«, nickte die Totenbeschwörertochter. Ihre Augen glühten jetzt dämonisch, ein roter Strahl schoss daraus hervor und setzte Broms Bart in Brand.

»Verflucht noch mal!«, schrie der Zwergenkrieger und löschte hastig die Flammen.

»Zudem war das Ganze auch so etwas wie eine Bildungsreise für sie«, fuhr Thanatos fort. »Nebenbei hat sie viel Wissenswertes über die Verhaltensmuster von Heldengruppen gelernt und Erfahrungen gemacht, die ihr später noch äußerst nützlich sein werden.«

»Wenn ich groß bin, werde ich sie alle töten«, versprach Nenia und funkelte die Helden an.

»Das ist meine Tochter!«

Thanatos stand auf.

»Und nun möchte ich euch bitten, mein Anwesen zu verlassen. Ich habe in dieser Erbschaftssache noch ein paar Formalitäten zu erledigen.«

»Ich hab mir diesen Mist jetzt lange genug angehört«, knurrte Brom und packte seine Streitaxt. »Aufgeschoben ist nicht aufgehoben. Wenn du beim ersten Mal nicht abgenippelt bist, dann eben jetzt.«

Bolgur stellte sich ihm in den Weg.

»Lass Nenias Vater in Frieden«, brummte er.

Thanatos lachte höhnisch.

»Helden! Fast schon tragisch, wie hilflos und unterlegen ihr doch seid, mit euren Moralvorstellungen und eurer Gutherzigkeit. Und jetzt verschwindet von meinem Besitz, bevor ich euch wegen Hausfriedensbruch anzeige.«

»Entschuldigung«, warf der Notar ein, der sich die ganze Zeit über still mit den Erbschaftsdokumenten beschäftigt hatte. »Aber bevor Sie sich gegenseitig umbringen, sollten Sie sich, glaube ich, das hier ansehen. Es hat ganz den Anschein, als hätte mein Mandant kurz vor seinem Tod dem Testament noch einen zusätzlichen Paragraphen hinzugefügt, von dem selbst ich bis eben nichts gewusst hatte.«

Alle Köpfe drehten sich in seine Richtung.

»Ein zusätzlicher Paragraph?«, fragte Thanatos und riss dem Notar das Schriftstück aus der Hand.

Je mehr er sich in die Lektüre vertiefte, desto bleicher wurde seine Gesichtsfarbe, desto lauter knirschte er mit den Zähnen.

Schließlich warf er das Dokument wütend auf den Schreibtisch.

»Dieser elende alte Knacker!«, schrie er. »Das werde ich nicht hinnehmen! Ich werde das Testament anfechten!«

Selphyne nahm das Schriftstück und überflog es.

Sie blickte auf.

»Wer ist *Fufu*?«, fragte sie.

Hallo Thanatos! Herzliche Gratulation und ein sarkastisches »Ha-Ha!« von jenseits des Grabes!

Du hast es also geschafft: Ich bin endlich unter der Erde, deine Konkurrenten sind beseitigt und jetzt steht nichts mehr zwischen dir und dem gigantischen Vermögen, auf dass du schon seit Jahren gelauert hast.

Es sei denn …

Du fragst dich vielleicht, woher ich weiß, dass du derjenige bist, der den zu erwartenden Kahlschlag unter meinen Erben nicht nur unversehrt überstanden, sondern auch noch höchst raffiniert aus dem Verborgenen gelenkt hat?

Siehst du, und genau das ist immer schon dein Problem gewesen.

Von allen Verwandten habe ich dich am wenigsten gemocht. Du bist eingebildet, selbstgerecht und viel zu sehr von dir eingenommen. Das zeigt schon dieser Spitzname, den du dir in deiner Eitelkeit selbst verliehen hast: Der Totentrickser – so nennst du dich doch, nicht wahr?

Aber gerade deine Selbstgerechtigkeit führt dazu, dass du deine Pläne – bei aller Raffinesse – nie ganz zu Ende denkst. Es kommt dir überhaupt nicht in den Sinn, dass es jemanden geben könnte, der noch schlauer, noch hinterhältiger ist.

Und deswegen bereitet es mir, deinem hellsichtigen Onkel, eine diebische Freude, dir hiermit einen ordentlichen Dämpfer zu verpassen.

Natürlich wusste ich, wie die ganze Sache ausgehen würde. Nicht in allen Einzelheiten, denn ein so vollkommener Einblick in die Zukunft ist nicht einmal den Göttern gegeben. Aber deutlich genug.

Ich zweifelte nicht daran, dass du einiges in Bewegung setzen würdest. Und als ich, kurz vor meinem Tod, die Nachricht erhielt, dass (angeblich) erst du und dann in kurzer Folge Arsenio und Benevolentia verstorben waren, wusste ich, dass ich mich auf eine unterhaltsame Vorstellung gefasst machen konnte.

Also noch einmal: Gratulation, Thanatos! (Stell dir vor, wie ich in der Unterwelt in meinem Zimmer in der Festung der Verfinsterten Seelen sitze, die Füße auf einer Fußbank aus Totenschädeln und drei Mal langsam in die Hände klatsche).

Ich hoffe, du hast deine dreieinhalb Minuten Triumphstimmung genossen. Denn jetzt kommt mein finales Abschiedsgeschenk.

Ich vermache meinen Besitz weder dir noch deiner missratenen Brut (an dieser Stelle Grüße an meine Großnichte Nenia – tut mir leid, dich und deinen Papa enttäuschen zu müssen), sondern sämtlich dem treuen und einzigen Begleiter meiner späten Jahre, meinem geliebten Fufu.

Damit dürfte ein für alle Mal geklärt sein, wer hier der wahre Totentrickser ist.

Man sieht sich (hoffentlich nicht zu bald) in der Unterwelt.

PS: Grüße auch an die Heldentrottel, die so dämlich waren, sich für deine Zwecke einspannen zu lassen. Ich habe in meiner Zeit ja – besonders was Helden angeht – so einige Deppen in Aktion erleben dürfen, aber, meine Güte, was Deppenhaftigkeit angeht spielt ihr wirklich in einer ganz eigenen Liga, Jungs und Mädels.

Herzlich, Euer
Plutonio Trauersaat

Epilog mit Mops

Und so endet diese Geschichte mit einem lupenreinen Happy End – zumindest aus der Perspektive von Fufu, dem unangefochten reichsten Mops der Welt.

Hier sehen wir sein Bild auf dem Titelblatt von *Zaster, Kohle und Moneten,* dem Hochglanzmagazin für Leute, die viel mehr Geld haben als andere Leute. Ab Seite fünfzehn gibt es ein reich bebildertes Exklusivinterview, in dem Fufu durch eines seiner prunkvollen Anwesen führt und aufstrebenden Jungunternehmern Tipps gibt, wie man es nach ganz oben schafft (von »Reich-erben« ist dabei interessanterweise nicht die Rede). Aus der Hundesprache übersetzt wurde das Interview von seinem Notar und Vermögensverwalter Zergo Tintenrohr, dem es in letzter Zeit finanziell auch nicht schlecht zu gehen scheint, seinen exklusiven maßgeschneiderten Anzügen nach zu urteilen. Neu sind auch Tintenrohrs Leidenschaften für teure Zigarren, schnelle Kutschen und seine neunundsechzig Jahre jüngere, ihm frisch angetraute Ehefrau. (»Es war Liebe auf den ersten Blick«, sagt der Notar in einem Interview mit der Zeitschrift *Leute, die interessant sind, weil sie viel Geld haben.* Und seine junge Gattin klimpert mit ihren langen Wimpern, gibt ihm ein Bussi und fügt hinzu:

»Genau, als wir uns zum ersten Mal begegnet sind, hab ich gleich gesehen, dass er stinkreich ist!«)

Fufu dagegen will sich noch nicht fest binden und genießt das Junggesellendasein mit nahezu täglich wechselnden Gespielinnen. Jüngst sorgte eine heiße Affäre mit der Herzogin von Knechtelingen für Aufsehen, einer eleganten Pudeldame, die ihren Adelstitel von ihrem Frauchen geerbt hat und jetzt Herrscherin über ein kleines Herzogtum mit drei größeren Städten, siebzehn Dörfern und zwanzigtausend Leibeigenen ist. Der Paparrazzo, der das Techtelmechtel in Knechtelingen durch ein Schlossfenster dokumentierte, fing sich dafür einen schmerzhaften Wadenbiss seitens Fufu ein und wird nun von dem reichen Erben auf Schmerzensgeld verklagt, weil der sich bei der Attacke ein Bein verstauchte.

Ja, das Leben könnte es gar nicht besser meinen mit Fufu, dem reichsten Mops der Welt.

Hier sehen wir ihn in der ersten Reihe bei der Eröffnung der Modenschau in Verderbnis, wo er seine neue, von ihm selbst entworfene Kollektion vorstellt: *Unglaublich überteuerte und grottenhässliche Klamotten für Hunde, die schon alles haben und nicht wissen, was sie sich sonst noch kaufen sollen, designed by* FUFU.

Und hier sitzt er im Park seines Anwesens in Irgendwind und lässt sich von dem angesagten Maler Winzenz von Och porträtieren, dem er durch ein großzügiges Mäzenat zum internationalen Durchbruch verholfen hat.

Und hier tritt sein Double bei irgendeiner langweiligen Wohltätigkeitsveranstaltung auf. Es geht um die Bekämpfung von Diabetes bei den Arbeitern auf den Zuckerwollefeldern von Workubosch, aber das ist nicht so wichtig. Wichtig ist vielmehr, dass das Double seinen Job gut macht, möglichst freundlich hechelt, nicht an der falschen Stelle bellt und keines der extra aus Workubosch eingeflogenen Kinder, deren Bildung und Zukunft ihm angeblich so sehr am Herzen liegt, in die Hand beißt. Aber das kriegt er schon hin, schließlich ist er Profi.

Und hier residiert währenddessen der echte Fufu in der Kaisersuite des *Fünf Jahreszeiten* in Sternheim, wo er für sich und seine Entourage von Bodyguards, Sekretärinnen, Unterhaltungskünstlern, Masseuren und Hundehaarstylisten eine ganze Etage gemietet hat.

Gerade öffnet sich die Zimmertür, und der Kellner schiebt das Mittagessen auf einem Servierwagen herein – selbstverständlich ist er vorher von den Leibwächtern, massigen Trollen und Ogern sorgfältig gefilzt worden. Wo Reichtum, Glanz und Gloria, da sind auch finstere Begehrlichkeiten niemals fern.

»Er ist sauber, Boss«, erklärt der Oberbodyguard, und Fufu gibt ihm mit einem würdevollen Nicken zu verstehen, dass der Kellner mit dem Servieren fortfahren möge, worauf der Leibwächter die Tür wieder schließt.

»Wünschen Euer Exzellenz und Durchlaucht gleich hier im Bett zu speisen?«, fragt der Hoteldiener, ein Angehöriger des Volkes der Wichtel.

Ein weiteres Nicken – das Vermögen Seiner Exzellenz und Durchlaucht Fufu, des Großartigen, hat selbigem mehr Titel eingebracht, als sogar der Graf von und zu Dr. Buonomonte auf seinen großzügig bemessenen Visitenkarten unterzubringen in der Lage wäre.

Der Kellner schiebt den Servierwagen vor das Bett und schickt sich an, die silberne Kuppel von dem großen Tablett zu heben.

Erwartungsvoll weiten sich Fufus Augen, jene Reflexe, deren sorgfältige Erforschung wir dem Gnomenwissenschaftler Professor Walpow verdanken, sorgen für eine erhöhte Aktivität seiner hündischen Speicheldrüsen.

Heute stehen Rebhühner in Steinpilzsoße auf dem Speiseplan, gefolgt von einem köstlichen Dessert aus aufgeschäumter Mandelcreme.

Der Kellner hebt den Deckel und – Schock, Überraschung, völlige Verwirrung:

Weder von Rebhühnern, noch Steinpilzen, noch von aufgeschäumter Mandelcreme eine Spur.

Stattdessen sitzt da auf dem Tablett – Fufu blinzelt konsterniert – ein anderer Mops und hechelt vor sich hin.

Ist das … sein Doppelgänger?

Was macht der denn hier?

Sollte er nicht in diesem Augenblick auf der Benefizgala sein und so tun, als leiste er einen wesentlichen Beitrag zur Bekämpfung von Diabetes in Workubosch?

Das unerwartete Zusammentreffen mit seinem Double und mehr noch die schockierende Abwesenheit seines Mittagessens haben Fufu dermaßen überrumpelt, dass er nicht einmal protestiert, als jetzt der Kellner seinen Doppelgänger auf das Bett setzt und dafür ihn auf den Servierwagen hebt.

In seinem kleinen Hundegehirn rappelt es mächtig, aber mehr als ein irritiertes *Was zum Geier …?!* bringt er auch mittels intensivster Denktätigkeit derzeit nicht zustande.

Dann hält ihm eine Hand ein Tuch vor die Schnauze, das irgendwie komisch riecht, und alles wird dunkel für Fufu, den reichsten Mops der Welt.

»Seine Durchlaucht und Exzellenz haben bereits fertig gespeist«, sagt der Kellner, als er kurz darauf den Servierwagen aus dem Zimmer fährt.

Der Leibwächter wirft einen Blick in die Suite, wo Fufu – er ist es selbst, ganz eindeutig, wer sollte es sonst sein? – auf dem Bett sitzt und vor sich hinhechelt.

»In Ordnung«, sagt er zu dem Kellner. »Schieb ab.«

Was dieser auch tut.

»Okay«, flüstert Falfnin (natürlich ist es Falfnin – wer sollte es sonst sein?), während er den Wagen über den

Gang schiebt. »Bin auf dem Weg nach unten. Ich hab die *Gans, die goldene Eier legt.*«

»Du hast was?«, meldet sich Selphynes Stimme in seinem Kopf. Die Zauberin hat eine magisch-telepathische Verbindung zu ihm aufgebaut.

»Die Gans, die goldene Eier legt«, wiederholt Falfnin leise.

»Soll das ein Deckname für den Hund sein? Hat Brom sich das ausgedacht?«

»Ja. Er meinte, das wäre sicherer.«

»So ein Quatsch. Mein Telepathiezauber ist abhörsicher, wir können ruhig Klartext reden. Du hast also den Hund. Bestens. Thanatos wartet unten mit der Kutsche.«

»Du meinst, der *Bestatter* wartet unten mit seinem *Leichenwagen*«, verbessert Falfnin.

»Wie auch immer«, antwortet Selphyne und beendet die Verbindung.

Der Meisterdieb ist jetzt beim Fahrstuhl angekommen und betrachtet die Anzeige über der Tür: 2. Stockwerk. 3. Stockwerk. 4. Stockwerk.

Die Türen öffnen sich und entlassen einige wohlhabende Hotelgäste in den Gang.

Als Letzte verlässt den Fahrstuhl eine gouvernantenhaft aussehende Gnomin, die eine aufwendig frisierte Pudeldame auf dem Arm trägt.

Die beiden sind fast an Falfnin vorbei, als die Pudeldame plötzlich die Schnauze hebt, schnuppert und ihrer überraschten Trägerin vom Arm springt.

Aufgeregt kläffend rennt die Hündin um den Servierwagen herum und veranstaltet einen ziemlichen Alarm, der dem Meisterdieb den Schweiß auf die Stirn und seinen Puls in die Höhe treibt.

»Was haben Ihre Hoheit denn bloß?«, fragt die gouvernantenhafte Gnomin ratlos.

Genau: Was ist nur in Ihre Hoheit gefahren?

Die Frage ist leicht beantwortet: Bei der Pudeldame

handelt es sich nämlich um die Herzogin von Knechtelingen, jene High-Society-Vierbeinerin, mit der Fufu in den bereits geschilderten Paparazzi-Vorfall verwickelt war.

Und nun haben Ihre herzogliche Hoheit Ihren vorübergehend der Ohnmacht anheimgefallenen Teilzeit-Lover gewittert und fragen sich natürlich, was er hier an einem so wenig vornehmen Ort wie einem schnöden Servierwagen zu tun hat.

Oder sie ist auch einfach nur erpicht auf eine umgehende Fortsetzung ihrer heißen Affäre.

Was immer ihre Motivation sein mag, auf jeden Fall bringt sie Falfnin schwer in die Bredouille, denn Fufus Bodyguards sind inzwischen auf den Vorfall aufmerksam geworden und nähern sich mit entschlossenen Schritten dem vermeintlichen Kellner und seinem Servierwagen.

»Verdammt, meine Tarnung ist aufgeflogen!«, flüstert er. »Sag den anderen Bescheid, dass wir auf Plan B umsteigen.«

Falfnin schnappt sich Fufu aus dem Servierwagen, rennt mit ihm in den Fahrstuhl und drückt hektisch auf den Knopf für das Erdgeschoss.

Die Herzogin von Knechtelingen ist ihm gefolgt und springt kläffend an ihm empor.

Quälend lange dauert es, bis sich die Fahrstuhltüren schließen, aber endlich, kurz bevor die Bodyguards ihn erwischen, geht es abwärts.

Die Bodyguards fluchen und rennen zur Treppe.

Im ersten Stock tritt ihnen ein kleines Nachtelfenmädchen entgegen.

»Geht nicht weiter!«, ruft sie und hebt warnend eine Hand.

»Aus dem Weg, Kleine!«, schnauft der vorderste Leibwächter. »Wir haben jetzt keine Zeit für Spielchen!«

»Geht nicht weiter!«, wiederholt das Mädchen. »Großes Unheil droht!«

»Unheil? Was für Unheil?«, fragen die Leibwächter.

Nenia dreht sich um und zeigt auf etwas am anderen Ende des Korridors.

»Dort! Das Blut!«

»Blut?«

Und plötzlich sehen sie es: Eine rote Flutwelle rauscht ihnen entgegen, füllt den ganzen Hotelgang aus und droht sie mit sich zu reißen.

Sie schreien und machen kehrt, doch es ist zu spät: Der tosende Blut-Tsunami spült über sie hinweg, dringt metallisch in ihre aufgerissenen Münder ein und wirbelt sie von den Beinen.

Als sie bemerken, dass sie auf eine Illusion hereingefallen sind, ist das Nachtelfenmädchen spurlos verschwunden, und sie haben wertvolle Sekunden verloren.

Mittlerweile hat jemand, aus welchen Gründen auch immer, den Feueralarm ausgelöst, was zur Folge hat, dass überall im Hotel panisch kreischende Gäste herumrennen und sich gegenseitig bei dem Versuch behindern, nach draußen zu gelangen – die typische Art und Weise, wie so genannte »intelligente« Lebensformen auf Katastrophenszenarios reagieren, bei denen niemand sterben müsste, wenn nicht alle darauf bestünden, der Erste zu sein, der gerettet wird.

Diese neue Entwicklung ist einerseits schlecht für Falfnin, der jetzt gerade den Fahrstuhl im Erdgeschoss verlässt, hat andererseits aber auch ihr Positives, da er wegen der ganzen Leute zwar schlechter vorankommt, dabei jedoch für seine Verfolger in der Menge schwerer auszumachen ist.

Noch immer scharwenzelt die Herzogin von Knechtlingen zähnefletschend um seine Beine herum, während er sich seinen Weg durch den Tumult in der Hotellobby bahnt.

»Falfnin!«, schallt Broms Stimme vom Haupteingang

herüber. »Bist du hier irgendwo? Hast du die *Gans, die goldene Eier legt?*«

»Ich bin hier drüben!«, erwidert der Meisterdieb. »Und ja, ich hab den Köter bei mir!«

Er hört, wie Brom auf der anderen Seite missbilligend schnaubt, weil er sich nicht an die Chiffrierungsvorgaben gehalten hat.

»Okay«, ruft der Zwergenkrieger. »Bleib, wo du bist! Wir kommen rüber zu dir!«

Hotelgäste keuchen empört, als Bolgur sie wie ein Schneepflug beiseite schiebt und so einen Pfad durch die Lobby schafft.

»Bleib hinter uns!«, meint Brom, als sie den Meisterdieb erreicht haben, und dann geht es in umgekehrter Richtung zum Ausgang.

Es ist auch höchste Zeit, denn die Bodyguards haben sich von ihrem illusionären Blutbad erholt und stampfen eben die Treppe herunter.

Draußen angekommen, verkeilt Bolgur die Hoteltür mit seiner Ersatzkeule, und sie springen in die schwarze Kutsche, die schon auf sie wartet.

»Los, Thanatos«, ruft Brom und schließt hinter sich den Verschlag. »Gib Hackengas!«

Der Totenbeschwörer – er sitzt auf dem Kutschbock, trägt einen schwarzen Frack und einen Zylinder Marke stilbewusster Bestattungsunternehmer – schwingt die Peitsche, und die vier knochigen Gäule mit den rot glühenden Augen setzen sich in Bewegung.

So jagt die Kutsche durch die Straßen der großen Stadt Sternheim, rauscht an den verdutzten Wächtern beim Haupttor vorbei und fliegt über die Landstraße dahin.

Bauern halten bei der Feldarbeit inne, um dem unheimlichen Gefährt hinterherzusehen und lauschen den streitenden Stimmen, in die sich aufgeregtes Hundegebell mischt.

»Was hab ich euch gesagt? Das war doch ein Sonntagspaziergang. Leichter, als einem Zuckerwichtel seine Zuckerstangen zu klauen!«

»Es war ja schließlich auch mein Plan.«

»Es war *unser* Plan, okay? Bevor das hier wieder zu einer Beuteverteilungsdebatte ausartet.«

»Naja, ich denke schon, dass derjenige, der die meiste aktive Arbeit geleistet hat, dafür auch einen entsprechend größeren Anteil bekommen sollte.«

»Damit meinst du wohl dich, oder?«

»Wen denn sonst? Immerhin habe ich ...«

»Au! Jetzt hat mir dieser verdammte Pudel in die Hand gebissen. Wie kommt der überhaupt in die Kutsche?«

»Scheint ein Kumpel von dem Mops zu sein.«

»Eher eine *Kumpelin,* wenn ihr mich fragt ...«

»He, der Köter kommt zu sich.«

»Gut, dann können wir gleich mit dem Verhör anfangen. Also, leg mal los, Sportsfreund. Wir wollen sämtliche Kontonummern, die Kombinationen deiner Safes, die Besitzurkunden für ...«

»Es ist ein Hund, Brom. Der versteht kein Zwergisch.«

»Ach was, der versteht mich bestens! Der tut bloß so, als ob, aber ich werd schon dafür sorgen, dass er den Mund aufmacht!«

Wütendes Knurren.

»Au, verflucht! Mein Daumen! Ausgerechnet an meiner Axthand!«

»Du hast ihn aber auch provoziert.«

»Was sieht unser Plan denn eigentlich noch mal genau vor – ab dem Zeitpunkt, an dem wir den Hund in unserer Gewalt haben?«

Schweigen, nach einer Weile sagt jemand:

»Tja, da hat wohl jemand bei der Ausarbeitung des Plans geschlampt.«

»Ich dachte, der Plan wäre von dir?«

»Nur der erste Teil. Für Phase Zwei war Selphyne zuständig.«

»Wie bitte? Ich hab von Anfang an gesagt, dass ich diese ganze Aktion für vollkommen bescheuert halte.«

»Im Nachhinein kann man sich immer rausreden ...«

»Wir können dem Hund erstmal ein Ohr abschneiden und Lösegeld fordern. Wenn sie nicht zahlen, kommt das nächste Ohr dran, und so weiter.«

»Nenia! Das ist eine ganz schlimme Idee!«

»Ich weiß nicht ... ich finde, die hat was für sich ...«

»Was geht denn jetzt ab mit den beiden Kläffern?«

»Sieht aus, als würden sie kämpfen ... oder halt, nein ...«

Ein kollektives Stöhnen.

»Das ist ja abstoßend! Auf dem guten Polster!«

»He, hat vielleicht jemand so einen magischen Bildapparat dabei? Wir könnten ein kompromittierendes Bild schießen und an die Presse verkaufen. Ich hab gehört, die zahlen ziemlich gut für so was.«

»Jetzt wird es aber immer abwegiger ...«

»Wieso? Hauptsache, Kohle kommt rein, woher ist doch egal.«

»Auf jeden Fall will ich noch mal daran erinnern, dass ohne mich gar nichts gelaufen wäre. Außerdem stelle ich das Fluchtfahrzeug zur Verfügung. Von daher gebührt mir der größte Anteil, woran auch immer.«

»Du sei mal hübsch still da oben auf dem Kutschbock, Thanatos, und achte lieber auf die Straße. Sowieso schuldest uns noch die Millionen für den Helm des Eralkes, und solange die nicht abbezahlt sind ...«

»Ich euch was schulden? Wenn ich daran denke, wie oft ihr schon meine Pläne durchkreuzt habt ...«

»Mit deinen Plänen ist es ja bekanntermaßen nicht allzu weit her ...«

»Ihr könnt auch gerne aussteigen und zu Fuß weitergehen ...«

»Ja, vielleicht sollten wir das wirklich tun. Aber den Mops nehmen wir mit.«

»Der Mops bleibt in der Kutsche!«

»Der Mops kommt mit uns! Du kannst den Pudel haben. Das heißt, wenn sich die beiden mal voneinander lösen können.«

»Ich pfeif auf den Pudel!«

»Das war das letzte Mal. Nächstes Semester bewerbe ich mich für die Dozentur in Drachingen.«

»Und ich arbeite wieder als unabhängiger Meisterdieb.«

»Schön, macht doch, was ihr wollt. Wir kommen auch bestens ohne euch zurecht, nicht wahr, Bolgur? Ich sagte: *Nicht wahr, Bolgur?*«

»Ich wollte auch schon immer mein Barbarenabitur nachholen ...«

»Gut, wenn wir so miteinander stehen: Dann gehen wir eben getrennte Wege. Ich hab eure negative Einstellung sowieso schon seit langem bis hier.«

»Dann ist es ja jetzt endlich raus.«

»Damit ist die Sache wohl erledigt.«

»Ich war sowieso bloß noch aus Höflichkeit dabei.«

»Tu dir keinen Zwang an.«

»Nein. Tschüß, also.«

»Man sieht sich.«

»Hoffentlich nicht zu bald.«

»Ich hasse euch und ich werde euch alle töten.«

»Viel Glück dabei.«

Und so geht es noch eine ganze Weile weiter, bis die Kutsche schließlich hinter dem Horizont verschwindet und die streitenden Stimmen mit sich fortnimmt, ihre Insassen neuen Abenteuern entgegenträgt, zukünftigen ruhmreichen Begebenheiten, die ohne Zweifel den Stoff für mehr als nur ein episches Heldenlied liefern werden.

Nun ja, es gibt eben auch *solche* Heldenlieder.

SEI UNSER
HELD!
PIPER FANTASY
Gleich mitmachen und die magische
Welt der Piper Fantasy erleben! Neugierig?
Dann auf zu www.piper-fantasy.de!
Piper-Fantasy.de
PIPER